Demigods

Monday afternoon

Swallow Knights Tales

김철곤 글 · 김성규 그림

판타지 장편소설
FANTASYSTORY & ADVENTURE

6

dream
books
드림북스

SKT 6
Swallow Knights Tales 6
파멸의 공식

초판 1쇄 인쇄 / 2015년 4월 22일
초판 1쇄 발행 / 2015년 5월 14일

지은이 / 김철곤
그림 / 김성규

발행인 / 오영배
책임편집 / 편집부
펴낸 곳 / (주)삼양출판사 · 드림북스

주소 / 서울특별시 강북구 도봉로 173
대표 전화 / 02-980-2112 팩스 / 02-983-0660
편집부 전화 / 02-980-2116 팩스 / 02-983-8201
블로그 / blog.naver.com/dreambookss

등록번호 / 제9-00046호
등록일자 / 1999년 3월 11일

ⓒ 김철곤 · 김성규, 2015

값 15,000원

ISBN 979-11-313-0254-5 (04810) / 978-89-542-4475-6 (세트)

* 지은이와 협의하에 인지는 생략합니다.
* 잘못된 책은 구입한 곳에서 바꾸어 드립니다.

이 도서의 국립중앙도서관 출판시도서목록(CIP)은 서지정보유통지원시스템홈페이지
(http://seoji.nl.go.kr)와 국가자료공동목록시스템(http://www.nl.go.kr/kolisnet)에서
이용하실 수 있습니다. (CIP제어번호: 2015011419)

Swallow Knights
Tales

김철곤 글 · 김성규 그림

SKT 개정판

6.

파멸의 공식

dream
books
드림북스

Swallow Knights
Tales

Contents

제1화

먼 곳으로 가고 파

1.

때는 어느 화창한 아침, 오랜만에 기사단 전 멤버가 모인 리더 구트는 항상 그렇듯이 브리핑 중이었다. 무지 한가한 태도로 소파 위에 늘어져 있는 키스 경은 허공에 다리를 동동 구르며 서류를 뒤적거리고 있었다.

"오늘은 또 어떤 위험한 귀부인께 여러분들을 팔아 넘길까나 아아."

봄이라서 그런지 상태가 더욱 나빴다. 아침부터 졸린 눈을 비비며 테라스에 모인 자랑스러운 스왈로우 나이츠의 '노동자'들은 올해에는 키스도 지명받는 평등한 세상이 오길 염원하며 토스트를 꽉 물었다. 그러자 눈치 빠른 키스는 실로 불여우 같은 포즈로 우리를 바라봤다.

"제가 지명을 받게 되면 여러분들의 순위가 하나씩 내려가게 될걸요오?"

뭡니까, 저 근거도 없는 엄청난 자신감은? 애당초 성실하게 일할 생각부터 없으면서!

사실 키스 경도 지명을 받는다면 독주에 가까운 '고득점'이 예상된다는 것이 일각의 중론이기는 해. 정체를 알 수 없는 권력가들로부터 핑크빛 연서가 도착할 때도 많고 말이지. 알게 모르게 인맥도 넓은 양반이니까 말이야.

'그러니까 그렇게 잘났으면 지명 좀 받으라고!'

결국 나는 아침부터 심통이 나서는 퉁명스러운 태도로 물었다.

"카론 경 문병, 안 가요?"

"하암, 그리고 싶어도 제가 너무 바빠서 말이죠오."

키스는 하품을 하며 나른하게 중얼거렸다. 저건 마치 코알라가 빈둥빈둥 유칼립투스 나뭇잎을 씹으면서 '이것 참, 눈코 뜰 새 없이 바쁘군'이라고 투정부리는 것 같다. 뻔뻔하긴.

"흥. 꿈나라를 방황하는 시간만 조금 절약해도 문병 정도는 얼마든지 가능하실 텐데요."

그러나 키스 경은 단호한 목소리로 고개를 저었다.

"더 이상 절약하면 저 죽어요!"

"……그럼 죽어."

나는 조그맣게 중얼거렸다.

"화내지 말아요. 사실 문병은 아까 다녀왔어요."

"아, 역시! 엥? 아까라고요?"

지금이 아침인데 아까라면 언제?

"오밤중에 살짝 담 넘어가서 꼬옥 담요를 덮어 준 뒤에 이마에 '사서 고생 레벨 100'이라고 써 주고 왔답니다아."

"그게 거짓말인 이유는 댁의 목이 아직까지 붙어 있기 때문이지."

어디서부터 어디까지가 농담인지 알 수가 없구먼.

키스 경은 제법 근엄한 표정으로 말했다.

"중환자를 자주 찾아가는 것은 매너가 아니랍니다아."

"그 중환자 머리를 부지깽이로 후려쳐 놓고 그런 말이 나와?"

내가 한숨을 내쉬며 말했다.

"그건 그렇고, 카론 경 상태가 정말 걱정이에요."

뭐 본래 기사라는 것이 (게다가 카론 경처럼 일이 터지면 가장 먼저 사건의 중심에 서는 기사들은) 라이오라 씨 같은 금강불괴만 제외하면 일 년 내내 몸 성할 날이 별로 없는 것이 사실이다.

하지만 지금 같은 중상은 처음 봤다. 평소 같았으면 벌써 붕대 풀고 집무실에 출근해서 하루 종일 펜을 굴렸을 텐데, 이번에는 보름도 더 지났는데도 여전히 혼자 일어서는 것도 어려운 지경이라니. 문병 가면 '자네가 신경 쓸 필요는 없어'라고 딱 잘라 말하긴 하지만 신경 안 쓰일 리가 있나.

내상이 심하다는 말을 들었다. 게다가 시력도 더욱 나빠져서 다른 사람이었다면 이미 죽거나 재기불능이었을 거라고.

하지만 키스 경은 아무런 대답도 하지 않은 채 소파에 엎어져 한가한 표정으로 서류만 훑어보고 있었다. 그의 말을 그대로 돌려주자면, 얼굴로는 감정을 알 수 없는 장본인은 바로 키스 자신이었다.

순간 머릿속으로 나를 비웃는 키릭스의 모습이 떠오르자 숨이 막혀 왔다. 일상 뒤에 숨겨진 보이지 않는 재앙이 바로 옆에서 위협적인 열기를 보내는 것 같았다. 나는 고개를 절레절레 저어 그 불안을 털어 냈다.

"아아, 그냥 오늘은 다 관두고 놀러 나갈까나."

키스 경의 콧소리에 동료들의 눈이 반짝 뜨였다. 연초에는 이런저런 행사가 많아서 최근에야 지명이 폭주하는 바람에, 죽을 만큼 열심히 일하느라 '유흥결핍증'에 걸린 사람들은 키스가 놀게 해 준다면 간이라도 빼 줄 얼굴이었다(물론 루시온, 레녹 경 제외).

그 순간 엄청난 고함 소리가 터졌다.

"모두 그 자리에서 꼼짝하지 마!"

불법 마약 거래 현장을 덮쳤을 때나 나올 법한 대사와 함께 덜컥 열린 문으로 헬스트 나이츠 기사들이 몰려 들어오는 것이었다.

이들은 헬렌 경의 주도하에 새로 보충된 기사들로, 예전과는 달리 꽤 스마트해 보이는 (혹은 얄미워 보이는) 인상의 젊은 엘리트들이었다……가 중요한 게 아니고, 갑자기 이 무슨 날벼락이야!

우리는 너무 놀라 의자 위에서 얼어붙어 버렸다. '침입자'를 발견한 시종들이 주저 없이 그들 앞을 막아섰지만 키스 경은 손을 내저어 그들을 물리고는 웃는 얼굴로 기사들을 바라봤다.

"이런. 대단히 씩씩한 분들이시군요. 문짝 값은 헬스트 나이츠 본부로 청구하겠습니다아."

하여튼 키스는 세계가 멸망하는 날이 와도 마이페이스일 인간이다.

기사들은 당장이라도 칼을 뽑아 들 것 같은 기세로 우리를 에워싸고는 죄인 다루듯 노려보고 있었다.

그 사이로 또깍거리는 발걸음과 함께 서슬 퍼런 기세의 헬렌 경이 모습을 드러냈다. 확실히 헬렌 경은 미녀지만 분위기가 저래서야 완전히 우리를 통째로 잡아먹으려고 나타난 마녀라고밖에는…….

그녀 앞에서도 키스 경은 여전히 꽃밭이었다. 긴장감 좀 챙겨!

"아, 헬렌 경? 여기 금녀 구역이라는 거 모르시나요오?"

"흥! 네 녀석이 그런 말 할 자격 있다고 생각해?"

키스 경, 솔직히 찔리지 않수?

"카론 경이 없으니까 직접 움직이시네요. 열심히 사는 모습이

참 보기 좋아요."

그 순간 (안 그래도 키스를 미워하는) 헬렌 경의 눈에 화르륵 불이 올랐다. 키스 경, 적어도 우리한테 상견례 하러 온 건 아닌 것 같은데, 더 이상 상황 악화시키지 말라고!

"내가 온 이유는 그동안 카론 경이 묵과해 온 너희들의 죗값을 처벌하기 위해서다! 각오해 둬!"

모두는 의아한 표정을 보였다. 죄라니? 우리는 부정을 저지르고 싶어도 영 권력이 없어서 곤란한 몸이라고!

그러나 헬렌 경은 회심의 미소를 지으며 들고 있던 서류를 팔랑거렸다.

"너희들은 왕실 법에 의해 의무 계약 기간 중 절대로 이성과 혼인, 교제 혹은 사적인 접촉을 해서는 안 되는 몸이라는 것을 잘 알고 있겠지? 그런데도 그걸 어기고 수시로 파렴치한 행각을 벌인 사실이 발각되었다."

"그, 그게 무슨!"

"변명 같은 건 필요 없어! 너희들은 내 처벌을 받기만 하면 돼!"

(키스 덕분에) 극도로 솟구쳐 오른 그녀의 히스테리가 우리에게 쏟아졌다. 아시다시피 누가 만들었는지 면상 좀 보고 싶은 이른바 '스왈로우 나이츠 한정 순결유지조항'이란 계약 기간 10년간 이성과의 결혼은 물론 연애와 어떠한 사적 접촉마저 금한다는 유례를 찾아볼 수 없는 금욕법안이다.

참고로 수도승들마저 미쳐 날뛸 이딴 악법이 존재하는 인권 사각지대는 전 세계를 통틀어 이곳뿐이다!

"누가 법을 어겼다는 거죠?"

나는 심드렁한 목소리로 물었다. 난 마음에 걸릴 만한 일이 하나도 없으니까 당당할 수 있다고.

그러자 그녀는 차가운 미소를 지으며 키스 경을 가리켰다. 그 순간 소박맞은 아낙네인 양 털썩 주저앉으며 오열을 터트리는 키스.

"억울하옵니다아! 저처럼 철저한 금욕 생활을 하는 신앙심 가득한 성기사를 어찌 그리 욕보이십니까아."

키스 경, 안 그래도 설득력 없는 당신이 심히 불필요한 사족을 붙이는 바람에 더더욱 불리해져 버렸어.

"이건 누군가의 모함이에요!"

됐네, 이 사람아.

우리들은 내 저럴 줄 알았지, 라는 표정들로 얼굴을 가린 채 울고 있는 키스를 손가락질했다. 솔직히 당신이 결백하다는 말은 임금님이 애 뱄다는 말하고 비슷한 레벨이야.

하지만 이제부터 상황은 예상치 못한 방향으로 흐르기 시작했다. 헬렌 경의 차가운 손끝이 이번에는 나를 향했던 것이다. 어째서 나야!

"나, 나, 나는 절대 아니에요! 하늘을 우러러 한 점 부끄럼 없다고요! 저번 지명 때도 열차까지 따라온 후작 부인을 피하느라 달리는 열차에서 뛰어내렸는데!"

이건 맹세코 진실이다. 여자에게 눈길 한 번 안 주는 면벽수련을 했다고까지는 자신할 수 없지만 그래도 법적으로 하자가 있을 만한 짓은 절대 안 했어!

아니, 그럴 시간조차 없었다고! 매 권마다 죽도록 괴롭힘 당하느라 바빴는데 한가하게 연애할 여유가 있기라도 했어? 죽을 고생 하는 것도 서러워 죽겠는데 최소한 범죄를 저지를 시간은 주고 의심하든가 하라고!

난 엄청나게 억울해서는 빨개진 얼굴로 방금 전 누군가의 대사를 따라했다.

"이건 누군가의 모함이에요!"

그러자 키스가 외쳤다.

"저도 그래요오!"

"에이이! 댁은 좀 빠져!"

당신이 끼어들면 뭘 해도 진지할 수가 없어! 누군 마음이 찢어질 지경이구먼!

나와 키스의 대성통곡으로 울음바다가 되어 버린 광경을 한숨을 내쉬며 바라보던 헬렌 경이 눈썹을 찡그렸다.

"내 말을 끝까지 들어 줬으면 좋겠군. 너희 둘을 제외한 나머지 기사들에게 혐의가 있다는 말을 하려던 참이었다."

뭐라! 나는 고개를 확 돌려 동료들을 바라봤다. 헬렌 경이 제시한 증거에 옴짝달싹 못하게 된 그들은 각양각색의 좌절 포즈를 연출하고 있었다.

자주 볼 수 없는 광경인지라, 하나하나 설명해 보자면…….

"젠장, 누굴 들킨 거지?"

상습범 루이 경은 이젠 아주 진절머리가 난다는 듯이 머리를 쥐어뜯고 있었다. 누구와의 관계가 노출되었는지 짐작도 안 갈 정도란 말이지? 동정하기엔 너무 스케일 커. 오는 여자 안 막고 가는 여자 가로막는다는 그놈의 투철한 프로 의식만 어떻게 좀 수정하면 저 지경까지는 안 될 텐데 말이야.

"서, 설마 또 벌금이야?"

루이 경과 별반 다를 바 없는 쇼탄 경도 덜덜 떠는 손으로 담배를 물어 피우고 있었다. 아마 올해에도 그토록 바라 마지않던 빚 청산은 기적이 일어나지 않는 한 불가능할 듯하다. 그래, 이 멤버들까지는 항상 그래 왔다고 치자.

"……."

루시온 경은 공연히 파란 머리를 쓸어 넘기며 억지로 태연한 표정을 만들고 있었다. 헤에, 티끌만 한 실수도 용납지 않는 고귀한 루시온 경에게도 부끄러운 연애 사정이 있을 줄은 몰랐네. 아니, 그보다 상대가 누구야?

"……어떻게 안 거지."

한편 이 사람만은 절대 아닐 줄 알았던 레녹 경마저 벽에 손을 짚은 채 고개를 팍 숙이고 있었다. 우아아아! 다른 사람한테는 규칙 엄청 강요하면서 어쩜 저럴 수가! 정말 레녹 경은 자결이라도 할 것 같은 얼굴이었다.

랑시 경은 자신도 피해자라며 서럽게 외쳤다.

"나, 나는 그냥 맛있는 거 사 준다고 해서 따라간 건데!"

그건 유괴잖아! 뭐, 이제 와 걱정되는 것은 유괴범이 남자가 아니기만을 바랄 뿐이다. 이쪽은 상상만으로도 두려우니까 패스.

한편 또 한 명의 놀라운 '범법자'는 크리스티앙 경이었다. 게다가 크리스 군과 가까운 여성들은 백이면 백 성직자! 이, 이건 너무 하드코어한데.

크리스는 당장이라도 울 것 같은 눈으로 헬렌 경을 바라봤다.

"제발 저 때문에 그분에게까지 피해가 가지 않게 해 주세요!"

"그건 법이 결정할 문제야."

"하지만 그분은 몸이 불편한 80세의 고령이시신데……."

뭐라! 지나치게 성숙한 분이시잖아!

크리스 경은 종교 행사에 지명을 받던 중에 한 수도원의 노 (老)원장에게 크게 감동을 받았다고 한다. 사실 이 시대의 수도원이란 종교 서적을 만들어 팔아먹기 바쁜 인쇄소인 경우가 대부분인데, 그분은 돈 없는 부모들이 맡기고 간 미숙아들을 돌보는 것을 자신의 수행이라 여기고 왕실 지원 한 푼도 없이 수도원을 이끌고 있었다.

곧 세상을 떠날 늙은 성직자가 태어나자마자 버림받은 아이들을 품에 안은 모습에 감동받은 크리스 경은 그 이후에도 자주 찾아가 그분을 만나고 수도원 일을 도왔다고 한다. 아니, 그런데 이 훈훈한 상황의 어디가 '불법 연애'라는 거야!

"어쨌든 법규에는 업무 외 이성과의 접촉을 금하고 있어. 감상적으로 판단할 일이 아니야."

저 마녀! 헬렌 경은 한 발도 양보하지 않은 채 무자비하게 크리스 경을 범죄자로 몰아넣었다.

마지막 타겟인 지스 경은 표독스러운 눈빛으로 도리어 헬렌 경에게 소리쳤다.

"나는 그냥 도와줬을 뿐이야! 고객도 귀족도 아닌 그냥 평민 소녀였다고!"

생각보다도 훨씬 울분에 찬 목소리라서 나는 깜짝 놀라 지스킬 군을 바라봤다.

나중에 안 사실이지만, 지스 경이 약을 사러 시내에 갔을 때 돈이 부족하다고 주인에게 울며 사정하는 또래의 여자아이를 봤다고 한다. 그 여자아이가 사려고 한 것은 어머니에게 필요한 약이었다.

지스 경이 한 일이라고는 그 돈을 대신 내주고 그 아이의 간곡한 부탁 끝에 집에 초대받아 흔하디흔한 차 한잔과 손뜨개질한 목도리를 선물받은 것뿐이었다.

그런 것까지 뒷조사해서 증거랍시고 몰아붙인단 말이야? 세금 똑바로 쓰라고!

"난 너희들에게 피해 준 것도 아니야! 지명도 빠짐없이 완수

했어! 그런데 왜 참견이야!"

그러나 헬렌 경의 마음속에는 아직 봄이 오지 않았나 보다.

"그것 또한 엄연한 법규 위반이다. 법에 예외란 없어! 이런저런 이유로 법을 위반하다 보면 나라가 엉망이 돼!"

그 말에 지스킬은 당장이라도 폭발할 것처럼 주먹을 꽉 쥐었다. 정말 헬렌 경이 남자였다면 당장이라도 달려들었을 기세였다.

그런데 소리친 건 내 쪽이었다.

"완벽하지 못한 인간이 만든 법이 완벽할 리가 없잖아요!"

"뭐? 감히 나하고 논쟁이라도 하자는 거냐?"

"옳고 그른 게 너무 확실해서 논쟁도 안 될 것 같네요! 자신은 처벌하는 역할이니까 나머지는 어떻게 되든 상관없다는 건가요? 그런 짓을 해 놓고 자기 일에 충실했을 뿐이라고 변명하시는 겁니까?"

카론 경은 항상 고민한다. 완벽하지 못한 세상 속에서 자신도 완벽하지 못한 사람이라는 것을 알고 있기 때문에 스스로의 판단을 맹신하지 않는다. 그래서 세상과 자신이 마찰을 일으킬 때마다 그 표면이 아파서 항상 힘들어하는 것이다.

그 고통을 피할 가장 좋은 방법은 그냥 눈을 감고, 자신은 완벽한 세상 속의 완벽한 인간이라고 세뇌하는 것이다. 그렇게 생각하면 자신의 모든 판단에 고뇌는 없고 어떤 행위도 정당화될 수 있다.

하지만 그것은 인간이 모두 서로 다른 마음을 가지고 있고, 또 모두 서로 다른 사정이 있다는 걸 이해하려는 노력 자체를 포기하는 길이다. 사람들은 그걸 독선이라고 부른다.

나는 자꾸만 헬렌 경이 그런 독단의 감옥 속으로 들어가려는 모습에 화가 났다. 정말 참을 수가 없었다.

"아아, 미온 경. 그렇게 화내면 얼굴에 주름 생긴답니다아."

불쑥 다가온 키스 경이 내 머리를 매만지며 달래고 있었다.

"키, 키스 경. 하지만……."

"전 여러분들이 자랑스러워요. 화낼 것 하나도 없어요. 우리는 우리가 옳다고 생각하는 일만 하면 되는 겁니다."

그의 부드러운 목소리가 내 분노를 식혔다. 때로 그는 정말 어른스럽다. 마치 인생을 달관한 성자처럼, 여간한 부당함에도 화내거나 감정적으로 받아치는 법이…….

그때 키스가 일부러 커다란 목소리로 중얼거렸다.

"쳇. 유부남이 사라지니까 이젠 노처녀가 와서 들들 볶네. 잘난 제가 참아야죠. 헤유."

"뭐라고!"

화르르륵 불타오르기 시작한 헬렌 경과 키스가 서로를 노려봤다. 방금 한 말 다 취소.

으이구! 뭐가 어른이야! 당신이야말로 도발하지 마!

박해를 당한 기사단원들조차도 응원하기는커녕 '끼어들기 싫다네'라는 표정들로 외면하고 있었다.

"키스 세자르! 치 떨릴 만큼 음란한 네놈이 감히 내게 그런 말을!"

"헤에? 음란하다니요? 여자와 손 한 번 잡아 본 적 없는 무고한 제게 그 무슨 트집입니까아?"

"네, 네놈이 무고하다고!"

히스테리컬한 그녀의 포효가 테라스를 쩌렁쩌렁 울렸다. 헬렌 경의 편을 들고 싶지는 않지만, 그건 아주 진실하고도 처절한 외침이었다.

그러나 뻔뻔함의 대명사, 키스 경은 아예 헤죽 웃으며 혀를 내밀고는 도발에 박차를 가했다.

"제게 죄가 있으면 돌을 던지세요. 헬렌 경 스스로가 제 무고함을 인정하지 않았습니까아!"

"그, 그건……."

헬렌 경은 입술을 꽉 깨물며 짜내듯이 말했다.

"단지 네놈이 용의주도하기 때문이야!"

우리들은 자기도 모르게 고개를 끄덕였다. 헬렌 경은 억울한 목소리로 빠르게 외쳤다.

"손 한 번 잡아 본 적이 없다고? 넌 예전 내게도!"

그러자 키스가 귀를 손으로 모으며 고개를 기울였다.

"네에? 제가 당신에게 무슨 망측한 짓을 했는데요오?"

순간 정적이 흘렀다. 헬렌 경은 무수한 망상을 품은 채 자신을 바라보는 부하들을 빨개진 얼굴로 바라본 뒤에 이를 부득 갈았다.

"아, 아무 일도 없었다."

키스 경이 헬렌 경을 침몰시키는 데는 몇 마디도 필요치 않았다. 항상 하는 생각이지만, 왠지 위고르 공이나 블리히 경이나 헬렌 경이 악질이라는 생각이 들지 않는 이유는 만두 대왕님이나 아이히만 대공이나 오르넬라 성녀님이나 키스 경 같은 인물들의 밥이기 때문이리라.

그러나 억울함에 몸서리치는 올드미스의 분노는 그 정도가 아니었다.

"각오해라, 키스 세자르! 다른 모든 일을 접고서라도 네놈의 사생활을 다 까발리고야 말겠어!"

이, 이건 뭔가 이미 '정의실현' 차원의 문제가 아닌 것 같은데.

하지만 솔직히 키스 경의 사생활이라면 내 쪽에서부터 궁금하기는 해. 대체 평소에 뭘 하고 다니기에 밤낮 약 먹은 닭처럼 꾸벅꾸벅 조는지도.

그러나 졸지에 정부의 맹추적을 받는 부패한 범죄자가 되어 버린 키스 경은 '뭐, 법대로 하시구랴' 라는 표정으로 어깨를 으쓱했다.

"하아, 아무리 조사해 봐도 제 결백함만 증명할 뿐이랍니다. 만약 조금이라도 제가 법을 어긴 사실이 드러난다면 책임을 지고……."

그때 헬렌 경이 말을 끊으며 단호하게 외쳤다.

"지금부터 증거 확보를 위해 리더구트 전체를 정밀 수색하겠다!"

순간 키스가 흠칫 놀라며 말을 멈췄다. (자기 사무실에 무슨 켕기는 게 있는지 모르겠지만)식은땀을 흘리며 자기 사무실 쪽을 바라보고 있는 키스에게 헬렌 경이 회심의 미소를 지으며 말했다.

"후후. 위법을 한 사실이 드러나면 어떻게 책임을 지겠다고?"

그러자 키스는 궁지에 몰린 표정으로 주변을 두리번거렸다.

"에에. 그, 그러니까 어떤 책임이냐 하면, 전 눈물을 머금고……."

그는 나를 바라보더니 '옳거니!' 하는 눈빛으로 외쳤다.

"미온 경의 목을 치겠습니다!"

"어째서 나야!"

순간 내 주먹이 키스 경을 날려 버렸다. 헬렌 경이 고함쳤다.

"그딴 걸로 될 것 같나!"

"우아아아! 그딴 거라니!"

내 절규에도 불구하고 키스 경을 지옥 불에 내던질 수 있는 유일한 찬스라는 사실에 탄력받은 헬렌 경은 그야말로 광소를 터트리고 있었다.

"헬스트 나이츠 기사단장의 권한으로 리더구트 전체에 대한 2주 동안의 가택 수색을 명한다! 모두 여기서 당장 나가!"

우리 모두는 경악한 표정으로 헬렌 경을 바라봤지만 키스 경만은 코웃음치고 있었다.

"흥. 우리가 그런 부당한 탄압에 눈 하나 꿈쩍할 것 같습니까아? 아예 왕실 밖으로 나가 드리지요!"

머, 멋대로 의견 정리해서 말하지 마! 우린 그럴 생각 없어!

"좋아! 그럼 왕실 밖으로 2주간 너희들 전원을 추방하겠다! 썩 꺼져!"

결국 대폭발한 헬렌 경의 고함 소리가 대재앙이 되어 우리를 덮치고야 말았다.

항상 하는 말이지만, 키스가 끼어든 일치고 뭐 하나 순조롭게 되는 게 없다.

2.

"그래서 2주 동안 휴가입니다아!"

가방은커녕 옷 한 벌 못 챙겨 온 채, 찬바람 쌩쌩 부는 역 앞에 내몰린 우리들은 해맑게 웃고 있는 키스를 허망하게 바라봤다.

나는 바람 덕에 얼굴에 달라붙는 머리칼을 떼어내며 중얼거렸다.

"이거, 휴가라기보다는 쫓겨났다고 하는 편이⋯⋯."

"아아, 미온 경. 그래도 간만의 휴가인데 좀 더 포지티브한 사고를 하셔야죠오.”

이 양반이 그래도 끝까지 잘했대요!

한편 늦게 일어났다는 이유만으로 잠옷 차림 그대로 쫓겨난 우울한 쇼탄 경은 추위에 와들와들 떨며 울분이 섞인 포효를 터트렸다.

“이, 이제 어쩔 거야. 당신 때문에 2주 동안 리더구트에 들어가지도 못해! 빨리 일해서 이자를 갚지 않으면 왕실이 날 죽이려고 들 텐데!”

“와하하, 쇼탄 경. 릴렉스. 릴렉스.”

키스의 미소에 대한 쇼탄 경의 반응은 실로 폭발적이었다.

“네놈 때문에 홈리스가 되어 버렸는데 무슨 얼어 죽을 릴렉스야! 게다가 왜 나만 잠옷이냐고! 그래! 네놈을 영원히 릴렉스시켜 주마!”

쇼탄 경이 내지른 강펀치를 키스가 슬쩍 피해 버리자 균형을 잃은 쇼탄 경은 싸늘한 흙바닥을 나뒹굴었다. 그것도 잠옷 바람으로. 개판이었다.

(이자를 갚을 길이 막막해져) 흙바닥 위에서 흐느끼는 쇼탄 경을 벌레 보듯 내려다보던 루이 경이 냉정하게 고개를 돌린 채 헛기침을 했다.

“창피하다. 일행 아닌 척해.”

이 두 명은 대체 전생에 무슨 관계였을지 심히 궁금해지는군.

레녹 경은 도저히 이 사태가 감당이 안 되는지 손으로 얼굴을 가린 채 '참아야 한다. 참아야 한다' 라고 마인드 컨트롤을 하고 있었고, 루시온 경은 이 와중에도 한쪽 구석에 쪼그려 앉아 고객들에게 지명에 늦게 되었다는 편지를 쓰고 있었다.

나는 근처에 모여 있는 십여 명의 리더구트 시종들을 바라보고 있었다. 이들도 쫓겨난 것이다. 그런데 이 사람들은 평상복도 다 똑같네. 왠지 죽을 때도 한날한시에 나란히 관에 누울 것만 같아.

"시종들은 어쩌죠?"

내 말에 키스 경이 '아, 참' 하는 표정으로 시종들에게 말했다.

"2주 동안 유급 휴가를 명합니다아. 고향에 다녀오세요."

그러자 그들은 똑같은 동작으로 고개를 숙여 보인 뒤에 오와 열을 맞춰 역 안으로 들어가는 것이었다.

나는 떨떠름한 표정으로 그들을 바라보며 물었다.

"아니, 시종들한테도 고향이 있었습니까? 그전에…… 정말 인간이었나요?"

"그 무슨 실례되는 말씀이십니까아. 당연히 사람 뱃속에서 나온 귀여운 아이들이지요. 게다가 모두 일란성 쌍둥이기도 합니다아. 딱 보면 모르겠어요? 상식이잖아요."

"열두 쌍둥이가 어째서 상식이야!"

"네에? 지극히 자연스러운 대자연의 섭리라고 생각하는데요?"

"인간과 개복치를 착각한 조물주의 실수라면 모를까…… 일단 댁하고 상식을 논하는 것 자체가 비상식적이라는 생각이 드는군."

그 많은 아이들이 코끼리 뱃속에서 튀어나온 건가, 하마 뱃속에서 쏟아져 나온 건가. 그들의 부모가 모두 동일인이라는 사실을 알게 된 순간 나는 이 세상의 신비를 한 꺼풀 벗겨 낸 것 같은 과학적 현기증을 느꼈다.

한편 급히 데려온 고양이들을 품고 있던 지스 경이 폭발 일보 직전의 목소리로 말했다.

"어쨌든 좋으니까 2주간 지낼 방법을 내놓으라고. 당장은 우유 사 줄 돈도 없으니까!"

그 말에 우리 모두는 이 모든 재난의 시발점인 키스 경을 흘겨봤다. 키스는 하품을 하며 정차해 있는 마나열차를 바라봤다.

"뭐 그럼 2주 동안 이오타 여행이라도 다녀올까요오?"

"와아. 그거 신나겠네. 하지만 어떻게! 걸어서?"

우리는 땡전 한 푼 없는 신세. 말 그대로 2주 한정 알거지다. 이미 루이 경은 역에서 나오는 아가씨를 붙잡고는 자신이 마키시온에서 추방당한 왕자라면서 밥값을 구걸하고 앉았고…… 에이이! 그만두지 못해!

그때 키스 경이 회심의 미소를 지으며 품속에서 황금빛 카드 한 장을 꺼냈다.

"이 정도면 될까요?"

"그, 그건……!"

모두의 눈이 경악으로 커졌다. 나도 실제로는 처음 보는 거지만 그것은 분명 자신이 왕실의 중신임을 알리는 최상급 증명 카드! 아이히만 대공을 포함한 여섯 중신을 비롯해서 종교 최고위 지도자, 공작가의 한 명에게만 왕실이 지급하는 이른바 꿈의 카드다(본래 명칭은 '왕실한정발권화폐대행증빙패'(王室限定發券貨幣代行證憑牌)이지만 아무도 그렇게 부르지는 않는다).

그 카드를 소유한 자가 발휘하는 마법은 다음과 같다.

(1) 국왕의 거처를 제외한 모든 보안 지역에 출입할 수 있는 자격이 부여됨.

(2) 베르스 왕국 내의 어떠한 공공, 사설 시설도 무료로 이용할 수 있는 신용 등급이 획득됨(이용 금액은 향후 왕실로 청구).

(3) 베르스 왕국의 모든 은행으로부터 5천만 셸링 이하의 현금을 일시에 인출할 수 있는 권한이 부여됨(물론 해당 인출액은 향후 왕실로 청구).

(4) 군으로부터 5천 명 이하의 병력을 일시에 소집, 통솔할 수 있는 통수권을 얻음.

(5) 어명을 제외한 모든 사법권에 대한 면책특권을 받음.

(6) 본 증빙패의 소유주나 국왕의 권한 회수 허가가 있기 전까지 본 권능은 영구히 지속됨.

말 그대로 용을 부리고 불을 뿜고 바다를 둘로 가르고 앉은뱅이 일으키고 모래를 쌀로 바꾸는 대마법과 다를 바가 없는 위력을 지닌 카드이지 않은가!

사실 나는 실존한다는 것도 지금 처음 확인했다. 그런데 문제는…….

"키, 키스 경이 어째서 저걸 가지고 있는 거야!"

사람들은 존경스러운 눈빛으로 키스 경을 우러러봤다. 심지어 쇼탄 경은 저 늠름하게 희번덕거리는 카드를 바라보고 있는 것만으로도 너무 황홀해서 정신을 잃을 것 같은 표정이었다.

대단해. 키스 경이 저토록 왕실에서 인정받는 사람인 줄은 전혀 몰랐어.

"키스 경, 난 정말 당신을 다시 봤……."

"이거 오르넬라 성녀님 건데요오?"

순간 우리들의 얼굴에 어두운 그림자가 내려왔다.

"후후후. 사고 싶은 거 맘대로 사라면서 주더군요. 이게 모두 밤마다 성녀님께 열심히 봉사한 대가…… 헙!"

자승자박하셨구려. 키스 경은 입을 가린 채 고개를 돌렸고, 곧바로 우리들의 면박이 쏟아졌다.

"아주 이젠 종교적으로 놀아나시는구만!"

"당신 박제되고 싶은 거야?"

"이 나라의 신앙심은 대체 어디로 가고 있는 거야."

"아무튼 대단하셔. 다른 남자들은 고개도 못 드는 여왕님한테 그걸 받아 내다니."

"뭐 상관없겠네. 그분만은 헬렌 경이 증거를 잡아내도 어쩔 수가 없는 상대니까."

그때 쇼탄 경과 루이 경이 비호처럼 달려와 우리들 앞을 막으며 외쳤다.

"어허! 함부로 말하지 마! 키스 님은 우리들의 행복을 위해 그러셨던 것뿐이야!"

어절씨구? 키스 님?

"저희는 키스 님을 끝까지 따르겠나이다. 개처럼 부려먹으소서!"

비유 한번 터프했다. 그들은 키스 경 앞에서 큰절을 올리며 충성을 맹세했다. 아니, 카드를 보자마자 사람이 저리 돌변하나? 줏대 없는 짓도 저 정도로 막 나가기는 힘든데 말이지.

키스는 자신의 추종자들을 자애롭게 토닥거렸다.

"어서 일어나시오, 나의 종들이여. 우리 어서 헬렌 경의 박해를 피해 이오타로 가십시다."

"성은이 망극하옵나이다!"

스왈로우 나이츠 내 사조직 '키스교'가 창단되는 순간이었다.

(사이비) 교주 키스는 돈에 눈먼 종들 앞에서 황금 카드로 부채질을 하며 거드름을 피우고 있었다.

"아아, 뭐 일등칸에 타는 건 서민들이나 하는 짓이고 우리는 그냥 열차를 한 대 사 버릴까 하네요. 그리고 이참에 이오타에서

놀 유흥비도 한 천만 셀링 정도 뽑아 볼까요오?"

나는 그 거대한 스케일에 기가 질려서 떨리는 목소리로 되물었다.

"그, 그거 결국 나랏돈인데 정말 괜찮겠어요?"

그러자 키스는 고개를 획 돌리며 대꾸했다.

"흥. 나라가 나한테 해 준 게 뭔데요."

아주 제대로 미쳤다. 결국 키스는 꼬리 치는 광신도들을 거느리고는 매표소 앞에 서서 금빛 찬란한 카드를 호쾌히 내밀었다.

"열차 한 대 부탁합니다아!"

그리고 잠시 후, 황급히 뛰어나온 역장과 뭐라고 대화를 나눈 키스가 기대에 부푼 우리들을 향해 샤방 몸을 돌리며 활짝 웃는 얼굴로 말했다.

"어머나, 이 카드 정지되었…… 흐억!"

그 순간 날아오는 쇼탄 경의 주먹을 황급히 피했지만 곧바로 루이 경이 키스의 뒤를 잡았다. 부귀영화의 꿈이 물거품이 되어 버린 탓에 눈이 돌아가 버린 루이 경이 소리쳤다.

"쇼탄! 이 비렁뱅이 녀석을 매우 쳐!"

"오케이! 어금니 꽉 다물어!"

'키스교', 창단 1분 만에 해체.

3.

우리는 이오타행 열차를 타고 있었다.

"으으! 다리 좀 치워 봐!"

그것도 이등칸에 여섯 명이나 끼어 탄 채로! 화물칸도 이 정도로 밀도가 높지는 않을 것이다. 실로 우리는 '꺾여' 있었다.

"제기랄! 지금 네놈의 엉덩이가 내 머리를 압박하고 있어! 이게 얼마짜리 머린데!"

루이 경의 짜증에 쇼탄 경이 곧바로 발끈했다.

"네놈의 팔이야말로 내 다리를 휘감고 있다고!"

내 무릎 위에 올라타 있는 지스 경은 (가장 편한 위치인 주제에) 나름대로 불만이었다.

"가까이 오지 마! 고양이들이 겁먹잖아!"

"아아! 동물 보호 실천하지 못해 미안하게 되었네! 허리가 꺾여 있는 상황만 아니라면 충분히 배려해 줬을 텐데 말이지!"

작은 체구 덕에 시트 위 짐칸에 올라가 웅크리고 있는 크리스가 자그마한 목소리로 우리를 달랬다.

"조, 조금만 참으세요. 8시간만 더 가면 이오타예요."

"……."

크리스 군. 악의가 없는 말이라는 건 알고 있다만 '8시간'이라는 말이 비수처럼 내 가슴을 후벼 파는구려. 그러니까 이 모든 원흉이 죄다! 우리는 모두 객실 한쪽에 꽁꽁 묶여 있는 키스 경을 노려봤다. 린치당한 얼굴이 잘 구워진 크루아상처럼 부풀어 있는 키스가 조그맣게 말했다.

"……살려 주시어요오."

회상하자면, 오르넬라 님께 하사받은 키스 경의 카드가 아무 짝에도 쓸모없는 정지 카드라는 것을 알게 되자 한껏 꿈에 부풀어 있던 우리들은 그 즉시 그 꿈의 질량만큼 분노로 변환시켜 키스에게 되돌려주었다(여기서 오르넬라 님이 결코 호락호락한 분이 아니라는 걸 느낄 수 있다).

이쯤에서 백기를 들고 왕궁으로 돌아가면 좋았을 텐데, 헬렌 경의 압제에 결코 굴복할 수 없다는 키스 경의 결의를 높이 산 우리들은 그 비싸 보이는 키스 경의 귀걸이를 팔아 치워 이오타 행 노잣돈을 마련하기로 결심했다.

이것만은 안 된다고 발버둥치는 키스 경을 포박, 구타한 후 귀걸이를 탈취, 간신히 여비를 마련하는 것까지는 성공했지만 그렇다고 그 비싼 열차 표를 인원수대로 살 수야 없는 노릇이기 때문에 달랑 이등칸 하나 사서 몰래몰래 꾸역꾸역 들어오게 된 것이다.

물론 이 와중에도 빈부격차라는 현실은 존재해서 부유한 루시온 경은 따로 표를 사서 현재 일등칸에서 극진한 룸서비스를 받으며 한가로이 독서 중이시고, 지조 없는 랑시 경은 짐짝 취급받을 바엔 차라리 정조를 버리겠다느니 하는 진땀 나는 소리를 지껄이면서 루시온 경의 몸종을 자처해 일등칸에 함께 타는 영

민함을 과시했다(물론 쇼탄 경도 뒤늦게 루시온 경에게 알랑방귀를 뀌어 봤지만 '싫습니다. 그 덩치가 같이 있으면 갑갑합니다'라는 싸늘한 말과 함께 버림받아야만 했다).

아아, 다른 건 아무래도 좋아. 몇 시간 전까지만 해도 멀쩡하게 아침 브리핑을 받던 내가 어째서 2주간 왕궁 출입 금지 처분을 받은 채 허리가 꺾여 이오타로 가고 있어야 해?

정신적 육체적 금전적 압박이 다시금 마음 한편을 엄습하자 나는 물끄러미 키스 경을 흘겨봤다. 내 뱀 같은 시선에 그가 고개를 돌리며 말했다.

"여, 여행의 추억도 남고 좋잖아요오."

이봐요. 추억은 지난 일을 말하는 거고 지금은 현실이거든?

안 해도 좋을 말 덕분에 더욱 궁지에 몰린 키스 경이 고개를 폭 숙였다.

"미, 미안합니다아."

그러나 그 말이 끝나기도 전에 냉혈 소년 지스킬 군의 카운터가 날아갔다.

"미안하단 말로 다 해결될 것 같으면 살인이 왜 일어나겠어?"

정신적 보디블로를 먹은 키스 경이 눈물을 글썽거리며 자비를 구걸했지만 하나둘씩 터지기 시작한 우리들의 해묵은 분노는 걷잡을 수 없이 타오르기 시작했다.

"생각해 보면 브리핑도 그래! 어째서 키스 경만 늦잠 자도 벌금이 아니냐고? 뭔가 평등해야 하는 거 아냐?"

"왜 그 얘기가 지금 나오나요오!"

"지도도 성의 있게 좀 그려 줘! 예전에도 전혀 엉뚱한 지도를 던져 줘서 지명자 찾느라 하루 종일 돌아다녔어야 했다고! 무슨 보물 지도야? 코끼리가 그려도 그것보단 잘 그릴 거야!"

"제, 제가 원래 그림을 못 그리는 걸 어쩌라고요오!"

"명색이 기사단장이라면 그림 공부 좀 하라고!"

'어째서 결론이 그래?' 라고 물어볼 수도 있겠지만 정말이지 키스 경의 그림 실력은 가공할 민폐 수준이다. 일전 지명 때 내게 줬던 지도를 일례로 들어 보자.

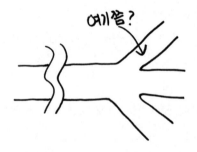

모두들 이걸 외계인이 이 땅에 남기고 간 표식쯤으로 생각할 테지만 이건 엄연히 키스가 그린 지도다.

대체 이 치 떨리게 미스테리어스한 상형문자는 뭐란 말인가! 어디가 동쪽인지조차 알 수가 없잖아! 내가 내린 역 정도는 표시해 줘! 멋대로 길 줄임표 그려 놓지 마! 게다가 여기면 여기지 여기쯤은 또 뭐야, 여기쯤은! 또 저 신용할 수 없는 물음표는 무슨 의미냐고! 가 보니까 거긴 차도 한복판이었어! 어째서 지명자가 길 한가운데에 서 있을 거라고 생각한 거야?

이딴 거 하나 달랑 들고 지명자를 찾는 건 명수사관 카론 경조차도 불가능한 일이기 때문에 항상 우리 모두는 수소문 끝에 지명자를 찾고는 했다. 이건 정말이지 화가로서의 재능 이전에 기본적인 성의의 문제였다.

결국 여기서부터 시작한 걷잡을 수 없는 불평은 종당에는 '머리 좀 단정히 하고 다녀! 저녁에는 스테이크를! 목욕탕을 더 크게! 오르넬라 님과의 관계를 불어!' 라는 근원을 알 수 없는 불평불만과 함께 8시간 내내 마구 두드려 맞는 불상사를 낳았지만, 이번만큼은 레녹 경조차도 입을 꽉 다문 채 울먹거리는 키스 경을 냉정하게 외면하고 있었다.

여행의 설렘이라고는 씻은 듯이 찾아볼 길 없는 지극히 폭발적인 분위기 속에서 결코 잊지 못할 휴가의 첫날이 막을 열었다.

4.

장장 8시간의 대장정 끝에 이오타의 휴양지 부근에 내렸을 때 우리들은 사람들의 주목을 끌기에 충분했다. 일단 각양각색의 미남들이 웃으며 머리가 잔뜩 헝클어진 채로 비좁은 2인실에서

줄줄이 나오는 모습 자체가 진귀한 서커스였고, 노을에 물든 그 표정들도 무척이나 인상적이라서 사람들로서는 우리들이 대체 뭐하는 사람들인지 짐작조차 할 수 없었을 것이다(줄여 말하자면 왕궁에서 추방당해 귀걸이 팔아 휴양 온 관광객 정도가 되겠지만).

그중 가장 주목받는 사람은 바로 쇼탄 경. 접힌 허리를 펴지 못해 (잠옷 차림으로) 신음 소리를 내며 흡사 자벌레의 율동으로 열차 밖으로 기어 나오는 모습은 가히 관능적이기까지 했다…… 라고는 농담이라도 말 못 하겠군. 에이이! 창피하니까 냉큼 일어서!

한편 초호화판 1인실에서 안락한 이동을 하고 룸서비스로 제공받은 식사와 샤워까지 마친 루시온 경은 8시간 동안 고초를 당해 너덜너덜해져 있는 우리들을 말없이 보다가 '한심하군'이라고 중얼거리고는 고개를 절레절레 흔드는 것이었다.

으악, 얄미워! 당신이라고 이런 꼴을 당했다면 그 우아한 자태가 한 줌이라도 남아 있을 것 같아?

세련된 손길로 타이를 고쳐 맨 루시온 경이 나직한 목소리로 말했다.

"먼저 호텔에 가 있겠습니다."

"호, 호텔? 어느 호텔? 루시온 경, 숙박비 있어?"

"뭐, 우리 가문에서 운영하는 다국적 호텔이 근처에 있으니까요."

이보세요. 가문으로부터 독립하고 싶다며?

우리들의 허망한 시선을 가볍게 무시한 갑부 루시온 경은 뒤도 돌아보지 않고 먼저 가 버렸고, 그 뒤를 벨보이를 자처한 랑시 경이 브이 자를 들어 올리며 뒤따랐다.

그걸 본 쇼탄 경이 초탈한 미소를 보이며 어깨를 으쓱했다.

"후후, 역시 도련님은 곤란하군. 고생 끝에 얻는 성취감이라는 걸 몰라. 역시 젊을 때는 적당히 가난한 게 제격이지."

쇼탄 경. 그렇게 말하면서 흘리는 그 눈물은 무슨 의민데?

어느 틈에 전열을 정비한 루이는 매의 눈으로 이오타의 아가씨들을 주도면밀하게 시선에 담고 있었다. 지금의 그 날카로운 눈빛에서는 고수의 기운이 흘러 넘쳐서 당장이라도 '좌에 둘, 우에 넷, 후방에 셋! 내가 움직이면 너희는 뒤를 맡아!' 라고 외칠 것만 같았다.

그가 비장한 목소리로 명령했다.

"자, 뭣들 해. 어서 이인일조로 흩어지자."

"뭐? 왜 흩어져?"

지스킬의 퉁명스러운 반문에 루이 경은 '후후. 역시 어린애는 안 돼' 라는 말투로 거들먹거렸다.

"설마 여기까지 와서 우리와 피 한 방울 안 섞인 외국인들이나 다량으로 묻혀 있는 유적 따위를 관광하자는 건 아니겠지? 그보다는 이 나라의 아가씨들과 좀 더 돈독한 우호관계를 도모하는 편이 외교적으로도 훨씬 건설적이야!"

어째서 결론이 그렇게 돼?

"이보세요. 여자야말로 어디를 가도 있다고."

"어허! 이오타의 미녀와 콘스탄트의 미녀와 마키시온의 미녀 모두 제각각의 고유한 맛을 지니고 있어. 하나하나가 소홀히 할 수 없는 소중한 문화유산이라고!"

"하아?"

"무지한 자들은 이해할 수 없을 거야. 하지만 그들은 나 같은 전문가의 배려로 세심하게 발굴, 보존되어야 해. 모든 문화권의 여인은 그 고유의 토양과 바람 그리고 시시각각 변해 오는 태양의 움직임에 의해 창조되고 숙성된 섬세한 보물이야. 우리들은 그것을 지키고 가꿔 나가 후세에 전해 줄 사명감을 느껴야 해. 왕실의 무덤 따위는 아무래도 좋아! 우리는 나무만 보고 숲은 보지 못하고 있어!"

뭔가 알아들을 듯하면서도 알아듣기 싫은 말이었다.

"비, 비분강개할 일은 아닌 것 같은데. 아니, 그보다 어째서 지금 헌팅이 학문적 고찰로 승화되고 있는 거야?"

"뭘 모르는 우민들은 세상의 국수가 모두 다 그게 그거라고 생각하겠지만, 천만에! 실은 한 그릇 한 그릇이 모두 달라! 미묘한 반죽의 차이만으로도 혀를 감는 촉감과 풍미가 달라진다는 걸…… 우어억!"

본능적으로 루이를 후려갈긴 쇼탄이 가쁜 숨을 내쉬며 치를 떨었다.

"하아, 하아. 미안. 더 듣고 있다간 경기를 일으킬 것 같아서."

동감.

어느새 묶어 두었던 포박을 아무렇지도 않게 풀어 버린 키스 경이 기지개를 펴며 나른하게 말했다.

"하암. 자, 그럼 이제 숙소로 가 볼까요오?"

"무슨 숙소요?"

"조오기."

우리는 키스 경이 가리킨 곳으로 고개를 돌렸다. 그곳에는 하늘을 찌를 것 같은 규모의 초특급 호텔이 백두대간처럼 그 위용을 자랑하고 있었다.

여전히 잠옷 차림의 쇼탄 경이 그 웅장한 건축물을 올려다보며 말했다.

"키스 경, 아무리 봐도 저기는 홈리스를 위한 무료 구호소 같아 보이지는 않는데."

"저기가 바로 루시온 경의 가문과 쇼메 왕자가 공동 소유하고 있는 다국적 호텔이랍니다아."

"에엥? 정말?"

손가락 까딱하는 걸로 성도 쌓을 수 있는 쇼메야 그렇다 쳐도 루시온 경의 백작 가문이 그 정도로 대단했어?

"그리고 아까 루시온 경이 다른 숙소가 없으면 찾아오라고 귀띔해 줬어요. 물론 자기 호텔 아니라면서 돌아가면 투숙비 지불하라고 하긴 했지만. 굳이 뒷골목에서 주무실 분들에게는 강요하지 않겠어요."

헤에, 역시 루시온 경. 아닌 척하면서도 리더로서 꽤 세심하게 신경 쓰고 있다니까.

나중에 알게 된 사실이지만 루시온 경 가문의 사람들은 하나같이 사업적 안목이 뛰어나거나 비상하게 수학 실력이 좋다거나 학계에서 크게 인정받는다거나 하는 수재들이라고 한다. 만약 나였다면 그런 엄청난 사람들 속에 서 있다는 중압감을 도저히 견뎌 내기 힘들었을 것이다.

그중에서도 루시온 경은 꽤 특출한 편이라서 아버지는 어려서부터 그를 후계자로 키우려고 점찍었단다. 결국 루시온 경도 그 혹독한 압박과 자기 인생이 자기 것이 아니게 되어 버린 묘한 상실감 때문에 가문을 뛰쳐나온 것이지만, 스왈로우 나이츠에 와서도 그 빈틈없는 기질은 여전히 번뜩이고 있다.

세상에는 그런 어딜 가도 빛을 내는 사람도 있는가 하면—나는 물끄러미 키스를 바라봤다.

"아아, 빨리 들어가서 자야 해요. 수면 부족은 피부 미용의 적입니다아."

저런 삶에 환상한 게으름뱅이도 존재하기 마련이다.

가히 밤의 용궁이라 할 수 있는 매머드급 호텔을 황홀하게 바라보던 쇼탄 경이 힘없이 중얼거렸다.

"누구는 평생 한 번이라도 저런 곳에서 살아 보는 게 소원인데 또 누구는 저걸 제 발로 포기하고 2인 1실의 노예 생활을 자처하는구나. 루시온 경, 가난 체험을 하고 싶었다면 그냥 나랑 바꾸면 되는데!"

으이구, 이게 무슨 '왕자와 거지'인 줄 알아! 궁상 좀 그만 떠세요!

밥 달라고 울어 대는 고양이들을 품고 있는 지스는 자리에서 벌떡 일어나며 말했다.

"어쨌든 밤까지 돌아오면 되는 거지? 난 고양이 먹이 사러 갈 거야. 크리스, 너도 따라와."

"하, 하지만 나는 이곳의 성당을 보고 싶…… 같이 갈게."

지스킬의 싸늘한 눈초리에 주눅이 든 크리스가 묵묵히 그의 뒤를 뒤따랐다. 크리스 군, 모처럼의 여행 첫날을 팔자에도 없는 고양이 사료 고르다 끝내겠구려.

그리고 키스 경은 추욱 늘어진 채 곧바로 호텔 침대행, 레녹 경은 어디로 가겠다는 건지 말도 없이 사라져 버렸다.

뭐 나도 기왕 온 거 여기저기 구경이라도 해 볼까. 사실 이자벨 님을 만나 물어보고 싶은 것도 있고…….

그때 루이와 쇼탄이 양쪽에서 내 팔을 잡아챘다. 엥?

"그 손 놔, 쇼탄."

"어허, 댁이야말로 놓으시지."

"둘 다 놓지 못해!"

난 둘을 뿌리치고는 한쪽 눈썹을 찡그리며 나와 파트너를 맺으려는 그들을 바라봤다.

"헌팅에는 관심도 없으니까 난 빼 주세요!"

"미온, 아무리 생각해 봐도 전직 호스트인 너야말로 이 루이 님의 파트너로 어울려. 이 넘실거리는 미녀들 모두 네 손길 한 번에 넘어올 거야. 하늘이 내려준 재능을 썩히는 짓이야말로 천벌 받을 죄악이야. 지옥에 떨어진다, 너!"

어째서 헌팅을 하지 않으면 지옥에 떨어지는 거냐! 난 한숨을 내쉬며 변명했다.

"아무튼 호스트야 직업이었을 뿐이고 난 마음에도 없는 달콤한 말 늘어놓는 거, 좋아하지 않아요. 상대방에게 실례라고요."

"이 녀석, 의외로 순정파네."

이제 알았수? 순간 번뜩 떠오른 사실이 하나 있었다.

"그럼 애당초 둘이서 다녀오면 될 거 아닙니까?"

"아니, 꼭 너여야만 해."

"엥? 어째서?"

그러자 그들은 정색을 하며 대답했다.

"너는 남의 먹이를 탐하지 않잖아."

"……."

난 가벼운 빈혈을 느껴 이마를 꼭 누르고는 이를 부득 갈았다.

"에이이! 여기가 무슨 동물의 왕국인 줄 알아! 이미 강호를 떠난 사람 내버려 달라고! 게다가 쇼탄 경은 잠옷 차림이잖아! 그 꼴로는 쥐며느리 하나도 안 넘어와!"

그러자 쇼탄 경은 이제는 도리어 익숙하다는 듯이 민망한 포즈를 취하며 자랑스럽게 말하는 것이었다.

"후후, 미온은 모르는구나. 이거야말로 여성들의 모성 본능을 자극할 수 있는 필살의 코스튬!"

"행여나."

구릿빛 근육질의 모성 본능? 당신의 공략 목표가 고릴라였어? 인간 여성이라면 백이면 백 다가오기만 해도 경찰을 부를 걸? 풍기문란으로 잡히지나 마시구려.

"하아. 뭐, 이오타의 감옥이 얼마나 차가운지 체험하고 싶다면 말리지는 않겠지만……."

나는 한숨을 내쉬며 저 터무니없는 듀엣으로부터 떨어져 시내를 걸었다. 세계 유행의 중심지라는 이오타의 명성에 걸맞게 해질녘의 거리는 각양각색의 등불들로 들썩거리고 있었다.

5.

'그건 그렇고 배고파.'

다른 판타지에서 주인공은 며칠씩 먹는 장면 안 나와도 끄떡도 없던데, 어째서 나는 허구한 날 먹어 대도 항상 배가 고픈 거지? 나는 이 기묘한 부조리에 의아해하며 터덜터덜 유흥가를 걸었다.

산지사방에서 풍겨오는 고기 굽는 냄새며 과일 향들이 성직자도 타락시킬 것 같은 유혹처럼 내게 다가왔지만…… 어쩌랴, 돈이 없는걸. 어여쁜 빵집 아가씨를 희롱하는 놈팡이들을 물리쳐 주고 빵이라도 얻어먹었으면 좋으련만, 이놈의 도시는 지나치게 치안이 좋아 정의감을 실천할 기회도 안 주는구면.

그때 나는 의외의 노점상을 보고는 걸음을 멈췄다. 아니, 보고 나니까 납득은 하겠지만 분명 의외는 의외였다.

"엥? 카론 경?"

물론 실제 카론 경은 지금 병실에 입원 중이고 내가 본 건 그림이었다. 비록 실제보다 눈이 좀 더 치켜 올라가서 꽤 사납게 보이기는 해도 카론 경은 카론 경이었다.

멋대로 카론 경의 초상화들을 팔고 있는 좌판 주인이 말했다.

"하나 사시려우? 주문하면 원하는 포즈도 그려 줄 수 있수."

매일 보는 사람 얼굴, 굳이 돈 주고 사고 싶지는 않군요.

"어째서 이런 걸 파는 겁니까?"

"어째서라니? 그야 여자들한테 인기가 많으니까."

"……흐음."

확실히 악투르에서 왕자님과 공주님을 구한 뒤부터 인기가 더 올라갔다는 말은 들었지만 이오타에서까지 선방하고 있는 술은 몰랐네. 나름대로 국위 선양이랄까 뭐랄까.

물론 카론 경이었다면 이걸 보자마자 '이런 걸로 인정받고 싶은 생각은 없다' 라고 푸념을 늘어놨겠지만.

아니, 아무리 그래도 이 그림은 좀 미화가 심한데? 카론 경의 활약이 대단한 건 알지만, 용을 잡은 적은 없단 말이야!

내 눈앞에는 날개 달린 말을 타고 거대한 드래곤에게 돌진하는 있는 근육질 카론 경의 용맹한 모습이 보였다. 만약 사실주의 화가였다면 산처럼 쌓여 있는 서류더미 속에서 무표정한 얼굴로 펜을 굴리고 있는 모습을 그렸겠지만. 뭐, 그쪽은 전혀 팔리질 않겠군.

나는 이 뻔뻔할 정도로 당당한 초상권 침해의 현장에 쓴웃음을 지으며 물었다.

"이거 당사자에게 허락 받고 그린 겁니까?"

"물론이지."

"엥? 정말?"

"그렇다니까! 허가서도 가지고 있어."

"얼레?"

나는 그가 자신 있게 보여 준 서류를 받아 황급히 읽었다. 그걸 읽어 내려가는 내 눈이 떨려 왔다. 놀랍게도 그것은 위조가 아니었다. 왜냐하면 베르스 왕실 인장이 찍혀 있으니까!

"이놈의 만두 국왕! 어느 틈에 카론 경의 초상권을 멋대로 팔고 있었던 거냐!"

후에 알게 된 사실이지만 임금님은 이미 펠리오스의 무녀들과 스왈로우 나이츠의 초상권도 전 세계로 팔아 치운 뒤였다. 이 열성 반의반만이라도 정치에 좀 신경 써 주신다면…… 당신은 세계적인 성군이 될 거야.

베르스의 수출품, 카론 경. 뭐 이런 공식이 떠올라 비틀거리며 거리를 방황하던 내 팔을 누군가가 잡아챘다. 그리고 잠시 잊고 있던 고향처럼 그리운 대사를 들었다.

"아가씨, 시간 있어?"

"……."

나는 눈을 지그시 감고 대체 내 인생이 어디서부터 틀어지기 시작한 건지 가슴 아픈 사색을 했다. 그리고 태어나면서부터, 라는 결론이 나는 순간 참을 수 없는 격분이 몰려왔다.

"남자라니까! 이 짜샤! 몇 번을 말해야 알아들엇!"

"하, 한 번 말했는데……."

그는 야수로 돌변한 나를 보고 화들짝 놀라며 중얼거렸다. 안 그래도 배고파서 욕구불만이 터져 버렸어.

"하아, 소리쳐서 미안해요. 뭐, 애꿎은 사람 착각시키는 제가 죽일 놈입죠."

"와아. 그 정도 얼굴이라면 남자라도 상관없겠는데?"

"뭐가 상관없다는 겁니까?"

"공짜로 술과 음식 마실 생각 없어?"

"민망한 요구 할 생각이라면 사양입니다. 이래 봬도 기사라서요."

"아냐. 넌 그냥 가만히 서 있기만 하면 돼."

"흐음."

수많은 경험에 의해 나는 그가 나를 어디로 데려가려는지 간파할 수 있었다.

6.

'물 관리'라는 것이 있다. 고급 살롱 같은 곳은 신용할 수 있는 귀족들이나 명성 높은 예술가 같은 사람들만 입장할 수 있다는 규정이 그중 하나다. 나름대로 품위와 수준을 맞추겠다는 정책이랄까.

그리고 그 규정을 응용하자면 빼어난 미인(99퍼센트는 여성)의 경우에는 부유한 고객들의 눈요기를 위해 공짜로 입장시켜 주기도 한다. 물론 내가 몸담았던 최상류 클럽의 경우에는 그런 예외란 존재하지 않지만, 뭐 대부분의 업소들은 그 방법을 쓰고 있다. 의외로 효과가 좋거든.

'그럼 나는 움직이는 장식품쯤 되는 셈인가.'

나는 긴 테이블 위에 가득 쌓여 있는 음식을 접시에 담은 뒤에 주변을 둘러봤다. 대저택의 지하층을 개조해 만든 이곳에는 하나같이 잘나가는 도련님이나 귀족 가문의 마나님 정도로 보이는, '소유한 별장의 숫자가 십 단위를 넘어갈 게 분명한' 이오타의 부유층들로 가득했다.

말하자면 이곳은 제법 유명세를 타고 있는 고급 사교 클럽이었다.

다른 사람들이었다면 '와아! 굉장해! 신세계야!' 라고 경탄했을지도 모르겠지만, 행인지 불행인지 나는 이보다도 더욱 기가 막힌 곳에서 10대를 보냈기 때문에 '아아, 인테리어가 조금 경박해' 라는 생각이나 하면서 묵묵히 식사를 하고 있었다.

"어머. 인형인 줄 알았네."

가벼운 농담과 함께 아가씨와 아줌마의 미묘한 경계선에 걸쳐 있는 여성분께서 내게 다가왔다. 재빠르게 입술을 훔치고는 살며시 웃으며 몸을 돌리는 것과 함께, 내 머리는 제멋대로 분석을 시작했다.

입고 있는 드레스의 원단과 목걸이를 수놓은 보석과 손톱을 다듬은 상태와 다섯 종류의 향료를 섞은 향수를 근거로 종합해 볼 때 그녀는, 재산 수준보다 많은 돈을 쓰고 있음, 최근 결혼 생활에 권태, 유행에 약간 둔감, 점원이 권하는 물건을 그대로 사는 경향, 보기보다 내성적, 자신의 매력이 부족하다는 피해 의식, 현재 계속되는 우울함 때문에 작은 일탈을 꿈꾸고 있음, 듣기 싫어하는 말은 '붉은색은 안 어울려요.'

결론: 못된 남자 만나면 큰일 날 분이시네.

"혼자야?"

나는 일부러 대답하지 않은 채 동그란 눈으로 그녀를 바라보며 미소만 지었다. 약간은 긴장감을 고조시킬 필요가 있으니까.

예상대로 그녀는 이런 패턴의 대처법을 모르고 있었다.

"미, 미안. 아니면 이만 가 볼게."

사실 이럴 것까지는 없지만, 밥 얻어먹은 것도 있고, 이분에게 조금 기운을 실어 주고 싶기도 하고……

나는 살짝 그녀의 가슴 쪽으로 몸을 숙이며 속삭였다.

"이 붉은 원피스, 멋져요. 당신과 어울려요."

"으응?"

"혼자예요. 괜히 왔다 싶었는데, 지금 생각이 바뀌었어요."

"의, 의외로 능숙한 아이네."

"제 이름은 미온입니다."

발그스레한 볼살 위로 보라색 눈동자가 가늘게 휘었다.

7.

물론 나는 사랑의 전도사가 아니다. 하지만 공짜 좋아하는 사람도 아니다. 밥값이랄까, 그리고 말상대가 필요한 우울한 귀부인에 대한 배려랄까. 나는 1시간 동안 그녀의 기분을 (아마도 최근 그녀의 몇 달 중에서는) 가장 즐겁게 만들어 주었다.

'뭐야, 결국 노닥거린 거잖아?' 라고 빈정거릴 사람도 있겠지만, 이래 봬도 예전에는 나와 1시간 같이 대화하는 '이용 요금'으로 여기 테이블 쌓여 있는 음식값 정도는 훌쩍 넘어갔다.

물론 지금이야 가판대에서 파는 막국수를 사 먹는 데도 무척 심각하게 주머니 속 동전의 개수를 떠올려야 하는 처지지만 말이다.

"미온 군, 또 언제 널 부를 수 있어?"

"헤헤. 그건 부인께서 베르스로 이민을 오신다면 가능할 것 같은데요."

"뭐? 그런 나라에는 왜?"

"제가 그런 나라 백성이라 말이죠."

나는 쓴웃음을 지으며 자리에서 일어났다. 이오타를 놔두고 세계적인 약소국으로 와야만 한다는 말이 가당찮게 들리시긴 하겠지만, 아직 우리에게 해외 지명은 없어서 말입니다.

아쉬워하는 그녀를 뒤로한 채 슬슬 밖으로 나가 볼까 하려는 찰나, 부드러운 목소리가 내 이름을 불렀다.

"설마 엔디미온 경?"

"얼레, 미레일 경?"

정말 의외의 장소에서 만난 의외의 사람이라 나는 얼굴을 확인하고도 한참을 떨떠름하게 유순한 선생 같은 미레일 경을 바라봤다. 별로 꾸미지 않은 소박한 평상복 차림은 분명 클럽보다는 대학에 어울리는 모습이었다.

그런데 미레일 경은 카론 경과 비슷한 부류, 그러니까 휴일에 할 수 있는 일이 독서나 검술 연습 정도로 좁혀지는 사람인 줄 알았는데? 나는 씨익 웃었다.

"헤에. 미레일 경도 이런 곳에 출입하는구나. 아직 독신이
죠?"

조금은 발칙한 내 놀림에 미레일 경은 그 구김살 없는 성격대
로 환하게 웃으면서 대답해 줬다.

"근무 중이에요."

"아, 역시."

하긴, 저런 착실한 기사가 이런 곳에 와서 농염한 사교의 꽃을
피운다는 건 상상이 가질 않는군. 역시 일하는 중…… 아니, 잠
깐. 미레일 경의 업무라면 분명히…….

"……쇼메 왕자를 경호하는 거였죠?"

그 순간 등 뒤에 느껴지는 불유쾌한 시선 탓에 나는 불안한 표
정으로 고개를 돌렸다. 아니나 다를까, 등 뒤에서는 안 그래도
어두컴컴한 마당에 선글라스까지 낀 잘난 왕자님이 날 내려다보
고 계셨다.

아아, 왕자님. 다시 만날 날을 손꼽아 기다리고 있었사와
요……라는 기분의 정반대야! 그의 입꼬리가 올라가는 것과 동
시에 내 행복 그래프는 사정없이 하향 곡선을 그리기 시작했다.

"네가 여기엔 뭣하러 온 거냐, 천민."

이오타, 넓지 않았어? 어째서 초장부터 당신과 조우해야 해?

이런 말하기는 뭐하지만, 죽도록 얄미운 이 인간 앞에서만은
한 발자국도 물러나고 싶지 않다! 나는 코웃음을 치며 곧바로 반
격했다.

"왕자님이야말로 이런 은밀한 곳엔 어인 일로 행차하셨나요? 왕실에서 알면 참으로 기뻐하겠군요!"

사실이 그래. 만약 페르난데스 왕자님이 밤마다 시내의 환락가에 출입한다고 생각해 보라고! 아무리 보통 사람들은 쇼메의 얼굴을 모른다고 해도 그렇지, 왕족이라는 사실에 대해 자각이 있기는 한 거야?

그러나 내 회심의 일격에 쇼메는 아무렇지도 않다는 듯이 대꾸하는 것이었다.

"이미 알고 있어. 아빠도 엄마도."

"······내놓은 자식이셨구려."

분하게도 나는 이 발랑 까진 왕자님에 대해 더 이상 반격할 말이 떠오르질 않아 눈썹을 가늘게 떨며 쏘아보기만 했다.

"네놈이 왔으니 이자벨이 즐거워하겠군."

"이, 이자벨 님에게 말할 생각이냐."

"아니. 이미 알고 있을 테니까."

말도 안 되는 농담, 이라고 하기에는 이자벨 님의 정보망이 지나치게 방대하다. 아무튼 계속 있어 봐야 또 무슨 시비를 걸지 모르니까 이만 빠져나가는 게 상책이지.

"그럼 밤의 유흥 잘 즐기시길! 소인은 이만 사라져 드리지요!"

믿을 수가 없어. 마라넬로와 아이히만에게 대체 뭘 배운 거야? 언젠가는 저런 방탕한 인간도 국왕이 된다는 세상의 불합리를 온몸으로 느끼며 나는 클럽 밖으로 빠져나갔다.

입구를 나와 슬슬 호텔로 향하려고 할 때.

"어이, 잠깐."

입구에 모여 있던 클럽 사람들이 대뜸 날 잡는 것이었다.

"돈은 내고 가셔야지."

"아? 착각을 하셨나 보네요. 전 무료로 입장했거든요."

"무슨 헛소리야. 그런 게 어디 있어?"

"얼레?"

나는 당황한 표정으로 날 이곳에 데려왔던 호객꾼 녀석을 바라봤다.

"공짜라면서요!"

그가 딴청을 피우며 말했다.

"뭐? 내가 그랬다고? 증거 있어?"

아뿔싸, 당했다!

8.

물론 이런 초보적인 사기에 걸려든 건 창피하지만, 이 지경까지 와서 '이거 정말 착각하신 건데요!' 라고 통사정할 정도로 순진하지는 않다. 그렇다고 억울하다며 이 덩치들과 치고받을 정도로 무모하지도 않고.

나는 손으로 얼굴을 가린 채 '어째 쇼메를 볼 때부터 일진 사나운 거 같더라니' 라고 중얼거렸다.

내 모습을 본 악덕 클럽 녀석들이 말했다.

"하는 폼을 보니까 너도 닳고 닳은 녀석 같은데. 하긴 그 반반한 얼굴 안 써먹을 리가 없지."

울컥! 내 어디가 닳아 해져 보인다는 거냐!

"그럼 선수끼리 피차 귀찮은 과정 생략하자고."

난 혀를 차며 말했다.

"얼마야?"

"금화…… 다섯 냥 정도?"

뭐라!

"야! 아무리 사기꾼이라도 최소한의 상도덕이라는 게 있어!"

바가지도 유분수지! 술은 손도 안 대고 식사만 했는데 금화 다섯 냥? 그거 개그야? 아무리 모럴 상실의 시대라지만, 너무 거창하잖아!

"우리도 불경기라서 말이지. 조속히 갚아 줘야겠어."

그들은 으드득 주먹을 쥐며 공포 분위기를 조성했다. 이거 된통 걸렸네. 이오타까지 와서 이 무슨 창피한 시추에이션이람.

"와하하! 미온 경! 역시 이오타는 최고야!"

그때 술에 취해 흥청거리는 루이와 쇼탄이 아가씨들에게 둘러싸여 내 옆을 지나가는 것이었다. 쇼탄 경은 어느새 화려한 가죽 정장까지 입고 있었다.

보나 마나 돈이 많은 여자가 사 줬겠지. 아니, 그 의미는 그의 해괴한 '모성 본능'이 통했다는 거? 이날 이때까지 여자 마음 상대하는 직업을 가진 나지만 아직도 여자란 미지의 존재로군……이 중요한 게 아니고! 나 좀 구해 줘!

"쇼탄 경! 루이 경! 도와줘요!"

금화 다섯 닢만! 그게 아니라도 격투가를 방불케 하는 근육의 소유자인 당신이라면 이놈들을 상대해 줄 수 (최소한 겁은 줄 수) 있을 거 아니야!

그러나 쇼탄은 내가 지금 굉장히 행복한 상황이라는 심각한 착각을 하고 있는 것 같았다.

"역시 넌 남자들에게도 인기 절정이로구나. 잘해 봐, 미온 겨엉."

"뭘 잘하라는 거야! 사람 말 좀 들어!"

그러나 그들은 쾌락을 찾아 떠도는 한 떼의 까마귀들처럼 '행복해야 해'라는 근원을 알 수 없는 축복을 보내며 유흥가 한복판으로 사라져 버리는 것이었다.

거 진짜 가당찮네! 얼마나 취했으면 지금 내가 이 어깨들과 연애하는 걸로 보일 수가 있냐!

건달들마저 멍하니 그들을 바라보며 내게 물었다.

"친구냐?"

"……아니, 그냥 얼간이들이야."

에이이! 어차피 몸뚱이 하나로 혼자 사는 세상! 기대한 내가 바보야!

"아무튼 네 녀석 정도 얼굴로 금화 다섯 닢이라면 일주일만 일하면 벌 수 있을 거야. 일자리는 우리가 소개시켜 주마. 뭐 큰 맘 먹고 알선 비용은 무료로 해 주지."

"쳇. 너그럽기도 하셔라!"

누가 순순히 일해 줄 것 같아? 대충 따르는 척하다가 도망쳐 줄 테다.

뭐, 이 정도로도 내 기분은 최악이 되기에 충분한데도, 옆에서 특유의 조롱 섞인 목소리가 들려왔다. 그 주인공이 누군지는 이젠 일일이 묘사할 필요도 없으리라.

"후후. 돈도 없이 이런 곳에 들어왔던 거냐, 천민?"

아아, 최소한 저 녀석에게만은 이런 모습 보여 주고 싶지 않았는데!

미레일 경과 함께 밖으로 나가던 쇼메는 건달들에게 둘러싸인 나를 보고는 냉큼 검을 뽑아 정의를 실천⋯⋯하기는커녕 팔짱까지 낀 채로 강 건너 불구경 하듯 하는 것이었다.

당신 이 나라 왕자 아니었어? 당신 나라 독버섯들에게 고초를 당하는 외국인 관광객을 보고도 아무런 죄책감도 안 드는 거야?

건달들은 쇼메를 보자 곧바로 굽실거리며 말했다.

"도련님, 이 녀석과 아는 사이십니까?"

쇼메는 이곳 단골인 것 같았다(물론 왕자라는 신분은 숨기고 있겠지만). 보나 마나 여봐란 듯이 건방지게 돈을 뿌리고 다녔겠지! 아아, 이놈의 정경유착!

그들의 말에 쇼메는 대번에 고개를 저었다.

"몰라. 내가 저런 천민을 알 리가 없잖아."

아, 뭐 저 인간 성격으로선 지당한 말이니까 화도 안 나.

그때 쇼메 왕자가 의외의 제안을 했다. 아니, 의외라기보다는 뻔뻔한 제안이라고 하는 편이 옳겠지만.

"야, 천민. 세상에서 가장 존경하는 쇼메 나리라고 부르면 네 푼돈 갚아 주마."

뭡니까, 그 지나친 자의식은. 저 잘난 왕자에게도 유치한 면이 있단 말씀이야. 나는 귀에 손을 가져다 대며 그에게 기울였다.

"아, 그러니까 뭐라고 불러 달라고요?"

"세상에서 가장 존경하는 쇼메 나리."

"에, 다시 한 번만 정확하게 말씀해 주시겠어요?"

"귀가 멀었냐! 세상에서 가장 존경하는 쇼메 나리! 라고 부르랬잖아!"

"아아, 죄송, 죄송. 한 번만 더 말해 주세요."

"하아. 그러니까 세상에서 가장 존…… 너 이 자식, 날 놀리고 있었구나!"

그걸 이제 알았냐. 당신 둔한 건 예전에 간파했어! 와하하! 내가 이겼다! 내가 이겼어!

'지금 뭐하고 있는 거야. 내 코가 석 잔데 이런 장난 쳐서 뭐 하누.'

나는 손으로 얼굴을 가린 채 한숨을 내쉬었다. 아무튼 이 인간

하고 같이 있으면 나까지 유치해진다니까!

그런데 나는 장난으로 생각했지만 불행하게도 쇼메는 전혀 아닌 것 같았다. 그의 독수리 같은 날카로운 눈동자가 날 잡아먹을 것처럼 쏘아보고 있었다. 아, 아무튼 매사에 자존심만 높아서는!

그는 특유의 기분 나쁜 웃음을 보이며 건달들에게 뭐라고 속삭였다. 건달이 깜짝 놀라 그를 바라봤다.

"예에?"

대, 대체 지금 무슨 말을 한 거야? 그러나 그는 의미심장한 웃음을 지으며 아무 말도 없이 자리를 떴다. 미레일 경 역시 어색한 웃음으로 내게 작별인사를 하고는 그를 뒤쫓았다.

나는 멍한 표정으로 건달들에게 물었다.

"지금 저 인간이 뭐라고 한 거야?"

그러자 그들은 날 동정 어린 시선으로 바라보며 입을 열었다.

"미안하지만, 금화 50냥 갚아 줘야겠어."

쇼메의 더러운 성격을 잘 알고 있으면서 입을 놀린 내가 미워지는 순간이었다.

9.

왕족을 놀린 대가가 금화 50냥이라면 꽤 인심 썼다고 해도 과언이 아니지만, 이건 진짜 치졸했다. 아니, 왕자가 악덕 상인들에게 더욱더 바가지 씌울 것을 지시하다니, 이 어디가 앞서 가는 지역사회냐!

나는 이제 될 대로 되라는 자포자기의 심정으로 중얼거렸다.

"어이, 이보셔들. 간이라도 뽑아 줄까?"

그들 역시 50냥이라는 거금을 뜯어내려면 무슨 일을 시켜야 할지 도통 떠오르지 않아 우왕좌왕하고 있었다. 그렇겠지. 밥 한 번 잘못 먹은 죄로 노예로 팔려가거나 몸을 팔아야만 하는 어처구니 대폭발의 분위기인걸?

이럴 때야말로 키스 경이 나타나 주면 좋겠지만 그 양반은 지금쯤 아득한 호텔 침대 위에서 죽음과 같은 숙면을 취하고 계시겠지.

그들은 '해결 방법'을 모색하기 위해 서로 쑥덕거리고 있었다.

"그럼 접시 닦기 시킬까?"

"2년쯤 해야 할 텐데? 그건 좀 너무한다, 야."

"클럽 종업원은 어때? 얼굴이 이 정도면 팁 꽤 받을 텐데?"

"아무리 그래도 6개월은 해야 할 거야."

나는 아예 주저앉아 턱을 괴고 투덜거렸다.

"그러니까 애당초 50냥을 안 받으면 될 거 아냐."

"그럴 순 없어. 그 도련님 얼마나 무서운데. 우리가 명령 어긴 거 알면 그냥 안 놔둘 거다."

"하아, 충직도 하셔라. 도련님이 아신다면 무척이나 흡족해하시겠네요!"

나는 혀를 찼다. 쇼메 이 인간은 왕자 주제에 건달들을 소탕하기는커녕 그 녀석들 우두머리라도 된 거야? 아무튼 뭐든 자기가 최고라야 직성이 풀리는 성격이라니까.

나는 될 대로 되라는 심정으로 말했다.

"50골드를 무슨 수로 갚아. 호스트라도 한다면 모를까."

내 말을 들은 그들의 눈이 커졌다.

"뭐? 호스트? 와하핫! 아서라. 그거 아무나 하는 거 아니다."

아무나 못 한다는 거, 예전부터 알고 있었네요.

"얼굴 반반한 녀석들은 호스트하면 금방 부자 될 거라고 생각하지만, 내가 아는 녀석도 겁 없이 덤볐다가 3개월 동안 지명 한 번 못 받고 걸레질만 하다가 끝났다고."

"한 가지 약속하죠."

"뭘?"

나는 자신만만한 표정으로 말했다.

"호스트 시켜 주면 오늘 밤 안에 금화 50냥 벌어 드리지요."

10.

그래도 이 지역에서는 꽤 이름 있다는 호스트 클럽으로 나를 끌고 들어온 건달이 말했다.

"어이, 이 녀석, 일자리 하나 줘."

막 오픈을 앞둔 시간이라 이곳은 청소가 한창이었다. 곧 풀어헤친 셔츠 차림의 사내가 내게 다가와 나를 이리저리 훑어보기 시작했다. 이거 뭔가 고향에 온 듯한 정겨움마저 느껴지는군.

"신입입니까?"

"아, 글쎄. 이놈이 오늘 밤 안에 50골드 벌어 준다더군."

그러자 이곳 고참쯤으로 보이는 그의 얼굴에 일그러진 웃음이 터졌다.

"큭큭. 50골드? 하여튼 신참들은 다 이렇다니까."

여보세요. 굳이 경력을 따지자면 난 당신 할아버지뻘이야.

"하룻밤에 50골드라니. 이쪽 바닥에 전설이라도 만들어 볼 참이냐. 신참이면 신참답게 우리들 보조나 해. 건방지긴. 나도 이쪽 바닥에서 일 년 넘게 있었지만…… 야! 내 말 듣고 있는 거야?"

물론 안 듣고 있었다. 나는 내부를 훑어보는 중이었다. 인테리어부터 소파의 배치, 주류의 종류, 플로어의 동선. 결론은 다음과 같았다.

'35점.'

유행에 뒤떨어진 인테리어에다가 좌석은 답답하게 모여 있는데 반해 조명은 또 너무 밝았다. 술 냄새와 화장품 냄새, 향수 냄새 같은 것이 엉망으로 뒤섞인 공기는 환기가 되질 않아 입구에 들어오는 순간부터 기분이 나빠질 정도고 술도 너무 독한 종류밖에 없다. 금방 취하게 만들려는 것이 목적이라는 건 알겠지만, 단지 술에 진탕 취하고 싶어서 비싼 돈 내고 이곳에 올 고객은 아무도 없다는 것을 알아 줬으면 좋겠군.

나는 주변을 둘러보며 말했다.

"최근 세 번 이상 찾아온 단골 고객이 거의 없죠?"

"뭐, 뭐라고? 감히 신참 주제에 무슨 소리를! 어, 어디 가는 거야!"

나는 곧바로 지배인에게 걸어갔다.

"선불로 금화 10골드 주세요."

"미친 거 아냐? 내가 왜 너한테 선불을 줘야……."

"대신 오늘 안에 100골드 못 벌면 평생 여기서 일하도록 하죠."

어처구니없어하는 지배인을 바라보며 나는 의미심장한 미소를 보였다.

11.

"어, 어이. 너 무슨 생각이야!"

나를 감시하기 위해 뒤따라온 건달이 소리쳤다.

"평생 일하겠다니! 나중에 농담이었다고 말한다고 통할 것 같아?"

나는 뒤도 돌아보지 않고 말했다.

"그보다 이 지역에서 가장 초상화 잘 그리는 사람에게나 데려다 주세요."

"초, 초상화? 그딴 건 왜!"

"뭐랄까, 간판 같은 거죠."

그로부터 2시간 뒤, 시내에서 가장 많은 사람들이 다니는 거리에는 최고급의 검은 정장을 빼입은 내 커다란 전신 초상화가 걸렸고, 그 밑에는 클럽의 약도가 상세하게 적혀 있었다.

12.

오픈 4시간 후, 아까까지만 해도 나한테 청소나 하라고 외치던 예의 '고참'이 창백해진 표정으로 나를 바라보고 있었다.

"마, 말도 안 돼!"

그가 놀란 이유는 두 가지였다. 하나는 단 한 번도 가득 찬 적이 없는 이 클럽이 고객들로 만석이 되었다는 것이고, 두 번째는 그 고객들이 지명한 사람이 모두 나왔다는 사실이었다.

솔직히 나로서도 수십 명의 고객을 동시에 접대한다는 것은 빙고 게임이라도 하지 않는 이상 숨넘어가게 힘든 일이지만, 절대로 쇼메의 마수에 놀아나지 않는다는 굳건한 의지가 내 능력을 120퍼센트로 끌어 올리고 있었다.

예전 히르카스 누님 밑에서 일하면서 느낀 점 몇 가지를 정리해 보자면 다음과 같다.

(1) 나는 술을 팔기 위해 일하는 게 아니라 고객을 행복하게 해주기 위해 일하는 것이다. 술은 그것에 도달하는 수단일 뿐이다.

(2) 마음에도 없는 말을 남발하지 말자. 여성들의 뛰어난 직감은 그런 사람이 싸구려 남자라는 사실을 순식간에 간파한다.

(3) 고객의 아주 사소한 부분까지 기억하고 자신 없으면 메모하자. 그건 나를 선택한 고객에 대한 최소한의 배려다.

(4) 절대로 부담감을 주지 말자. 하지만 항상 아쉬움은 주자.

'호스트가 뭐 이리 거창해? 그냥 돈 받고 봉사하면 되는 거 아냐?' 라고 생각할 수도 있겠지만, 사람이 사람을 상대하는 일의 근본은 그게 정치인이든 호스트든 매한가지라고 생각한다.

그리고 새벽, 떨리는 손으로 오늘 벌어들인 돈을 계산하고 있는 지배인에게 말했다.

"오늘 총 수익이 얼마죠?"

"대, 대략 380골드."

나는 씨익 웃으며 되물었다.

"그중에서 제가 번 액수는?"

"……365골드."

"자, 이제 50골드 갚은 거죠? 남은 돈은 인테리어에 투자해 주세요. 전 이만."

나는 당당히 문으로 걸어갔다. 나름대로 이곳에 전설이라면 전설을 만든 셈이지만 별로 동네방네 자랑하고 싶지는 않군.

그때 지배인의 목소리가 나를 잡았다.

"잠깐! 네 정체가 뭐야!"

"기사입니다만."

"기, 기사?"

황망해하는 그의 표정을 뒤로하고 나는 밖으로 나섰다.

13.

차가운 새벽 공기를 삼키자 갑자기 엄청난 피로가 몰려왔다. 페이지는 얼마 안 되지만 오늘 밤은 정말 전쟁을 치르는 기분이었다. 나름대로 기록을 갱신한 느낌이랄까.

"하아. 이제 이걸로 족해. 나는 자고 싶어."

나는 한걸음에 루시온 경의 호텔로 가려고 했다. 거기 가서 당장 침대에 드러누워 누가 뭐라고 하든 하루 종일 자려고 했다. 누군가 내 이름을 부르지만 않았다면 말이다.

"미온?"

"너, 너는?"

가게 앞에서 누군가가 추위에 떨며 나를 기다리고 있었던 것이다. 어스름한 여명 속에서 그가 점점 더 다가오자 내 눈도 커져 갔다.

"타쿠르?"

"와아! 정말 미온이구나!"

그는 예전처럼 환하게 웃는 얼굴로 말했다.

"거리에서 네 그림 보고 혹시나 해서 기다렸어! 이런 곳에서 만나게 될 줄은 몰랐어!"

"나, 나야말로."

나는 얼이 빠진 목소리로 대답했다. 그러니까 커피색의 피부와 금발이 묘한 조화를 이루는 이 콘스탄트 출신 청년, 타쿠르는 내 예전 업소 동료였다. 나와 동갑인 탓에 유달리 친하게 지냈는데, 또 다른 공통점이 있었다면 나나 타쿠르나 지명이 없기로 업소의 쌍벽이었다는 사실이랄까. 불행하게도 타쿠르는 끝까지 인기가 없었지만.

비록 키는 작지만 여전히 소년처럼 보일 정도로 귀엽게 생긴데다가 붙임성도 좋은 그가 어째서 인기가 없었느냐 하면.

"아직도 술 못 마셔?"

"으응. 체질이라서."

술 한 모금만 들어가도 금방 쓰러져 버리는 비극의 육체 때문. 전혀 술을 마시지 않고 호스트를 한다는 것은 거의 불가능에 가까운 일이다. 그건 정말 극복하기 힘든 핸디캡이었다. 그래서 나는 타쿠르가 아직까지 호스트를 한다고 말하자 깜짝 놀랐다.

"아직도 히르카스 누님 밑에서 일하는 거야?"

"아니. 미소년의 숲은 사라졌어. 네가 그만두고 얼마 후에."

"뭐!"

이럴 수가. 내가 없어도 얼마든지 번창할 곳이었는데!

"누님은 흥미로운 일이 생겼다면서 어느 날 업소를 정리했어."

"역시 그렇군."

히르카스 누님이라면 그럴 만도 했다. 워낙에 호기심이 왕성한 자유주의자라서 갑자기 어부가 되겠다고 사라져도 이상할 것이 없는 분이니까.

그래도 정들었던 곳인데, 그렇게 아무렇지도 않게 사라졌다는 건 꽤나 아쉽네.

"그런데 왜 아직도 호스트를⋯⋯."

"나는 이 일이 즐거워. 그래서 여기로 와서 새 업소에 들어갔고 새로운 사람들도 만나고, 제법 인기도 얻고⋯⋯."

나는 그렇게 말하는 타쿠르를 보며 불안한 표정을 지었다. 그건 결코 즐거워하는 얼굴이 아니었다.

점점 말을 흐리던 그의 눈동자에 물기가 고이기 시작한 걸 보고 나는 깜짝 놀랐다.

"왜, 왜 그래?"

"미온!"

"우악!"

그가 내 손을 꽉 잡았다. 고개 숙인 얼굴에서는 금세 물방울이 떨어지고 있었다. 예전 둘 다 아무런 지명이 없던 시절에도 항상 타쿠르는 날 달래 주는 쪽이었다. 그런 그의 눈물을 본 건 이번이 처음이었다.

"······타쿠르."

"부탁이야. 도와줘. 너무 억울해서······ 분해서, 견딜 수가 없어."

"무슨 일이야?"

"일 년 전 내가 일하던 곳 근처에 대형 클럽이 생겼어. 그런데 그놈들이 비겁한 수법으로 우리를 방해하기 시작했어!"

"하, 하지만 그런 일은 자주 벌어지는 것이고······."

언제나 돈벌이가 되는 곳에는 장사꾼들이 몰려들기 마련이고, 그 장사꾼들이 모두 선의의 경쟁만 할 거라는 기대는 너무 '환상적'이다. 이제는 나보다도 오래 호스트를 하고 있는 타쿠르가 그 사실을 모를 리가 없었다.

그런데 문제는 그 '정도'였다.

"더러운 헛소문으로 우리 고객들을 빼앗아가고 동료들을 돈으로 내수했어. 업소에 몰래 들어와 불을 지르고 심지어는 검으로 우리를 협박까지 했어. 나도 몇 번이나 찔리고 팔이 부러졌고. 이제 내가 일하는 가게에는 나를 포함해서 네 명밖에 남지 않았어. 어떻게 해야 할지 모르겠어."

나는 그 말을 들으며 머리가 멍했다. 내가 지금 폭력배들의 세력 싸움에 대한 이야기를 듣고 있는 것일까? 그 정도로 지독한 짓은 들어 본 적도 없었다.

일단 이오타는 전 세계에서 가장 많은 호스트 클럽이 있는 곳이다. 남성들의 서비스업을 신에 대한 배덕 행위로 규정하고 있는 콘스탄트 왕국이나 모든 사회 구성 요소가 남성 중심인 마키시온 제국과는 달리, 이오타는 돈을 버는 여성에 대해 별다른 편견도 없고 법적으로도 보호받고 있는 사회 분위기라서(이 법안은 이자벨 님이 이룩한 것이다) 돈 많고 낭만적인 '화려한 싱글' 여성들이 세상에서 가장 많은 나라다. 덕분에 호스트 클럽이 많을 수밖에 없었고 이건 '큰 사업'이었다.

하지만 아무리 그래도 최소한의 선이라는 것이 있다. 이건 정말 인면수심이 아닌가! 공짜 밥에 걸려들어 50골드를 내야 했던 일도 지금 타쿠르의 얘기에 비하면 꽤 '너그러운' 사기를 당한 셈이었다. 여기가 베르스였다면 당장 아이히만 대공이나 카론 경의 힘을 빌려서라도 해결했으리라.

"미온. 오랜만에 만난 친구에게 할 말은 아니라는 건 알고 있지만…… 부탁이야."

나는 분한 표정으로 대꾸했다.

"하지만 난 기사라고는 해도, 검술도 못하고 권력도 없어서 그런 녀석들을 상대하기에는…… 내키지는 않지만 내가 쇼메에게 부탁하는 편이……."

안타깝게 말하는 나를 향해 그가 절박한 목소리로 외쳤다.

"잠시 동안이라도 호스트로 돌아와 줘!"

"커억!"

호스트로 돌아와 줘, 호스트로 돌아와 줘, 호스트로 돌아와 줘.

조상신의 부름 같은 메아리가 머릿속에 울려 퍼졌다. 혹시 이 땅에 스며 있는 호스트의 정기(精氣) 같은 것이 나를 이끌고 있는 것은 아닐까?

"부탁할게. 미온 너라면 우리 가게를 살릴 수 있을 거 같아서……."

하긴 타쿠르는 칼잡이를 고용해서 똑같은 방법으로 상대를 해칠 위인은 아니지. 카론 경과 타쿠르의 공통점이 있다면 비열한 방법으로 덤비는 놈들을 끝까지 깨끗하게 상대하려고 하는 점이리라. 뭐, 나는 이런 쪽에서는 그들보다는 아이히만 대공이나 쇼메 왕자에 가까운 성격이지만.

나는 그 극악한 놈들로부터 어쩔 방법을 찾지 못해 괴로워하는 타쿠르를 조용히 바라보다가 입을 열었다.

"너도 그쪽으로 가면 되잖아."

"뭐?"

그는 믿을 수 없다는 얼굴로 번쩍 고개를 들었다.

"너라면 그놈들도 큰돈을 불렀을 텐데? 그러니까 그렇게 고생할 것 없잖아. 어딜 가도 호스트를 하는 건 마찬가지 아냐? 기왕이면 좋은 대우 받고."

"미온!"

타쿠르는 당장이라도 날 한 대 후려갈길 것 같은 표정이었다. 그 솔직한 분노가 그대로 느껴졌다.

"네 입에서 그런 말이 나올 줄은 몰랐어! 괜한 부탁해서 미안해! 난 이만 가 볼게!"

난 거칠게 몸을 돌리는 타쿠르의 팔을 잡았다.

"이, 이거 놔!"

"네 기분 알았어. 도와줄게."

"뭐?"

타쿠르는 쓴웃음을 보이는 나를 당황한 눈초리로 바라보고 있었다.

"나, 시험해 본 거야?"

"뭐랄까, 너나 나나 영 어른이 안 되는 것 같아."

나는 멋쩍은 미소를 지으며 뺨을 긁적거렸다.

14.

나는 객실 문을 덜컥 열었다. 아니나 다를까, 침대에는 키스경이 문도 안 잠가 놓고 새근새근 잠들어 있었다.

으이구, 다른 나라까지 왔으면 조금은 다른 모습 보여 달라고!

물론 방을 잘못 들어온 게 아니다. 뭐, 꼭두새벽부터 멋대로 남의 방에 들어가는 건 대단한 민폐긴 하지만.

나는 침대 쪽으로 다가갔다. 샤워 가운을 입은 채로 곯아떨어져 있는 키스 경은 대체 어디가 초인인지 누가 심장을 후벼 파도 모를 정도로 꿈나라를 방황 중이었다.

갈색 머리칼에 물기가 축축한 것을 봐서 막 잠든 것 같군. 즉, 누구라도 깬다면 무척 괴로울 타이밍. 나는 말없이 침대 시트를 붙잡았다.

"일어나요! 키스 경!"

"꺄아아아!"

이번에도 이상야릇한 비명을 내지른 키스 경이 침대에서 떨어져 바닥을 데굴데굴 굴렀다. 다른 사람에게는 절대 못 할 짓이지만, 이 양반에게는 왠지 미안한 느낌이 안 드는걸.

나는 여전히 꿈의 수렁에 빠져 어리둥절한 표정으로 주변을 두리번거리는 키스 경을 붙잡고 건져 올렸다.

"키스 경!"

"미, 미안해요오! 이유는 모르겠지만 용서해 주세요오!"

"……."

미안, 키스 경. 이 정도의 조건반사가 있을 줄은 몰랐어. 나는 키스를 똑바로 바라보며 말했다.

"키스 경, 부탁이 하나 있어요. 제 부탁 들어주면 돌아가서 신전 청소 한 달 할게요!"

'신전 청소' 라는 말에 키스 경이 귀를 쫑긋 세웠다. 그러곤 부끄러운 듯이 말했다.

"두 달."

"큭! 집요하긴! 좋아요! 두 달!"

그러자 키스 경은 너그러운 미소를 보이며 갑자기 호의적으로 돌변했다.

"하하하, 미온 경. 힘든 일이 있으면 먼저 절 찾아오시지 그랬어요. 저 키스는 당신 부탁이라면 호스트가 되어 달라는 것만 빼면 뭐든지 다 들어줄 수 있⋯⋯."

"⋯⋯."

"⋯⋯."

"⋯⋯."

"⋯⋯그거예요?"

나는 무겁게 고개를 끄덕였다.

15.

한 시간 전, 나는 타쿠르를 따라 그의 업소로 향하고 있었다. 자그마치 30여 분이나 인적 없는 길가를 걸었을까, 그의 발걸음이 멈춘 곳을 올려다본 내가 식은땀을 흘렸다.

"저어, 타쿠르. 설마 여긴 아니겠지?"

"응? 여기 맞아."

내가 올려다본 2층 건물 위에는 눈의 착각일지도 모르겠지만 대머리 독수리 같은 게 빙글빙글 돌고 있었다. 이 안에 시체라도 있는 거야?

"어서 들어와. 미온."

"아니, 여긴 좀……."

"왜?"

"그러니까 여긴 호스트 클럽이라기보다는, 뭐랄까 굳이 표현하자면……."

흉가잖아! 돈 받고 들어가라고 해도 심각하게 고민해 봐야 할 정도로 불길하다고! 들어갔다간 단숨에 명이 줄어 버릴 것 같아! 타쿠르, 못 보던 사이에 취향이 바뀐 거야?

나는 흉흉한 오라를 미친 듯이 내뿜고 있는 이 음침한 저택을 바라보며 할 말을 잃었다. 이런 곳을 선호하는 고객이라면 내 쪽에서 피하고 싶어.

타쿠르는 내 마음을 알았는지 억지로 아무렇지도 않은 듯 말했다.

"헤헤. 좀 이상한 곳이지? 원래 있던 곳은 그 녀석들이 불태워 버려서. 내가 가진 돈을 모아서 살 수 있는 곳은 이 집밖엔 없었거든."

"가, 가게를 네 돈 주고 샀다고? 어째서 그런 짓을!"

"으응. 마스터는 이제 가진 돈이 없고 그놈들이 무서워서 숨어 있어. 하지만 나는 그런 놈들에게는 절대로 지고 싶지 않아."

솔직히 내 마음속에서는 '타쿠르, 이런 답답한 친구, 이 꼴을 봐. 이건 이미 진 거나 다름없어!' 라는 생각이 들었지만, 다른 한편으로는 페르난데스 왕자님이 떠올랐다.

감히 호스트와 왕자를 비교한다는 건 입 밖으로 냈다간 목이 날아갈 소리라는 걸 안다. 하지만 왕자님이 직접 타쿠르를 봤다면 분명 동질감을 느꼈을 거라고 장담할 수 있었다.

나는 벽에 쓰여 있는 저질스러운 낙서들과 누가 돌을 던졌는지 다 깨져 버려 통풍이 잘 된다는 것 외에는 조금도 의미가 없는 창문들을 바라보고는 이를 갈았다.

'이건 너무 지독해. 그놈들, 관리들에게 돈 좀 찔러 넣었군.'

믿는 구석도 없이 이런 흉악한 짓을 아무렇지도 않게 저지를 수야 없었을 테니까. 이건 정말 죽어 가는 사람을 손가락질하며 비웃는 짓거리와 다를 바가 없었다.

말하자면 이놈들은 단지 돈을 빼앗기 위해서가 아니라 분명 괴롭힘 자체를 즐기고 있는 것이었다.

'두고 보자!'

나는 그를 따라 업소 안으로 들었다. 그런데 불행하게도 내부 분위기는 바깥보다 더 강렬했다.

16.

입구에 들어오자마자 나는 다리에 힘이 풀려 바닥에 쓰러질 뻔했다.

"왜, 왜 그래, 미온."

"으응. 그냥 예상보다도 훨씬 인상적이라서."

물론 호스트 클럽이 도서관처럼 밝아서야 곤란하다는 것은 알고 있다. 하지만 이건 암적응이 필요할 정도로 어둡잖아! 밤눈 어두운 고객은 한 치 앞도 안 보이겠네!

"미안. 어둡지? 촛불이 부족해서. 익숙해지면 괜찮아."

'……우리만 익숙해지면 뭐하누.'

게다가 플로어에 쌓여 있는 저 당장이라도 무너질 것 같은 상자들은 대체.

"저어, 타쿠르. 혹시 돈이 없어서 여길 창고로 임대해 준 거야?"

"하하. 미온은 여전히 농담 잘하네."

"으응. 나도 지금 이 상황이 농담이었으면 좋겠어."

고객들이 오가는 플로어에 저런 거 쌓아 두지 마! 그리고 사람이라도 집어삼킬 것 같은 저 웅장한 거미줄들은 또 뭐냐고! 게다가 바닥에서는 버섯까지 사라잖아! 이거 너무 자연친화석이야!

차라리 이곳도 불살라 버리고 새 보금자리를 마련하는 편이 더 현명할 것 같다는 암울한 생각에 젖어 있을 때, 타쿠르가 세 명의 동료를 데려왔다.

나는 그들을 한참 동안 바라보고는 눈을 비빈 뒤에 다시 바라봤다. 그런데 아무리 보고 또 봐도 이 사람들은 호스트라기보다는, 그러니까 뭐랄까…… 사회에 불만 많아 보이는 날건달이잖아!

"아, 안녕하세요. 엔디미온이라고 합니다. 미온이라고 불러 주세요."

"이야아! 이거 완전 조각이네. 진짜 인간 맞아?"

그럼 인조인간입니까?

"그 머리 가발이지?"

잡아당겨 봐?

"타쿠르보다 미남은 처음 보네. 이런 양반이 이런 데는 왜 온 거야?"

그러니까 내가 왜 왔느냐 하면…… 나는 황급히 타쿠르의 팔을 잡고 구석으로 끌고 갔다.

"자, 잠깐 좀."

"왜 그래, 미온?"

(어차피 다 어둡지만 특히) 어둑한 구석으로 타쿠르를 데려온 나는 양미간을 손가락으로 매만지며 말했다.

"저어, 내가 특별히 외모지상주의자는 아니지만…… 저분들은 뭐랄까…… 호스트라기엔 좀 지나치게 와일드한데?"

"그, 그렇지?"

"응. 일단 호스트 클럽이란 곳이 공포 체험 시켜 주는 곳도 아니고."

솔직히 지금 내 마음속은 '길거리에서 만나도 피할 것 같은 사람을 굳이 돈 주고 만나려는 고객들이 있겠냐 말이다!' 라고 격렬하게 외치고 있었지만, 나는 최대한 상냥하고 긍정적인 마음을 이끌어내서 짜내듯이 말했다.

"뭐, 좋게 말하자면 이곳 분위기와 어울리는 분들이라고 할 수도 있어."

"미안. 네 기분 알아. 하지만 다른 동료들은 다 그놈들에게 돈을 받고 가 버려서."

타쿠르는 도리어 내게 미안해하고 있었다. 그는 천천히 고개를 숙였다.

"아무리 너라고 해도 이런 곳에서는 무리겠지. 알고 있었어. 하지만 어떻게든 그놈들에게 지고 싶지 않아서…… 괜한 부탁을 해서 미안해."

사실 이건 이미 진 거다. 죽은 사람을 되살리려는 것이나 다름없는 부질없는 노력. 아무리 나와 타쿠르가 꽃처럼 꾸미고 개인기를 펼친들, 호스트가 두 명뿐인 흉가에는 나라도 안 온다. 싸움 자체를 시작할 수가 없는 것이다.

내가 말했다.

"그래. 나 혼자서는 불가능해."

"……응."

"그러니까 여러 명이 필요해."

"뭐?"

나는 무슨 말인지 이해하지 못하고 있는 타쿠르를 바라보며
말했다.

"다시 돌아올게. 원군을 불러서."

"워, 원군?"

"응. 기사단."

"기, 기, 기사단?"

타쿠르의 흔들리는 눈빛은 '이도저도 안 되니까 기사단으로
상대편을 쑥밭으로 만들 생각이야?' 라는 두려움이었다.

하지만 걱정 마시라. 스왈로우 나이츠는 적어도 이런 일에 있
어서는 프론티어 뱅가드보다도 강하니까.

"하지만 문제는 그 인간들을 어떻게 설득하느냐는 거로군."

나는 한숨을 내쉬며 새벽부터 까마귀가 울어 대는 '흉가'를
빠져 나왔다.

17.

눈물 없인 못 듣는 '타쿠르의 사정'을 가만히 경청한 키스 경
은 내 말이 끝나마자 머리를 쥐어뜯으며 외쳤다.

"아아아! 미온 경! 또 어쩌자고 그런 귀찮은, 아니 엉뚱한 문
제를 들고 온 겁니까아아아!"

"그러지 말고 도와주세요! 도와주기로 약속했잖아요!"

키스 경은 그런 나를 보고 쓴웃음을 지으며 말했다.

"그렇게까지 해서 미온 경은 얻는 게 뭔데요?"

"네? 그, 그런 건 별로 생각해 본 게 없는데요."

"하아, 정말 대책 없는 정의감이로군요오."

키스 경은 그렇게 말하고는 침대에 풀썩 드러누웠다. 빨간 눈동자를 가리던 머리칼을 쓸어 올린 그가 혼잣말처럼 말했다.

"전 미온 경이 검술을 못 해서 너무 다행이라고 생각합니다아."

"엥? 어째서요?"

그러자 그는 나를 바라보며 뜨겁지도 차갑지도 않은 목소리로 대답했다.

"그랬다면 당신은 분명 제명에 못 죽었을 테니까요."

나는 그 새빨간 눈동자를 바라보며 화를 낼 수 없었다. 그 목소리에 담긴 확연한 설득력이 나를 섬뜩하게 만들었던 것이다.

벌러덩 드러누운 그의 가운 사이로 드문드문 보이는 매끈한 살결 위엔 어울리지 않는 상흔들이 과거처럼 자리 잡고 있었다.

예전 키르케 님이 했던 말이 떠올랐다. 몸에 많은 상처를 안고 사는 사람들은 둘 중 하나뿐이라고. 자기가 지금까지 살아 있다는 사실에 행복해하는 쪽과 저주하는 쪽. 그리고 이런 말도 했었다.

언제라도 웃을 수 있는 남자는 시시한 남자거나 위험한

남자다.

키스는 그중 어디에 서 있는지 짐작할 수 없었다.

이대로 엎어져 잠들어 버릴 줄 알았던 키스 경은 의외로 단숨에 일어나서는 하품을 하며 옷을 갈아입기 시작했다.

"자, 그럼 미온 경을 위해 특별 브리핑을 시작해 볼까요오."

18.

아침부터 호텔 로비에는 옷을 입다 왔는지 벗다 왔는지 심란하고도 음란한 차림새로 꾸벅꾸벅 졸고 있는 루이 경부터 당장이라도 국왕을 알현해도 될 만큼 완벽한 정장 차림의 루시온 경까지 키스 경을 포함한 스왈로우 나이츠 전원이 집합했다.

숙취에 시달리는 흐리멍덩한 눈으로 반쯤 타 들어간 담배를 물고 있던 쇼탄 경이 힘없이 입을 열었다.

"나는 키스 경이 휴가 때도 브리핑을 할 정도로 열심히 사는 사람인 줄 이제 알았어."

아침에 억지로 일어난 게 엄청나게 불만인 지스킬은 붕 떠 있는 머리를 신경질적으로 내리면서 말했다.

"휴가 때만큼은 낮잠을 자고 싶어. 중요하지 않은 일이라면 난 돌아갈래."

어쩜 이리들 비협조적일까. 이런 분위기에서 2주 동안 호스트가 되어 달라고 말했다간 당장 날 꽁꽁 묶어 달려오는 마차 앞으로 던져 버릴지도 모르겠군.

역시 관건은 키스였다. '제발 타쿠르를 위해 희생해 주세요'라고 말할 사람은 절대 아니니까. 키스 경은 일부러 입을 닫고 분위기를 잡다가 대뜸 말했다.

"2주 동안 큰돈 벌고 싶은 분 있습니까아?"

그 순간 루이와 쇼탄이 손을 번쩍 들었다. 저건 정말 본능이로군. 손을 들어 놓고도 자기들이 왜 들었는지 어리둥절하고 있어.

키스는 '후후, 두 놈 낚였군' 이라고 아주 조그맣게 중얼거린 뒤에 다시 말했다.

"그럼 2주 동안 핍박받는 약자들을 돕는 성스러운 일을 하실 분 있나요오?"

그때 크리스 경이 조용히 손을 들었다. 그러자 키스는 지스 경을 뚫어져라 바라보는 것이었다. 지금 그의 눈빛에는 '지스 경은 죽어 가는 어린양을 외면하실 생각입니까아!' 라는 강렬한 협박이 담겨져 있었다.

일부러 고개를 돌리고 있던 지스가 짜증 섞인 목소리로 항복했다.

"쳇! 알았어! 도와주면 될 거 아냐. 무슨 일인지 말이나 해!"

좋아. 지스까지 넘어왔군.

"그럼 2주 동안 다시는 경험할 수 없는 재미있는 일 하실 분 계세요?"

"나! 나 할래!"

아니나 다를까, 손을 흔드는 사람은 랑시 경이었다.

자, 이제 남은 사람은 난공불락의 루시온 경과 레녹 경이었다. 남부러울 것 없는 이 사람들한테는 돈도 성스러움도 재미도 안 통하니까. 그러나 의외로 루시온 경은 자기가 먼저 입을 열었다.

"무슨 일인지는 모르겠지만, 아무튼 전 키스 경을 따르겠습니다."

호오, 역시 루시온 경은 키스를 존경하고 있는 걸까. 그러나 그는 곧 작게 한숨을 내쉬며 고개를 절레절레 흔드는 것이었다.

"어차피 안 한다고 하면 끝까지 달라붙을 테니까요."

역시 그 이유였구려.

이제 남은 사람은 레녹 경뿐. 그는 불만 가득한 표정으로 팔짱을 끼고 있었다. 왕궁에서 쫓겨날 때부터 기분이 엄청 가라앉아 있던 레녹 경이다. 그는 정말 뭐라고 말해도 거절할 분위기였다. 그때 키스가 말했다.

"자, 그럼 이제 인원 모집은 끝마치고 본론으로 들어가 볼까요오?"

그 순간 당황한 레녹 경이 말했다.

"자, 잠깐! 어째서 저한테는 안 물어보는 겁니까!"

"그야 레녹 경은 필요 없으니까요."

"어째서 제가 필요 없다는 거죠!"

자존심이 상한 그가 벌떡 일어났고, 그 순간 키스 경의 입가에 음흉한 미소가 맺혔다.

"이런, 무시해서 미안해요. 그럼 레녹 경도 참여시키도록 하죠."

키스 경이 만장일치로 예스를 듣는 데는 채 5분도 걸리지 않았다.

19.

키스 경은 10분에 걸쳐 '어째서 우리는 2주간 호스트가 되어야 하는가!' 라는 제목의 프레젠테이션을 했다. 돈 많이 벌면서도 성스럽고 재미있기까지 한 일이 결국 호스트라는 사실을 알게 된 사람들은 뱀눈이 되어 나와 키스 경을 바라봤다.

그, 그런 눈으로 보지 말아 줘요! 이거 정말 심각한 일이니까!

그 불안한 침묵을 끊고 쇼탄 경이 헛기침을 하며 말했다.

"하하, 키스 경. 우리가 왜 여기까지 왔는지 가볍게 망각한 거 같아서 말하겠는데, 우린 불법이성접촉 때문에 왕실에서 쫓겨난 거잖아! 그런데 이제는 아예 호스트를 하라고? 지금 왕실에 반항하겠다는 거야? 어차피 망가진 인생, 막 나가자는 거냐고! 왕실이 이 사실을 알면 우릴 살려 둘 것 같아?"

설령 왕실은 그러지 않는다 해도 헬렌 경은 그러고도 남을 위인이지.

그러나 두려움에 떨고 있는 쇼탄의 고함 소리를 귀를 막은 채 전혀 듣고 있지 않던 키스 경이 귀에서 두 손을 떼며 생긋 웃었다.

"에이이, 쇼탄 경. 용기를 가지세요. 젊어서 고생은 돈 주고 사야 해요."

"뭐! 내가 그딴 걸 왜 돈 주고 사! 안 그래도 넘쳐흐르는구만!"

'키스 경, 그 속담 묘하게 엉망진창이야.'

한편 루이 경은 '용기'가 넘치는 쪽이었다. 그가 사자갈기 같은 금발을 넘기며 말했다.

"난 할래. 설마 여기까지 헬렌 경이 쫓아올 리도 없고, 말도 안 되는 법에 이리저리 간섭받는 것도 사양이야. 적어도 왕실 밖에서는 자유롭고 싶어!"

하지만 당신은 왕실 안에서도 충분히 자유로웠던 것 같은데.

한편 호스트라는 말에 얼굴이 하얗게 질린 크리스 경은 배신하고 말았다.

"죄송하지만 전 역시 안 될 것 같아요. 호스트는 왠지 신에게 천벌 받을 짓 같아서…… 아앗! 미안해요! 미온 경!"

"아, 아냐. 내가 모시는 신은 그런 쪽엔 꽤 관대한 편이라서."

크리스 군. 악의는 없지만 가끔씩 내 마음을 후벼 파는 폭언을 남기는구려.

쿠션들 속에 파묻히듯 들어가 있는 랑시의 입장은 다음과 같았다.

"호스트가 뭔지는 모르겠지만 재미있는 거면 난 할래."

저 가공할 정도로 단순한 성격을 볼 때마다 어째서 랑시가 무라사 씨와 형제인지 납득할 수 있었다.

루시온 경도 상관없다는 투였다.

"절 선택한 고객에게 봉사한다는 점에서는 본래 일과 다를 바가 없으니까요."

사상 최초, 호스트 백작이 탄생하는 순간이로군. 물론 레녹 경은 맹렬히 반대했다.

"모두들 지금 심각성을 모르는 겁니까? 지금 왕실에서는 헬스트 나이츠가 리더구트를 수색하고 있는 중이라는 걸 알아주세요! 조금은 법을 진지하게 생각해 달란 말입니다!"

하지만 그러는 당신도 그 '법'을 어겼잖아?

이렇게 스왈로우 나이츠는 '역시 호스트는 곤란' 파와 '어차피 버린 몸' 파로 나뉘어 격렬한 토론을 벌이기 시작했다. 아아, 이러고 있을 시간 없어요들. 2주 안에 타쿠르의 업소를 되살리려면 오늘부터라도 풀가동해야 한다고요. 물론 저녁 오픈 전까지 당신들에게 '호스트의 정석' 기초 과정을 속성으로 가르쳐야 한다는 사실도 두말할 나위 없고!

나는 여기서 물러설 수는 없다는 기분에 과감하게 그들 사이에 끼어들었다.

"잠깐 제 제안 하나 들어 보실래요?"

내 제안을 들은 기사단 전원은 모두 침묵했다. 그러고는 모두 키스 경을 바라봤다.

"키스 경! 우리 기사단 전원은 미온 경을 도와주기로 결정했어요!"

"아아, 저는 여러분의 따뜻한 동료애에 마음이 녹아내리는 것 같⋯⋯."

"단, 조건!"

"네에?"

"댁도 지명 받아!"

"그, 그건!"

그렇다. 내가 제안한 것은 '키스 경도 우리처럼 일해라!' 라는 지극히 당연하지만 단 한 번도 실현된 적이 없는 쾌거를 이참에 달성시켜 보자는 것이었다.

하는 일이라고는 아주 가끔 기분 내키면 밥 해 주는 정도가 전부인 악덕 포주 키스 경에 대한 우리들의 불만은 산처럼 누적되어 있는 상태. 그런 그에게 일을 시킬 수 있다는 사실 하나만으로도 우리는 다른 모든 리스크를 깡그리 무시해도 좋을 황홀한 쾌감을 느낄 수 있었다.

키스 경은 그 순간 바닥에 털썩 쓰러지며 '하지만 저는 일을 하면 즉사하는 체질이랍니다아' 라고 몸부림칠⋯⋯ 줄 알았는데, 그러기는커녕 오만방자한 표정으로 다리를 꼬며 가소롭다는 듯 우리를 내려다보는 것이 아닌가.

"우후후. 아 뭐, 저야 상관없습니다만, 제가 고객들을 독차지해서 여러분들이 절망하지나 않을까 무척이나 걱정되네요오."

발끈! 순간 우리들의 눈에 불길이 솟았다.

키스의 도발 덕분에 우리들은 단숨에 전투적으로 돌변해서는 그 즉시 타쿠르의 업소로 진격했다. 그런데 왠지 이것조차 키스 경의 계산인 것 같다는 기분이 든단 말이야.

20.

아침부터 청소 중이던 타쿠르는 내가 들어오는 소리를 듣고는 쪼르르 달려왔다.

"와아! 미온! 설마 진짜로 돌아올 줄은 몰랐는데! 정말 고맙……."

타쿠르는 내 뒤로 따라 들어오는 '기사단'을 보고는 들고 있던 빗자루를 툭 떨어트렸다. 어찌 광명이 아니리라. 예전 '미소년의 숲'에 비해서도 전혀 뒤지지 않을 최강의 미남들이 아침햇살을 등지며 나타났는데.

그런데 놀란 건 우리 쪽도 마찬가지였다.

황량한 가게 내부를 둘러본 루이 경이 말했다.

"우리는 정말 행복한 곳에서 일하고 있었구나. 쇼탄, 앞으로는 목욕탕 비좁다고 불평하지 말자."

그때 우지직 소리가 나서 뒤를 돌아보니 랑시 경이 밟은 마룻바닥이 박살 나 있었다. 아니, 이거 무슨 살얼음도 아니고⋯⋯ 랑시가 휘둥그레진 눈으로 자기가 뚫어 놓은 구멍을 바라봤다.

"헤에. 내 힘이 이렇게 센지 몰랐어."

나는 떨리는 목소리로 타쿠르에게 물었다.

"저어, 타쿠르. 설마 이 집, 무너지지는 않겠지?"

"⋯⋯무, 물론이지."

어째서 고민하고 대답하는 거야?

주변을 둘러보던 루시온 경이 사무적인 목소리로 말했다.

"엔디미온 경, 오늘 오픈이 몇 시입니까?"

"글쎄요. 6시쯤?"

"그럼 그때까지 이곳 전체를 수리해야겠습니다."

"네?"

"가문의 도움을 받고 싶진 않지만, 이것만큼은 어쩔 수가 없군요."

역시 백작 가문! 호텔에 있는 것들만 들고 와도 여기 뜯어고치는 건 일도 아니겠지. 하지만 역시 문제는 돈이었다.

"하지만 타쿠르에겐 수리 비용을 지불할 능력이 없는데요."

"괜찮습니다. 그건 제가 지불하도록 하죠."

"네에?"

난 눈이 커졌다. 루시온 경이 가문에 손 벌릴 사람이 아니라는 걸 감안했을 때, 직접 내기에는 결코 적은 비용이 아니었다.

"고, 고마워요! 이익이 생기면 꼭 갚을게요!"

"감사할 필요 없습니다. 전 단지 이런 분위기에서는 일할 수 없는 것뿐입니다."

"하하. 아, 예."

쌀쌀맞게 말하는 루시온 경을 보며 엷게 웃었다. 이제 대충 그의 성격이 파악되는군.

'자선사업가' 루시온 경의 도움으로 민생고가 해결되자 나는 '교육' 단계로 들어갔다.

"이제 여러분들에게 기본적인 요점만 가르치겠어요. 복습할 시간 없이 곧바로 실전이니까 집중하고들…… 키스! 냉큼 일어나!"

으이구! 어쩌면 이런 곳에서도 아무렇게나 쓰러져 잠들 수 있어! 기면증이라도 걸린 거야?

상자 뒤에 숨어 졸고 있는 키스 경을 끄집어내면서 본격적인 속성 교육이 시작되었다. 하아, 아무리 원판이 좋다고는 해도 제대로 고객을 접대하려면 적어도 몇 달은 밀착 교육을 시켜야 하는데 어떻게 반나절 만에 가능할지…….

21.

……라는 걱정은 전혀 필요 없었다.

"벌써 끝이야?"

수업 네 시간 만에 나는 떨떠름한 얼굴로 고개를 끄덕였다. 하나를 가르쳐 주면 열을 안다는 속담을 여기서 재확인할 줄은 몰랐다.

처음 고객을 만나 자신의 인상을 남기는 법, 지루할 틈이 없도록 밀고 당기는 화술, 무리한 요구에 대처하는 비결, 아쉬움을 남기며 끝내는 방법 등등을 스펀지가 물을 머금듯 순식간에 터득했던 것이다. 당신들 혹시 호스트 경험 있는 거 아냐?

랑시 경이 헤헤 웃으며 말했다.

"뭐, 우리가 하던 일이랑 별 차이도 없네. 어쩐지 미온 경은 처음 기사단 올 때부터 익숙하다 했어."

그 말을 들으니까 왠지 가슴 한구석이 시려 오는구나. 나는 헛기침을 하며 그야말로 광속으로 끝나 버린 교육을 마무리했다.

"아무튼 가장 중요한 건 고객은 연애 대상이 아니라는 겁니다! 어떤 경우라도 문제가 생길 수 있는 선을 넘으면 안 돼요!"

그러자 루이 경이 뭐 그런 말까지 하느냐며 손을 내젓는 것이었다.

"하하, 미온 경도 별걱정을 다 해. 내가 그런 실수를 할 리가 없잖아?"

댁이 가장 걱정이네요!

"그럼 저는 광고를 위해서 타쿠르와 함께 거리에 다녀오겠습니다. 모두 준비하고 있으세요."

순간 나는 문득 어떤 생각이 떠올랐다.

"아 참. 키스 경도 같이 가요."

"저요오? 제가 같이 가야 할 이유라도 있습니까아?"

"그야, 광고하는 데 사람이 더 있으면 좋은 거고, 무엇보다……."

여기 있어 봐야 잠만 잘 거잖아! 다른 사람들에게 게으름 전염시키지 말라고!

22.

슬슬 사람들이 늘어 가는 거리로 나온 내게 타쿠르가 물었다.

"미온, 이제 와 지나가는 사람들에게 찾아와 달라고 광고하기에는 너무 시간이 없지 않아? 몇 시간 있으면 오픈인데……."

그러자 노골적으로 심통이 난 모습으로 뒤따라오던 키스 경이 투덜거렸다.

"그거야 호스트계의 신동, 엔디미온 키리안 씨가 알아서 하시겠지요오."

으이구. 잠 좀 못 자게 했다고 저리 비협조적으로 나오나! 나는 품속에서 수첩을 꺼내며 말했다.

"물론 나도 방법이 있어서 나온 겁니다."

"그 수첩은 뭐야?"

"이건 어제 잠깐 호스트를 했을 때 만들었던 고객 명부. 여기 적혀 있는 고객들만 불러도 이십 명은 책임질 수 있어."

고객의 신상명세가 빡빡하게 적혀 있는 수첩을 보여 주자 타쿠르의 눈이 커졌다.

"대단해! 하루 일하면서도 그런 걸 만든 거야? 역시 빈틈없어!"

"아하하. 그냥 이건 버릇이라서."

굳이 비교하자면 카론 경이 항상 자신의 검을 벼려 놓는 것이나 아이히만 대공이 별 이유 없이도 항상 총알을 장전해 두는 것과도 비슷한 경우(후자와는 조금 다를지도).

나 역시도 특별한 목적이 있다기보다는 예전부터 고객이다 싶으면 사소한 것까지 메모하는 습관을 가지고 있는 것이다. 직업병이랄까. 그런데 별생각 없이 만들어 둔 게 지금 이렇게 요긴하게 쓰일지는 나도 몰랐군.

키스 역시 놀란 듯이 말했다.

"와아아, 미온 경. 교활하네요오!"

"지, 직업의식이 투철한 거라고 말해주세요!"

(먼저 일했던 가게에는 좀 미안한 일이지만) 나는 집 주소까지 적혀 있는 수첩을 통해 어제 모셨던 고객들을 고스란히 우리 업소

로 '인수' 받을 수 있었다.

23.

"이제 슬슬 돌아가야……."

나는 기지개를 펴며 어둑한 하늘을 바라봤다. 아아, 그러고 보니까 한숨도 못 잤어.

하품을 하는 날 지켜보던 타쿠르는 문득 뭔가 떠오른 것 같았다.

"그런데 미온, 어제 네가 걸었던 초상화는 어떻게 됐어?"

"아, 맞아! 그게 있었지!"

깜빡하고 있었다. 혹시 또 써먹을 수 있을지 모를 일이라서 우리들은 내 초상화가 걸려 있는 곳으로 갔다. 그리고 그곳에 도착하자마자 입이 딱 벌어질 수밖에 없었다.

"이, 이게 어떻게 된 거야."

내 전신 초상화가 걸려 있던 자리에는 난생처음 보는 녀석의 초상화와 함께 다른 호스트 클럽의 약도가 적혀 있었던 것이다. 아니, 이런 뻔뻔한 표절을!

타쿠르가 주먹을 꽉 쥐며 말했다.

"이 녀석, 내 팔을 부러트렸던 놈이야."

"대충 그놈들 성격이 이해가 가는군!"

멋대로 내 초상화 떼어 버리고 자기 것을 걸어 두질 않나, 방해된다고 아무렇지도 않게 상대방 팔을 부러트리질 않나.

도저히 용서 못 해! 나도 이 그림 떼어 내 주마!

그때 키스가 내 어깨를 잡으며 고개를 저었다.

"미온 경, 기분은 이해하지만 감정적으로 행동해 봐야 미온 경 손해랍니다아."

그러고는 은근슬쩍 내 품속에서 펜을 꺼내는 것이었다.

"가, 갑자기 펜은 왜요?"

"좀 더 온화한 방법도 있거든요."

그리고 키스는 그놈의 초상화 상단에 두 개의 사선을 그려 넣었다. 나는 그것을 멍하니 지켜보고는 중얼거렸다.

"……영정?"

키스 경은 진지한 예술가의 표정으로 그 그림을 훑어보다가 다시 펜을 들었다.

"역시 수염을 그려 줘야……."

"자, 잠깐. 그걸로 충분해. 더 하면 저 사람 동정할 것 같아."

나는 한숨을 내쉬었다. 멀쩡한 사람 하나 골로 보내는 거 순식간이군. 항상 하는 생각이지만 키스 경이 적이 아니길 다행이다.

그때 커다란 고함 소리가 들렸다.

"야! 네놈들! 내 그림에 무슨 짓이야!"

그와 함께 경호원쯤으로 보이는 건달들 서넛을 낀 초상화의 주인공이 우리 앞에 나타났다. 나는 그 사람과 그의 초상화를 몇 번이나 번갈아 가며 보고는 외쳤다.

"너무 다르잖아! 미화가 너무 심해!"

일단 초상화란 실물과 서로 비슷해야 의미가 있는 거 아니야? 당신과 이 그림과의 공통점이라고는 눈이 두 개라는 것밖엔 없다고!

내 괴로움에도 아랑곳하지 않는 그 '괴리감의 남자' 는 날 이리저리 훑어보며 코웃음을 쳤다.

"네 녀석이 최근 새로 등장한 신인이었군. 뭐, 나보다는 못해도 제법 여자들 후려 봤을 상판이로구만. 흥, 계집애 같아서는."

"와아. 그 얼굴과 너무 잘 어울리는 입버릇을 가지고 계시는군요."

말투 거슬리네. 내가 무슨 씨름 선수야? 후리게? 그보다 너보다 못하다니! 너 같은 족제비와 비교 대상이 되는 것 자체가 모욕이야!

그러나 그 모욕의 퍼레이드는 타쿠르에게도 이어졌다.

"너도 여전히 발버둥 쳐 볼 생각이냐? 큭큭. 뭐 맘대로 해 봐. 술 한 모금 못 마시는 샌님에게 어떤 여자가 넘어오겠느냐마는."

"닥쳐! 네놈에겐 절대 지지 않아!"

나는 깜짝 놀랐다. 성격 바른 타쿠르의 입에서 저 정도 말이 쏟아질 정도라면 엄청나게 미워하고 있는 것이다. 하긴, 자기가 그렇게 소중하게 여기는 업소를 몰락 일보 직전으로 몰아 놓고 팔까지 부러트린 놈인데.

무엇보다 서비스업에 종사하는 녀석이 장검을 차고 있는 저 한심한 꼴부터 보기 싫었다. 기사 흉내라도 내려는 거냐.

"타쿠르! 키스 경! 상대해 주기도 귀찮으니까 돌아가죠!"

라고 말하면서 키스 경을 바라봤을 때, 그는 기어코 저 족제비의 초상화에 수염을 그려 주고 있었다.

"아아, 역시 이쪽이 훨씬 개성적이랍니다아아."

저건 나라도 눈이 돌아가 버릴 정도로 처참하군. 아니나 다를까, 족제비 씨는 몸을 부들부들 떨며 키스 경을 노려봤다.

"다, 당장 내 얼굴에서 수염 지우지 못해!"

그러자 키스가 무슨 억울한 소리를 하냐는 듯이 항변하는 것이었다.

"수염이라니요! 이건 코털입니다아!"

거리에 모여든 사람들은 결국 자지러지게 웃음보를 터뜨릴 수밖에 없었다. 나는 손으로 얼굴을 가린 채 '우리 쪽에서 도발해서 어쩌겠다는 거야' 라고 푸념을 늘어놓았다. 문제는 그 도발에 대한 족제비 씨의 반응이었다.

"죽여 버릴 테다!"

검이 뽑히는 소리와 함께 키스 경의 머리 위로 칼날이 쏟아졌다. 곧 사람들의 비명이 터졌다.

"세, 세상에!"

키스 경은 어느새 반으로 부러트린 칼날을 손가락 사이에 넣고 슬슬 돌리고 있었던 것이다. 나야 키스의 저런 모습 자주 봐서 이제는 별로 놀라지도 않지만, 다른 사람들은 보고도 믿기지 않아서 신음 소리조차 내지 못했다.

막대 사탕처럼 톡 부러진 자신의 검을 들고 덜덜 떠는 '족제비' 앞에서 키스 경이 부드러운 목소리로 타일렀다.

"이런 견고하지도 유연하지도 않은 잡철로 만든 장난감 칼로 상대를 때리는 짓은 하지 마세요. 그랬다간……."

키스가 손가락을 튕기자 들고 있던 칼 조각이 초상화의 이마에 박혔다.

"부딪치는 순간 부러져서 저렇게 당신의 얼굴에 박히게 될 테니까."

그의 빨간 눈웃음에 장난감 칼의 주인공은 자기도 모르게 고개를 끄덕였다. (자세히는 모르겠지만) 키스 경이 과거에는 정말 자주 검을 들었을 거라는 확신이 든다. 그가 검을 대하는 태도는 항상 권태롭지만 또한 정중했다.

검을 바닥에 내던진 족제비 씨는 뒷걸음질을 쳤다.

"아, 아무튼 이곳에서 장사할 생각은 하지도 마! 그딴 흉가에 어떤 미친 여자가 돈 내고 가겠어!"

라는 그의 말은 도망치면서 외쳤기 때문에 영 설득력 있게 들리지 않았다. 타쿠르는 아직까지 몸이 완전히 얼어붙은 채로 키스 경을 바라보고 있었다.

"무, 무슨 일을 하는 분이세요?"

"저 말입니까아? 저로 말할 것 같으면 미온 경을 10년간 구입한……."

"그냥 힘 센 게으름뱅이야!"

"아아아, 미온 경. 자상한 상관에게 그 무슨 폭언입니까아."

하아, 더 이상 말려들고 싶지 않아.

그때 타쿠르가 힘 빠진 목소리로 말했다.

"미온. 그런데 아까 저 녀석의 말도 완전 틀린 건 아니야. 우리 가게는 너무 외진 곳에 있어서 굳이 거기까지 찾아올 새로운 고객은 없을 것 같아."

그러자 내가 말했다.

"물론이지. 그 먼 곳까지 돈 내고 찾아올 사람이 몇이나 되겠어?"

"그, 그럼 어떻게 하지?"

나는 곧바로 초상화를 뒤집었다. 그리고 그 캔버스 뒷면에 약도를 그려 놓고는 그 밑에 한 줄을 더 추가했다. 그 문장을 본 타쿠르가 놀란 얼굴로 말했다.

"정말 이래도 괜찮을까?"

"투자라고 생각해. 자, 그럼 가자."

금세 주변에 모여든 사람들은 내가 쓴 글을 보며 서로 수군거리기 시작했다.

'미소년의 숲 이오타 지점' 오픈 행사. 오늘 전액 무료!

반격은 이미 시작되었다.

24.

이를테면 나는 이 전쟁의 지휘관이었다.

"키스 경! 옷 좀 제대로 입어욧!"

"전 단정한 게 싫습니다!"

"또한 고객들도 싫어하지! 시간 없으니까 빨리 갈아입어요!"

"아아, 정장 따위 입으면 아저씨가 된 기분이란 말입니다아."

얼굴이 반칙일 뿐이지, 나이로는 이미 아저씨야!

규칙 하나! 항상 청결하고 단정한 모습을 유지할 것!

"루이 경! 멋대로 술 따지 말아요!"

"하지만 어차피 다 마실 거잖아."

"누가 댁 취하라고 사 놨는지 알아?"

규칙 둘! 술을 마시는 것은 항상 업무적인 이유뿐!

대충 이러한 '전쟁 준비'들을 한다. 그리고 때로는 '위기 대처' 능력이 필요하기도 하다. 가령 이럴 때는 지스킬 윈터차일드 군이 요주의 인물이다.

"내 몸에 손대지 마!"

여성들에게 둘러싸여 있는 것만으로도 얼굴이 빨개져 있던 지스 경은 고객이 몸을 만지자마자 당장 폭발해서는 소리치고 말았다.

그 순간 내가 무서운 눈빛으로 신호를 보냈다. 지스 경은 기어들어가는 목소리로 조그맣게 말했다.

"……세요."

규칙 셋! 불합리한 요구라면 거부 가능. 그러나 어떤 경우라도 고객에게는 존칭어 사용!

25.

스왈로우 나이츠 참전 후 이틀, 모든 것은 예상대로였다.

나름대로 나 자신을 명지휘관이라고 공치사해 보자면, '무료'라는 말에 기대심을 품고 먼 길을 찾아온 고객들은 루시온 경의 힘으로 환골탈태한 화려한 저택에서 베르스 최고의 미남, 미소년들(게다가 어쨌든 기사 작위까지 있는!)에게 둘러싸여 즐거운 밤을 보낼 수 있었고, 그 만족감은 이튿날 금화 1,800닢이라는 천문학적인 수익으로 돌아왔다.

그렇다. 모든 것은 내 예상대로였다. 단 한 가지만 빼고!

"……저거 농담이겠지."

"그, 글쎄. 보면서도 믿을 수가."

"정말이지 여자 마음이란."

"인정할 수 없습니다!"

이틀째 일을 마친 우리들은 '무엇인가'를 바라보며 서로 허망한 심정을 나눠야 했다. 이건 정말 나조차도 예상하지 못했던 일이다. 그러니까 그 '무엇인가'가 무엇이냐 하면, 바로 상황표, 즉 지명 순위를 기록하는 게시판이었던 것이다.

그런데 누구 하나 빠짐없이 내로라하는 미남 집단인 우리들 중에 누가 지명 넘버원이냐 하면!

우리의 모든 시선이 소파에 드러누워 잠들어 있는 키스 경에게 꽂혔다. 푸딩이라도 먹다가 잠들었는지 손에는 티스푼까지 그대로 든 채 새근새근 자고 있는 모습은 정말이지 '전 아무렇게나 살고 있습니다'라고 광고하는 것 같았다.

우리는 한참 동안을 '어째서 저런 인간이 지명 1위?'라는 심란한 시선으로 바라보고 있었다. 비록 내가 마스터를 담당하느라 지명에서 빠졌다고는 해도 저 엄청난 키스의 인기는 대체…….

"말도 안 돼! 이건 뭔가 문제가 있어!"

쇼탄 경이 격분했지만 그렇다고 상황이 바뀔 리는 없었다. (사실상 모두가 쉴 틈도 없었기 때문에 순위에 큰 의미야 없지만) 지명 꼴지는 바로 쇼탄 경이었던 것이다. '여름 한정'이라는 서글픈 징크스는 나라를 바꿔도 여전히 건재한가 보다.

'아무리 그래도 키스 저 인간은 상식 밖이란 말이야.'

심지어 고객 앞에서 멋대로 잠들어 버리기까지 하는 제멋대로인 사람을 어째서 선호하는 걸까? 그건 큰 키라든가 훤칠한 외모만으로는 설명할 수 없는 무엇이었다.

그때 키스 경에게 밀렸지만 지명 3위라는 놀라운 스코어를 장식하고 있는 레녹 경이 상황표를 힐끗 보며 말했다.

"내일도 열심히 해 봅시다."

저 나직한 말투에서는 지금까지 한 번도 지명 2위를 빼앗겨본 적이 없는 자의 은근한 분함이 느껴지고 있었다.

한편 타쿠르는 순위야 어찌 되었든 문전성시로 고객이 붐비는 지금 상황이 눈물 나게 기쁜 것 같았다. 그는 하루 만에 가득 찬 고객 명부를 보며 말 그대로 폴짝폴짝 뛰었다.

"미온, 이 정도로 엄청날 줄은 몰랐어. 하루에 1,800골드라니."

"하하. 예전 업소에 비할 수는 없지만 첫 성과치고는 꽤 대단해. 히르카스 누님이 봤으면 분명 칭찬했을걸?"

사실 예전 '미소년의 숲'은 일반적인 호스트 클럽이라기보다는 최상류 여성들의 비밀스러운 휴식처였고, 첨단의 과학이나 문학에 대한 토론이 오가는 살롱이기도 했고, 때로는 깜짝 놀랄 정략(政略)이 보관되는 안전 금고이기도 했다.

덕분에 특별히 책정된 가격이라는 것은 없고 팁도 없으며 요금을 달라는 말조차 하지 않는다. 고객들이 원할 때 원하는 만큼 보내 주는 기부금이 전부였다(물론 그 액수에 대해서는 상상에 맡기도록 하자).

26.

문제는 3일째부터 발생했다. 오픈을 했지만 아무도 오지 않는 것이 아닌가. 줄을 서서 들어와야 할 정도로 왁자지껄했던 어제에 비하면 지나치게 '인위적'이었다.

'설마 그놈들이 무슨 짓을 한 게 아닐까!'

그러고도 남을 놈들이다. 악소문을 퍼트려 고객의 발길을 끊게 만드는 짓 정도는 아무렇지도 않게 할 수 있을 것이다.

하지만 아무리 그래도 단 한 명도 오지 않는다는 것은 수상했다. 아예 여기로 오는 길을 막아 버리지 않는 이상은…….

"미온! 큰일 났어!"

그렇게 외치며 가게로 뛰어 들어온 타쿠르의 안색이 창백했다. 나는 명확한 불길함에 젖은 표정으로 그를 바라봤다.

"가게 앞 도로를 검은 옷을 입은 자들이 막고 있어."

"뭐라고!"

말도 안 된다고 생각한 예상이 현실이 되자 난 깜짝 놀라 자리에서 일어났다. 그놈들이 설마 정부 관리를 꼬드겨서 군인들이라도 동원한 것일까. 그렇다면 이건 단순한 영업 방해 차원의 문제가 아니었다.

나는 화가 치밀어선 곧바로 밖으로 나섰다.

'저럴 수가!'

타쿠르의 말대로 가게로 오는 도로 양쪽은 시커먼 제복의 사내들로 막혀 있었다. 당장 그들에게 달려가려는 나를 타쿠르가 말렸다.

"미, 미온. 대화로 물러설 녀석들이 아닌 것 같아."

"그렇다고 손 놓고 지켜볼 수는 없잖아!"

나는 그렇게 외치고는 그들 앞으로 성큼성큼 걸어갔다. 최소한 이유라도 듣고 싶었다. 적어도 '너희 가게를 망하게 하기 위해서'라고는 대답하지 못하겠지?

그런데 계속 그들에게 걸어갈수록 입고 있는 악취미적인 제복이 신경 쓰였다. 저 검은 가죽옷은 분명히…….

"엔디미온 동지."

분위기에 안 맞는 발랄한 목소리에 놀라 고개를 돌려 보니 어느새 다가온 금발의 청년이 반갑게 웃고 있었다. 이 사람과는 이상하게도 항상 예상치 못한 곳에서 만나게 되는군.

"리젤 경?"

"그동안 잘 지내셨나요."

나는 대답도 하지 못한 채 멍하니 그를 바라봤다. 만약 리젤 경이 누군지 모르는 사람이 봤다면 백이면 백, 이 훤칠한 미남을 성격 좋은 귀공자 정도로 착각할 것이다.

하지만 나는 이 사람이 이자벨 님의 심복이자 인트라 무로스 특무대 소속 장교라는 것을 알고 있었고, 그 순간 모든 의문은 풀렸다.

난 쓴웃음을 지으며 물었다.

"이자벨 님은 항상 이런 식으로 움직이시나요?"

"소란 떨어 죄송합니다. 하지만 워낙 적이 많은 분이시라서 요."

그는 장난스럽게 웃었다. 곧이어 기마대의 호위를 받는 고급스러운 마차 한 대가 나타났다. 그 안에 누가 타고 있는지는 굳이 말하지 않아도 알 것이다.

27.

이자벨 님의 농담은 항상 즐겁다.

"미온, 오랜만이네. 이오타에서 호스트를 하겠다면 나로서는 환영이야."

"아하하. 하지만 놀랐어요. 어떻게 제가 여기 있는지 아신 거예요?"

물론 정말 궁금해서 물어본 것은 아니었다. 단지 그녀가 관리하는 정보망에 나도 포함되어 있다는 사실이 좀 황송할 뿐이었다.

"괜찮은 곳이네. 소박하고 아늑하고. 미온이 있는 곳이라면 꽤 화려할 줄 알았는데 말이야."

그녀는 와인잔을 찬찬히 돌리며 주변을 둘러봤다. 물론 지금 이곳에 있는 고객은 이자벨 님뿐이었다. 혼자 가게를 독차지할 필요까지는 없다고 생각할 수도 있겠지만, 만약 지금 이 가게에 있는 여성이 인트라 무로스의 방첩국장이라는 것을 알게 된다면 다른 고객들도 얼어붙어서 들어오고 싶어 하지 않을 것이다.

조금은 그녀를 차갑게 만드는 안경 너머로 그녀의 파란 시선이 움직이고 있었다. 이자벨 님을 처음 보는 스왈로우 나이츠의 기사들은 '저 미녀가 정말 그 이자벨 크리스탄센이란 말이야?'라는 경탄의 표정으로 그녀를 바라보고 있었다.

즐거운 듯이 동료들을 훑어보던 그녀의 시선은 곧 붉은 눈의 사내 앞에서 멈춰 섰다.

"……."

키스 경은 일부러 관심 없다는 것을 보여 주기라도 하려는 듯 이자벨 님에게 슬쩍 등을 돌린 채 구석 소파에 기대어 있었다. 만약 이자벨 님이 좀 더 권위에 충실한 분이었다면 당장 특무대를 시켜 태도 불량한 키스를 잡아 가뒀을 불경한 태도였다.

나는 조금 불안한 표정으로 둘을 바라봤다. 내 기억이 맞는다면, 분명 이자벨 님은 키스 경을 모른다고 했었는데?

그녀의 시선은 건조했고 고개를 기울인 채 벽만 바라보는 키스의 눈빛은 공허했다. 착각이겠지만, 이들은 마치 너무 오랜만에 만나 이제는 더 이상 공유할 것이 남아 있지 않은 옛 연인들 같았다. 먼저 움직인 건 키스였다.

"무서운 분은 사양입니다아. 평화 만세예요."

알 수 없는 소리를 늘어놓으며 키스는 느릿느릿 가게 밖으로 빠져나갔다. 대체 저 인간 왜 저러는 거야……. 그녀가 다시 나를 돌아보며 말했다.

"미온의 상관이니?"

"아, 예. 키스 세자르 경이라고. 그런데 무슨 문제라도."

"아니, 그냥. 귀엽게 생겨서."

투명한 술을 넘기는 그녀의 눈빛에는 전혀 변함이 없었다. 하지만 나는 그녀가 (적어도 그녀가 말하는 것 이상으로) 그를 알고 있을 것이라는 생각이 들었다. 단지 서로 적이 아니길 바랐다.

그녀는 내가 따라 주는 와인을 묵묵히 지켜보며 알코올과 함께 가볍게 날아오르는 포도의 향기를 음미하고 있었다. 나는 이자벨 님의 안색을 살폈다.

"조금 피곤하신 것 같아요."

"주량이 늘고 있어. 고민이 많아졌다는 의미지."

"헤에. 이자벨 님이 고민해야 할 정도의 문제라면 짐작도 가지 않네요."

작은 간지러움에 그녀는 소리 없이 웃었다.

"항상 공무원을 지치게 하는 건 일의 무게가 아니라 반복이야."

그렇게 말한 이자벨 님은 언제나 똑같은 이지적인 눈매로 나를 바라봤다.

"나한테 할 말이 있지?"

"예."

나는 이자벨 님의 성격을 잘 아는 편이고 그녀 역시 그렇다. 내가 느끼고 있는 불안감을 그녀가 모를 리 없었다.

"저번 왕자님과 공주님의 납치 사건……."

나는 말을 흐렸다. 그 배후에 이오타가 있고 이자벨 님도 관여하고 있느냐고 물어볼 수가 없었다. 더러운 물을 입에 가득 담고 있는 그런 기분이었다.

"미온. 나는 네게 많은 것을 말해 줄 수 있는 입장이 아니야."

난 고개를 끄덕였다. 나 한 명을 납득시켜 주겠다고 정치적 기밀을 늘어놓을 그녀가 아니다. 게다가 그녀의 머릿속에 있는 '진실'들을 듣게 될 때 목숨이 위태로워지는 쪽은 나였다.

"하지만 나는 너를 일개 호스트로 생각하지 않아. 때로는 동생처럼 느껴지기도 해. 그게 아니었다면 이렇게 여기까지 찾아올 이유도 없겠지."

그녀는 적을 속이고 적의 속임수를 간파하는 일의 달인이지만, 지금 나를 속이려는 것은 아니었다. 그녀가 나로 인해 편해지는 이유는 나는 굳이 거짓으로 대하지 않아도 되는 극소수의 사람이기 때문이다.

"나는 네가 이 세상의 위험하고 추악한 진실에 접근하지 않길 항상 원해. 그걸 몰라도 세상을 얼마든지 행복하게 살아갈 수 있다는 것을 나는 알아.”

그녀의 진심에 나도 진심을 말했다.

“하지만 저는 이제 기사예요. 그걸 못 본 체하는 것이 절 행복하게 만들 리가 없잖아요. 게다가 그건 다른 곳도 아닌 우리나라에서 벌어진 일이라고요!”

나보다 더욱더 ‘위험한 진실’ 속에 접근해 있는 그녀는 연민에 찬 눈동자로 나를 바라봤다.

“넌 언제나 반듯하구나. 그게 네 장점이지. 분명 나는 항상 선량한 수단만 사용하는 사람은 아니야. 하지만 내 목적만큼은 언제나 선량해. 사리사욕 때문에 남을 해친 일은 없었고 앞으로도 없어. 그리고 내가 바라는 것은 이 가혹한 굴레 속에서 네가 상처받길 원치 않는다는 거야. 비록 날 미워하는 것이야 막을 수 없겠지만. 괜찮아. 미움 받는 것, 익숙하니까.”

그녀의 목소리는 지금 그녀의 표정만큼이나 지쳐 있었다.

“……이자벨 님.”

“이만 가 볼게. 남은 일이 많아서.”

그녀는 힘겨운 미소를 보이며 자리에서 일어섰다. 전에도 말했지만, 그녀는 직접 검을 쥐지 않을 뿐이지 항상 모든 접전의 선봉이다. 천재로 태어나 어려서부터 무언가 엄청나게 거대한 일을 해낼 인재로 키워져서, 그 대가로 그녀가 얻은 것은 냉혹한 정치판의 한가운데 서게 된 것이었다.

대체 어떻게 여자가 국왕의 최고 심복이 될 수 있냐고 비웃음을 받을 때도 그녀의 차가운 모략(謀略)은 차례차례 그렇게 비웃는 주군의 정적들을 제거해 나갔다. 그녀는 좋든 싫든 국왕의 숨은 칼날인 것이다.

그래서 그녀를 칭송하는 자들은 이자벨 님을 가리켜 '백만 대군과도 바꾸지 않을 지혜를 지닌 책략가'라고 하지만 싫어하는 자들은—키르케 님처럼 '인격조차 정보의 하나로 보는 냉혈한'이라고 질색하기도 한다.

하지만 지금 내가 이곳을 떠나는 그녀의 뒷모습을 보며 느낀 점은 환상의 책략가도 피도 눈물도 없는 냉혈한도 아닌, 단지 힘들고 지쳐서 어떻게든 감싸 주고 싶은 여자의 모습이었다.

나는 계단을 올라가는 그녀를 지켜보고 있었다.

"이자벨 님! 미움 받는 데 익숙한 사람은 아무도 없어요! 전 당신 미워하지 않아요! 당신이 좋은 분이라는 것도 알고 있어요! 그러니까 자책하지 말아요."

그녀는 발걸음을 멈췄다. 그리고 계단을 내려와 살짝 나를 품으며 머리 위에 키스했다. 몇 칸 정도 밑에 있던 나와 그녀의 모습은 괜찮은 각도였다.

나는 정말이지 상대의 아픈 마음속까지는 캐물을 수 없는 '야무지지 못한' 남자일지도 모른다.

하지만 어쩔 수가 없다. 이자벨 님의 말마따나 상대의 쓰라린 구석을 후벼 파면서까지 그 '진실'을 알아내려는 건 너무도 잔인한 짓이라는 생각이 들었다. 그것이 누구는 장점이라고 말하고 또 누구는 단점이라고 말하는 내 성격이었다.

28.

어쨌든 우리의 투쟁도 계속되었다. 멋대로 업소명을 도용해서 죄송한 '미소년의 숲 이오타 지점'은 나흘 만에 다른 도시에까지 소문이 퍼져 나갈 정도였다.

'분점이라도 낼까?'라는 농담도 더 이상 농담이 아니게 된 것이다. 그리고 적들의 공격도 이제부터 시작되었다.

한창 업소가 성업 중인 시각, 벌컥 문이 열리며 들이닥친 자들이 소리쳤다.

"우리는 시청에서 파견된 감찰관이다. 이 업소가 상법을 위반했다는 고발이 들어와 수색을 시작할 테니 손님들을 모두 내보내라!"

올 게 왔군. 난 놀라지도 않은 표정으로 그들을 바라봤다. 법을 악용해서 상대를 해치는 짓은 처음 국가가 만들어진 다음부터 유구하게 이어져 온 악의 무리들의 전매특허, 전가의 보도다. 깜짝 놀라 주기엔 너무 시시껄렁한 협박인 것이다.

'보나 마나 저 관리 놈들 뒤에는 그 족제비 씨가 있겠지? 한 500골드 정도 쥐여 준 건가?'

그렇게 말하며 나는 그들에게 물었다.

"고발이라니, 누구로부터 말입니까?"

"흥. 익명의 고발이다."

"아아, 그럴 줄 알았습니다. 설마 나리들께서 나쁜 놈들로부터 더러운 돈을 받아 이런 지저분한 짓을 하실 리는 없다고 생각했습니다."

내가 속 보인다는 듯이 웃자 그들은 눈살을 찌푸렸다. 익명이란 예나 지금이나 그리고 앞으로도 참으로 편리하게 상대를 찌르는 안전한 그림자다. 그리고 그 그림자 속에 숨어 있는 녀석들은 백이면 백 떠들기 좋아하는 얼간이들이다. 악당이라 불러 주기에도 한심한 소인배인 거다.

"수작 부릴 생각하지 말고 당장 손님들을 밖으로 내보내. 그러지 않으면 공무집행방해로 즉심에 넘기겠다!"

너라면 그러겠니? 손님을 물리는 순간 이 트집 저 트집을 잡으며 하루 종일 영업 못 하도록 훼방 놓을 게 뻔한데?

나는 딴청을 피우며 슬슬 약을 올렸다.

"으음, 저는 말이죠. 악당들의 협잡질도 이런 구시대적인 발상에서부터 한시바삐 개선되어야 한다고 생각해요. 이렇게 단순한 음모밖에 없어서야 정의의 편이 얼마든지 대비할 수 있는 기회를 주는 셈이잖아요?"

"큭! 무슨 헛소리를 지껄이고 있는 거야!"

"그러니까 저희가 무슨 상법을 위반했다는 건가요? 적어도 뭘 잘못했는지는 듣고 싶은데요?"

"그, 그건…… 그러니까……."

"이런. 아직 생각 못 하셨나 보네요. 잘 생각해 보세요. 많잖아요. 부당이득이라든가 세금포탈이라든가."

아무리 악행이라도 성의가 있어야 하는 법이다. 시청 감찰관이라는 자신들의 직함 하나에 당장 꼬리를 말 줄 알았던 그들은 내가 배짱을 튕기자 크게 당황한 눈치였다.

"아, 아무튼 수색을 해 보면 잘못이 나와! 당장 수사에 협조하지 않으면 모두 체포하겠다!"

이미 리더구트를 수색당해서 쫓겨난 몸인데, 여기 와서 또 수색이라, 실로 징글맞은 우연이로군. 나는 혀를 차며 말했다.

"죄가 있는 건 분명하지만 무슨 죄인지는 모르겠다, 이겁니까? 공무원치고는 개그 센스가 탁월하시군요."

그 순간 그의 눈빛에 핏발이 섰다. 번쩍 들어 올린 그의 주먹이 내 얼굴에 직격을 날리려는 찰나! 내가 품속에서 꺼낸 서류가 그의 얼굴에 들이닥치는 게 더 빨랐다.

"뭐, 뭐야. 이건."

"한번 읽어 보세요. 당신도 잘 아는 분으로부터 받은 거니까."

서류에 적힌 내용을 읽어내려 가던 그의 불쾌한 표정은 곧 경악으로 바꿨다.

"이, 이거 위조는 아니겠지?"

"어느 안전이라고 위조를 하겠습니까."

그건 아주 간단한 증명서였다. 이 업소를 루시온 경의 백작가가 관리하는 사업에 포함시킨다는 것. 즉, '미소년의 숲 이오타 지점'은 이오타에서도 꽤 영향력이 있는 기업의 소유라는 의미였다.

　사실 이자벨 님은 그 '빽'이 너무 세서 도리어 곤란하다. 인트라 무로스의 보호를 받는 호스트 클럽이라는 말을 듣고 믿을 사람이 세상에 어디 있겠는가.

　하지만 거대 사업체라면 얘기가 달랐다. (물론 루시온 경의 가문으로서도 이곳의 수익성을 알고 도와준 것이지만) 설마 정계 재계에서 명망 높은 귀족 가문의 사업체에 함부로 행패를 부릴 만큼 배짱 좋은 말단 공무원은 없을 것이다.

　뭐, 정의로운 해결책이라고까지는 말 못 하겠지만, 어쨌든 모든 가치 판단의 척도가 권력인 인간에게는 도저히 대항할 수 없는 권력을 보여 주는 것이 자신의 패배를 가장 빨리 이해시키기는 일이리라. 권력이 무기인 인간이 가장 두려워하는 것이 바로 자신보다 더 큰 권력이니까. 가장 합리적인 답안인 것이다. 나는 코웃음을 치며 말했다.

　"저희가 잘못한 점은 찾으셨는지요."

　"아니 그, 그건 단지 업무상의 착오…….."

　"아하! 그러시군요. 자, 그럼 그만 얼쩡거리시고 냉큼 꺼져 주시겠어요?"

　내 무례한 면박에도 감찰관들은 뭐 씹은 표정으로 물러설 수밖에 없었다. 그들의 등을 향해 혀를 내미는 내게 타쿠르가 조금 겁먹은 얼굴로 다가왔다.

"미, 미온. 성격 많이 모질어졌구나. 산전수전 다 겪어 본 사람 같아."

난 한숨을 내쉬며 고개를 저었다.

"그렇게 됐네요. 1년간의 기사 생활 동안 말 못 할 풍파를 다 겪어 봐서 말이지."

나는 이런 소동이 일어나든 말든 고객 품 속에서 잠들어 있는 키스 경을 흘겨보며 눈썹을 가늘게 떨었다. 물론 오늘의 지명 1위도 키스 경이었다.

29.

우리 중에 가장 신이 난 사람은 다름 아닌 루이 경이었다. 물론 당연한 말이다. 평소에는 여자와 손만 잡아도 '왕실규율위반'이라는 거창한 범법을 저지르게 되는데 지금은 도리어 돈까지 벌게 되었으니, 오직 여자만이 자신이 숨 쉬는 의미인 그에게 이런 환상의 직업이 또 있으랴.

세상에는 가지각색의 인간과 직업이 있는데 그중 루이 경과 호스트는 그 궁합이 상당히 좋았다.

"미온! 내 인생의 로드맵을 이런 곳에서 발견하게 될 줄은 몰랐어!"

라면서 때 아닌 감동의 도가니에 빠져드는 것도 무리는 아니었다. 그런데 그런 루이 경이 오늘은 '출근' 하지 않은 것이다.

"얼레? 루이 경 아직 안 나왔어요?"

다른 사람들보다 조금 늦게 업소에 도착한 나는 루이 경이 없는 것을 보고는 놀란 눈을 깜빡였다. 몇 시간 전부터 와서 몸치장에 여념이 없는 '부지런한' 그가, 오픈을 코앞에 둔 지금까지 모습을 보이지 않는 것은 카론 경이 업무 중에 농땡이를 피웠다는 말 만큼이나 이해하기 힘들었다.

게다가 더 이상한 것은…….

"표정들이 왜 그래요?"

황망함을 그대로 드러낸 동료들을 바라보며 나는 또 무슨 일이 터졌다는 것을 직감할 수 있었다.

그때 지스가 어처구니없다는 듯이 혀를 차며 말했다.

"루이가 그놈들 업소로 스카우트되어 가 버렸어."

나는 허허 웃으며 눈을 지그시 감았다. 그래, 일류를 꿈꾸는 호스트라면 좀 더 자기 몸값이 높은 곳을 선택하는 것도 자유야. 좋은 프로의식이야. 그런데 루이 경, 당신 일단은 기사 아니었어? 돈과 여자라면 다 좋은 거야? 우리는 타쿠르를 돕기 위해 여기 나오고 있는 거잖아! 대체 생각이라는 걸 하고 사시는 거냐고!

나는 그 모든 상념들을 한마디로 줄여 표현했다.

"……아무튼 개념 진짜 없어요."

나는 흘낏 키스 경을 바라봤다. 기사단장으로서 이 '황당한 배신'에 대해 뭐라고 한마디 해 주길 바랐지만, 본래 자유방임주의를 표방하는 키스 경은 '떠나간 철새는 때 되면 다 돌아온답니다아'라는 신선 기지개 펴는 소리만 하고 있었다.

이 불편한 분위기 속에서 레녹 경의 목소리가 울렸다.

"본래 남 생각은 안 하는 사람이었으니까 화가 날 것도 없군요."

나는 눈살을 찌푸렸다. 루이 경의 행동만큼이나 레녹 경의 말투가 거슬렸기 때문이다.

그의 그런 말투를 싫어하는 다른 사람들도 이번에는 모두 입을 다물었다. 그만큼 루이 경의 행동이 믿을 수 없이 이기적이었던 것이다. 도리어 랑시 경은 입을 삐죽 내밀며 거들었다.

"루이 경이 바보라는 건 예전부터 알고 있었지만, 그래도 동료는 소중하게 생각하는 바보라고 생각했어! 이거, 배신감 느낀다고!"

사실 랑시는 소녀 같은 외모와는 전혀 다르게 직선적인 성격이라서 기분이 나쁠 때는 엄청난 폭언이 그대로 튀어나와 버린다. 형, 무라사 씨와 일맥상통하는 부분이었다.

평소부터 루이 경과는 사이가 나쁜 레녹 경이 이때라는 듯이 말했다.

"제가 기사단장이었다면 당장 루이 경을 제명했을……."

"적당히 좀 하시지, 잘난 공무원 기사 나리."

화를 꾹 참는 소리가 끼어들자 레녹 경이 고개를 돌려 그를 쏘아봤다. 거칠게 찻잔을 내려놓으며 레녹 경을 노려본 사람은 바로 쇼탄 경이었다. 레녹 경이 코웃음을 쳤다.

"그래도 친구라고 감싸 주는 겁니까?"

"감싸 줘? 내가? 그놈을? 뭣하러?"

쇼탄 경은 자기 쪽이 불쾌하다는 듯이 말했다.

"솔직히 그 구제불능을 두둔하고 싶은 생각은 추호도 없어. 하지만 사실은 사실인걸. 바보지만 더럽지는 않아. 다들 말조심하라고!"

칭찬인지 욕인지 잘 구분이 안 가는 쇼탄 경의 변호가 쏟아졌다. 항상 궁상맞은 오라를 내뿜는 쇼넨베르트지만 저렇게 진지하게 화를 내면 확실히 무섭다. 큰 키의 근육질이기 때문만은 아니다. 조리 있게 상대를 설득하는 능력은 없어도 빈민가에서 거칠게 자라 왔던 탓인지 한번 진심을 말할 때는 뒤도 돌아보지 않는 성격이었다.

매사에 그를 무시하던 엘리트 레녹 경 역시 지금만큼은 움찔할 수밖에 없었다. 그래도 그는 절대 인정은 할 수 없다는 투로 말했다.

"돈 때문이 아니라면 뭣하러 우리에게 말도 없이 그쪽에 붙었겠습니까?"

"몰라. 내가 바보의 속을 어떻게 알아."

쇼탄 경 역시 심란한 표정으로 고개를 돌렸다. 이 상황을 가장 인정하고 싶지 않은 사람은 바로 루이 경의 룸메이트인 쇼탄 경일 것이다.

이 거북한 분위기를 아랑곳하지 않고 차를 마시던 루시온 경이 침착하게 입을 열었다.

"어쨌든 중요한 건 곧 오픈이라는 겁니다. 모두 일할 준비 하세요. 그리고 루이 경의 행동에 대한 처분은 전적으로 기사단장인 키스 경의 권한이니까 우리는 키스 경의 판단을 존중하면 되는 겁니다. 사적인 감정은 품지 말아 주시길."

딱 부러지는 그의 태도는 감정적으로 격해지던 레녹 경과 쇼탄 경을 진정시켰다. 푸른 머리의 백작가 청년에게는 (좋은 의미로서) 귀족다운 리더십이 있었다. 만약 이 세상이 전란에 휩싸여 있다면 루시온 경은 수천 명쯤은 너끈히 통솔하는 상급 지휘관 직책 정도는 꿰차지 않았을까?

그런데 정작 그런 유능한 기사에게 존중을 받는 키스 경이라는 사람은 듣는 둥 마는 둥 애써 다려 놓은 셔츠가 구겨질 정도로 소파 위에서 꼼지락거리고 있었다.

가끔 키스 경에게는 희로애락이라는 것이 존재하기는 하는 것인지, 당연한 궁금증을 품을 때도 있지만—숨 쉬는 인간이라면 (그 비율의 차이는 있어도) 희로애락은 엄존한다. 그건 살아 있다는 가장 확고한 증거다. 단지 키스 경은 그걸 겉으로 보여 주는 것에 엄격하거나 혹은 서툰 것이라고 나는 생각했다.

"자, 그럼 일을 시작해 볼까요."

나는 뒷정리를 하는 기분으로 그렇게 말했다. 루이 경의 엉뚱한 행동에 대해서는 도대체 이유를 모르겠지만 그렇다고 눈앞의 일을 미룰 수야 없지 않은가.

30.

루이 경의 '도저히 납득할 수 없는' 돌발 행동의 이유는 이틀 후에 밝혀졌다. 그것도 아주 시시하게. 루이 경 스스로가 자기 발로 우리 업소를 찾은 것이었다. 게다가 만면에 개선장군 같은 웃음까지 머금고 있었다!

"와하하하! 내가 없는 동안 잘들 지내셨나! 제군들!"

"루, 루이 경!"

나는 너무 깜짝 놀라 벌떡 일어섰다. 설마 완전히 그놈들과 한 패가 되어서 우리를 놀리기 위해 온 거야?

그는 쌍수를 들어 환영하기는커녕 돌아온 탕아 바라보듯 하는 우리들의 표정을 살피고는 요란하게 염색한 머리를 긁적거렸다.

"아니, 이거 내가 가게를 잘못 들어온 건가."

"어디서 뭐하다가 이제 온 거냐!"

가장 먼저 쏘아붙인 사람은 의외로 쇼탄 경이었다.

"얼레? 어째서 화가 난 거야?"

"왜 화가 났냐고? 글쎄다. 나도 모르겠네!"

이틀 만에 돌아온 자신의 룸메이트 앞에서 쇼탄 경은 완전히 삐쳐 있었다. 성질을 이기지 못하고 주먹다짐을 하는 것보다야 낫지만 저래서야 덩치와 비교해서 너무 언밸런스하군.

루이 경은 그제야 히죽 웃으며 두 손을 으쓱했다.

"하하하. 설마 이 루이 님이 돈 몇 푼에 눈이 멀어 그놈들에게 매수되었다고 의심하고 있는 건 아니겠지?"

모두는 깊게 침묵하며 루이 경을 바라봤다. 그가 스르륵 손을 내리며 중얼거렸다.

"의, 의심하는 거냐."

아니, 의심이 아니라 확신이었어요.

루이 경은 방귀 뀐 놈이 성질낸다고 되레 자기가 억울하다는 듯이 외쳤다.

"난 너희들을 돕기 위해 적진에 잠입한 건데 어쩜 이리 야박할 수가 있냐!"

그러나 평소 루이 경의 인생철학을 잘 알고 있는 우리들은 여전히 골이 깊은 의혹의 눈초리로 그를 흘겨볼 뿐이었다. 루이 경은 울상이 된 얼굴로 품속을 뒤적거리더니 곧 무엇인가가 빽빽하게 쓰여 있는 쪽지를 꺼냈다.

"짜잔! 이게 뭔지 아시겠나들?"

난 고개를 갸웃거렸다.

"우후후! 이건 말이지 그놈들 업소의 단골 고객 명단이야! 내가 이틀 만에 모조리 내게 홀딱 빠지게 만들어서 여기로 오도록 만들었지롱. 어때, 나 잘했지?"

우리는 커다랗게 웃는 루이 경을 보며 입을 쩌억 벌렸다. 아니, 물론 적의 숨통을 끊어 버릴 수 있는 치명적인 전술이라는 것은 인정해. 하지만 그건 너무…… 비열하잖아! 내가 그놈들이었다고 해도 눈이 돌아갔을 치 떨리는 짓이라고.

지금쯤 뭐 그딴 놈이 다 있냐고 괴성을 지르며 광분하고 있을 족제비를 떠올리자 나도 모르게 쓴웃음이 나왔다. '이유'를 알게 된 다른 동료들도 마찬가지로 고개를 절레절레 흔들며 웃을 수밖에 없었다. 딱 한 명만 빼고 말이다.

"고작 그딴 짓을 하려고 나와 상의도 안 하고 간 거냐! 이 망할 놈!"

무슨 일인지 분노가 폭발한 쇼탄 경이 그의 멱살을 잡아챘다. 루이 경은 여전히 여유만만이었다.

"후후후. 쇼탄, 기분은 이해하지만 천재의 재능을 질투하는 이런 짓은 보기 흉해."

"어림 반 푼어치도 없는 소리 하고 있네! 만약 거기 갔다가 칼이라도 맞았으면 지금처럼 웃는 낯짝 보일 수 있겠냔 말이야! 넌 생각이라는 걸 하긴 하는 거냐?"

쇼탄 경은 진심이었다. 생각해 보면 그렇다. 그놈들은 방해하기 위해서 서슴없이 칼까지 휘두르는 놈들인데, 만약 루이 경의 속셈이 들통 났다면 그냥 놔뒀을 리가 없었다.

쇼탄 경이 이틀간 계속 초조한 얼굴로 안절부절못한 것도 그것 때문이었다. 내심 루이 경을 가장 잘 챙겨 주고 있다는 생각에 푸근한 기분이 들었지만…….

"우아앗! 루이 님을 때렸어!"

"너같이 정신연령이 바닥을 치는 녀석은 두들겨 패서라도 교육을 시켜야 해!"

"웃기시네! 난 성자와 같은 정신연령을 가지고 있어! 지명 꼴찌 주제에!"

"그 바로 위가 네놈이잖아! 게다가 고객 만족도는 내 쪽이 훨씬 높아!"

"흥! 이 루이 님의 감미로운 손놀림 앞에서 감히 만족도를 논해?"

"쳇. 고작 손놀림? 난 말이지…….."

잠깐, 당신들 대체 지명자하고 무슨 짓을 하고 다녔던 거야. 싱글싱글 웃으며 그들을 지켜보던 키스 경이 말했다.

"루이 경. 보고는 그걸로 끝입니까아?"

그러자 순간 루이 경의 표정이 굳었다. 그는 잠시 중단되었던 본론을 말했다.

"또 하나. 아주 중요한 게 있어."

그의 목소리는 심상찮았고 가벼운 분노마저 느껴졌다.

"그놈들, 마약 팔고 있었어."

"뭐라고!"

나와 타쿠르는 놀란 얼굴로 루이 경을 바라봤다. 루이 경이 농담 좋아하는 인간이긴 하지만 이런 걸로 장난칠 사람은 아니었다.

"후후. 누구와도 금방 융화되는 내 친화적인 성격 알잖아? 내 연기에 속은 그놈들은 나를 자신들과 같은 부류라고 생각하고 나한테 마약을 보여 줬어. 이 지역 범죄 조직과 어울려 고객들에게 마약을 팔고 있었던 거야."

나는 '마약'이라는 음침한 단어를 듣자 어안이 벙벙했다. 그와 함께 어째서 값도 비싸고 실력도 형편없는 그 업소에 아직까지도 고객들의 발길이 이어지는가를 알 수 있었다. 마약에 중독된 것이다.

"더러운 놈들! 고객의 인생을 망쳐 놓는 그런 놈들은 죽어 마땅해!"

타쿠르는 분노를 감추지 못했다. 자기 직업에 대한 자부심이 남다른 타쿠르다. 고객의 모든 것을 산산조각 내 버리는 그런 짓은 자기 업소를 불태우고 팔을 부러트린 것보다도 참을 수가 없었다.

그리고 그건 나 역시 마찬가지였다. 이거야말로 기사가 나서야 할 범죄의 현장이 아닌가!

그때 키스 경이 말했다.

"루이 경."

"예?"

"당분간 몸조심하세요."

"왜요?"

"그런 엄청난 비밀을 들켜 버린 그 친구들이 목격자인 당신을 그냥 놔둘 것 같습니까아? 길거리에서 변사체로 발견되고 싶지 않으면 항상 주의하세요."

루이 경은 뒤늦게 오싹한 기분을 느끼며 침을 꿀꺽 삼켰다.

키스 경의 판단은 옳았다. 마약 판매란 이오타에서도 영업 방해와는 수준이 다른 중범죄였다. 돈을 벌기 위해 다른 사람을 중독자로 만드는 놈들이 살인이라고 못 할 리가 없었던 것이다.

항상 헤죽헤죽 웃고 다녀도 이런 판단에 있어서는 누구보다 빠르고 정확한 사람이 바로 키스 경이었다.

아무튼 그놈들이 하는 짓에 분개한 우리들은 이제 어찌할지 지휘를 바라며 키스 경을 바라봤다. 그러나 그는 하품을 하며 기지개를 펼 뿐이었다.

"자아, 그럼 오늘도 열심히 일을 시작해 볼까요오?"

"자, 잠깐. 키스 경."

"네에?"

"그놈들 그냥 놔둬도 괜찮아요? 사람들에게 마약을 파는 놈들인데 어떻게 못 본 체하고……."

"미온 경."

"예?"

"제가 뭐라고 대답할지 뻔히 알면서 그러시네요오."

나는 침울한 표정으로 입을 다물었다. 알고 있다. 여기는 베르스가 아니고 우리들은 카론 경과 같은 수사 전문의 기사도 아니니까 우리는 우리의 일만 잘하면 되는 거라고. 덧붙여 괜한 일에 휘말리는 건 질색이라고.

나는 굳은 표정으로 대답했다.

"키스 경."

"예에?"

"그럼 제가 이제 어떻게 나올지도 아시겠네요."

키스 경은 그런 내 얼굴을 보며 한숨을 내쉬었다. 그러고는 쓴웃음을 지었다.

"며칠 전에 제가 말했죠? 당신이 검술의 달인이었다면 절대 제명에 못 죽을 거라고."

"부, 불길한 소리 하지 말아요! 누가 죽는다고!"

그는 특유의 여우 같은 웃음을 흘리며 내게 말했다.

"말리지는 않겠어요. 하지만 대책 없이 정의롭게 살진 마세요. 그런 사람은 카론 경 하나로 족하니까요."

이거 뭔가 카론 경이 들었다면 '사돈 남 말!' 하면서 칼 뽑을 소리로군. 아니, 내 쪽이야말로 억울해. 카론 경은 카론 경대로 내게 '키스에게 전염된 녀석!'이라며 불만이고, 또 키스 경은 함부로 '단명할 팔자'라는 실례되는 운명을 정해 버리고! 누가 대책 없이 산다는 거야?

"나도 나대로 해결법이 있다고요!"

나는 울컥하는 기분에 볼이 부풀어서는 밖으로 나섰다.

31.

기가 막혀, 내가 설마 그놈들 소굴로 뛰어 들어가서 '이 마약
쟁이들아! 정의의 심판을 받아라!' 라고 외치기라도 할 줄 알았
나 보지?

나는 그 용서 못 할 범죄자들을 (내 방식대로) 소탕할 방법을
찾아 예의 클럽으로 향했다. 그러니까 내게 '한 끼에 금화 50
냥' 이라는 전대미문의 바가지를 씌운 그 가게 말이다.

"여어, 전설의 호스트. 최근 인기 절정이시던데?"

클럽 앞에 서 있던 건달들이 나를 보고는 가볍게 빈정거렸다.
남이 돈 많이 버는 것보고 속 편할 수가 없는 게 장사꾼 마음이
니까. 난 클럽 안을 기웃거리며 물었다.

"오늘은 안 왔나 모르겠네."

"엥? 누구 찾는 거냐?"

"쇼메 왕자…… 아니, 댁들의 도련님."

"그분은 왜? 지금 안에 있는데?"

역시 여기 '죽돌이' 였구려. 호랑이도 제 말 하면 나온다고 했
던가, 마침 미레일 경과 함께 나오던 쇼메가 나와 마주쳤다. 화
려한 모피 코트를 걸친 그는 나를 보자마자 대번에 인상을 찌푸

렸다. 자신의 마수에서 내가 단번에 빠져나온 것을 알고 있는 게 분명했다.

'그렇게 본격적으로 놀러 다니면서 정치는 대체 언제 하십니까?' 라고 비아냥거렸다간 이번에는 정말 칼 맞을지도 모르겠군.

"와아, 정말 성실하게 출근하시네요. 회의실을 이곳으로 옮기셨나 보죠?"

그는 코웃음을 치며 대답했다.

"원래 가장 중요한 일은 회의실 밖에서 벌어지기 마련이지."

'네깟 놈이 뭘 알아?' 라는 눈빛이었지만 내 코가 석 자이니만큼 일일이 반격할 생각은 없었다. 도리어 내가 활짝 웃자 그는 위험한 것이라도 발견한 듯이 슬쩍 몸을 뒤로 피하는 것이었다.

"흥. 그보다 의외인걸. 네 녀석이 날 먼저 찾아오다니 말이야. 용건이 뭐지?"

그의 날카로운 정치적 기질은 역시 인정할 수밖에 없었다. 지금 내 표정만 보고도 나는 용건이 있고 자신은 칼자루를 쥐고 있다는 것을 간파한 것이다.

'대놓고 마약 사범들을 처단해 달라고 부탁해 봐야 또 엉뚱한 조건만 내걸 게 분명하고……'

쇼메의 성격을 익히 알고 있는 나는 말을 돌렸다.

"당신이 상업적으로는 굉장히 밝은 분이지만 윤리적으로는 형편없다는 걸 알게 되었네요."

그렇게 자극하는 말이 나오자마자 미레일 경의 안색이 바뀌었다. 하지만 교섭에 대해서는 능구렁이나 다름없는 쇼메 왕자는 쉽사리 내 미끼에 입질하지 않았다. 그는 손을 내저어 주변의 건달들을 물린 뒤에 말했다.

"어이, 천민. 내 시간은 네 녀석의 시간과는 비교도 안 될 만큼 소중해. 네 재롱을 봐 주는 것도 그리 나쁘지는 않겠지만, 만약 시시한 말재주로 내 시간을 빼앗을 심산이라면 단념하고 본론만 말하는 게 신상에 좋을 거다. 내 윤리성이 어떻다고?"

누가 아이히만 대공의 수제자 아니랄까 봐. 역시 천하의 정치가 앞에서 어쭙잖게 말꼬리를 잡고 늘어져 봐야 통할 리가 없지.

마라넬로 황제 앞에서도 꿀리지 않는 그의 기백에 물러선 나는 헛기침을 하며 말했다.

"이런, 죄송합니다. 고작 시시한 마약 판매 하나 가지고 바쁜 왕자 전하를 막았군요. 전 이만 물러가겠습니다."

"누가 가도 좋다고 했어. 방금 마약이라고 했나?"

나는 씨익 웃으며 본론을 말했다.

"이것 참, 왕자님은 이미 알고 있는 줄 알았어요. 그래서 그놈들을 그냥 놔두는 걸 보고 윤리적으로 실망한 거죠."

"어떤 쓰레기들이 내 나라 한복판에서 마약을 판다는 거야. 자세히 말해 봐."

나는 쇼메의 송곳니가 번뜩이는 것을 보며 안심했다. 상식적으로 생각해도 도시 한복판에서 마약을 파는 놈들이 뒤를 봐주는 관리도 없이 그런 간 큰 짓을 저지를 리는 없다. 보나 마나 이

도시의 치안관 정도는 매수해 놨을 것이다.

그래서야 내가 아무리 이곳 관공서에 가서 그들을 고발한다고 해도 제대로 수사를 할 리가 없지. 도리어 체포되는 것은 내 쪽일 것이다.

하지만 이 나라 제1왕자의 귀에 직접 고발이 들어갔다면 얘기가 달라진다. 쇼메의 용서 없는 성격상 무자비한 기세로 뿌리를 뽑아 버릴 것이 뻔했다.

적의 적은 아군이라고 했던가. 이런 일에는 쇼메 왕자만큼 믿을 수 있는 사람도 없는 것이다.

32.

자기 나라에서 자기도 모르게 (그것도 하찮은 천민 앞에서) 마약 거래가 이뤄졌다는 사실은 쇼메의 드높은 자존심을 어지간히 긁었나 보다.

그날부로 이 도시에는 대대 규모의 왕실 수사대가 파견되었고, 이 잡듯이 증거를 찾아내는 기동 수사 끝에 조금이라도 마약 판매와 연루된 자들은 직위고하를 막론하고 수도로 강제 이송되었다.

비록 냄새를 맡은 그 족제비 일당이 체포 직전에 도주했다는 점은 아쉽지만, 발전된 치안 시스템을 갖춘 선진국답게 속이 다

후련한 조치였다.

그런데 우리나라였다면 이렇게 할 수 있었을까? '적합한 서류상의 절차'를 거쳐야 한다느니, 일단 상부의 허가를 받아야 한다느니, 자기 소관이 아니라느니 이리저리 미적거리다가 결국 깃털만 뽑고 끝났을지도 모를 일이었다.

만약 카론 경이 이오타의 기사였다면 지금보다도 훨씬 많은 업적을 남겼을 것이다. 그런 생각이 들자 기분이 우울해졌다.

"아아, 언제 날이 풀리는 거야."

아침이 가까워져서야 일을 마친 나는 타쿠르, 동료들과 함께 호텔로 향했다. 겨울이 봄에게 막 바통을 넘긴 최근의 날씨는 심보가 고약해서 낮에는 땀이 날 정도로 덥고 밤이면 숨이 막힐 만큼 추웠다.

뭐, 이것만큼은 나라님도 어쩔 수가 없는 노릇이라서 나는 몰아닥치는 바람에 옷깃을 여몄다. 키스 경은 결국 추운 건 질색이라면서 그냥 업소에서 잠들어 버렸다.

"이런 추운 새벽에 길거리를 돌아다니는 사람은 우리들뿐일 거야."

타쿠르가 장난 섞어 말했다. 아닌 게 아니라 밤까시만 해도 북적거리던 거리에는 우리밖에 없었다. 보편적인 직업을 가진 사람에게 이 시간은 따뜻한 침대 안에 잠들어 있을 시간이었다. 나는 맞장구 쳤다.

"하하. 정말 이런 시간에 돌아다닐 사람은 호스트나 강도밖에는 없……."

말이 씨가 된다는 걸 난 몇 차례나 확인했던가. 내 말이 끝나기도 전에 골목골목에 숨어 있던 위험해 보이는 녀석들이 우리들을 막아서는 것을 보며 난 부정적인 상황은 기똥차게 잘 맞추는 내 말에 새삼 놀라고야 말았다. 그들은 우리를 기다리고 있었던 것이 분명했다.

"이런, 열성 팬들인가? 하지만 이런 우락부락한 남자들은 질색인데."

누가 봐도 오금이 저릴 상황인데도 쇼탄 경은 제법 여유 있는 농담까지 던졌다. 나도 크게 긴장한 것은 아니었다. 일단 우리 쪽은 수도 적지 않고 싸움에 능한 쇼탄 경이나 루시온 경까지 있기 때문에 별일 있겠냐는 생각이 들었던 것이다. 하지만 상황은 예상대로 돌아가지 않았다.

그들은 품속에서 단도니 도끼니 하는 흉악한 무기들을 꺼내며 우리를 조여 오는 것이 아닌가! 뭐, 뭐야! 이놈들!

루시온 경이 긴장한 목소리로 중얼거렸다.

"단순히 지갑을 노리는 좀도둑은 아닌 것 같군요."

그때 어떤 생각이 퍼뜩 머리를 지나쳤다. 루이 경 탓에 족제비 일당들은 마약 혐의에 걸려 쪽박을 차게 되었고, 또한 그들은 체포 직전에 도주했다고.

"하하하. 날 이 지경으로 만든 대단한 분들을 뵙게 돼서 영광이로군."

아니나 다를까, 저 집요한 족제비 씨가 일그러진 웃음을 보이며 모습을 드러냈다. 그는 루이 경을 보마자마 죽여 버릴 듯이 이를 가는 것이었다.

"비열한 놈! 그때 죽여 버렸어야 했는데! 네놈이 우릴 속이는 바람에 내 인생이 날아가 버렸어! 어떻게 책임질 거야!"

적어도 경쟁 업소에 불 지르고 마약 팔아 돈 버는 놈에게 그런 말 듣고 싶지는 않군!

루이 경은 귀를 후비며 뻔뻔하기 그지없는 표정으로 대꾸했다.

"뭐, 산다는 게 다 속고 속는 과정 아니겠어? 속은 놈이 병신이지."

"이 자식! 죽여 버리겠다!"

루이 경, 일부러 자극할 것까진 없잖아. 이들은 정말로 우리를 회 쳐 버릴 것 같은 분위기로 사방에서 다가오고 있었다. 루시온 경이 앞에 나서며 검을 뽑았다. 그는 묘하게 지친 목소리로 말했다.

"당신들과 함께 있게 된 다음부터 편할 날이 없는 것 같군요."

"미, 미안하게 되었네요."

아무리 루시온 경이 검술의 달인이고 쇼탄 경이 싸움에 능하다고 해도 흉기를 든 십여 명의 거한들과 싸워서 상처 하나 없이 이긴다는 건 불가능한데. 이럴 때 키스 경이 있어야 하는데 춥다면서 따라오지도 않고!

그때 갑자기 두 팔이 내 어깨 위를 휘감으며 나긋한 목소리가 들리는 것이었다.

"거봐요, 미온 경. 제명에 못 죽을 거라고 했지요오?"

"키, 키스 경!"

당신 언제 온 거야! 나는 화들짝 놀라서는 몸을 돌렸다.

놀란 건 우리만이 아니었다. (예전 키스 경의 괴력 라이브 쇼를 목격한 적이 있는)족제비 일당 역시 그를 보자마자 안색이 바뀌었다. 자신 같은 덩치들 수천 명이 덤벼도 하품이 나올 사람이니까 기겁을 하는 것도 당연하다.

키스 경이 두 손을 호호 불며 말했다.

"이런 쌀쌀한 날, 남자들끼리 옹기종기 모여 서로 배를 갈라서야 쓰겠습니까아. 자수해서 광명 찾으세요."

키스 경다운 위협이었다. 그러나 당장 꼬리를 말고 물러갈 줄 알았던 족제비 녀석은 도리어 그 신기하게 적응 안 되는 낯짝에 잔인한 웃음을 띠는 것이 아닌가. 키스 경이 고개를 갸웃거렸다.

"믿는 구석이라도 있으십니까?"

"흐흐. 안 그래도 네놈이 나타날 줄 알고, 널 뭉개 놓을 해결사를 하나 불렀지! 죽을 준비나 해라."

뭐? 상식적으로 생각해 봐도 힘깨나 쓴다는 건달이든 잔혹한 칼잡이든 저 키스 경이라는 비상식적인 생물에게는 흠집 하나 못 낼 것이 뻔한데, 저 자신만만한 얼굴은 무슨 의미지?

곧 우리는 그림자 속에서 걸어 나오는 그 '해결사'의 정체를 알 수 있었다. 그리고 그를 보는 순간 내 온몸에서 핏기가 가시는 소리가 들려왔다. 키스 경마저도 고개를 꺾으며 '이건 반칙입니다아' 라며 한숨을 내쉬고 있었다.

저 은발의 머리칼. 이 추운 날 가슴이 다 드러나는 가죽옷에 위험천만한 맹수의 기운. 우리를 본 그 해결사가 외쳤다.

"우앗! 네놈들이 왜 여기 있는 거야!"

"그러는 무라사 씨야말로……."

나는 바닥에 쪼그려 앉아 얼굴을 가린 채 '어째서 당신과는 안 좋은 장소에서 안 좋은 상대로만 만나게 되는 겁니까' 라고 푸념을 내뱉었다. 우리의 반응을 본 족제비 씨가 미친 듯이 웃어젖혔다.

"큭큭큭! 보아하니 겁을 먹은 얼굴이로군!"

'당연하지. 저 사람은 이 세상에서 가장 강력한 네 명의 초인 중 하나니까!'

어째서 저런 놈들이 아신을 데리고 있는 거야? 무라사 씨의 정신 구조로 봐서 뭔가 어처구니없는 이유일 게 뻔했지만 당장 우리 앞을 막아섰다는 것만으로도 백만 대군에 포위된 기분이었다.

나는 힘 빠진 목소리로 말했다.

"어이, 족제비 씨. 저 사람이 누군지 알고는 있는 거요?"

"응? 자신을 견백호라고 말하는 정신이 좀 이상한 녀석이긴 하지만 싸움은 아주 잘하는 놈이지."

그러자 무라사 씨가 곧바로 외쳤다.

"아무리 내가 아신이라고 말해도 믿지 않는다니까!"

발끈한 건 족제비 쪽이었다.

"당연하지! 아신이 왜 밥도 못 먹고 이런 곳을 헤매고 있어! 속일 것을 속여!"

세상에는 그런 궁핍한 아신도 있다오.

그때 감히 키스 경도 어쩌지 못하는 무라사 씨 앞으로 당당히 걸어 나간 도전자가 있었다. 놀랍게도 뒤로 물러선 건 견백호였다.

"너, 너는!"

"형! 왜 또 이런 곳에서 방황하고 있는 거야! 내가 창피해서 못 살아!"

"아, 아니…… 난 그냥……."

우물쭈물하는 무라사 씨 앞에 자기 절반만 한 동생의 무자비한 폭언이 쏟아져 내리고 있었다. 누구에게나 천적은 있는 법이다. 카론 경에게 키스 경이 그러하다면 무라사 씨한테는 단연코 랑시 경이 그러했다. 맹수 조련사라고나 할까.

소녀에서 마녀로 변신한 랑시 경은 이건 진짜 가족 망신이라며 울분을 토하고 있었다.

"아신이 해야만 하는 일을 하겠다고 가출해 놓고 왜 저딴 놈들 해결사나 하고 있는 거냐고!"

이건 이미 집안싸움이었다.

"그, 그게 숲을 돌아다니다가 먹을 게 들어 있던 배낭을 잃어 버렸고, 너무 굶주려서 도시로 기어 나왔는데……."

당신이 곰이유? 너무 처절하고 한심해서 할 말이 없었다. 라이오라 씨가 이 꼴을 봤다면 '저딴 게 내게 라이벌 의식을 품은 것 자체가 불쾌하군'이라며 완전히 무시해 버렸을 일이로군.

"이 녀석들에게 밥을 얻어먹고 간신히 살았는데 밥값을 하라고 해서 말이야."

역시 누가 봐도 아신이라고 안 믿을 짓만 하고 다녔던 것이다. 내가 설마 하는 기분으로 물었다.

"혹시 그 밥값, 금화 50냥 아니었습니까?"

"어떻게 알았어?"

순간 랑시 경이 빽 하고 소리쳤다.

"황소라도 잡아먹은 거야? 그걸 믿는 바보가 세상에 어디 있어!"

"나, 나야 돈 주고 밥 먹어 본 적이 없으니까! 그렇다고 하나밖에 없는 형을 바보라고 부르다니!"

"바보를 바보라고 부르는데 뭐가 잘못됐어! 몇 번이라도 불러주지! 바보! 바보! 바보! 밥값도 모르는 바보 천치!"

난리도 아니었다. 하긴 100억 셸링의 가치도 실감 못 하는 사람에게는 그게 당연할 수도 있지. 믿고 있던 '해결사'가 조막만한 '소녀'에게 쩔쩔매고 있자 당황한 족제비가 말했다.

"이게 뭐야! 역시 덩치만 큰 과대망상증 환자였잖아! 자기가 아신이라고 우기질 않나! 여우 같은 빨간 눈을 박살 내 놓기는커녕 저딴 계집애에게…….”

의식하지도 못한 순간 벼락같은 굉음이 터졌다. 나는 도로의 타일들이 일시에 솟구쳐 오르는 것을 지켜보며 균형을 잃고 바닥에 쓰러졌다.

‘이, 이건?’

이미 무라사 씨는 내 옆을 스쳐 지나간 뒤였다. 뒤를 돌아보자 핏물을 툭툭 흘리는 주먹을 거두는 견백호 무라사 씨와 그 앞에 서 있는 키스 경이 서로를 바라보고 있었다.

얼굴을 가린 키스 경의 양팔은 심하게 찢겨 나갔고, 그 충격을 그대로 받아 낸 셔츠마저도 처참하게 찢겨 나간 상태였다. 하늘로 솟구쳐 올랐던 타일들이 비처럼 바닥에 쏟아지고 있었다.

족제비 녀석은 무라사 씨가 움직인 발자국이 낙인처럼 찍혀 있는 도로를 보고는 다리를 후들후들 떨기 시작했다.

“진짜…… 아신이었어?”

섬뜩한 진동음으로 포효하는 강철의 주먹을 다시 쥔 무라사 씨가 말했다.

“최근 아주 재미있는 일들이 벌어지고 있더군. 나름대로 네 녀석도 불쌍하다는 생각이 들기는 하지만…… 아무리 생각해 봐도 넌 내가 죽여야겠어.”

그러나 키스 경은 상처 입은 두 팔을 내리며 너스레를 떨었다.

“한 끼 밥값 벌려고 살인을 저질러야겠습니까아?”

"능청 떨지 마! 네가 죽어야 할 이유는 너도 잘 알 텐데!"

고막이 찢어지는 것 같은 노성에 사방의 유리창들이 산산이 부서져 내렸다. 우리는 거대한 맹수 앞에 서 있는 것 같은 본능적인 공포심에 몸을 움츠렸다. 랑시 경만 제외하고. 그가 절박한 목소리로 소리쳤다.

"형! 이게 무슨 짓이야!"

무라사 씨의 목소리는 확고했지만 어느 때보다도 차가웠다.

"아신이 해야만 하는 일을 할 거라고 말했었지? 그게 바로 이거다."

"말도 안 되는 소리 하지 마! 키스 경을 죽이는 것이 어째서……."

"그게 세상을 지키는 길이야."

그와 함께 공기를 꿰뚫는 견백호의 일격이 키스 경의 가슴팍에 직격했다. 아니, 간발의 차이로 간신히 피했지만 그 풍압만으로도 키스 경의 뺨과 가슴에는 진한 혈선이 그어졌다.

그 이후 연속으로 터지는 엄청난 공세에도 키스 경은 방어에만 집중하고 있었다. 그건 굳이 공격하기 싫어서가 아니라 반격의 틈을 보이지 않는 무라사 씨의 맹공 때문이었다. 제아무리 키스 경이라도 손에 검이 없는 이상 격투에 있어서 누구도 범접하지 못하는 견백호를 상대로는 간신히 버티는 것이 고작이었다.

"아직도 살고 싶은 생각이 남아 있는 거냐!"

가드만으로 막아 낼 수 있는 상대가 아니었다. 격렬한 펀치에 두 손이 풀린 키스 경은 일순간 무방비가 되었고, 복부에 꽂힌 주먹과 함께 몸이 떠올랐다. 보통 사람이었다면 순식간에 내장이 파열되었을 끔찍한 충격음이 터졌다.

하지만 무라사 씨는 그의 머리를 잡아채 그대로 바닥에 집어던졌다. 단순한 공격이었지만 견백호라는 어불성설의 파워라면 경우가 달랐다.

땅을 울리는 굉음과 함께 돌바닥에 내려찍힌 키스 경은 미동조차 없었다. 그의 몸 주변으로 적잖은 양의 피가 흘러나오고 있었다.

무라사 씨는 스스로 동정을 버리려는 매서운 눈초리로 그런 키스를 내려다보고 있었다.

"차라리 네 운명을 저주하는 편이 마음 편할 거다."

그리고 그의 결정타가 쓰러진 키스를 향해 날아들었다. 그 순간 몸을 일으킨 키스 경의 손이 무라사 씨의 주먹을 막아 냈다. 그 충격은 도로에 방사형의 균열이 생길 정도로 엄청났지만 도리어 피투성이가 된 키스 경의 입가에서는 소름 끼치는 웃음이 터졌다.

"이 정도로는 안 죽는다고 몇 번 말해 줘야 알아들어?"

순간 머릿속에서는 광기 서린 키릭스의 모습이 지나갔다. 그때 루시온 경이 검을 뽑아 키스에게 던졌다.

"키스 경!"

키스가 그걸 잡아채는 순간 무라사 씨는 빠르게 몸을 뒤로 뺐다. 새하얀 섬광이 반원을 그리며 그의 목을 노렸기 때문이다.

무라사 씨는 이를 꽉 물며 피가 흐르는 자신의 목 언저리를 닦아 냈다. 당연한 말이지만 루시온 경의 검은 굉장한 명검이 아니었고, 무라사 씨의 몸은 강철과 같았다.

아신의 몸에 상처를 낼 수 있는 자는 분명 아신과 같은 실력을 가진 자다. 검을 돌리며 자세를 잡은 키스 경은 우리들을 바라보고는 나직하게 웃었다.

"지금 보는 거 모조리 다 잊어 주세요오……라고 말해 봐야 소용없겠지?"

깨져 나가는 그의 가면 틈 사이에서 그의 얼굴이 드러났다. 평소와 같은 미소는 남아 있지 않았다. 제어할 길 없는 광폭함의 이면에는 형용할 수 없이 슬프고 여린 눈동자뿐, 외로움에 지쳐 당장이라도 쓰러질 것만 같은 표정이었다.

키스 경은 눈을 감은 채 말했다. 붉은 핏줄기가 그의 하얀 턱선을 따라 흘러 추락하고 있었다.

"내가 검을 들고 있는 이상 너도 팔다리가 성한 채로 내 목숨을 가져갈 수는 없어. 그래도 덤빌 생각이냐?"

"내가 사지가 아까워서 결심을 포기할 사람으로 보이나, 키릭스 세자르."

천천히 눈을 뜨는 키릭스의 얼굴은 파멸의 권세에 얼룩져 있었다. 차가운 비수가 등을 찔렀다. 모든 희망이 나락으로 내던져지고 있었다. 내가 소리쳤다.

"키스 경! 나한테 믿어 달라고 했잖아요! 당신은 키릭스가 아니라고!"

그러자 그는 비웃음으로 내게 회답했다.

"가엾기도 해라. 그건 네가 멋대로 속은 거야."

"키스 경!"

나는 견백호에게 뛰어드는 붉은 눈의 사내를 향해 찢어져라 절규했다.

"미온 경? 미온 경?"

"우아아악!"

벌떡 몸을 일으키던 나는 곧 따아악 소리와 함께 다시 이마를 잡고 널브러졌다. 눈앞에는 얼굴을 부여잡은 채 쪼그려 있는 키스 경이 보였다. 그가 울먹거리는 목소리로 소리쳤다.

"어, 어째서 저한테 헤딩을 하는 겁니까아! 제 백옥 같은 얼굴에 흠집 나잖아요!"

"……꿈?"

나는 식은땀에 흥건히 젖은 옷을 바라보며 중얼거렸다. 가게 안을 청소하던 중 나와 키스 경의 격렬한 랑데부를 목격한 동료들은 '아무튼 저 인간의 잠버릇은 정말이지…….' 라는 심란한 눈빛으로 나를 바라보고 있었다.

"악몽이었어?"

"뭔지는 모르겠지만 엄청 과격한 악몽이로군요!"

빨갛게 된 코를 부여잡은 키스 경이 투덜거리며 자리에서 일어섰다. 나는 아직도 몽롱한 이마를 꽉 누르고는 말했다.

"그럼 무라사 씨도 모두 꿈?"

그러자 랑시 경이 나를 확 쏘아보며 말했다.

"미온 경 꿈속에 형이 왜 나온 거야?"

"그건 그러니까……."

"아니. 아무 말도 하지 말아 줘. 형 생각만 하면 머리가 지끈거리니까."

아직도 온몸에 남아 있는 충격에 목을 조르는 단추를 풀고 가쁜 숨을 내쉬고 있는 내게 키스 경이 잔을 건넸다. 그 안에 담겨진 호박색 액체로부터 알코올 향이 확 풍겨왔다.

"미온 경, 너무 열심히 일하느라 지친 것 같네요."

그렇게 말하면서 그는 내 앞에 앉아 자신도 술잔을 들었다. 천천히 목 안으로 술을 넘기는 키스 경을 나는 말없이 지켜봤다. 그 투명한 눈동자는 언제나처럼 무슨 생각을 하는지 짐작할 길이 없었다.

그가 고개를 갸웃거리며 나를 살폈다.

"제 얼굴에 뭐라도 묻었나요?"

"아니, 그게 아니고……."

"그게 아니면?"

"그냥 꿈이라서 다행이라고요."

나는 피식 웃으며 단숨에 술잔을 비웠다. 알코올의 은총으로 그 무서운 불안감이 떨어져 나가길 기원하며.

그는 내 어깨를 살짝 두드리며 응원했다.

"웃어요. 미온 경. 당신은 낙천적일 때가 가장 보기 좋아요."

나는 문득 그가 (한 번도 존재한 적이 없는) 나의 형처럼 느껴졌다. 항상 누구와도 거리를 두는 키스 경이었지만, 이번만큼은 솔직한 그의 마음을 확실히 느낄 수 있었다.

그때 '콰아아아앙!' 하고 뭔가 터지는 소리와 함께 거칠게 가게 문이 열렸다. 농담이라도 호의적인 방문객이 저지를 짓으로는 보이지 않았다.

'누, 누구?'

혹시 우리에게 원한을 품은 족제비? 아니면 쇼메가 해코지하려고 보낸 군인들? 그것도 아니면 남성의 서비스업에 대해 극도의 혐오감을 품은 과격 우익 단체?

그러나 내 예상은 전부 빗나가고 말았다. 폭음과 함께 모습을 드러낸 제복의 사내는 모두의 심장을 털컹 내려앉게 만들기에 충분했다.

"카론 경!"

어, 언제 퇴원하신 겁니까. 아직 붕대에 감긴 목과 이마에도 불구하고 우리를 노려보는 싸늘한 눈빛은 완전히 칼날이 서 있었다. 그의 발밑에서는 새하얀 냉기가 흐르는 것만 같았다.

우리를 훑어본 그의 떨리는 목소리에는 극한의 인내심을 발휘해 화를 억누르려는 기색이 역력했다.

"나는…… 헬렌 경의 처벌이 가혹하다 싶어서 너희들의 죄를 눈 감아 달라고 전하께 아뢰고 오는 길이다. 나름대로…… 너희들도 기사라고 생각해서 내 딴엔 명예를 지켜 주려고…… 아내의 만류에도 일찍 퇴원했는데…… 인간이라면 조금쯤은 반성하고 있을 거라 생각하고…….”

키스 경이 슬쩍 소파 뒤로 숨으며 귀를 막았다.

“모두들 피하세요. 곧 폭발할 겁니다아.”

그 즉시 저승사자 카론 경의 눈동자가 새파란 격분의 광선을 내뿜었다.

“그런데 너희들은 이런 데서 호스트를 하고 있었나! 대체 무슨 생각을 하고 있는 건가!”

나는 이 순간 냉정한 사람이 한번 화가 나면 어떻게 돌변하는지를 확실히 알 수 있었다. 우리는 수치를 안고 베르스로 돌아갈 바에는 여기서 그냥 죽어 버리라며 붕붕 검을 휘두르는 카론 경을 피해 산지사방으로 도주했으나 그날부로 오랏줄에 묶여 베르스로 강제 송환 되고야 말았다. 돌아가는 내내 우리는 카론 경으로부터 거의 노골적인 할복 권유를 받아야만 했다.

33.

그리고 그로부터 일주일 후 타쿠르로부터 편지가 도착했다.

내 소중한 친구 미온에게

잘 지내고 있니? 물론 그럴 거라고 생각해.

(중략)

너무 영업이 잘 돼서 곧 새로운 지점을 낼 계획이야. 이건 모두가 너와 고마운 기사단분들 덕분이야. 어떻게든 이 은혜를 갚고 싶어. 그리고 나도 언젠가는 너희 기사단에 들어가고 싶어. 정말 멋진 곳일 것 같아!

(하략)

"……오지 마."

신전 벽에 기대어 편지를 읽던 나는 쓸쓸히 빗자루를 집어 들며 중얼거렸다. 목숨 걸고 친구를 위해 일한 대가로 받은 것은 일주일간의 정신 교육, 2개월간의 강제 노동, 3개월간의 감봉, 반성문 50장이 전부였다. 이게 어디가 멋진 기사단이냐고!

하아, 어디라도 먼 곳으로 가고 파, 이것은 격무에 찌든 이 세상 모든 직장인들이 시대를 막론하고 가장 절실하게 읊조리는 대사이리라.

제2화

모든 개들은 천국으로 간다

1.

"아? 카론 경?"

지명을 마치고 역으로 들어간 나는 신문을 펼친 채 플랫폼에 서 있는 긴 흑발의 남자를 볼 수 있었다.

흐트러짐 하나 없는 제복 차림에 안경 너머의 무표정한 눈매. 아니나 다를까, 보물이라도 발견한 것 같은 표정의 아가씨들이 카론 경 주변을 맴돌고 있었지만 역시 카론 경은 눈길 한 번 주지 않고 있었다.

'여러분들, 속지 마세요. 저 사람, 유부남이에요!' 라고 외치고 싶은 광경이로군그래.

나는 활짝 웃으며 그에게 다가갔다.

"와아. 카론 경, 여기는 무슨 일이세요?"

그러나 그는 나를 흘끗 보고는 못 본 척 신문을 접고 자리를 뜨려는 것이었다. 너, 너무하네! 반가워서 손 흔드는 사람을 전염병 환자 취급하다니!

나는 울컥하는 기분에 그의 망토 자락을 잡았다.

"어딜 도망치십니까."

그러나 왕고집 카론 경은 계속 걸음을 옮겼고 나도 포기하지 않고 그의 긴 망토를 잡고 종종걸음으로 뒤쫓아 가는, 그러니까 결혼식장에서 목격할 수 있는 신부와 들러리의 양상이 되어 버렸다.

이 스타일 망가지는 민망한 추격전에 카론 경은 결국 걸음을 멈추고 패배를 인정했다.

"……놔라."

"같이 카페 가요."

"일단 놔라."

"놔 주면 같이 차 마시겠다고 약속하세요오."

생글생글 웃는 나를 뒤돌아본 카론 경의 두 눈썹은 정말 초승달처럼 불만으로 휘어 있었다.

"자네는 어째서 점점 더 키스를 닮아가는 건가. 나쁜 현상이다."

"처음부터 카론 경이 도망치지 않았다면 이러지도 않았어요!"

그러고 보니까 최근 나를 대하는 카론 경의 태도가 키스 경을 대할 때와 비슷하다는 기분이 들어. 뭐랄까 '앗! 집요한 생명체다!' 라며 전력으로 도망치는 것 같은 느낌이랄까.

하지만 나는 그 인간보다 훨씬 더 열심히 살고 있고 또한 상식적인 가치관을 가지고 있는데, '키스에게 전염된 오염 물질' 정도로 취급하는 것은 대단히 서운하다.

능숙한 손놀림으로 망토 끈을 다시 묶은 카론 경이 시계탑을 바라보며 말했다.

"나는 지금 수사 중이다. 자네와 쓸데없는 시간 낭비 할 여유 없어."

"낭비라니요! 마시기도 전에 어떻게 그런 폭언을!"

"흥. 안 봐도 뻔해."

"시, 실로 무서운 선입관이로군요."

이거야 마치 못된 남편에게 이혼당한 여인이 '남자 따위는 다 쓸모없어!' 라고 외치는 것과 같은 수준의 확고한 선입관이로구만그래. 그러니까 이미 카론 경 머릿속에는 '나=키스' 라는 불유쾌한 공식이 각인되어 버린 듯하다.

나는 입술을 쭉 뺀 채 '그럼 쓰잘데기 없는 이 몸은 물러가겠습니다' 라고 투덜거리며 사라지려고 했다.

카론 경은 조금 미안한지 한숨을 내쉬며 드문 사족을 붙였다.

"같이 마시고 싶어도 곧 내가 탈 열차가 도착한다. 차 마실 시간은 없……."

그때 플랫폼의 확성기를 통해 역장의 목소리가 들려왔다.

"2시 30분 도착 예정이던 열차가 현재 연료 부족으로 도착이 늦어지고 있사오니 탑승객 여러분들께서는 이 점 양해해 주시기 바랍니다."

"……."

"……."

지나치게 나이스한 타이밍이었다. 나는 쓴웃음을 지으며 그를 바라봤다.

"자, 그럼 시간 낭비 좀 해 볼까요?"

2.

역 안에 위치한 라운지는 거북할 정도로 호화로웠다. 마나열차를 이용하는 거의 모든 승객이 귀족들이니까 저렴한 변두리 카페 분위기는 아무래도 곤란하겠지만, 그렇다고 환한 대낮부터 수백 개의 램프에 불을 붙이고 커피에 금가루까지 뿌리는 천박한 호사 취미는 카론 경으로부터 '이게 낭비가 아니라면 뭔가!' 라는 소리 들어도 할 말이 없어지니까 그만둬 줬으면 좋겠다.

차가운 얼음물 한 잔만을 시킨 카론 경은 안경 너머 시선으로 창밖의 플랫폼만 바라볼 뿐 한 번도 입을 열지 않았다. 남들이 본다면 굉장히 화가 나 있는 것이라고 오해하겠지만 사실 지금 그의 머릿속에서는 담당한 사건의 추리가 광속으로 이뤄지고 있는 중이라는 것을 나는 오랜 경험을 통해 알 수 있었다.

하지만 나는 도통 카론 경처럼, 그러니까 목석처럼 앉아 있을 수가 없었다. 주변 사람의 시선이 예사롭지 않았던 것이다. 아니, 시선뿐이라면 상관 안 하겠는데—일단 우리 테이블 앞에는 십여 개가 넘는 커피며 홍차며 초콜릿 같은 것들이 상다리가 휘어지도록 올라와 있었다.

물론 이것들은 모조리 다 주변 귀족 집안 아가씨들과 귀부인들과 심지어는 취향이 의심스러운 남정네들로부터 무료 배달된 선물이었다.

그런데 보통 카페에서는 이런 추파 잘 안 던지지 않나? 나는 심란한 시선으로 끝도 없이 도착하는 차들을 바라봤다.

"하아. 본의 아니게 우리가 이 가게 매상을 올려 주고 있네요."

"……."

"카론 경, 이거 마시면 왕실 기사로서 금품수수 행위에 저촉되기 때문에 안 마시고 있는 건가요?"

"……."

"쳇, 재미없어라."

그러나 죄 많은 유부남 카론 경은 이런 노골적인 공세 속에서도 나 홀로 독야청청 창밖만 바라보고 있었다. 어쩜 저리 무신경할 수가 있담. 그런데 그런 매몰찬 태도가 상대를 더 애간장 태우게 만든다는 거 정말 모르십니까?

아무튼 저 고퀄리티의 마이페이스, 때로는 키스조차 경탄할 때가 있어. 어른스러운 건지 어린애 같은 건지……. 나는 다섯 잔째 금커피를 마시며 혀를 찼다.

카론 경은 한 마디도 없이 오직 자신이 주문한 얼음물로만 살짝 입을 축일 뿐 무표정한 시선으로 창밖만 보고 있었다.

나는 슬쩍 그를 바라봤다. 수려한 그의 표정은 깊은 생각에 잠겨 있었다. 무슨 생각을 하고 있을까. 언제 열차가 도착할지? 지금 수사 중인 사건? 아니면 이멜렌 님과의 추억? 그것도 아니라면…….

키릭스 세자르. 그때의 악몽을 떠올리자 또 심장이 두근거렸다. 키스와 똑같은 모습을 한 그가 아무렇지도 않게 카론 경을 죽음 직전까지 몰고 갔던 그 광경은 내게는 지금까지도 잊히지 않는 충격이라서, 가끔 키스를 보면서도 깜짝깜짝 놀랄 때가 있다.

정작 당사자인 카론 경은 그 이후 조금도 내색하지 않지만— 어쩌면 저 무심한 시선 이면에서는 그때의 일들을 되새기는 중일지도 모른다. 지금 저 사람은 가슴 아픈 상념에 시달리고 있는 것이 분명한…….

"잠시 자겠다."

"네?"

"3일 동안 한숨도 못 잤어. 어차피 열차가 금방 올 것 같지는 않으니까. 자네는 먼저 가도 상관없다."

그러더니 그는 안경을 벗고는 그 자세 그대로 눈을 감아 버리는 것이었다.

"그러니까 말이 없던 이유는…… 그냥 졸렸던 겁니까?"

나는 잠든 그의 얼굴을 떨떠름한 표정으로 바라봤다. 마치 몸 어디엔가 수면 스위치라도 있는지 대기 시간도 없이 곧바로 스위치 오프였다.

아아, 얼음처럼 차가운 사람. 카페 와서 처음으로 꺼낸 말이 '난 잘 테니까 먼저 가 버리든지 말든지 맘대로 해'예요? 에이이! 사교성 제로 같으니라고!

'그건 그렇고 이놈의 커피들은 어떻게 처분을…….'

나는 내게 가장 많은 금커피를 보내온 귀부인을 바라봤다. 그녀가 육감적인 미소를 보이자 나는 난감한 웃음을 보이며 손을 흔들었다. 아하하. 저만 한 아들 있을 분께서 많이 무리하시네요.

그때였다. 사람들의 불쾌한 수군거림이 들리기 시작했다. 내가 그곳으로 시선을 옮기자 막 라운지에 들어오는 추레한 옷차림의 사내 둘이 보였다. 농담이라도 부유층으로는 보이지 않는 자들이었다.

귀족들은 감히 '이런 고상한 곳'에 들어온 저 '하층민'들을 향해 노골적인 경멸의 눈초리를 보내고 있었다. 그리고 종업원이 그들을 내보내기 위해 빠른 걸음으로 다가가고 있을 때였다.

"모두 움직이지 마! 허튼 짓 하면 죽여 버릴 거야!"

그들 중 한 명이 그렇게 고함치며 권총을 꺼내는 순간 다른 한 명은 문을 닫고 자물쇠를 걸었다.

'맙소사! 강도! 게다가 총을!'

"손가락 하나 까딱하지 마! 조금이라도 움직이면 머리에 구멍을 내 주겠어!"

귀족들은 비명을 지르며 테이블 밑으로 기어 들어갔다. 나는 깜짝 놀라 카론 경에게 속삭였다.

"카론 경, 지금 강도가……."

……주무십니까?

나는 실로 평온하게 잠들어 있는 그를 보며 말을 흐렸다. 3일 동안 한숨도 못 잤다고 했지? 헤에, 아무리 은의 기사라도 세상 모르고 잠들 때가 있구나. 의외로 귀여운 면이 있네……가 아니라 이럴 때 자고 있으면 어쩌자는 겁니까! 지금은 악을 소탕할 시간이라고요!

나는 작지만 다급한 목소리로 그를 깨웠다.

"카론 경, 일어나세요. 어서요."

그러나 그는 여전히 꿈나라였다.

'으이구. 당신이야말로 키스에게 전염된 거 아냐?'

나는 속으로 투덜거리며 어떻게든 혼자 해결하기로 결심했다.

하지만 상대는 총이다. 단 한 순간에 죽을 수도 있다. 그보다 어떻게 저런 변두리 강도들이 총을 구했지?

보통 사람들은 죽을 때까지 총 한 번 못 보는 경우가 태반이지만—단 한 발로 생명을 빼앗을 수 있다는 그 위력만큼은 모두 알고 있었다. 그걸 증명이라도 하듯 라운지를 지키는 경비병은 총을 보자마자 혼비백산해서 무기를 버리고는 손을 들고 있었다.

'어, 어떻게 한다.'

헬스트 나이츠라면 이런 상황에 대한 교육을 받았을지 모르겠지만 우리의 위대한 단장 나리 키스 경께서는 그딴 거 하나도 안 가르쳐 줬거든?

한편 강도들은 강도들 나름대로 트러블이 생긴 것 같았다.

"어서 금고 열어! 당장!"

중년의 강도는 종업원의 머리에 총을 들이댄 채 고함을 치고 있었지만, 종업원은 절박하게 몸을 떨면서도 금고를 열지 않았다.

"주, 죽고 싶어? 당장 열라니까!"

하지만 종업원은 결코 움직이지 않았다. 나는 그가 절대로 금고를 열지 않으리라는 것을 잘 알고 있다. 그건 고용주에 대한 충성심 때문이 아니다.

평민 종업원이 귀족 고용주의 돈을 잃어버리면 어떻게 될 것 같은가. 생명줄과 같은 직장에서 해고당하는 것은 물론, 성격이 나쁜 고용주라면 그 돈을 모두 물어내라는 협박을 들어도 평민으로서는 어쩔 도리가 없다. 평생 그 돈을 갚는 수밖에 없는 것이다. 그런데 순순히 금고를 열어 줄 것 같은가?

어수룩한 이인조 강도들도 뒤늦게나마 그 사실을 느낀 것 같았다. 그래서 나는 그들이 황급히 도망칠 것이라 예상했다. 하지만 이번에도 예상은 빗나갔다.

"제길! 저리 비켜! 금고를 부숴 버리겠어!"

나는 강철 금고를 들어 벽에 집어던지는 꼴을 보자 어처구니가 없었다. 그런다고 금고가 깨질 리 있겠냐!

배달부와 강도의 공통점이 있다면 시간이 생명이라는 것이다. 저들은 이미 시간을 너무 끌었고 또 이미 도망쳤어야 옳았다. 아니나 다를까, 금고와 뒤엉켜 있는 사이 라운지 앞에는 경찰들이 깔렸다. 유일한 출구인 정문밖에 몰려든 그들이 자신만만하게 외쳤다.

"감히 평민 놈들 주제에 이곳을 털 생각을 해? 살려 두지 않겠다! 더러운 놈들!"

순간 나는 '야! 이 얼간이들아! 네놈들은 교섭이라는 단어도 모르는 거냐!' 라고 소리칠 뻔했다.

진짜 바보들 아냐? 궁지에 몰려 있는 강도들에게 죽이겠다는 위협을 하면 어떻게 될 것 같아? 어서 죽여 주세요, 라면서 환영하겠냐 아니면 인질을 잡겠냐! 이곳은 네놈들이 굽실거리는 고귀한 양반들로 넘쳐흐른다고!

꼭 아버지와 아들 같은 나이의 강도들은 탈출로가 차단된 것을 알고는 눈에 띄게 당황하기 시작했고 아니나 다를까, 인질을 고르기 위해 떨리는 눈으로 우리들을 훑어봤다.

나는 반사적으로 벌떡 일어났다. 그들은 깜짝 놀라며 내게 총구를 겨눴다.

"뭐, 뭐하는 짓이야! 움직이지 마!"

"절 인질로 잡으세요."

나는 놀라울 정도의 침착함을 유지하며 말했다.

"무, 무, 무슨 수작이야! 인질을 자청해?"

"인질 되는 게 취미거든요."

"헛소리 하지 마!"

내가 생각해도 헛소리였다. 나는 좀 더 고차원적인 미끼를 던졌다.

"보세요. 전 귀족에…… 여자입니다. 어때요. 가장 이상적인 인질 아닌가요?"

속아 넘어가라. 속아 넘어가라. 속아 넘어가라.

"여, 여자? 넌 가슴이 없는데! 게다가 바지를 입었잖아!"

"바지 입은 가슴 빈약한 여자는 여자도 아니라는 건가요? 지독한 성차별 발언이로군요! 그런 발상 때문에 이 나라가 선진국이 안 되고 있는 거야! 닥치고 날 인질로 잡으라니까! 난 한 달에 한 번씩 인질이 안 되면 발작이 일어나는 특이체질이라고! 사람 좀 살려 줘!"

나는 생각나는 대로 소리치며 그들에게 걸어갔다. 이상한 기백에 눌려 당황하던 강도는 황급히 내 목을 휘감고는 머리에 총을 겨눴다.

좋아, 이제 문밖으로 나가면 팔꿈치로 복부를 찍은 뒤에 엎어치기로…….

"뭐하고 있어! 어서 금고 열어!"

뭐? 나는 아들 강도에게 소리치는 아버지 강도를 보고는 환장할 것 같았다. 저 금고 안에 불로불사의 물약이라도 들어 있는 거야? 지금 이 상황에서 금고가 중요하냐 아니면 목숨이 중요하냐! 왜들 이러는 거야, 정말!

나는 목이 졸린 채 말했다.

"저어…… 강도질은 다음에도 또 할 수 있지만 목숨은……."

"닥쳐! 너희 귀족들은 몰라! 우리한테 저 돈이 얼마나 필요한지! 내가 죽는 한이 있어도 저 돈이 필요하단 말이야!"

나는 말을 멈췄다. 그는 눈물까지 흘리고 있었다. 절대로 전문 강도들이 아니었다. 오히려 평범한 아버지와 아들로 보였다. 그런데 어째서 이런 무모한 짓을 하고 있는 것일까.

그때 얼음처럼 차가운 목소리가 들렸다.

"항복해라. 지금 항복하면 목숨은 부지할 수 있다."

"카론 경!"

어느새 일어난 카론 경이 우리를 바라보고 있었다. 나는 쓴웃음을 지으며 중얼거렸다.

"미안하네요. 우리가 깨웠나 보네요."

"처음부터 깨어 있었다. 내가 자네 같은 줄 알아?"

아니, 그렇다고 강도들 앞에서 개망신을 주십니까.

"흥분한 강도들을 자극해 봐야 인명 피해만 생겨. 그래서 돈을 훔쳐 도주할 때 체포하려고 했지만…… 강도도 경찰도 그리고 자네도 모조리 엉망진창이로군."

"시, 실망시켜 죄송합니다."

흥! 살신성인한 사람한테 폭언이시네요! 강도는 카론 경의 싸늘한 태도를 보고는 더욱 당황하기 시작했다.

"당장 그 칼 내려놔! 안 그러면 이놈을 쏜다!"

"너야말로 항복해라."

우아아아! 카론 경! 자극은 지금 당신이 하고 있잖아!

하지만 카론 경은 내 목숨 따위는 알 바도 아니라는 듯 도리어 검을 뽑는 것이었다.

"포기해라, 범죄자. 정말 죽고 싶은 건가."

카, 카론 경. 왜 자꾸 이 양반 심기를 건드리는 겁니까.

"저, 정말 쏘겠어!"

그러나 카론 경은 무서울 정도로 주저 없이 대답하는 것이었다.

"그럼 쏴라."

카론 겨어어어어어어엉! 그렇게 절 죽이고 싶었습니까! 이참에 귀찮은 녀석 하나 처리하자, 라는 건가요?

그러나 이자는 내 머리에 들이댄 총을 떨고 있을 뿐 방아쇠를 당기지 못하는 것이었다. 아니, 잘 보니까 방아쇠를 못 당기는 게 아니라…… 아예 방아쇠가 없네?

"못 쏠 테지. 가짜 총이니까."

카론 경이 말했다.

"엔디미온 경, 상대의 무기를 파악하는 주의력은 기사 자질의 기본 중의 기본이다. 어떻게 가짜 총인지도 모른 채 인질이 될 생각을 했나. 자네의 무모함에는 고개가 숙여진다."

카론 경은 도리어 나한테 화를 내고 있었다. 미, 미안하게 됐네요! 가짜 총인지도 구분 못 하는 무지한 어린애라서!

나는 울컥하며 강도의 팔을 잡아채 바닥에 메쳤다. 정말이지 보통 사람들도 얼마든지 제압할 수 있을 힘없는 강도였다.

그와 동시에 방금 전까지만 해도 구석에서 덜덜 떨던 경비원이 뛰어가 다른 젊은 강도에게 주먹을 날렸다. 쳇, 안전해지니까 갑자기 용기가 용솟음치나 보군.

카론 경은 한숨을 내쉬며 문으로 걸어가 자물쇠를 열었다. 동시에 경찰들이 몰려 들어왔다.

"저 더러운 평민 놈이 감히 여기가 어디라고!"

경찰들은 마치 폭도처럼 쓰러진 강도들을 짓밟고 있었다. 나는 바닥에 떨어진 가짜 총을 쓸쓸한 시선으로 내려다봤다. 나무로 만든 정교한 모형이었다.

꽤 괜찮은 실력이다. 이 실력으로 총 말고 조각상을 깎았다면 아주 멋졌을 것이다. 나는 입술을 꽉 깨물었다.

경찰서장쯤으로 보이는 자는 이제 저항도 못 하는 강도들을 끝도 없이 걷어차고 있었다.

"미천한 놈들이 감히 이분들을 인질로 잡을 생각을 해? 아주 간덩이가 부었구나! 아예 이 자리에서 죽여 주마!"

순간 카론 경이 소리쳤다. 미성이었지만 또한 굉장한 위압감을 지닌 목소리였다.

"무슨 짓을 하고 있는 건가! 처벌은 너희들이 하는 것이 아니야!"

서장은 몹시 불쾌한 시선으로 카론 경을 노려봤다.

"지금 내가 누군지 알고 그런 말을 하는 거야. 엉?"

당신이야말로 저 흑발의 남자가 누군지 알아야 할 필요가 있을 것 같군요. 카론 경이 자신의 신분을 밝히자마자 서장의 태도는 그야말로 '회까닥' 바뀌어 버렸다. 평생을 연극에 바친 대배우도 흉내 내지 못할 모습이었다.

"맙소사! 그 고귀한 은의 기사 나리께서 이런 천한 무리들을 손수 체포해 주시다니 무한한 영광이옵니다! 당장 시장님께 연락해서 접대 준비를⋯⋯."

얼씨구. 하나를 가르쳐 주면 열을 안다는 게 바로 저런 거로구만.

그때 포박된 강도가 고함쳤다. 그것은 정말 가슴속에서부터 터져 나오는 핏덩이 같은 울분이었다.

"웃기지 마! 뭐가 은의 기사야! 결국 다 똑같은 이 더러운 왕국의 하수인일 뿐이야!"

순간 경찰봉이 그의 얼굴을 때렸지만 그는 계속 무서운 표정으로 카론 경을 노려보고 있었다.

"당신은 몰라. 이 나라가 평민을 어떻게 다루는지. 당신은 절대 몰라!"

"이, 이놈이 미쳤나! 입을 틀어막아!"

경찰들이 그의 입에 재갈을 물리고 짓밟는 장면을 바라보던 카론 경은 고개를 숙였다. 그의 목소리는 이 아수라장 속에서 나 정도만 알아들을 수 있을 정도로 작았다.

"알고 있다. 지겨울 만큼."

연행되어 끌려 나가던 내 나이 또래의 강도는 나를 보자 절박하게 외쳤다.

"저는 죽어도 됩니다. 하지만 동생만은 살려 주세요! 병원에서 살리고 싶다면 돈을 더 가지고 오라고 해서, 제가 감옥에 가면 아무도 동생을 돌봐 줄 사람이 없어요! 제발!"

"뭐라고 지껄이는 거야! 어서 걷지 못해!"

결국 저들은 부자(父子)였다. 병에 걸린 자식이자 동생을 고칠 돈이 필요했던 것이다. 가짜 총 따위를 들고 무작정 이런 곳을 덮쳐 금고를 열기 위해 발버둥 치던 어수룩한 저들의 모습이 머릿속을 스치고 지나갔다.

나도 평민이기 때문에 가난한 평민이 한 번 몹쓸 병에 걸리면 (그것이 충분히 고칠 수 있는 병인데도 불구하고) 대부분 고치지 못한다는 사실을 알고 있다. 나 역시 '지겹도록' 알고 있는 것이다.

서장은 카론 경 앞에 와서 굽실거렸다.

"추한 꼴 보여 드려 면목이 없습니다. 제가 당장 편히 쉬실 수 있는 곳을 마련……."

"그보다 저들의 신상명세를 알고 싶다."

"예? 저 강도들 말입니까?"

서장은 영문을 알지 못해 두 눈을 껌뻑거렸다.

3.

병원에 도착한 카론 경은 왕실 기사 앞에서 잔뜩 긴장한 원장에게 말했다. 마치 무도회장에 들어온 것 같은 호사스러운 원장실이었다. 아까 라운지가 커피 맛보다 커피 잔에 더 신경을 쓰는 곳이었다면 이 병원은 환자 건강보다는 환자 주머니에 더 신경 쓰는 곳이라는 인상이 역력했다.

"이 서류에 있는 소년, 지금 이 병원에 입원해 있는 걸로 안다."

카론 경은 서장이 제출한 보고서를 책상 위에 던졌다.

황급히 그걸 읽어 본 원장은 소년의 이름조차 알지 못했다. 간호사의 도움을 받고 나서야 겨우겨우 중병에 걸린 자기 환자를 기억해 낼 수 있었다.

"아아! 이 아이 말이십니까! 혹시 평민을 받아 준 것이 문제가 되는 것이라면 당장 내쫓겠습니다. 보호자가 무릎을 꿇고 간청을 해서 정말 울며 겨자 먹기로 입원을 시켜 줬을 뿐입니다."

맙소사. 저렇게 스트레이트하게 타락하는 사람도 드물지.

"그게 문제일 리가 있겠나. 길게 말 안 하겠다. 그 소년 고쳐라."

"예? 예?"

"정확히 한 달 후에 다시 오겠다. 그때도 지금과 같다면 이 병원의 의료 수준을 기준 미달로 간주해 왕실에 병원 폐쇄를 요청할 것이다. 알겠나. 네가 의사라면 치료하는 시늉이라도 할 것이라 믿는다."

"아, 아, 알아 모시겠사옵니다."

카론 경의 무시무시할 정도로 얼음장 같은 목소리에 질려 버린 원장은 이유도 모른 채 어떻게든 고치겠다 맹세했다. 돈 없으면 손가락 하나 움직일 수 없다며 아버지와 아들을 강도로 만든 인간이 말이다.

이렇게 쉬운 것이었던가. 너무나도 쉬워서 욕이 나올 것 같았다.

"그리고 치료비는 내게 청구서를 보내라."

"아, 아닙니다! 어떻게 소인이 감히 헬스트 나이츠 부기사단장님께 청구서를 보낼 수 있겠습니까."

카론 경은 자신을 쳐다보지도 못한 채 굽실거리는 원장을 한동안 바라봤다. 그러고는 몸을 돌려 문밖으로 나가며 말했다.

"그렇겠지. 네게는 목숨을 걸 만큼 절실한 돈이 아닐 테니까."

그는 드물게도 독설을 내뱉었다.

4.

병원을 나온 카론 경은 곧바로 역을 향해 걷기 시작했다. 다행히도 그리 먼 거리는 아니었다. 나는 히죽 웃으며 말했다.

"와아, 카론 경. 내가 다시 올 때까지 무조건 고쳐 놔! 라니, 아까는 완전히 폭력배 같던데요?"

"말조심해라. 누가 폭력배라는 거냐!"

"헤헤, 농담이에요. 정말 은의 기사 같았어요. 그 부자도 이제 인정할걸요?"

"시끄럽군. 나는 단지 일을 공정하게 처리했을 뿐이야. 사적인 감정 같은 것은 없다."

"네에. 물론 그렇겠지요오."

나는 '키스의 미소'를 보이며 빠른 걸음으로 걷는 카론 경의 뒤를 따랐다.

역 앞에 도착한 우리는 카론 경이 타야 할 열차가 방금 전 떠났다는 것을 알았다. 가여운 카론 경. 또 꼼짝없이 두 시간이나 기다려야 할 판국이었다. 그러나 역시 그 짜증의 불똥은 내게로 뛰었다.

"다 자네 탓이다."

"엥?"

"자네와 있으면 안 좋은 일만 생겨. 자네는 재앙을 부른다."

"우아아아! 너무해요!"

내가 들어 본 폭언 중에서도 실로 엄청난 레벨이지 않은가! 재앙이라니! 재앙을 부르는 인간이라니!

하지만 카론 경은 나와는 더 이상 얘기도 하기 싫다는 투로 저멀리 사라져 버리는 것이었다. 아아, 이제 확실히 알겠어. 저 사람은 너무 어른스러운 것이 아니라 너무 어린애 같은 거라고!

5.

"재앙이나 부르는 인간…… 지명 다녀왔습니다."

나는 반항기에 접어든 십 대 소년의 빈정거리는 목소리와 함께 리더구트의 문을 열었다. 어차피 나는 몸 바쳐 일해 봤자 카론 경에게는 지진이나 우박과 동급으로 취급받는단 말이지. 쳇. 쳇. 쳇. 다음부터는 같이 놀아 주나 봐라.

'그건 그렇고…….'

나는 뚱한 얼굴로 눈앞에 펼쳐진 광경을 바라봤다. 솔직히 이제는 저 양반이 무슨 짓을 하든 궁금하지도 않은 해탈의 경지에 올랐다고 생각했는데, 저건 또 무슨 신선한 삽질이란 말인가.

"아아, 미온 경. 돌아왔어요오?"

"보시다시피. 그런데 지금 뭐하고 있는 겁니까?"

'별로 알고 싶지도 않지만!' 이라는 뒷말은 속으로 꾹 삼켰다.

"보면 모르겠어요?"

"봐도 모르겠는데요."

알 수 있을 리가 있나! 그러니까 지금 키스 경은 엄청나게 진지한 얼굴로 이리저리 거실을 돌아다니고 있었던 것이다. 그것도 두 손에 구부러진 쇠막대기 같은 걸 들고!

당신 지금 동족(그러니까 외계인)과 교신이라도 하려는 거요?

"수맥 찾고 있답니다아."

"아아, 그러시겠지. 항상 가치 있는 일에 몰두하시는 모습이 참 보기 좋네요!"

생글 웃는 내 이마에 힘줄이 돋았다. 누구는 재앙 인간이라는 소리까지 들으며 뼈 빠지게 일하고 있는데 누구는 퍼질러 자는 것으로도 부족해서 이제는 집구석에서 수맥을 찾아? 강대한 육갑자의 증오가 단전으로 모여드는 것이 느껴졌다.

고도의 인내력으로 주화입마를 다스린 나는 투덜거리며 의자에 앉았다. 지루해 죽겠다는 표정으로 키스 경을 지켜보던 랑시가 말했다.

"키스 경, 아침부터 저러고 있어. 잠자고 일어나면 허리가 결리는 게 아무래도 수맥 때문인 것 같다고."

"하아. 그것 참 독창적인 해석이네. 하지만 하루 열네 시간씩 잠들어 있으면 천하장사라도 허리가 아플 것 같군!"

이쪽은 허리가 끊어질 만큼 잠들어 보는 게 소원이라고!

"허리는 남자의 생명이라면서, 우리들의 미래를 위해서라도 수맥을 찾아 없애야 한대."

"눈물이 앞을 가리는군."

부하들의 허리까지 풍수지리학적으로 고민해 주시고! 단장님의 디테일한 배려에 몸 둘 바를 모르겠어, 정말!

입에 쿠키를 문 랑시는 고개를 절레절레 흔들고는 못난 아들을 둔 부모의 표정으로 한숨을 내쉬었다.

"아무튼 키스 경, 최근 증세가 더 심각해. 하루 종일 지치지도 않고 저런 시시한 일에 몰두하는 건 고양이나 가능한 짓이라고."

"하루 종일? 한 번도 쉬지 않고?"

"응. 키스 경은 시간을 가장 무의미하게 죽이는 방법을 찾아낸 거야."

랑시는 자못 걱정스러운 어투로 말하고 있었다. 헤에. 아무 생각 없이 사는 것 같은 랑시도 시간의 소중함을 느낄 때가 있……아니, 잠깐.

"이봐요, 랑시 경."

"응?"

"하루 종일 키스가 저러는 걸 봤다는 말은 너도 하루 종일 같이 노닥거렸다는 의미로 들리는데?"

"……."

"당신, 키스 경과 다를 바가 뭐요?"

랑시는 '어머나, 들켜 버렸네'라는 표정으로 날 바라보더니만 곧 자기 얼굴만큼이나 커다란 머그컵을 들고는 자기 방으로 설렁설렁 걸어가는 것이었다.

"미온 경, 너무 빡빡하게 살면 정신 건강에 해로워요. 아무튼 심심하구만. 뭐 재미없는 일 없나."

치마 입은 괴소년 주제에 머릿속은 아주 묏자리 봐둔 노인네로구만! 대체 이놈의 기사단은 언제쯤 제정신으로 돌아오는 거야.

나는 시종들이 가져온 차가운 홍차를 홀짝거리며 엘로드인지 뭔지라고 부르는 작대기를 들고 돌아다니는 키스 경을 지켜봤다.

나조차도 부러운 훤칠한 키에 매끈한 피부, 장난기 가득한 귀여운 미남형, 우락부락하지도 가녀리지도 않은 다부진 체형, 나처럼 툭하면 여자로 오해받을 일도 없는 저 완벽한 하드웨어로 기껏 하는 일이 수맥 찾기라니……

전력을 다해 인생을 낭비한다는 것은 바로 저런 걸 두고 하는 말일까. 그때 키스의 환호성이 터졌다.

"아아앗! 찾았습니다아!"

"하아?"

"반응이 와요! 분명 이 밑에 수맥이 있어요!"

나는 심드렁한 목소리로 대답했다.

"그럴 수밖에 없겠지. 그 밑은 우리 목욕탕이니까."

"이, 이럴 수가! 제 허리가 결리는 것이 목욕탕 때문이었단 말입니까아!"

"얼씨구?"

어째서 결론이 그래? 잠시 가만히 있던 키스 경은 내 머리 위에도 불쑥 쇠막대기를 들이댔다.

"아앗! 미온 경 머릿속에도 수맥이!"

"으이구! 남의 머리 가지고 풍수지리 하지 마!"

이윽고 키스 경은 이 짓도 흥미를 잃었는지 들고 있던 쇠막대기를 휙 던지고는 소파 위에 벌러덩 쓰러져 버리는 것이었다. 진짜 산만하기가 애새끼 같았다. 한 대 쥐어박고 싶구만.

"오면서 카론 경 만났어요."

"뭐래요?"

"나보고 재앙이래요."

"적절한 비유로군요오."

"당신이 그런 말 할 자격 있다고 생각해? 자기야말로 재앙 그 자체잖아! 우박 주제에!"

"미온 경이야말로 대지진과 다를 바가 없잖아요?"

울컥.

"당신은 호환, 마마야!"

"그럼 미온 경은 흑사병."

"시끄러워! 이 전염병!"

나는 소파에 드러누워 '냐하하하' 하고 웃고 있는 키스 경의 머리로 쿠션을 집어 던졌다.

으이구! 이 인간이랑 대화하면 나까지 정신연령이 하락한다니까!

6.

지명을 다녀오면 다음 지명까지 보통 하루 정도는 쉴 수 있다. 휴가도 방학도 없는 스왈로우 나이츠의 황금 같은 개인 시간이라고나 할까(사실 빨래나 쇼핑도 이때 몰아서 한다).

이때도 브리핑에는 참석해야 하지만 업무는 없기 때문에 지명을 다녀온 기사들은 대충 자다가 일어난 모습 그대로 머리 손질도 안 하고 어슬렁어슬렁 이튿날 브리핑에 나타나기 마련이다(스왈로우 나이츠들의 화려한 모습만 보던 귀부인들이 본다면 피를 토할 광경이겠지만 사실 우리들도 귀찮은 거 싫어하는 평범한 20대 남정네들이라서 어쩔 수가 없다. 아! 여기서 루시온, 레녹 경은 제외다).

오늘 하루 종일 쉬게 된 내 계획은 다음과 같다.

(1) 오전 내내 수면.

(2) 키스 경을 들들 볶아 점심을 만들어 먹는다.

(3) 오후 내내 수면.

(4) 이멜렌 님의 저택을 방문해 초상화 모델이 되어 준다.

(5) 카론 경이 돌아올 때까지 기다렸다가 그대로 저녁까지 얻어먹는다.

(6) 거실에서 동료들과 노닥거린다.

(7) 지스의 고양이들과 장난치다가 잠든다.

'에이이! 이런 맥 빠진 청춘 같으니라고!' 라고 비난하실 분들도 있겠지만, 나는 격무에 시달리고 난 이튿날까지도 페르난데스 왕자님처럼 도서관을 간다거나 카론 경처럼 검술 훈련을 하고 싶은 욕구는 전혀 생기질 않는 발전 없는 소시민이라서 말이지. 적어도 휴일만큼은 게으름의 정점을 보여 주는 '키스 경 라이프' 를 체험하고 싶단 말씀이야.

아무튼 이런 기대를 품고 반바지 차림으로 촐랑거리며 브리핑에 참가한 내게 키스 경은 청천벽력 같은 말을 던졌다.

"미온 경, 내부 지명입니다아."

"뭐라고오오오오오!"

나는 브리핑이 끝나는 대로 거실에서 잠들기 위해 가져온 베개를 툭 떨어트렸다. 동료들은 '너, 재수 더럽게 없구나' 라는 표정들로 날 바라보고 있었다. 어째서 하필 오늘의 나야!

이 왕실의 법이라는 것이 꽤 냉혹하다. 귀족이나 왕족들이 행하는 내부 지명은 절대 거절할 수 없고 또한 내부 지명 했다고 이튿날 쉬게 해 주는 것도 아니다.

말하자면 모처럼 목욕을 하려고 온몸에 비누거품을 묻혔는데 마침 단수가 되었다든가, 벼르고 벼르던 그녀와의 데이트 날 백만 년 만의 초대형 태풍이 몰아쳐서 극장이고 동물원이고 모조리 박살 나 버렸다든가 하는 그런 끔찍한 기분이라고나 할까!

대체 어떤 악마야? 내 달콤한 하루를 산산조각 낸 장본인이!

나는 부들부들 떨며 말했다.

"어떤 분께서 휴가 중인 소인을 애타게 찾으시는 건가요."

"오호호호호. 그렇게 알고 싶어요?"

"냉큼 말하지 못할까!"

"바로 우리들에게 은총을 내려주시는 오르넬라 성녀님이십니다아."

"오, 맙소사."

나를 포함한 동료들은 그녀의 이름을 듣자마자 성호를 그었다. 살아 돌아올 수 있을까, 차라리 아이히만 대공 쪽이 생환 확률이 높다고!

내 표정을 본 키스가 히죽 웃었다.

"만약 휴가라서 가기 싫다면 미온 경이 지명을 거부했다고 전할게요."

"아니요. 가야 해요. 다리가 부러지고 이 세상이 지옥 불에 타올라도 무조건 가야 한다고요."

나는 한숨을 푸욱 내쉬며 중얼거렸다. 차라리 만두 전하한테 반항하면 했지, 이 젊은 나이에 박제가 되어 인생을 마감하고 싶지는 않다고.

그때 나와 같은 반바지에 아예 윗도리까지 벗은 꼴로 육체미를 자랑하던 쇼탄 경이 뭘 그렇게 걱정하냐는 듯이 내 어깨를 두드렸다.

"너무 괴로워하지 마. 그냥 오늘 하루 신에게 바쳤다 치고 다음에 푹 쉬면 되잖아."

그러나 지금의 나는 꽤 삐뚤어져 있었다.

"쳇. 쇼탄 경은 어차피 맨날 쉬잖아요."

지명이 없어 오늘도 휴일인 쇼탄 경은 내 말을 듣는 순간 등에 칼을 맞은 것처럼 '헉!' 소리를 내며 바닥에 주저앉았다.

"어, 어떻게 그런 모진 말을!"

다른 동료들은 물론 지스킬마저도 '너 성격 진짜 나빠졌구나'라는 떨떠름한 시선으로 날 바라보고 있었지만, 휴가를 잃고 아무에게나 마구 투정 부리는 어린애가 되어 버린 나는 두 볼을 부풀린 채 고개를 획 돌리고 있었다.

쇼탄의 눈에서는 서러움에 눈물이 하염없이 흘렀다.

"다들 두고 봐! 곧 여름이 오고 있어! 복수해 줄 테야!"

여름 한정 쇼탄 경은 처절하게 외치며 리더구트 밖으로 뛰쳐나갔다. 브리핑 서류를 부채 삼아 팔랑팔랑거리며 무심하게 쇼탄을 바라보던 키스 경이 말했다.

"그 전에 빚을 못 갚아 어디론가 팔려 가지나 않으면 다행입니다만."

우리는 이런 말을 들을 때마다, 쇼탄 경이 진심으로 불쌍해진다. 늘씬한 몸을 소파에 길게 기댄 키스 경은 고양이처럼 하품을 한 뒤에 말했다.

"자아, 그럼 이것으로 브리핑을 마치겠습니다아. 그리고 미온 경은 오르넬라 님과의 화끈한 시간 갖게 된 것 축하드려용."

"만약 내가 죽으면 '범인은 키스 경'이라고 써 놓을 테니 기대하세요!"

나는 입술을 삐죽 내밀며 방으로 향했다.

7.

왕실을 찾은 권력가들은 성당에 기부금을 바치고 감사의 표시로 오르넬라 님을 만나 축복을 받는다. 그러니까 냉소적으로 말하자면 까놓고 뇌물을 바치기는 좀 껄끄러우니까 저런 파렴치한 '돈세탁'을 거치는 것이다(이 말을 한 장본인은 놀랍게도 오르넬라 님이다).

그리고 이 세탁 과정의 도우미로 지명받은 사람이 바로 나 엔디미온 키리안. 음, 이렇게 말하고 나니까 범죄에 연루된 기분마저 드는군.

붉은 가마를 타고 성당에 도착한 그녀는 (당연하다는 듯이) 숙취에 시달리고 있었고 '이딴 일 조금도 하고 싶지 않아!' 라는 짜증 만점의 표정에 담배까지 물고 있었다.

게다가 걸치고 있는 옷은 입고 있던 중이었는지 벗고 있던 중이었는지…… 으음, 민망하니까 이 이상은 묘사하지 말도록 하자.

"미온 구운. 잘 있었어?"

그녀는 콧소리를 내며 제복을 입은 내 허리를 휘감으며 뺨을 비볐다. 일순간 풍겨 오는 그녀의 체취가 마약처럼 짜릿하게 엄습해 왔다. 가늘게 눈웃음을 보이는 오르넬라 님의 표정은 '노골적인 유혹'이 어떤 것인지 보여 주고 있었다.

결국 뜨겁게 달아오른 욕정을 참지 못한 나의 본능이 그녀를 와락 껴안게 만들었다……라는 에로 소설 같은 전개는 없었다. 이래 봬도 이 몸은 프로란 말이지.

나는 환하게 웃으며 말했다.

"여기 두통약 준비했습니다. 궁중의에게 특별히 부탁해서 만든 특효약이랍니다."

"어머, 고마워라. 역시 미온 군이야."

그녀는 내가 준비해 온 약을 크리스탈 잔에 담긴 물과 함께 마시며 내 머리를 쓰다듬었다. 서글픈 판단이지만, 오늘도 분명히 숙취에 시달리며 나타날 거라는 걸 예측하고 있었거든. 뭐랄까, 호스트 생활 때 몸에 밴 준비성이 지금 꽤 쓸모 있는 처세술로 재탄생한 거라고나 할까.

농담이 아니라, 오르넬라 님은 아무리 육감적인 매력을 풍기고 다녀도 분명 성녀다. 예전 어떤 멍청한 관리가 성녀님을 '자신에게 홀딱 빠진 헤픈 여자'라고 멋대로 착각해서는 그녀의 침실로 숨어들어 간 적이 있었다.

물론 그 불쌍한 인간은 오르넬라 님을 덮치려는 순간 두 다리 사이가 폭발해 버린 것 같은 무시무시한 통증과 함께 정신을 잃었고 다시 정신을 차렸을 때는 전 재산을 압류당하고 국경선 밖으로 추방된 뒤였다. 팜프파탈이 따로 없었다.

성녀님에게 어설픈 수작을 걸 바에는 차라리 독거미가 가득한 방에 들어가 하룻밤을 보내는 쪽을 추천해 주고 싶다. 둘 다 똑같은 자살행위지만, 최소한 후자가 덜 고통스러울 테니까.

성의(聖衣)로 갈아입기 위해 탈의실로 가는 오르넬라 님에게 내가 물었다.

"그런데 어째서 절 지명하신 거죠? 보통은 무녀님들이 하지 않나요?"

이 일이 특별히 여성 한정은 아니지만, 가까운 무녀들 놔두고 왜 일부러 스왈로우 나이츠에 출장을 의뢰한 것인지는 알 도리가 없었다. 그녀는 피식 웃으며 말했다.

"후후, 가끔은 색다른 맛도 즐겨 보고 싶거든?"

"아하하. 벼, 별미였군요. 제가 원래 가끔 먹으면 맛있죠. 네."

신앙심에 금 가는 소리 좀 하지 마세요!

"뭘 새삼스럽게 정색해. 왕실 모든 기사의 맹세를 들어 준 미오니아 자매께서."

"그때 일은 가급적 떠올리고 싶지 않네요."

벨벳 커튼에 가려진 탈의실에서 '신경 쓸 거 없어. 어차피 이 나라 콩가루니까' 라는 무척이나 위험한 발언을 흥얼거리던 오르넬라 님은 곧 성의로 갈아입고 나타났다.

"와아."

"왜 그런 눈으로 봐, 미온 군?"

"아니, 뭐랄까…… 전혀 다른 사람 같아서요."

성의는 말하자면 그녀의 '전투복' 이다. 즉, 성직자로서의 업무를 할 때 입는 옷인데 (그녀는 거의 일을 하지 않기 때문에) 성의를 입은 모습은 지금 처음 봤다.

목 끝까지 단추를 잠그는 새하얀 드레스는 엄숙할 정도로 좁은 치마폭이 쫙 뻗어 있었고 가터벨트가 살짝 드러난 새카만 스타킹은 금욕적인 백색 슈트와 극명한 조화를 이뤘다. 항상 틀어 올려 비녀로 고정시켰던 머리칼은 단정하게 풀어 내려 어깨선을 타고 흐르고 있었다.

엄격한 것인지 관능적인 것인지 구분할 도리가 없었지만 아무튼 방금 전까지 비틀거리며 숙취에 시달리던 여왕님이라고는 짐작도 못 할 대변신이었던 것이다. 아니, 어떻게 사람이 이렇게 바뀔 수 있지?

"아하하. 카리스마 넘치시네요. 뭐랄까…… 성직자 같은데요?"

"흥. 이렇게 안 입으면 누가 돈을 내겠어."

"이런. 말투는 여전하시군요."

꽉 조이는 성의가 영 마음에 안 드는지 투덜거리는 그녀를 보며 나는 쓴웃음을 지었다.

8.

오르넬라 님이 기부자를 만나는 일은 응접실에서 이뤄진다. 본래는 성녀 앞에서 무릎을 꿇고 축복을 받는 것이 정식 절차지만 귀족은 함부로 무릎을 꿇어서는 안 된다는 고상하기 그지없는 탄원 덕분에 이런 식으로 바뀌어 버린 것이다.

그런데 3천만 셸링의 기부금을 낸 루코스 백작이라는 중년의 남자는 첫인상부터 불쾌하기 짝이 없었다. 물론 엄청난 기부금을 냈으니 왕실이 귀빈 대우를 해 주는 거야 당연하지만 아무리 그래도 오르넬라 님 앞에서 다리를 꼬고 앉아 그녀의 가슴만 뚫어져라 바라보는 짓은 그야말로 안하무인이었다.

루코스는 최근 자기 영지에서 광맥이 발견되어 벼락부자가 된 졸부였다.

"이거이거 푼돈을 좀 냈다고 성녀님이 직접 소인을 접대하실 줄은 몰랐습니다. 국왕 전하라도 된 기분이로군요. 와하하핫!"

나는 곧바로 그의 말을 정정했다.

"접대가 아니고 성사(聖事)입니다."

'귀족이라면 그에 걸맞은 품위를 갖추시기 바랍니다!' 라는 다음 말은 겨우 삼켜야 했다. 최대한 정중하게 대접하라는 만두 전하의 신신당부가 있었던 것이다.

이오타 왕국은 이 인간의 광산을 높은 값에 사겠다고 제안한 상태. 그런 식으로 광물이 해외로 빠져나가는 것을 막고 왕실에서 사들이기 위해서는 이 재수 없는 루코스 백작의 비위를 맞춰 줄 필요가 있었다. 그런 의미에서는 사실 접대가 맞았다.

내 말을 들은 루코스는 마치 모기를 쫓아내듯 손을 휘휘 젓는 시늉을 하며 오르넬라 님에게 치근덕거렸다.

"생각보다 훨씬 미인이시구려. 지금까지 만난 여자 성직자들은 모조리 할망구에 박색이라 실망했는데 성녀님 얼굴을 보니까 신앙심이 절로 생깁니다그려. 하하!"

평소 같으면 당장 대폭발했을 오르넬라 님은 끓어오르는 살기를 웃음의 가면으로 숨기고 있었다. 아무리 그녀라도 최대한 잘 대접하라는 전하의 명령마저 무시할 수는 없었던 것이다.

이 사실을 알고 있는 루코스는 더욱 기가 살아 날뛰었다.

"이 루코스, 애국심에 충만한 이 나라 귀족이자 신앙심으로 첫째가는 독실한 신자의 한 사람으로서 국왕 전하와 베르스 교단을 위해 제가 가진 광산을 바치는 것쯤이야 그리 어려운 일도 아닙니다만······."

나는 속으로 혀를 찼다. 뭐가 바치는 거야? 제값 다 받고 파는 것이면서! 게다가 우리 왕실에서 이오타가 제시한 돈과 똑같은 액수를 주고 사겠다는데도, 이오타에 넘길 수도 있다는 발칙한 으름장이나 놓으면서 거들먹거리는 꼴은 정말 봐줄 수가 없었다.

강대국 이오타에게는 푼돈일지도 모르겠지만 우리나라로서는 허리가 휘는 액수란 말이다! 이건 완전 양심을 발바닥에 붙이고 사는 놈이 아닌가!

루코스는 마치 자기가 빌려준 돈을 받으러 온 사람처럼 말했다.

"왕실에서도 최소한의 성의라는 것을 보여 줘야 소인의 체면도 살지 않겠습니까. 안 그렇습니까, 성녀님?"

"최소한의 성의라 하심은······."

오르넬라 님은 피로한 목소리로 되물었다. 루코스는 썩은 미소를 보이며 말했다.

"소인은 오늘 이 왕실에서 하루 머물다 가기로 했습니다."

"그거 잘 되었군요. 오신 김에 부근의 관광지들도 둘러보고 가시면······."

"결혼도 못 하는 성녀님이라 욕구불만이 대단하실 것 같습니다. 그래서 소인이 오늘밤 성녀님의 그 아쉬움을 기꺼이 달래 드릴까 합니다만."

그 말을 듣는 순간 눈동자가 커졌다. 이것은 저 뻔뻔한 호색한에 대한 분노가 아니었다. 아니, 도리어 순수하게 저자의 목숨을 걱정하는 위기감 같은 것이었다. 내가 떨리는 목소리로 말했다.

"도, 도망쳐."

"뭐라고? 무슨 헛소리야?"

"살고 싶으면 닥치고 도망치란 말이야!"

아무리 속된 목숨이라도 생명은 소중한 것이다.

내 절박한 경고가 끝나기도 전에 서서히 몸을 일으키는 오르넬라 님의 만면에 죽음의 미소가 퍼지기 시작했다. 루코스는 여전히 상황 파악 못 한 채 그녀와의 달콤한 망상에 젖어 헤실헤실 웃고 있었다.

"이런, 이런. 급하시군요, 성녀님. 밤이 올 때까지 참을 수 없는 겁니까?"

"어머. 잘 아시네요. 도저히 참을 수가 없네요."

방긋방긋 웃음꽃이 핀 오르넬라 님의 표정을 보자 내 머릿속에서는 '우아아! 폭발한다!' 라고 외치며 화약고에서 뛰쳐나오는 난쟁이들의 모습이 떠올랐다. 오르넬라 님은 그야말로 나긋나긋한 목소리로 물었다.

"루코스 남작 나리께서는 어떤 취향의 여자를 좋아하시나요?"

"흐흐, 취향이라…… 나는 역시 화끈한 여자가 좋아."

"어머. 그거 다행이로군요."

새빨간 그녀의 입술에 퍼지는 의미심장한 미소를 바라보며 나는 침을 꿀꺽 삼켰다. 그리고 그 이후 내가 바라보는 모든 것이 천천히 움직이는 것만 같았다.

활짝 웃는 그녀가 고위 성직자용 지팡이(통칭 '신앙봉')를 테이블 밑에서 꺼내는 모습과 그녀가 그 신앙봉을 4번 타자의 타격감으로 풀스윙하는 모습과 또한 그 신앙봉이 미처 웃음도 거두지 못한 루코스의 거대한 머리통을 후려치는 모습과 박 깨지는 효과음과 함께 박달나무로 만든 신앙봉이 와지끈 두 동강 나는 모습까지 모든 과정이 내 눈앞에서 슬로우로 진행되고 있었다.

대충 예상은 했지만 나날이 파워업하고 있는 그녀였다.

영혼마저 박살 내 버릴 것 같은 그녀의 홈런성 타구에 루코스는 '구어어어어!' 하는 끔찍한 비명과 함께 나가떨어졌다. 오르넬라 님은 돈 빌려 달라고 십 년 만에 찾아온 전남편을 대하는 시선으로 게거품을 물고 쓰러진 루코스를 바라보며 말했다.

"이게 까불고 있어. 뒈지려고."

다, 당신, 무슨 지옥에서 올라온 성녀입니까!

"오르넬라 님, 이 무자비한 폭력은 대체……."

나는 완전히 기가 질려 얼굴을 가린 채 중얼거렸다.

"이제 어쩌실 겁니까. 잘 대접하라고 전하께서 신신당부한 사람을 호쾌하게 날려 버리시다니요!"

오르넬라 님은 자신의 발밑에서 움찔움찔 하고 있는 루코스와 나를 번갈아 가며 보더니 내게 부러진 신앙봉 밑동을 건넸다.

"잠깐 이것 좀 들고 있어 봐."

"이, 이건 왜요?"

내가 잡자마자 그녀는 화들짝 놀라며 소리치는 것이었다.

"어머나! 미온 군! 아무리 화가 났기로서니 귀족 머리통을 후려갈기면 어떻게 하니! 이 누님은 가슴이 아프구나. 비록 너는 화형당하겠지만 네 정의감만큼은 영원히 기억해 줄게."

"성녀님, 지금 개그할 땝니까!"

나는 밑동을 집어던지며 한숨을 내쉬었다. 요 근래 키스 경과 만나는 것 같더니 이쪽도 전염된 거 아냐? 이 여왕님 성격 뻔히 알면서 어떻게든 말렸어야 하는 건데, 하는 후회가 마음속 깊은 곳에서부터 밀려왔다.

그녀는 답답한 성의를 풀어헤치며 담배를 물었다.

"신께서 너무 바쁘셔서 내가 대신 천벌을 내린 것뿐이란다."

"이 인간은 그렇게 납득할 것 같지는 않은데요."

보나 마나 광산을 이오타에 넘기겠다면서 생난리를 칠 게 뻔하다. 그런데도 그녀는 장난스럽게 웃으며 말하는 것이었다.

"역시 깨어나기 전에 묻어 버리는 편이 좋겠지? 아니면 박제를 해 버릴까나."

"왠지 농담으로 들리지 않는 농담은 그만해 주세요."

나는 한숨을 내쉬었다. 그녀는 '흥. 그까짓 광산'이라는 표정으로 태연하게 응접실을 빠져나가며 말했다.

"미온 군, 잘 들어. 광산 하나 잃는다고 망하는 나라는 없어. 하지만 자존심 하나 잃은 나라는 망하는 거야. 사내자식이 그것도 몰라?"

나는 그 말을 들으며 한 대 얻어맞은 기분이 들었다.

어쩌면 그녀가 루코스를 후려친 것은 최선의 판단이었는지도 모른다.

왕실은 결코 품위를 팔아 돈을 벌지 않는다는 사실을 모든 귀족들에게 가장 확실한 방법으로 알려 준 것이었다. 적어도 앞으로는 이런 시시껄렁한 공갈로 왕실의 인내심을 시험할 귀족이 없을 테니까 말이다.

물론 그 과정이 좀 점잖지 않았다는 점은 오르넬라 님의 취향 탓으로 넘기기로 하자. 아무튼 항상 술에 취해 왕실 일에 관심도 없는 것 같은 그녀도 실은 상당한 결단력을 지닌 정치가라는 사실을 새삼 느낄 수 있었다.

오르넬라 성녀님 외에도 아이히만 대공이나 페르난데스 왕자님, 카론 경, (그놈의 아부 근성만 어떻게 좀 한다면) 위고르 공 같은 뛰어난 인재들이 있는데도 이 베르스 왕국이 약소국을 벗어나지 못하는 이유는 바로 시시껄렁한 공갈이나 치고 다니는 이 루코스 남작 같은 소인배들이 이 나라 권력층의 절대 다수를 차지하기 때문이다.

"광산과 함께 이오타로 사라져 주세요. 그게 이 나라를 위한 길이니까."

나는 바닥에 널브러진 루코스를 바라보며 진심으로 부탁했다.

9.

"아 대체 뭐가 뭔지……."

나는 터덜터덜 리더구트로 돌아가고 있었다. 결국 정신을 차린 루코스 남작은 급히 달려온 헬스트 나이츠의 앞에서 아무런 말도 하지 못했다. 잔뜩 겁에 질려 '무, 무조건 광산을 교단에 기부하겠습니다' 라는 말만 되풀이할 뿐이었다.

하느님을 깔보면 어떤 꼴을 당하는지 보여 주는 모범적인 사례였다.

하긴, 누구라도 신앙봉으로 장쾌하게 얻어맞는다면 오욕칠정이 씻은 듯이 사라지고 단숨에 개과천선할 것이다……라기보다는 오르넬라 님도 카론 경도 가끔 수틀리면 꽤나 흉포해질 때가 있다는 사실에 '성질 건드리지 말아야지' 하는 생각이 다시금 들었다.

어쨌든 박력 넘치는 종교 체험은 이걸로 충분하다. 신앙봉을 부우우우웅! 휘두르는 오르넬라 님의 섬뜩한 미소와 구어어어어! 비명과 함께 나가떨어지는 루코스의 우울한 표정이 트라우마가 되어 내 머릿속에서 무한 재생되고 있으니까.

'남은 소중한 반나절은 모조리 수면에 투자할 것이다!' 라고 생각할 때였다.

"저기요. 여쭤 볼 것이 있는데요."

"네?"

문득 들려오는 소리에 고개를 돌렸다. 상대는 초라해 보이는 반대머리 아저씨였다. 그는 내 화려한 제복을 보고 귀족으로 착각했는지 본능적으로 몸을 움츠리며 말했다. 분명 평민이었다.

"저어, 본궁에 가려면 어느 쪽으로 가야 하는지……."

"아, 본궁이요?"

나는 이 사람이 새로 온 잡역부임을 알았다. 왕궁에 출입하는 평민들은 모두 고용된 자들이다. 청소라든가 세탁이라든가.

보수도 상당히 괜찮고 나라가 망하기 전까지는 계속 일할 수 있는 평생직장이라서 왕실에 고용된 사람들은 평민 여성들이 가장 선호하는 결혼 대상 중 하나다(어린 나이에 시종으로 들어와 노인이 되어 귀족 저택의 집사가 될 때까지 일하다가 자기 손자에게 대를 물려주는 사람들도 심심찮게 있다).

그런데 문제는 처음 온 사람들은 십중팔구 길을 헤맨다는 것. 이곳에서 일 년째 생활하고 있는 나조차도 가끔 길을 잃을 정도로 이놈의 왕궁은 지나치게 제멋대로 길이 만들어져 있는 것이다. 이곳은 표지판 믿고 가다가는 하루 종일 헤매다가 홀린 듯이 처음으로 돌아오게 되는 무시무시한 곳이다.

"본궁이라……."

나는 설명해 주기가 난감해 말을 흐렸다. 왜 이런 것 있지 않

나. 두 번째 사거리에서 오른쪽으로 들어가셔서 십 분 정도 쭉 가시다 보면 다시 두 갈래 길이 나오는데 왼쪽 계단으로 계속 올라가셔서 빨간 벽돌집이 나오면 또 거기서 좌측으로……라는 식으로 설명하다 보면 듣는 상대가 패닉에 빠지는 것은 당연하고 말하는 나도 머릿속이 뒤죽박죽이 되어 버린다.

뭐, 어차피 지금부터는 휴식 시간이니까, 하는 생각에 나는 방긋 웃었다.

"따라 오세요. 안내해 드릴게요."

한참 동안 걸어가면서도 그는 고개를 숙인 채 말이 없었다. 왕실에 '입사' 한 거라면 좀 더 들떠도 좋을 텐데 말이지. 무료해진 내가 말을 걸었다.

"그런데 본궁에서 어떤 일을 맡으셨나요? 청소 쪽? 아니면 목수?"

제법 눈썰미가 좋다고 자부하는 나였지만, 이번에는 짐작하는 족족 틀렸다. 계속 되는 내 물음에 그가 겨우겨우 입을 열었다.

"그, 그냥 만날 사람이 좀 있어서……."

"예? 본궁예요?"

"……네."

나는 머리를 긁적거렸다. 평민이 본궁에 만날 사람이 있을 리가? 아니, 설령 있다고 하더라도 거부당할 것이 뻔하다. 왜냐하면 본궁은 국왕 전하를 비롯한 왕족들이 기거하는 곳이기 때문에 출입이 철저하게 통제되기 때문이다.

나는 밝은 목소리로 물었다.

"아드님 만나러 오셨나 보네요?"

"네? 아, 네. 제 아들을 만나러……."

슬쩍 그를 시험해 본 나는 불길함을 느꼈다. 왕실이 가족 면회를 위해 평민에게 본궁 출입을 허가할 리가 없는 것이다.

"죄송하지만 출입 허가증 좀 볼 수 있을까요."

그때였다. 사방에서 경비병들이 달려오기 시작했다.

"바로 저놈이야! 무단침입자다! 잡아!"

뭐? 무단침입? 그 순간 이자는 품속에서 칼을 꺼내 내 목을 겨눴다.

"가, 가만히 있어!"

"얼레?"

나는 곧 그에게 위협당하며 근처에 있는 붉은 벽돌집으로 끌려 들어갔다. 집 주위를 순식간에 병사들이 포위하기 시작했다. 아니, 이 익숙한 분위기는 분명 어제도 느낀 적이 있는 것 같은데…….

그러니까 나 또 인질 된 거야?

10.

"당장 인질을 풀어 주고 항복하라! 도망칠 곳은 없다!"

집 밖에서는 근위대의 쩌렁쩌렁한 고함 소리가 들려오고 있었다. 손발이 묶인 채 왕궁 한복판에서 인질이 되어 버린 나는 문득 어제 읽은 신문이 떠올랐다.

이 달의 운세

나서지 마라. 뭘 해도 안 된다. 노력한 만큼 욕만 먹을 운세로다. 하나 정열적인 모험의 신이 당신을 총애하니 한 달 내내 지루할 일 없어 좋겠구나.

"……좋긴 개뿔이."

나는 울상을 지으며 어제에 이어 두 번째로 날 인질로 지명해 주신 아저씨에게 말했다.

"있잖아요. 지금 큰 실수 하시는 거거든요?"

"시, 시, 시끄러워! 누군 이러고 싶어서 이러는 줄 알아! 하지만 난 여기서 잡힐 수 없어!"

"아니, 그게 아니고……."

그래, 이유 없이 감옥 가는 사람이 어디 있을까. 다들 어쩔 수 없는 사정이 있어서 강도도 되고 인질극도 벌이는 거지.

필사적이 될 수밖에 없다는 사실은 이해할 수 있다. 이런 상황에서 정의의 이름으로 훈계하고 싶지는 않아. 하지만 내가 '실수'라고 말한 것은 그게 아니고…….

나는 쓸쓸한 미소를 보이며 중얼거렸다.

"저는 인질로 가치가 없걸랑요."

그 순간 밖에 도착한 헬렌 경의 서릿발 가득한 목소리가 들려왔다.

"그딴 것 인질로 잡든 말든 상관 안 해! 아니, 그놈은 죽여도 죄를 묻지 않겠다! 절대 문제 삼지 않을 테니까 안심해도 좋다!"

내 이럴 줄 알았지. 쓸쓸히 미소 짓는 내 두 눈에서 하염없이 눈물이 흘렀다. 저 아줌마, 지금 인질범한테 인질을 죽이라고 종용하고 있어. 이게 말이 돼? 길 잃은 아저씨를 바래다 준 대가가 뭐 이래? ……아아, 이제 됐어. 어차피 난 불행해지기 위해 태어난 대재앙이니까.

안에서는 칼로 위협당하고 밖에서는 '죽여도 범죄가 안 되는 녀석' 취급당하니 기분이 아주 하늘을 날아올라 그대로 열반해 버릴 것만 같았다.

몰라, 몰라. 이번 달도 운수대통이야. 이대로 가면 내일쯤에는 이 나라 공주로 오해받아 흉악한 테러리스트들의 인질이 되어도 하나도 이상하지 않겠어!

내가 몸을 들썩거리자 곧바로 그의 칼이 들이닥쳤다.

"가만히 있으라고 했잖아! 죽여 버릴 거야!"

……내일을 볼 수나 있을까.

그런데 내 목덜미로 다가온 칼끝을 보는 순간 의문이 생겼다. 이것은 정말 순수한 의문이었다.

생각해 보라. 차라리 어제의 강도들은 그 범행 동기를 짐작이라도 할 수 있다. 하지만 이자는 어떤가. 돈을 위해서? 감히 왕실을 털려는 좀도둑이 있다는 소린 들어 본 적도 없다.

게다가 이런 엉성한 칼 한 자루 품에 안고 필사적으로 본궁을 가려는 이유는 무엇일까. 적어도 국왕 전하께 문안 인사드리고 싶어서는 아니리라.

"어째서 그렇게 본궁을 가려는 거죠?"

절박한 표정으로 창밖을 힐끗힐끗 쳐다보는 그는 처음에는 대답조차 없었다. 내가 몇 번이나 물어보자 그는 나를 바라보지도 않은 채 떨리는 목소리로 말했다.

"네놈에게 말하면 뭐가 달라져?"

"하지만 들어 줄 수는 있잖아요. 지금 당신 사정을 들어줄 수 있는 사람은 이 세상에서 저 하나뿐이에요."

그의 떨리는 눈빛은 이 무모한 행동이 결코 속된 욕심 때문에 저지른 것이 아니라는 걸 증명해 주고 있었다. 어제의 강도처럼 이 사람도 어떤 강대한 불가항력에 의해 인질범이 될 수밖에 없는 상황에 내몰린 것이었다.

악행을 동정할 수는 없다. 그러나 사람은 동정할 수 있는 것이다. 감상적인 인간이라 욕해도 좋다. 하지만 분명 나는 지금 내 목에 칼을 들이댄 자에게 연민을 느꼈다.

이윽고 주저하던 그가 입을 열었다. 지극히 떨리는 목소리였지만 또한 솔직한 목소리였다.

"내 딸이…… 위험해."

"예?"

"반년 전 왕실의 고위 관리라는 자가 찾아와 딸아이에게 말했어. 행복하게 해 주겠다고."

울먹임과 함께 꺼낸 이 아버지의 사정은 다음과 같았다.

술집에서 일하고 있는 자기 딸을 왕실 관리가 우연히 봤다고한다. 그리고 그 이후 그는 그녀에게 값비싼 보석들을 선물했고, 나중에는 으름장을 놓기까지 했단다. 자신을 거부하면 가족들모두 감옥에 처넣을 수도 있다고. 흔해 빠진 귀족의 폭력이었다.

결국 열여섯 살의 그녀는 그의 아이를 임신했다. 그러나 그 이후 그녀에게 들이닥친 것은 당장 아이를 지우라는 협박이었다. 그녀는 그것을 거부하고 도망쳤지만 지금까지도 그 왕실 관리는그녀를 뒤쫓고 있다는 것이다.

이것에 대해서 평민은 귀족에게 어떤 고소도 할 수 없고, 법적보호도 받을 수 없다. 심지어 그녀는 귀족을 꼬드겨 한몫 잡으려한 음란한 여자로 몰려 같은 평민들에게도 멸시를 당하고 있다고 한다.

그래서 아버지는 자신의 딸을 위해 그 관리를 죽이려고 왕실에 몰래 들어온 것이었다.

나는 눈을 꽉 감으며 말했다.

"……그래서 본당에 가려고 했습니까."

경비가 철통같은 그곳에 저런 녹슨 칼 하나 가지고 들어가 고

관대작을 암살하겠다고? 그것도 대낮에 본당이 어딘지도 몰라 헤매는 주제에?

정말 세상 물정을 몰라도 한참을 모르는 사람이었다. 아니, 자신도 무모하다는 것을 알고 있으리라.

하지만 이것 외에는 다른 방법이 없는 게 또 평민인 것이다. 법도 왕실도 그 무엇도 평민의 편이라고는 하나도 없으니까.

그때 공기를 찢어 버리는 굉음과 함께 두터운 문이 무너져 내리며 곧바로 시커먼 그림자가 튀어 들어왔다. 순식간에 이 무모한 인질범이 들고 있던 칼이 불꽃을 튀기며 바닥에 떨어졌다.

"카론 경."

단 일 초 만에 인질범을 무력화시킨 카론 경은 자신의 검 끝을 덜덜 떨고 있는 그의 얼굴에 겨눈 채 일말의 동정심도 없는 눈매로 내려다보고 있었다.

카론 경이 나를 바라보며 심란한 목소리로 말했다.

"또 자네인가. 믿어지질 않는군. 인질이 될 곳만 골라서 찾아다니는 건가?"

"……저도 저 자신이 신비롭네요."

애당초 어차피 프로 중의 프로인 카론 경을 상대로 (게다가 나처럼 가치 없는 인질을 잡고서는) 한순간도 버텨 낼 수 없는 인질범이었다.

그는 뒤이어 들이닥친 근위대에게 포박당한 채 끌려 나가고 있었다. 고개를 숙인 그는 꽉 다문 입술로 침묵하고 있었다. 너무도 억울해서 커다랗게 울 수조차 없었던 것이리라.

나는 집 밖으로 끌려 나가는 그에게 물었다.

"그 왕실 관리가 누구입니까. 말해 주세요."

그는 충혈된 두 눈으로 나를 바라봤다. 그리고 저주 어린 목소리로 그 이름을 말했다.

"……법무대신 위고르."

지, 지금 누구라고? 나는 무력하게 끌려가는 그의 뒷모습을 표정을 잃은 채 바라볼 수밖에 없었다.

11.

이건 왕실로서는 대수롭잖은 사건이었다. 경비병 몇몇이 문책당하고 경비 병력을 좀 더 증강시키는 것으로 사건은 끝이 날 것이다. 아마 전하께서는 이런 일이 벌어졌는지 알지도 못하겠지.

하지만 내게는 결코 대수로울 수 없었다. 인질범의 마지막 말이 끝없이 머릿속을 맴돌고 있었다.

'위고르 공이라고?'

그 파렴치한 인간이 바로 이 나라의 법을 관장하는 위고르 공?

본래 위고르 공에게 바람기가 있다는 것은 알고 있다. 유부남이긴 하지만 제법 근사한 얼굴에 이 나라에서 둘째가라면 서러

운 엘리트 관리니까 카론 경처럼 금욕적으로 사는 것도 쉽지는
않을 테지.

물론 주책이다. 하지만 아무리 주책바가지라고는 해도 최소한
여자를 존중할 줄은 아는 사람이라 믿었다. 그런데 어째서!

복잡한 기분을 안고 리더구트로 돌아가던 나는 우연찮게 카페
에 있는 위고르 공을 볼 수 있었다. 아니나 다를까, 세련된 슈트
에 금발머리를 깔끔하게 뒤로 넘긴 그는 또 어떤 젊은 아가씨와
함께 차를 마시고 있었다. 요컨대 작업 중이었다.

걸음을 멈추고 한참 동안 그를 지켜보던 나는 곧 결심을 하고
그에게 다가갔다. 먼저 반응한 쪽은 위고르 공이었다.

그는 환하게 웃으며 말했다.

"여어, 엔디미온 경. 여긴 무슨 일인가."

"……위고르 공."

맞은편의 아가씨는 나를 보자마자 하얀 장갑을 낀 손으로 입
을 가렸다.

"어머나. 정말 기사? 조각 같은 분이로군요. 여기 앉으세요."

위고르 공은 헛기침을 하며 너스레를 떨었다.

"어험! 이거, 이거…… 엔디미온 경을 괜히 부른 것 같군요.
하하! 아니, 그보다 자네는 표정이 왜 그렇게 어둡나?"

"저어…… 위고르 공, 드릴 말씀이…….."

"뭔가? 자네답지 않게 정색을 다 하고."

"따로 말씀드리면 안 되겠습니까?"

"그럴 것 없어. 지금 말하게나."

위고르 공은 우아하게 차를 마시며 손을 내저었다. 정 그러시다면⋯⋯.

나는 눈을 꽉 감으며 말했다.

"평민 소녀를 임신시켰다는 것이 사실입니까!"

푸우우우우우우우욱—

힘차게 차를 뿜는 분출음과 함께 곧이어 따귀를 갈기는 아픈 소리가 터졌다. '이런 짐승!' 하고 소리치곤 씩씩거리며 사라져 버린 아가씨를 뒤로한 채 졸지에 축생으로 전락한 위고르 공은 어안이 벙벙한 표정으로 뺨을 부여잡고 있었다.

"위고르 공, 만약 그게 사실이라면⋯⋯ 우아악!"

순간 위고르는 내 어깨를 잡고 격렬하게 흔들어 댔다.

"아이히만인가? 아이히만이겠지? 아이히만이로군!"

"예? 예?"

"그런 괴소문을 뻔뻔하게 퍼트리고 다닐 인간은 그 괴물 같은 늙은이밖에 없어! 그렇지? 응? 그 악마가 시킨 거 맞지! 아이히만은 자신의 위협적인 라이벌인 나를 제거하기 위해 그따위 흑색저질비방전을 하고 다니는 게 분명해!"

"그, 그, 그건 아닌데요."

위고르 공. 아이히만 대공에 대한 당신의 감정은 거의 공포로군요.

하지만 아이히만 대공은 당신을 라이벌로 생각하지 않을뿐더러 만약 제거하기로 마음먹었다면 좀 더 무시무시한 방법을 동원했을 것 같습니다만.

어쨌든 나는 이 격렬한 반응을 보며 위고르 공은 절대 범인이 아니라는 사실을 알 수 있었다. 교활한 척하지만 본래 거짓말에 재능 없는 사람이다. 뭔가 억울한 일을 당하면 이렇게 얼굴이 빨개져서 중구난방 당황하는 사람인 것이다.

나는 그에게 인질범이 내게 한 말에 대해 털어놓았다. 입을 쩍 벌린 채 내 말을 들은 그는 세차게 도리질을 했다.

"아니야! 절대 아니야! 지금 관리하는 아가씨들만으로도 벅찬 내가 뭣하러 그런 짓을 해!"

이, 이미 벅찬 상황이었습니까? 그거 납득할 수 있는 이유긴 하지만 참으로 듣기 민망하군요. 어쨌든 오해가 풀어지자 나는 안도의 웃음을 보였다.

"역시 위고르 공이 아니었군요. 정말 다행이에요!"

"다행은 뭐가 다행이야! 이게 다행이야? 이게?"

위고르 공은 퉁퉁 부어오른 뺨을 들이대며 피눈물을 흘렸다. (나름대로 착실하게 살아온) 그에게는 정말 난데없는 날벼락이었을 것이다.

12.

위고르 공이 아니라는 사실은 밝혀졌지만, 그렇다고 일이 해결된 것은 아니다. 인질범이 겪은 그 억울한 사연마저 거짓말은 아니었으리라.

그렇다면 누군가 위고르 공을 사칭한 것이 분명했다. 나는 피해자인 소녀를 만나 보기로 결심했다. 모든 사정을 다 들어 놓고 이제 와 못 들은 척할 수는 없었다.

"못 들은 척해라."

카론 경이 말했다.

"하지만 카론 경!"

그 인질범과 만나기 위해 카론 경의 집무실로 찾아간 나는 (예상대로) 냉담한 문전박대부터 당해야 했다.

"관계자 외에는 죄수를 심문할 수 없다. 돌아가."

소녀가 있는 곳을 알고 싶다는 내 부탁을 카론 경은 일언지하에 거절했다.

"하지만 카론 경도 같이 들었잖아요. 누군가 위고르 공을 사칭하는 놈이 그런 짓을 저지르고 다니는 겁니다!"

"설령 문제가 있다 하더라도 수사는 내가 한다. 너의 영역이 아니야. 나가라."

나를 바라보지도 않은 채 서류를 넘기며 내뱉은 그의 말투는 차분한 미성이었지만 또한 내 앞을 가로막는 두터운 얼음벽 같았다.

그 이후 자그마치 두 시간 넘게 나는 물러서지 않고 그를 바라봤다. 그러나 그는 단 한 번도 나를 쳐다봐 주지 않았다.

내가 저 사람 귀에 무슨 말을 집어넣어도 저 입에서는 '돌아가!', '나가!', '꺼져!' 라는 결과만 나올 것 같은 싸늘한 분위기. 그 험악한 공기를 뚫고 문이 덜컥 열렸다.

들어온 사람을 본 카론 경은 자리에서 일어났다. 위고르 공이었던 것이다.

"어쩐 일로 오셨습니까."

침울한 표정의 위고르 공은 오른쪽 눈을 손으로 가리고 있었다. 그가 손을 내리자 나는 물론 카론 경조차도 놀란 얼굴을 보였다.

"그건 대체……."

위고르 공의 오른쪽 눈에는 시퍼런 멍이 도장처럼 찍혀 있었다. 누군가 무자비한 정권을 날린 흔적이었다. 그가 애처로운 목소리로 중얼거렸다.

"……마누라님이 알아 버렸다네."

설마 위고르 공의 사모님이 그 소문을 들은 거? 위고르 공은 이 나라가 외적의 침입을 받았을 때보다도 열 배는 더 비분강개하며 소리쳤다.

"지금 왕궁에는 내가 평민 여자 건드렸다는 그 망할 소문이 산불처럼 퍼지고 있어! 집에 들어가자마자 여편네가 죽창을 들고 덤볐다고! 조금만 늦게 피했으면 심장이 뚫렸을 거야. 게다가 도망치는 나를 괴성을 지르며 여기까지 쫓아왔단 말이야!"

위고르 공의 사모님은 바바리안이었던가…… 상상만 해도 오싹한 광경이었다.

"아무튼 이대로는 내 생명이 위태로우니까 당장 나한테 경호원을 붙여 줘! 하나나 둘로는 마누라님한테 어림도 없으니까 완전무장한 군인들 일개중대가 필요해! 그리고 감히 내 이름을 사칭한 쳐 죽일 놈이 누군지 찾아내서 내 앞으로 데려와! 지금 당장!"

나는 기회를 놓치지 않고 말했다.

"위고르 공, 저도 어떤 놈이 겁도 없이 제가 존경하는 위고르 공의 이름을 팔고 다니는지 찾아내고 싶습니다. 돕게 해 주십시오!"

자길 존경한다는 말에 금방 기분이 좋아진 (단순한) 위고르 공은 그 즉시 내 부탁을 허락했다.

"좋아. 그 충정 어린 자세 아주 마음에 들어. 카론 경과 함께 수사하도록!"

나는 헤헤 웃으며 카론 경을 바라봤다.

"이거 어쩌죠, 카론 경? 위고르 공께서 같이 수사하라고 말씀하시는데……."

카론 경은 당장이라도 '아잇! 짜증 나!'라면서 쓰러질 것만 같은 표정을 지으며 백옥 같은 손으로 이마를 쿡 눌렀다.

"……알겠습니다. 즉시 수사에 착수하겠습니다."

나는 그야말로 서리가 내릴 것 같은 시선으로 노려보는 카론 경을 못 본 척 고개를 돌렸다. 아아, 무서워!

13.

위고르 공의 엄명을 받은 우리는 피해를 입은 소녀가 있는 곳을 찾아갔다.

임산부인 그녀가 있는 곳은 소도시의 불결한 여관이었다. 하수도의 악취로 가득한 이런 곳에 혼자 몸을 숨기고 있다니, 정말 끔찍한 일이었다.

"엔디미온 경, 탐문 수사는 내가 하겠다. 자네는……."

"예, 예. 쥐 죽은 듯 잠자코 있겠습니다."

나는 눈웃음을 보이며 고개를 끄덕였다. 카론 경은 낡아빠진 문 앞에 서서 노크를 했다.

"헬스트 나이츠다. 문 열어."

방 안에서는 아무런 말도 없었다.

"들어가겠다."

그는 그렇게 말하며 문을 밀었다. 사실 너덜너덜한 자물쇠는 이미 불청객으로부터 입주자를 보호하는 기능을 상실한 지 오래였다.

더러운 침대 위에는 앳된 소녀가 누워 있었다. 측은할 정도로 마른 몸과 헝클어진 금발 머리칼이었지만, 그녀는 뜨거운 빛을 품은 눈빛으로 우리를 말없이 쏘아보고 있었다. 그것이 베스와의 첫 만남이었다.

14.

확실히 베스는 예전에는 상당한 미소녀였을 것이 분명하다. 못된 남자들의 표적이 될 만큼 말이다.

하지만 지금 그녀의 초췌한 모습에서는 그 흔적을 찾아보기 힘들었다. 나는 당장이라도 그런 그녀를 제대로 된 병원으로 옮겨 주고 싶었지만 카론 경은 표정 하나 변하지 않았다. 업무에서 감정을 배제시키는 것은 모범적인 수사관의 자질이지만, 저런 모습을 볼 때마다 속상한 것은 어쩔 수가 없다.

"네 아버지의 증언에 의하면 너를 임신시킨 자가 위고르 후작을 사칭했다고 했다. 왕실 관리를 사칭한 것은 중죄다. 그가 누구이며 지금 어디에 있는지 말해라."

지독한 명령조였다. 하지만 그녀는 비웃음만 보일 뿐 아무런 대답도 없었다.

"모르면 모른다고 해도 좋다. 하지만 사소한 부분이라도 단서가 될 만한 것은 모두 말해."

"카, 카론 경. 그렇게 강압적으로 말씀하실 것까지는…… 아, 입 다물고 있겠습니다."

카론 경이 흘낏 보자 나는 고개를 숙였다. 베스는 나이에 비해 꽤나 대범했다. 아니, 이런 일까지 당하면 극단적으로 모질게 되는 것도 당연하겠지만. 그녀는 카론 경을 똑바로 바라보며 입을 열었다.

"지금 내 뱃속에 있는 아이가 어떻게 될지는 관심도 없으신가 보죠? 기사 나리."

"그건 지금 사건과는 별개의 문제다."

"별개의 문제가 아니라 하찮은 문제겠지요. 누구에게도 환영받지 못하는 아이니까. 그래도 나는 이 아이를 낳을 거예요. 이런 일을 당하고 나니까 이제 나도 어른이 된 것 같네요."

의외로 달변가였다. 그녀는 볼록한 자신의 배를 쓰다듬으며 냉소적으로 웃었다. 이제 겨우 임신이 가능한 나이일 것 같은 소녀가 어쩌면 저런 말을 꺼낼 수 있을까. 섬뜩한 기분이 들었다.

카론 경이 말했다.

"증인으로서 수사에 협력한다면 왕실은 너와 그 아이의 안전을 보장할 것이다. 약속하지. 그러니 네게 피해를 입힌 자를 체포할 수 있도록 협조하기 바란다."

그녀는 순간 커다랗게 웃으며 카론 경을 올려다봤다.

"그 사람을 체포하겠다고요? 글쎄. 그게 가능할 것 같아? 이 나라 국왕이라도 불가능할걸? 나중에 날 죽이려 들지나 말아요."

단숨에 코웃음을 치는 베스를 보며 나는 섬뜩한 불안감을 느졌다. 더 이상 그녀는 입을 열지 않았다. 어떤 도움도 침묵으로 거절한 그녀는 우리가 떠날 때까지 침대에 누워 눈을 뜨지 않았다.

15.

카론 경은 의외로 순순히 물러섰다. 별다른 단서도 찾지 못하고 떠나는 것은 그답지 않은 행동이었다.

"대체 베스를 저 꼴로 만든 놈은 누굴까요."

카론 경은 '정말 모르겠나?'라는 얼굴로 슬쩍 나를 바라보고는 다시 앞서 걷기 시작했다. 나는 깜짝 놀랐다.

"그, 그럼 카론 경은 누군지 알았다는 건가요?"

대단해! 역시 수사관은 아무나 하는 게 아니야. 하지만 범인을 간파한 카론 경의 표정은 그리 밝지 않았다.

여관 복도는 무척이나 좁았다. 나는 우리를 스쳐 지나가는 사내에게 길을 비켜 준 뒤에 계단을 내려왔다. 반쯤 내려오던 카론 경이 걸음을 멈춘 것은 그 사내가 지나가고 오 초쯤 흐른 뒤였다.

"왜 그러세요?"

"정말 그 여자 말대로…… 보통 놈은 아닌 것 같군."

"네?"

그렇게 중얼거린 카론 경은 갑자기 검을 뽑으며 나를 밀치고는 베스의 방으로 달렸다. 설마 아까 우리를 지나친 남자가!

그를 뒤따라 방에 들어온 나는 뒷걸음질 치는 예의 사내와 칼끝으로 그를 겨누며 한 걸음씩 내딛는 카론 경을 볼 수 있었다.

이미 상대의 한쪽 손은 깨끗이 잘려 바닥에 떨어져 있었고 잘린 손에는 짧고 예리한 단검이 쥐어져 있었다. 살인청부업자였다.

"누가 고용했나. 말해."

카론 경의 말에 주변을 두리번거리던 그는 몸을 돌려 창밖으로 달렸다. 바람을 가르는 소리와 함께 카론 경이 검을 그었으나 그는 등이 깊게 베인 상태 그대로 뛰어내려 근처에 있던 말을 타고 도주했다.

카론 경은 뒤쫓지 않은 채 바닥에 떨어진 암살자의 손을 집어들었다. 피범벅이 된 살덩이에 나는 본능적으로 눈살을 찌푸렸지만 카론 경에게는 그냥 '증거물'이었다.

칼날을 유심히 살펴보던 카론 경이 혀를 찼다.

"인조 혈액독이라……. 이건 스치기만 해도 십 분 안에 사망한다. 일반인은 제조할 수 없는 화학물질이지. 평민 소녀 하나 죽이려고 동원했다고 하기에는 터무니없이 거창하군."

그는 그걸 다시 바닥에 집어던지며 베스를 바라봤다. 방금 전 저 칼에 심장이 뚫릴 뻔했던 그녀는 파랗게 질려 있었다.

"같이 왕실로 가는 게 좋을 것 같군."

하지만 그녀는 고개를 저었다. 노골적인 불신의 눈초리였다. 카론 경은 강제로 그녀의 팔을 잡아끌지는 않았다.

"다시 오겠다. 그리고 그동안은 시청에 말해 경비병을 붙여 주지. 한 번 더 말하지만 네 목숨을 위해서라도 왕실에 협조하는 편이 좋을 것이다."

카론 경은 그렇게 말하며 밖으로 나섰다. 나는 의아한 표정으로 물었다.

"카론 경, 아까 그 남자 어떻게 암살자인 줄 알았나요?"

"쓸데없는 호기심이 많은 녀석이로군."

"그러지 말고 알려 주세요. 대답해 준다고 실력이 줄어드는 것도 아니잖아요."

단숨에 한 소녀를 암살자의 손에서 구해 낸 검은 머리의 사내는 귀찮은 듯 지나가는 말로 대꾸했다.

"자네는 지나가는 여자만 봐도 그 여자가 어떤 기분인지 알아챘다고 들었다."

"그, 그게 어쨌다는 거죠?"

그는 나를 빤히 바라보며 무표정하게 말했다.

"그거하고 비슷한 거다."

"……."

이상하게 납득하기 싫은 답변이었다.

16.

열차를 타고 왕실로 돌아가는 와중에도 카론 경의 표정은 어두웠다. 아니, 어둡다고는 해도 본래 표정 변화가 거의 없는 양반이니까 살짝 안색이 나쁜 정도지만—분명 아까 베스를 탐문 수사할 때 그의 마음에 걸린 부분이 있는 것이다. 그러니까 그 사칭범의 정체라든가.

제아무리 만년설 같은 은의 기사라도 덥기는 더웠는지 항상 단단히 잠가 두는 하얀 셔츠 제일 윗단추를 풀고 창 바람에 날리는 검은 머리를 포니테일로 묶고 있는 그에게 나는 조심스럽게 물었다.

"카론 경, 그 범인의 정체가……."

"엔디미온 경."

"네?"

"왕실에 도착하는 대로 경은 본래 임무로 돌아가라."

"역시 제가 방해만 됐나요."

"그게 아니야. 이건 자네가 감당할 사건이 아니다."

"예?"

카론 경은 상당히 진지하게 말하고 있었다. 나는 카론 경이 베스를 그렇게 만든 놈의 정체를 확실히 파악했다는 것을 알았다. 여간해서는 포기하지 않을 나를 설득시키려는지 카론 경은 자신의 추리를 털어놓았다.

"범인은 국내에 거주 중인 15세에서 50세 사이의 남자."

"에…… 그거야 당연하겠네요."

그는 타자기를 두드리는 듯 주저 없이 말하며 가능성을 좁혀 나갔다.

"그리고 부유한 외국인 거물."

"아, 그럴 수도 있겠네요!"

국왕 전하조차 막을 수 없을 거라는 베스의 말에는 그런 의미가 내포되어 있었다. 이 나라 백성이라면 누구라도 국왕의 명령권 안에 들어 있으니까 말이다. 또한 전문 암살자를 고용할 만한 재산과 권력을 지닌 자다. 그럼 설마 다른 나라 귀족?

하지만 카론 경의 다음 말은 그런 내 막연한 상상을 깨 버렸다.

"적어도 귀족은 아니야."

"예? 어째서?"

"귀족이라면 남을 사칭하면서까지 정체를 숨길 이유가 없으니까. 또한 자기 아이를 낳더라도 그걸 살인청부업자를 동원하면서까지 막을 필요도 없다. 귀족에게 평민이란 도구에 지나지 않아."

슬프지만 그건 사실이었다. 귀족의 특권이란 실로 치 떨리는 것이라, 뻔뻔하게 평민을 겁탈해도 법적으로는 죄가 되지 않는다.

그런데 국왕 전하도 어쩔 수 없을 정도로 커다란 권력을 가진 자가 어째서 위고르 공을 사칭하고, 또한 집요하게 그녀를 죽이려고 하는 것일까. 이건 앞뒤가 맞지 않았다.

카론 경이 말했다.

"그녀가 아이를 지우지 않겠다고 고집을 부리자 범인은 그녀까지 죽이기로 결심한 것이다. 즉, 범인은 그녀와의 관계가 드러나는 것을 극도로 꺼리는 외국인 권력자야."

"그, 그렇겠군요."

그의 막힘없는 추리에 감탄하던 내 머릿속에 순간 믿고 싶지 않은 결론이 하나 나왔다. 추리를 바탕으로 범인의 정체를 좁혀보자면 다음과 같다.

⑴ 15세에서 50세 사이의 국내 거주 남성.

⑵ 부유한 권력가.

⑶ 외국인.

⑷ 정체가 밝혀지면 안 되는 자.

⑸ 자신의 아이가 생기는 것을 원치 않는 자.

⑹ 잔인한 놈.

자, 이것으로 유추할 수 있는 답이 무엇일까. 하나뿐이었다. 나는 떨리는 목소리로 대답했다.

"……범인은 성직자로군요."

카론 경은 말없이 고개를 끄덕였다.

성직자는 결혼할 수 없다. 이성과의 관계가 드러나면 직위를 박탈당하고 심한 경우에는 교황청 심판대에 선다. 여자를 유린하고 아이까지 낳은 경우라면 두말할 나위도 없을 것이다. 이건 교황을 포함한 어떤 고위 성직자라도 마찬가지로 적용되는 철칙이었다.

이제는 범인의 이름까지 알 수 있었다. 일 년 전 참사관(參事官) 자격으로 교황청이 국내에 파견한 대주교(大主敎) 보탕. 그자밖에 없었다.

17.

왕실로 돌아온 나와 카론 경의 보고를 들은 위고르 공은 이미 나머지 왼쪽 눈두덩마저 사모님으로부터의 핵주먹에 폭격당한 상태였다. 울적한 판다곰의 표정으로 보고를 듣던 위고르 공은 '보탕'이라는 이름이 나오자 대번에 인상을 찡그렸다.

"뭐라고! 그럼 날 사칭한 놈이 대주교 보탕이란 말이야?"

"예. 물증은 없지만 심증은 확실합니다."

"이런 망할 놈! 성직자가 어떻게 그런 너저분한 짓을!"

위고르 공은 실로 격노하고 있었다. 그 역시 속물 기질이 있다고는 해도 도덕성까지 없는 사람은 아니다. 고위 성직자가 신분을 감추고 소녀를 강제로 탐했다는 사실은 그에게도 구역질이 치밀어 오르는 충격 그 자체였던 것이다.

하지만 그것뿐이었다.

"하아, 알겠네. 세상이 대체 어떻게 돌아가는 건지······."

위고르 공은 한숨을 내쉬며 자리에서 일어났다. 나는 의아한 표정으로 물었다.

"위고르 공, 그 보탕을 그냥 두실 건가요?"

그는 잘 다듬은 눈썹을 찡그리며 대꾸했다.

"그럼 어쩌란 말이야? 평민 여자를 능욕하고 살해하려 했다는 죄목으로 남부 콘스탄트 교황청에서 파견 나온 대주교를 잡아들이라는 건가?"

노련한 정치가인 위고르 공은 '세상 물정 몰라도 너무 모른다'라는 측은한 표정으로 나를 바라봤다.

"그건 심각한 외교문제가 돼. 일개 대주교라고는 해도 교황청 직할 관리야. 그런 거물은 국왕 전하도 함부로 못 건드려."

"하지만 그는 분명히 성직자로서 아니, 인간으로서 결코 해서는 안 되는 짓을 했습니다!"

"그래? 그럼 보탕에게 가서 말해 봐. 자기 딸아이 정도 되는 소녀를 임신시킨 적이 있으시냐고. 예, 그렇고 말고요, 라고 할 것 같아? 보나 마나 보탕은 신의 충실한 노예인 자신을 모욕한다면서 길길이 날뛸 테고 자신을 모욕한 대가로 왕실에 엄청난 배상액을 요구할 게 뻔해. 전하께서 직접 사죄해야 할지도 모른다고!"

"그, 그렇지만……."

"엔디미온 경, 정치란 힘의 저울이네. 힘이 큰 쪽으로 정의도 기울어 버리기 마련이지. 교황청이 뒤를 봐주는 보탕을 상대로 우리 같은 약소국이 대응할 수 있는 방법이라고는…… 눈감고 못 본 척하는 게 전부야. 정의감으로 권력을 꺾는다는 것은 소설책에서나 가능한 일이네."

"그럼 우리 백성이 당하는 것을 왕실은 지켜보기만 해야 한다는 겁니까?"

"그러니까 지켜보지 말라니까 그러네! 눈 감고 있어! 언젠가는 너도 익숙해질 거야."

위고르 공은 고개를 돌리고 일부러 모질게 내뱉은 뒤 빠르게 집무실을 빠져나갔다.

"……그런 일에 익숙해지는 게 정치인가요? 그런 법이 어디 있어요."

나는 너무 분해서 주먹을 꽉 쥐었다. '나중에 날 죽이려 들지나 말아요'라는 그녀의 조롱이 떠올랐다. 어쩌면 왕실은 '원만한 사건 해결'을 위해 솔선수범해서 베스의 입을 막으려 들지도 모른다. 그런 것이 '정치'였다.

카론 경은 아무 말 없이 의자에 앉아 눈을 감았다. 여기 오면서부터 계속 표정이 어두웠던 이유는, 이런 상황이 되리라는 것을 알고 있었기 때문이리라.

이제 이대로 사건이 종결되면 베스는 뱃속의 아이와 함께 쥐도 새도 모르게 사라지고 그녀의 아버지는 암살 미수라는 거창한 죄명으로 평생을 감옥에서 썩게 될 것이다. 모두가 약속한 듯이 못 본 척, 못 들은 척하는 것으로 그들의 비극은 손쉽게 세상에서 잊혀 버릴 것이다.

별개의 문제가 아니라 하찮은 문제겠지요. 누구에게도 환영받지 못하는 아이니까. 그래도 나는 이 아이를 낳을 거예요. 이런 일을 당하고 나니까 이제 나도 어른이 된 것 같네요.

이제는 누구의 도움도 믿지 못한다는 표정으로 자신의 배를 쓰다듬던 베스의 모습이 떠올랐다. 그리고 자존심을 잃은 나라는 망하게 되어 있다는 오르넬라 님의 말도 점점 더 확실하게 들려왔다.

"카론 경! 정말 보탕을 잡을 방법은 없는 건가요?"

카론 경은 슬쩍 나를 바라보며 말했다.

"쓸데없는 짓 하지 마라. 위고르 공의 말이 옳은 거다. 인정할 수밖에 없는 현실이야."

그때 내 머리를 스치는 생각이 있었다. 내가 생각하기에 국왕 전하도 건드릴 수 없는 보탕을 잡을 방법은 딱 하나뿐이었다.

"보탕 스스로 자기 죄를 시인하면 되는 거죠?"

보탕은 타락한 성직자지만 적어도 표면적으로는 교황청의 법률을 지키는 성직자다. 그것만큼은 피해 갈 수 없기 때문에 보탕은 타락의 유일한 증거인 베스의 아기를 죽이려는 것이었다.

하지만 카론 경은 회의적이었다.

"불가능해. 그걸 인정한다는 것은 보탕 스스로 자기 직책을 버린다는 의미야. 그걸 알면서 시인할 거라 생각하나?"

"해 보면 알겠죠."

"엔디미온 경, 무모한 짓 하지 마라. 보탕은 교황청이 대표로 보낸 성직자다. 그런 자를 잘못 건드리면 자네는 물론 왕실 전체에 돌이킬 수 없는 피해가 오게 돼."

대를 위한 소의 희생? 어떤 악행에도 면죄부를 달아 주는 그 잘난 전가의 보도는 이제 신물이 난다. 나는 가라앉은 목소리로 말했다.

"그 말 한 마디면 혼자 힘으로는 억울하게 죽을 수밖에 없는 소녀를 모른 척해도 죄가 안 된다는 의미입니까. 정말 굉장한 마법의 주문이로군요!"

"혼자서만 성인군자인 척 지껄이지 마! 더 중요한 것을 지키기 위해 참아야 하는 것뿐이다. 일일이 말해 줘야 알아듣나?"

"전혀 알아듣지 못하겠어요! 카론 경도 어제 역에서는 사람들을 도와줬잖아요. 악투르에서는 왕자님과 공주님을 구하기 위해 자기 목숨을 내놨잖아요! 그건 뭐였죠?"

카론 경은 주저 없이 말했다.

"그건 나 혼자의 희생으로 해결할 수 있는 일이기 때문이었다. 자기 힘으로 감당할 수 없는 짓을 신념만으로 저지르는 것이 자네의 정의인가. 그런 것 역겹다."

자기 힘으로 능히 감당할 수 있는 것만 한다? 이 일은 수월하니까 도와주고 저 일은 위험하니까 포기한다는 의미인가. 도와주는 이유도 도와줄 대상도 모두 가치로 판단하고 치밀하게 저울질한 뒤에 희생하겠다는 것인가.

나는 머리가 나빠서 그런 것까지 일일이 계산하지 못하겠다. 그건 참으로 '차가운 희생'이었다.

"카론 경, 그렇게 생각하기 시작하면 불의와 싸워야 할 이유는 하나도 남지 않아요."

"맘대로 생각해라. 그리고 또다시 그 서툰 정의감으로 설친다면 경의 작위를 몰수하고 왕실에서 추방할 것이다. 경고다."

나는 카론 경을 바라봤다. 그러고는 소리쳤다.

"맘대로 하세요!"

나는 문을 박차고 나왔다.

안전한 자리에서 불의를 욕하는 짓은 누구나 할 수 있다. 힘들고 위험해서 곤란하다는 이유로 모른 척 넘어간 뒤에 '가슴 아프지만 냉정한 판단을 내렸다' 라고 스스로 납득하는 짓도 또 누구나 할 수 있다.

하지만 어떤 논리를 들먹여 납득하더라도, 모두에게 외면당한 피해자의 상처만큼은 결코 사라지지 않는다. 결국 모른 척한 사람도 공범인 것이다.

나는 많은 사람들이 지적하는 것처럼 그리 강하지도 않고 야무지지도 못한 녀석이다. 내 힘이 부족해 속 시원하게 도와주지 못하는 것은 백 번이고 사죄할 수 있지만 그 무력함을 방패로 보탕의 범죄에 입 다물 생각은 추호도 없었다.

18.

이튿날, 지명을 받고 왕실을 나온 나는 역으로 향했다. 내 손에는 지명자의 영지로 향하는 열차표가 들려 있었다.

한숨도 잠들지 못한 두 눈은 충혈되어 있었다. 물론 결심을 하기 위해 고민한 것이 아니다. 단지 결심을 실행하기 위한 방법을 고민했다.

나는 지갑을 열어 금화를 꺼냈다. 그리고 베스가 숨어 있는 소도시로 향하는 열차표를 구입했다. 지명자에게는 정말 미안하지만, 그녀는 꼭 내가 아니라도 대신할 사람이 있으니까.

으음, 그런데 리더구트를 나오기 전에 키스 경이 내게 했던 말.

미온 경, 스왈로우 나이츠도 여러 가지로 위험한 직업인 거 같죠?

그 말이 신경 쓰이는데—어쩌면 이미 다 알고 있는 거 아냐? 괜히 '묵시의 기사'가 아니니까 말이지. 그러니까 알면 좀 도와 달라고!

베스가 있는 여관에 도착한 나는 그 앞에 검은 마차가 서 있는 것을 보았다. 그 마차에는 헬스트 나이츠 기사단 인장이 그려져 있었다.

"......!"

나는 입구에서부터 제지당했다. 입구에 서 있던 기사 두 명이 날 가로막았다. 내가 허튼 짓을 하면 당장이라도 칼을 뽑을 기세였다.

"카론 경이 말하더군. 네 녀석이 여기 올 거라고. 왜 왔는지는 대충 예상이 되지만 돌아가는 게 신상에 좋을 거야."

"큭!"

내 행동 패턴 정도는 충분히 예상하고 있다 이건가? 나는 퉁명스러운 어조로 물었다.

"지금 여기서 뭐하고 있는 겁니까."

"네놈에게 대답할 이유는 없어."

그때 헬렌 경이 여관에서 나왔다. 그녀 뒤에는 거의 죄인처럼 포박당한 베스가 기사들의 손에 이끌려 나오고 있었다.

나와 눈이 마주친 베스는 차갑게 웃는 낯으로 '날 죽이지나 말라고 했었죠?'라고 입 모양을 만들었다. 헬렌 경은 불쾌한 표정으로 나를 못 본 척 지나쳤다.

"헬렌 경! 지금 베스를 어디로 데려가는 거죠?"

그녀는 경멸의 어조로 말했다.

"카론 경이 말 안 했던가. 또 문제 일으키면 네놈을 아예 이 나라에서 추방시켜 버릴 거야. 기억해 둬. 나는 널 주시하고 있어. 카론 경이 또 감싸 줄 거라고 기대하지 마라."

그녀가 날 왕실에서 내쫓아 버리려고 단단히 벼르고 있다는 사실은 예전부터 알고 있었다. 하지만 지금 그건 아무래도 좋아! 베스를 어떻게 할 거냐니까!

"그녀의 입을 막으려는 겁니까? 보탕의 죄를 우리 쪽에서 덮어 주려는 건가요. 그 잘난 외교문제 때문에?"

"멋대로 지껄이지 마! 증인을 보호하려는 거다. 이 아이는 사건이 종결될 때까지 왕궁에서 안전하게 지내게 된다. 그러니까 너도 신경 끄고 네 일이나 해! 평민 주제에……."

그녀는 괜한 사족을 붙였다고 생각했는지 말을 삼키며 베스와 함께 마차에 올라탔다.

나는 기사들의 호위를 받으며 마차가 떠나는 모습을 지켜봤다. 그때 누군가 진절머리 난다는 듯이 투덜거리며 여관에서 나왔다.

"에이, 망할 놈의 세상. 이 몸이 왜 이런 잡일을 해야 해?"

문득 뒤를 돌아본 나와 그의 눈이 마주쳤다. 우리는 서로 눈매를 좁혔다.

"블리히 경?"

"엥? 또 네놈이냐?"

블리히 경의 손에는 베스의 것으로 보이는 잡다한 물건들이 들려 있었다. 말 그대로 뒤처리 담당. 기사단장 자리에서 좌천된 이후 엄청난 노력 (그러니까 로비) 끝에 다시 기사단에 복귀하긴 했지만 헬렌 경이 그에게 중요한 일을 맡길 리가 없었다. 그래도 한때는 나는 새도 떨어트리는 실세였는데, 참 처량해 보이는구만.

블리히는 황급히 들고 있던 옷가지들을 뒤로 숨기며 헛기침을 했다.

"허엄! 이 몸은 증거 확보를 위해 조사하고 있는 것뿐이다."

"아, 예. 그러시겠지요."

나와 블리히 경은 벤치에 앉아 동시에 한숨을 내쉬었다. 묘한 동질감이었다.

"블리히 경, 그래도 왕실이 베스를 보탕에게서 보호해 주겠죠?"

"뭐? 베스가 누구야?"

아니, 이 양반이…….

"아까 헬렌 경이 데려간 소녀예요."

"아, 그 평민 여자? 이름이 베스였구만."

돈 안 되는 일은 전혀 기억하지 못하는 저 단순한 정신 구조가 때로는 부럽다.

"그런데 왕실이 기사단을 동원해서 평민을 보호한다고? 지나가던 개가 웃을 소리네."

"그, 그럼 어째서……."

"어째서긴 뭐가 어째서야? 당연히 베스라는 여자 뱃속에 있는 아이를 지워 버리려는 거지."

"……!"

"내가 뭐 예전처럼 수사의 중심은 아니지만 그래도 대충 머리를 굴리면 왕실이 어떻게 움직이고 있는지는 알 수가 있어. 보나 마나 왕실과 교황청은 서로 얘기가 끝난 상황이야. 고위 성직자가 평민 여자 임신시켰다는 사실이 까발려지면 교황청 위신은 어떻게 되겠어? 그러니까 아무도 모르게 덮어 두려는 거야. 좋은 게 좋은 거니까."

"그, 그런 법이 어디 있어요!"

"어디 있긴. 지금 벌어지고 있잖아. 네놈 코앞에서."

블리히 경은 '몰랐어? 예전에도 그랬고 지금도 그렇고 앞으로도 그럴 거야'라고 중얼거리고는 말을 이었다.

"우리 왕실로서는 선택의 여지가 없는 거야. 생각해 봐라. 흔해 빠진 평민 여자 하나의 원통함을 갚아 주기 위해 강대국의 심기를 건드릴 약소국이 있겠냐? 왕실 욕할 거 없어. 현실이 다 그런 거니까. 네 녀석은 아직 어려서 신념과 생명과 종교와 정치 모두 값을 따질 수 없는 가치를 지녔다고 믿어 의심치 않을 테지. 하지만 틀렸어. 사실은 모두 값을 매겨 거래할 수 있는 것들이야."

"그렇지 않아요. 자기 백성의 고통을 외면하면서 지키는 국익이 무슨 의미가 있다는 거죠? 페르난데스 왕자님이라면 인정하지 않았을 거예요!"

블리히 경은 '그렇게 화가 나면 왕족으로 태어나지 그랬냐' 라면서 엉뚱한 말을 꺼냈다. 아니, 엉뚱하지만 가장 가슴 아픈 말이었다.

"불경한 말이지만…… 솔직히 왕자님이 국왕이 되면 오래 못 살 것 같다."

나는 입술을 깨물었다. 아무리 몸부림을 쳐도 떨어지지 않는 끈끈하고 음습한 것들이 온몸을 옭아매는 것 같았다.

"보탕을 잡겠어요."

"뭐? 예전부터 미친놈인지는 알고 있었지만, 너 진짜 미쳤구나."

"잘못한 사람을 잡는 일이 미친 짓인 세상에 살고 있는지는 모르겠지만…… 알고 있으면서 어떻게 모른다고 말할 수 있죠? 난 그렇게 편리한 인간이 될 수 없나 봐요."

"세상 모두가 입 다물려는 일을 너 혼자 까발리시겠다? 허허, 영웅 나셨네. 네놈 얼굴 보는 것도 이번이 마지막이겠구나. 그런다고 세상이 바뀌니?"

그는 혀를 차며 자리에서 일어나 자신의 말로 향했다. 문득 걸음을 멈춘 그는 뒤도 돌아보지 않고 말했다.

"왕실에 가서 지금 네가 한 말 보고하면 그걸로 넌 추방이야.

난 실적이 오를 테고."

"······!"

"그러니까 앞으로는 제발 입 좀 조심해! 나는 못 들은 걸로 하겠다. 멍청하긴."

그는 나한테 하는 소린지 자신한테 하는 소린지 멍청하다는 말을 연신 내뱉으며 말에 올라탔다.

19.

대주교 보탕은 말하자면 '이 나라에 신의 메시지를 전파하기 위해' 파견된 자다. 만약 그가 말하고 싶은 신의 메시지가 '항상 긴장하지 않으면 파렴치한 악당에게 걸려 인생을 망치게 된다'였다면 온몸으로 설파하고 있는 셈이다. 참 갸륵한 놈이다.

보탕은 성직자라고는 하지만 외교관 권한으로 면책특권이 있다. 즉, 죄가 있어도 교황청이 수사하지 우리 왕실은 직접 손댈 수 없는 자. 직책상으로는 추기경급인 오르넬라 성녀님 밑이지만 교황청 직속이라는 이유로 오르넬라 님도 어쩔 수 없는 거물이다.

약소국의 서러움이랄까. 우리나라에는 각국에서 파견된 이런 '신성불가침'의 존재들이 제법 있다. 가령 이오타에서 파견된 무역 관리감독관이라든가 마키시온 외교통상부 소속의 공사 같은 자들.

그들 자체를 비난하려는 것은 아니다. 하지만 그들이 문제를 일으켰을 때 이 나라는 항상 '공정한 해결' 대신 '원만한 해결'을 해 왔다. 감추고 덮어 두고 우리가 알아서 잘 처리하겠다고 굽실거리기까지 한다.

그리고 우리가 항상 그렇게 처리해 왔다는 사실을 베스도 이제 알았던 것이다. 그녀의 차가운 조소는 그걸 의미했다.

아무튼 이런 '언터처블'을 잡는다는 것은 사실 불가능에 가까운 일이다. 그러니까 정상적인 방법으로는 말이다.

보탕은 교황청에서 파견한 성직자라는 사실 하나만으로도 우리나라의 신자들에게는 신과 다름없는 존재였다. 그 '신'이 한 소녀를 겁탈했다고 아무리 외쳐 봐야 믿어 주기는커녕 뭇매 맞아 죽을 것이 뻔했다.

나는 신의 이름을 팔아먹는 그 범죄자 앞에 당당히 서서 그의 죄를 낱낱이 고하는 정공법 대신 왕실은 절대 하지 못할 변칙적인 방법을 동원했다. 예를 들면 이런 식으로 말이다.

"주문하신 물건 배달 왔습니다."

나는 보탕이 기거하는 주교 공관 뒷문에 도착해 노크했다. 곧 문이 열리며 하품을 하는 경비병이 나타났다.

"뭐야. 이 밤중에 뭔 놈의 배달을……."

그렇게 말하던 그는 내 옆에 서 있는 아가씨를 보고는 눈살을 찌푸렸다. 하얀 천으로 얼굴을 가린 모습이 꼭 면사포를 쓴 신부

같은 여자였다. 그가 헛기침을 말했다.

"그분이 주문하신 물건?"

나는 조용히 고개를 끄덕였다. 그는 목 언저리를 벅벅 긁으며 짜증을 냈다.

"아, 진짜 그 양반 아주 밤낮을 안 가리누만. 뭔 놈의 성직자가 그리 힘이 좋대."

그는 주변을 두리번거린 뒤에 우리를 안으로 들였다. 나는 한숨을 돌렸다. 일단 진입 성공이다. 그러나 그때 경비병이 문을 걸어 잠그며 말했다.

"어이, 그런데 너 처음 보는 얼굴인데……."

"이번에 새로 들어왔습니다."

"그래? 혹시 모르니까 암호 말해 봐."

그는 천천히 창끝을 겨누며 내게 말했다.

"이런 일에는 보안이 철저해야 하니까 이해해 주겠지?"

나는 긴장한 얼굴로 그를 바라봤다. 암호까지 물어보다니 꽤 성실한 경비병이었다.

"이 자식 설마…… 모르는 거냐?"

그는 굳은 표정을 보이며 창을 들었다. 한동안 그를 바라보던 내가 입을 열었다.

"한겨울에 수영하는 금발 미녀."

나를 뚫어져라 노려보던 그는 곧 탄식했다.

"알고 있었잖아! 왜 불안하게 뜸을 들여?"

"아하하. 하도 이상한 암호라서 말하기 민망했어요."

나는 커다랗게 웃으며 너스레를 떨었다. 아니, 농담이 아니라 정말 괴상하다고, 그 암호!

보탕 정도 되는 호색한에게는 항상 여자를 제공하는 포주들이 붙어 다닌다. 나는 보탕에게 접근하기 위해 이 타락 성직자와 매춘 조직 사이의 불유쾌한 커넥션부터 조사했다. 꽤 정직하게 살아온 나지만 이래 봬도 이런 암거래의 생리에 대해서는 제법 잘 알고 있는 편이다(시류회의 전 총수인 줄리앙 그라스파로사 님의 가르침이 컸다).

(피 같은 내 돈이지만) 금화 오백 닢과 말재주, 그리고 밤거리에서 닳고 닳은 사람인 양 행세할 수 있는 연기 실력만 있다면 몇 시간 안에 보탕의 포주가 누군지 알아낼 수 있다. 또한 암호마저도. 그들은 돈이 된다면 국가 기밀도 팔아먹을 자들이니까 말이다.

말하자면 철통같이 보호받는 보탕에게 접근할 개구멍을 찾은 셈이었다.

경비병은 간단한 몸수색을 한 뒤에 말했다.

"그분은 2층 침실에 있으니까 가 봐. 혼자 갈 수 있지?"

"물론이죠."

가볍게 경비를 통과한 우리는 보탕의 거처로 향했다. 내 옆에 있는 '물건' 역의 아가씨는 힐더, 미리 부탁한 동료였다.

고맙게도 힐더는 꽤 위험할 수도 있는 내 부탁을 흔쾌히 들어 주었다. 예전 지명 때 억울한 사정이 있던 그녀를 도와준 적이 있었는데, 이렇게 도움을 받게 될 줄은 나도 몰랐다. 평소 같으면 내가 직접 여장을 했겠지만(어차피 망친 몸이다) 지금 내 계획에는 다른 사람이 아닌 힐더의 도움이 꼭 필요했다.

새하얀 베일로 얼굴을 가린 그녀가 속삭였다.

"미온, 이거 되게 재미있다. 꼭 스파이 놀이 하는 것 같네."

"조, 조금은 긴장하라고!"

나는 그녀의 대범함에 혀를 내둘렀다. 작전이 실패할까 봐 사정없이 두근거리는 쪽은 나였다.

2층까지 가는 동안 서너 명의 경비들을 만났지만 다들 아무렇지도 않게 우리를 통과시켜 주었다. 대체 얼마나 많은 여자를 사들였으면 당연한 손님처럼 생각할까, 나는 기가 질릴 정도였다.

보탕의 화려한 침실 앞에도 완전무장한 두 명의 경비병이 서 있었다. 나는 그들의 안내를 받으며 침실로 들어갔다.

침대 위에는 뚱뚱한 중년 남자가 반쯤 발가벗은 꼴로 앉아 있었다. 두 눈은 술에 취했는지 마약에 취했는지 기분 나쁜 광채를 뿜고 있었고 기괴한 숨소리와 이상한 냄새가 침실 끝에 서 있는 우리한테까지 다가오는 것 같았다.

저자가 바로 대주교 보탕이었다.

저 모습 어디에도 '신'의 흔적은 없었다. 차라리 오래된 짐승의 우리 속에 들어온 것 같은 불쾌감과 기묘한 공포심이 나를 옭아맸다.

그가 장난감이라도 본 어린애처럼 히죽거렸다.

"뭐야. 오늘도 온 거야?"

"특별 서비스입니다."

나는 최대한 밝은 목소리를 만들어 냈다. 면사포 안의 시선으로 보탕을 훑어본 힐더가 중얼거렸다.

"켁. 구역질 나."

"조용히 해."

나는 다급히 속삭이며 그녀의 등을 슬쩍 찔렀다. 손을 내저어 경비병들을 내보낸 그는 우리를 불러들였다. 희번덕거리며 우리를 바라보는 저 지저분한 시선을 그대로 화폭에 담아 교황청에 보내 주고 싶은 욕구가 무럭무럭 솟구쳐 올랐다.

"흠. 오늘은 두 명인가?"

나는 본능적으로 발끈했다.

"전 남자입니다만!"

"아아, 그래? 뭐, 그 정도면 상관없어. 둘 다 침대 위로 올라와."

에엑? 남색?

악마 숭배와 남색은 성직자의 죄악 중에서도 구제할 수 없는 대죄악이다. 즉, 교황청 지하실의 최첨단 고문을 풀코스로 체험하게 되는 지옥행 티켓이었다.

지금 그런 위험천만한 취향을 대차게 커밍아웃하셨다 이거냐? 좋아. 기대 이상으로 협조적이시네?

나는 힐더의 손을 잡은 채 말했다.

"대주교님. 그 전에, 최근 아주 불쾌한 소문이 돌고 있던데요?"

"뭐? 소문?"

"예. 한 베스라는 계집아이가 대주교님의 아이를 가졌다고 떠들고 다닌다던데 말입니다."

그 말에 보탕은 버럭 화를 냈다.

"정말이냐! 역시 내가 직접 그년 입을 틀어막았어야 했어! 왕실 놈들도 알아서 잘 처리할 테니 걱정하지 말라고 하더니만, 천한 계집애 입 하나 못 막아? 뭐 하나 똑바로 하는 게 하나도 없군! 무능한 놈들!"

나는 이가 부득 갈렸지만 한편으로는 무척이나 기뻤다.

"그래서 베스를 직접 손봐 주실 작정이십니까?"

"흥! 신경 쓸 것도 없어. 그깟 년이 죽어라고 떠들어 봐야 누가 감히 이 대주교 보탕의 신앙심을 의심해? 내 신도들에게 맞아 죽을 게 뻔하지."

그는 커다랗게 웃다가 곧 우리를 보고 인상을 찡그렸다.

"왜 이런 자리에서 그런 지저분한 화제를 입에 올리는 거야. 아니, 그보다 그 여자는 갑갑하게 왜 그딴 베일을 쓰고 있어? 얼굴 좀 보게 벗어!"

"예에. 분부대로 하겠사옵니다."

나는 힐더가 쓰고 있는 커다란 면사포를 벗겼다. 그 순간 보탕의 눈이 가늘어졌다.

"지금 그 여자가 머리에 쓰고 있는 것은 설마⋯⋯."

"예쁜 아가씨죠? 게다가 텔레레이디랍니다."

힐더는 씨익 웃으며 우아하게 인사했다. 지금 그녀가 머리에
쓰고 있는 것은 텔레마코스용 서클릿이었다.

나는 상황 파악을 못 해 의아해하는 보탕에게 친절하게 말했
다.

"더불어 지금 이 아가씨는 교황청과 직통으로 연결되어 있는
상황이랍니다."

"뭐, 뭐라고!"

교황청 이단 제보 센터라는 곳이 있다. 종교적으로 큰 죄악을
저지른 자를 고발하는 창구인데, 면사포 안에 서클릿을 숨긴 힐
더는 이곳에 들어오면서 그곳과 연결했다. 즉, 보탕이 방금 자기
입으로 시인한 모든 범죄가 실시간으로 교황청에 접수된 것이
다.

카론 경이 말했지? 보탕 같은 거물은 스스로 범죄를 시인하지
않는 이상 누구도 심판할 수 없다고.

결국 그걸 위해서 이런 연극이 필요했던 것이다. 우아한 해결
책은 아니지만—뭐 나름대로 과학수사라고 봐 줬으면 좋겠다.

사태를 파악한 보탕은 오색찬란하게 달아오른 얼굴로 우리를
노려봤다.

"가, 감히 이 버러지 같은 것들이!"

"아, 우리도 죽이시게요? 그랬다간 범죄가 또 하나 추가될 뿐일 텐데요?"

나는 차가운 미소를 보이며 그를 바라봤다. 자, 이제 '정의는 승리한다!' 라는 마무리 대사를 읊어 줄 때가 왔……는데, 보탕이 인간 표정이 왜 이래?

"흐흐흐, 천한 놈들이 잔재주를 부리는구나."

보탕은 미친놈처럼 큭큭거리기 시작했다. 이번에는 내가 의아했다.

"결국 너무 놀라 실성한 겁니까?"

"날 교황청에 신고하겠다고? 이 보탕을? 정말 순진한 놈들이로군."

그 순간 나는 불안감을 느꼈다. 힐더가 떨리는 목소리로 말했다.

"미, 미온. 연결이 끊어졌어."

"……!"

결국 교황청도 똑같았다. '못 들은 척' 한 것이다. 보탕의 자지러지는 웃음소리가 나를 때렸다.

"이거 실망해서 어쩌나. 하지만 계속 노력해 보게. 신께서는 뜻이 있는 자에게 시련을 주기 마련이니까. 크하하핫."

그는 그렇게 웃으며 침대 근처의 밧줄을 잡아당겼다. 종소리와 함께 곧바로 경비병들이 뛰어 들어왔다. 나는 순간 힐더의 안전이 걱정되었다.

"나는 왕실 기사다! 우리를 죽였다간 너도 골치 아플 거다."

"아, 왕실 기사? 그랬구먼. 신을 섬기는 내가 기사를 죽일 수야 없지. 암. 그건 곤란하지."

그리고 그는 뒤틀린 미소를 보이며 조롱했다.

"하지만 불운한 사고로 죽는 것은 나로서도 어쩔 수 없지 않은가. 그러니까 예를 들면…… 정의감이 넘치는 젊은 기사가 강도들에게 둘러싸인 한 텔레레이디를 구하려다가 안타깝게도 모두 죽임을 당하다, 명예로운 왕실 기사의 최후로는 이 정도가 적당하겠군. 어때, 맘에 드나?"

이윽고 우리는 경비병들에게 끌려가 살인 청부 조직의 손에 넘겨졌다.

20.

"아…… 으윽."

저항하다가 죽을 만큼 두드려 맞은 나는 일어서기도 힘든 상태였다. 반쯤 실신해 있던 나는 머리칼을 쓸어 넘기는 손길에 눈을 떴다. 힐더였다.

"미온. 정신이 들어? 괜찮아?"

"……으응."

나는 겨우 몸을 일으켜 어두컴컴한 구석을 둘러봤다. 이 눅눅

하고 냄새나는 곳은 꼭 고래뱃속 같았다. 창고를 개조한 감옥일까, 주변에는 천장에서 떨어지는 물방울 소리만 가득했다.

"미온, 움직일 수 있어? 난 정말 네가 죽는 줄 알았어!"

"으응. 난 괜찮아."

나는 말을 흐렸다. 힐더를 볼 낯이 없었다. 자신만만하게 그녀를 끌어들여 놓고 이제는 목숨마저 위태롭게 만들었다. 그나마 나름대로 살인청부업자의 프라이드인지 그녀를 건드리지 않은 것이 불행 중 다행이라면 다행이었다.

'다행은 무슨 다행! 어차피 아침이면 죽게 될 텐데!'

그들은 용의주도하게 현장을 조작하고 우리 시체를 사고로 위장해 놓을 것이다. 주도면밀한 카론 경은 사고가 조작되었다는 것을 간파할지도 모르겠지만 그렇다고 보탕을 살인교사죄로 체포할 수는 없을 테고, 죽은 우리가 되살아나는 것은 더더욱 아니다. 어째서 힐더까지 위험하게 만든 것일까.

"……결국 나는 카론 경 말대로 서툰 정의감에 도취되어 감당도 못 할 짓만 저지르는 골칫덩어리일 뿐이야."

나는 그렇게 중얼거리며 털썩 자리에 앉았다. 빠져나갈 구멍 같은 건 애당초 보이지도 않았다. 그보다 움직일 기운 자체가 없었다. 내 몸에 남은 것이라고는 메마른 우물 같은 무력감밖에 없었다. 눈물이 떨어졌다.

"미안해, 힐더. 나 때문에 이렇게 돼서 정말 미안……."

짜아아악!

나는 벼락을 맞은 것 같은 감촉에 화들짝 놀랐다. 어두워서 잘은 모르겠지만 그녀의 손바닥이 내 뺨을 후려친 것이 분명했다.

"화가 났다면 계속 때려도 좋……."

짜아아아아아악!

방금 전보다 열 배는 더 아픈 충격이 또 터졌다. 그녀가 소리쳤다.

"이제 정신 좀 들어?"

"뭐?"

"너 바보야? 여자 마음 잘 안다고 생각했는데, 고작 그딴 말밖에 못 해? 자기 때문에 죽어서 미안하다고 훌쩍거리면 내 기분이 좋아져 하늘을 날아오를 줄 알았니?"

나는 뺨을 매만지며 눈을 깜빡거렸다. 그녀는 울지 않았다. 도리어 어느 때보다도 또렷한 목소리였다.

"너 못지않게 나도 내가 원해서 이 일을 도와준 거야. 멋대로 나를 억지로 끌려온 희생자 취급 하지 마!"

"미, 미안."

"그리고 내가 지금 너에게 가장 듣고 싶은 말은, 어떻게든 탈출할 테니까 아무런 걱정도 하지 말라는 자신만만한 목소리야! 허세라도 좋아! 기꺼이 속아 줄 테니까! 최소한 질질 짜면서 죽기 전부터 죽어 있는 것보다는 낫잖아! 평소의 미온은 다 어디로 사라진 거야?"

나는 멍한 표정으로 그녀의 속사포 같은 힐난에 두드려 맞았다.

힐더가 무슨 알테어 님처럼 무적의 파워를 가지고 있어서 얼마든지 철문 따위 동강 낼 수 있는 초인은 아니다. 당연히 나보다도 힘이 약하고 가녀린 여자다.

그런 그녀가 지금 두렵지 않을까? 나보다도 몇 배는 무서울 것이다. 그런데도 커다란 목소리로 소리쳐 준 그녀가 너무도 고마웠다.

나는 떨고 있는 그녀를 느끼며 슬며시 웃었다. 힐더의 말대로 용기를 내는 것은 초인의 전유물이 아니니까.

"좋아, 힐더! 어떻게든 탈출해 보이겠어!"

"웃기시네. 뭔 재주로?"

"……거 자꾸 사람 민망하게 할래?"

그녀는 '흥!' 소리를 내며 투덜거렸다. 으이구! 단지 성격 나쁜 여자일지도!

나는 주변을 주도면밀하게 살폈다. 이곳이 완전한 암흑이 아니라는 것은 어딘가 빛이 들어오는 곳이 있다는 의미다. 나는 곧 작은 창문을 찾아냈다. 불행하게도 그 창문은 높은 벽 위에 뚫려 있었지만.

'젠장. 창문 닦기도 어렵게 왜 저딴 곳에 만들어 놨담!'

치밀한 살인청부업자들이 특별히 우리를 묶지도 않고 이곳에 가둔 것은 그만큼 이곳은 빠져나갈 수 없는 곳이라고 믿어 의심치 않기 때문이다. 출입구로 보이는 두터운 철문이 하나 있긴 하지만 그곳은 내가 전력으로 몸통박치기를 해 봤자 열릴 곳으로 는 보이지 않았다(게다가 열어 봤자 곧바로 감시원에게 붙잡혀 게임 오버일 것이다).

아무리 머리를 굴려도 답이 나오질 않았다.

"……배가 아프다고 소리쳐 볼까?"

"얼씨구. 범죄자들이 '아니, 배가 아프다니! 이런 안타까운 일이!'라고 슬퍼하며 우리를 성심성의껏 치료해 줄까 봐서? 실 없는 소리 좀 하지 마!"

"그, 그렇게까지 무안 줄 건 없잖아!"

나는 삐죽거리며 다시 주변을 살폈다. 텔레레이디인 힐더의 능력을 살려 왕실과 연결만 된다면 더없이 기쁘겠지만, 서클릿 은 이미 빼앗겼다. 예전처럼 꽃이라도 있다면 대용으로 쓸 수 있 겠지만, 이딴 곳에는 버섯밖엔 없을 것이다.

하지만 그나마 다행히 바닥을 뒤지다가 구부러진 철심 하나를 발견할 수는 있었다. 좋아, 아이템 하나 획득!

나는 다시 창문을 올려다보며 고개를 갸웃거렸다. 그러고는 곧 윗도리와 바지를 벗었다.

"힐더, 너도 옷 벗어."

"뭐! 야, 이 짐승 놈아! 지금 상황에 그럴 기분이 생겨?"

"으이구! 착각하시네요. 밧줄과 갈고리를 만들려는 것뿐이 야."

그러니까 옷가지를 길게 엮어 끝에 철심을 장착한 급조 갈고리를 빙글빙글 돌려 창문으로 던진다. 운 좋게 갈고리가 걸리면 내가 올라가서 그녀를 밧줄로 끌어올려 준다. 그리고 감시가 없는 틈을 타서 탈출.

내가 그런 계획을 말해 주자 그녀가 대답했다.

"아무리 심플 이즈 베스트라지만…… 그거 너무 조악한 거 아니니? 게다가 올라가다 떨어지면 너 뇌진탕으로 죽을 텐데?"

"어이. 너 자꾸 아까부터 초 치는 소리 할래? 날 믿는 사람 태도가 뭐 그래? 게다가 어차피 해 뜨면 우리 다 죽어! 지금 뇌진탕으로 죽는 게 대수야?"

"흐음. 뭐, 그럼 먼저 한번 해 봐. 너 떨어져 죽으면 난 다른 방법 궁리할 테니까."

"네 말을 경청하니, 있던 자신감도 다 사라지는 것 같구나."

나는 뭔가 내부의 적을 만난 것 같은 기분으로 옷가지를 엮어 밧줄과 갈고리를 완성했다. 그리고 조금 뒤로 물러서서 빙글빙글 돌리다가 가뿐하게!

"……."

창문 근처에도 가지 못한 갈고리는 벽과 충돌해 팅 소리를 내며 바닥에 떨어졌다. 힐더가 말했다.

"풋. 거 되게 못하네."

저 여자…… 지금 자길 위험에 빠트린 복수를 이런 식으로 하고 있는 거 아냐?

나는 그녀의 비난을 한 몸에 받으며 끝도 없이 갈고리를 던져

야 했고 점점 더 목표에 접근하던 갈고리는 백 번대에 이르러서
야 창틀에 걸렸다. 나는 너무 기뻐서 두 손을 번쩍 들었다.

"됐다!"

그 순간 갈고리는 다시 바닥에 툭 떨어졌다.

"자알 한다. 살고 싶은 생각이 별로 없나 보네?"

"아, 아무 말도 하지 말아 줘."

아니, 이거 정말 절박하지만 짜증 나는구만!

나는 피눈물을 흘리며 또다시 갈고리를 던졌고 그녀의 모진
핍박을 배가 터질 만큼 듣고 나서야 다시 갈고리를 걸 수 있었
다.

"좋아. 이제 됐어!"

나는 팽팽한 밧줄을 확인하고는 벽에 발을 대고 올라가기 시
작했다. 그녀는 밑에서 작은 목소리로 나를 응원했다.

"뇌진탕! 뇌진탕!"

하하. 역시 힐더는 위기의 순간에도 위트가 넘치는 매력적인
아가씨다……가 아니라 위험한 저주 걸지 마! 나 죽으면 넌 무
사할 것 같아? 공동체 의식 좀 가지라고!

기운이 샘솟는 힐더의 응원을 들으며 사력을 다해 거의 창문
까지 올라간 나는 갑자기 철문 쪽에서 분주한 소리가 나는 것을
듣자 온몸이 경직되었다. 설마 들킨 걸까!

그녀는 벌떡 일어나 철문 쪽으로 걸어갔다.

"미온, 그대로 도망쳐. 내가 막고 있을 테니까."

"남의 대사 멋대로 빼앗아 가지 마!"

여자를 남겨 두고 혼자 도망칠까 보냐? 문 앞에서 들려오는 소리는 점점 커져 가고 있었다.

나는 입술을 깨물며 밧줄을 놓았다. 단숨에 다시 바닥으로 돌아온 나는 그녀 앞을 막아섰다.

힐더가 삐죽거렸다.

"얼씨구. 동반자살하려고?"

"아니. 어떻게든 탈출할 테니까 아무런 걱정하지 마."

나는 웃으며 말했다. 그녀는 말없이 내 손을 꽉 잡아 주었다.

문밖에서 들려오는 소음은 점점 더 커져 가고 있었다. 들킨 것일까. 아니면 벌써 우리를 죽이려고 문을 열려는 것일까. 어느 쪽이든 절망적이다.

나는 주먹을 꽉 쥐었다. 있는 힘을 다해 그녀가 도망칠 길을 만들어 준다, 그 생각밖에는 없었다.

이윽고 덜컥 문이 열렸다. 그 앞에는 아까 나를 즐겁게 때리던 거구의 살인청부업자가 서 있었다. 나는 숨이 꽉 막혀 왔다.

"네, 네놈들⋯⋯."

그 순간 옆에서 뻗어 나온 손이 그의 머리를 거칠게 잡아챘다. 흠칫 놀란 내 눈앞에서 덩치 큰 사내의 머리가 장난감처럼 끌려가 벽에 찍히는 광경이 펼쳐졌다.

엄청난 소리와 함께 창고 벽에 들이받은 그의 몸이 그대로 바닥에 무너졌다. 그리고 실로 믿기지 않는 괴력의 장본인이 문 앞에 모습을 드러냈다.

"아아, 미온 경. 이 야심한 밤에 옷 벗고 뭐하는 망측한 짓입니까아!"

"키스 경!"

달빛을 등지고 있어 그의 모습은 컴컴한 실루엣이었지만 새빨간 눈동자만큼은 스스로 빛을 내는 듯 또렷했다. 분명히 키스였다. 그는 문가에 기대어 우리를 바라봤다. 그의 근처에는 십여 명의 거한들이 쓰러져 있었다.

키스는 피식 웃으며 그들을 둘러봤다.

"일단 제가 밤잠이 없다는 것에 감사하세요."

특유의 콧소리를 내며 그는 고개를 기울였다. 너무 뜻밖이라 아무 말도 못 하고 서 있는 우리에게 그가 혼잣말처럼 입을 열었다.

"몇 시간 전에, 내 하나밖에 없는 과묵한 친구가 술에 취해서는 내 방에 왔어요. 그러고는 아무 말도 안 하고 내가 아끼던 술까지 모조리 마시더니 그대로 쓰러져 버렸어요. 지금 이불 덮어주고 오는 길이에요. 무슨 일이 생긴 것 같기는 한데, 아무리 생각해 봐도 그 친구 힘들게 만들 인간은 저하고 당신밖에 없거든요?"

키스는 머리를 긁적거리며 희미하게 웃었다.

"저는 솔직히 타락한 돼지가 뭐라고 짖어 대든, 그래서 이 세상이 절망과 부조리로 물들든 말든 알 바 아니에요. 그보다는 이멜렌 님에게 가서 별일 없으니 걱정 말라고 안심시켜 줘야 하고, 일어나자마자 화장실로 달려갈 친구에게 스프도 만들어 줘야 하고, 세일 끝나기 전에 새 소파도 사야 하고…… 내가 참 바빠요. 그러니까 다음부터는 안 그래도 바쁜 저를 이런 시시한 일에 신경 쓰지 않도록 주의해 주시면 고맙겠습니다아."

"아, 알았어요."

솔직히 하나도 못 알아들을 소리였지만 그의 이상한 위압감에 질린 나는 나도 모르게 대답하고 말았다. 어스름한 달빛 속에 파묻힌 그의 음영은 꼭 망령 같았고 (이런 말 하고 싶지는 않지만) 키릭스 같았다.

"그래도 제 귀여운 미온 경이 큰 흠집 없이 멀쩡한 것을 보니까 좀 안심이 되네요. 왕실까지 혼자 올 수 있겠죠? 그럼 전 바빠서 이만. 아 참. 그리고 당신 지명자 진짜 열 받았어요. 그래서 벌금이랍니다아."

그 말과 함께 키스는 흩어지는 안개처럼 모습을 감췄다. 대체 어디서부터 어디까지 알고 있고 또 어떤 생각을 어떻게 하고 있는지 알 길이 없었다.

단지 내가 확실히 느낄 수 있는 감정은 지금 우리를 도와준 것이 너무도 고맙다는 것, 그것뿐이었다.

힐더가 멍한 얼굴로 나를 쿡쿡 찔렀다.

"방금 그 미남 오빠 누구야?"

"누구긴. 나사 빠진 내 상관……."

순간 그가 내게 보여 줬던 수많은 모습들이 머릿속을 스쳐 지나갔다. 나는 말을 끊고는 중얼거렸다.

"잘 모르는 사람이야."

21.

왕실은 내가 겪은 일에는 신경 쓸 겨를도 없는 것 같았다. 국왕 전하 일가족께서 이웃 나라 니샤 왕국을 친선 방문하러 떠난 상황이라 왕실은 한가하면서도 조심스러웠다.

일단 주인이 없으니 아무래도 한가해지는 것이고, 또 주인이 없는 동안 무슨 문제가 생기지 않도록 조심스러워지는 것이다. 물론 아이히만 대공께서 국왕 전하의 대행을 맡고 있어서 그런지 평소보다 일은 훨씬 더 잘 돌아가고 있다는 기분도 들지만……

어쨌든 베스에게 관심이 있는 사람은 이 드넓은 왕궁에서 나혼자뿐인 것 같았다.

오후가 되어서야 리더구트에 도착한 나는 안도와 서글픔이 뒤섞인 한숨을 내쉬며 문을 덜컥 열었다. 바닥에 쪼그려 앉아 곰인형 눈알을 붙이던 쇼탄 경은 내 꼴을 보자마자 기겁을 했다. 내 옷은 걸레나 다름없었다.

"미, 미온! 그 비렁뱅이 컨셉은 대체 뭐냐! 너도 나처럼 재산다 거덜 난 거야?"

"탈옥 체험 좀 하고 왔습니다."

나는 잠입과 발각과 감금과 탈출로 이어진 어제의 모험담을 일일이 서술해 줄 기운도 없어서 누더기가 된 옷을 질질 끌며 2층으로 올라갔다. 소파에 누워 나를 힐끗 보던 키스 경은 여우 같은 눈웃음만 보일 뿐 아무런 말도 없었다.

나는 소중하게 보관해 놓은 스왈로우 나이츠의 제복을 꺼내 거울 앞에 섰다. 셔츠를 벗은 상반신에는 어제 당한 상처들이 쓰라리게 남아 있었다.

'이대로 물러설 수는 없어.'

나는 옷을 입으며 헤어질 때 힐더가 남긴 말을 떠올렸다.

'미온. 나는 네가 멋들어지게 보탕을 체포할 영웅이라고는 기대 안 해. 하지만 그렇다고 포기할 패배자도 아니라고 믿어. 구제불능에게는 구제불능의 의지가 있는 거니까, 날 실망시키지 말아 줘. 알겠지?'

제복 단추를 채운 나는 곧바로 카론 경의 집무실로 향했다. 실로 비장한 표정으로 말이다.

노크도 없이 문을 열고 들어간 나는 곧바로 싸늘하게 타오르는 카론 경의 눈동자와 마주쳤다. 어제의 숙취는 흔적도 남아 있지 않았다. 농담이 아니라 당장이라도 날 한 대 후려갈길 것 같은 표정이었다.

"어디까지 문제를 일으킬 생각인가."

"사과는 일이 해결된 뒤에 하겠습니다."

"해결할 수 있는 일이라고 생각하나."

"예. 사람이 저지른 일은 사람이 해결할 수 있습니다."

카론 경은 일말의 동의도 보이지 않은 채 나를 바라볼 뿐이었다. 내가 말했다.

"베스가 잡혀 있는 곳을 알려 주세요."

그녀는 분명 이 넓디넓은 왕궁 어딘가에 감금되어 있으리라. 카론 경이 곧바로 대답했다.

"모른다."

"카론 경, 베스는 지금 도움이 필요해요!"

"모른다고 말하지 않았나!"

그의 날카로운 목소리에 나는 입을 다물었다. 카론 경은 알려 줄 수 없는 상황이라면 딱 잘라 알려 줄 이유 없다고 직설적으로 내뱉는 사람이다. 모른다고 둘러댈 성격이 아니었다. 즉, 카론 경도 정말 모르고 있는 것이다.

나는 굳은 표정으로 그를 바라봤다.

"카론 경도 이 사건에서 제외된 건가요."

그는 대답 대신 내 시선을 피하며 창밖을 바라봤다.

결국 왕실은 가장 유능한 수사관인 카론 경마저 이 사건에서 제외시킨 것이다. 아마 어제 그는 좀 더 보탕에 대해 수사해야 한다고 왕실에 건의했는지도 모른다. 나는 치가 떨렸다.

"카론 경! 오히려 잘되었는지도 몰라요. 이제는 카론 경도 명령으로부터 자유로운 몸이잖아요! 마음껏 움직일 수 있어요. 이렇게 된 이상 저와 함께 단독으로 수사해요!"

"……."

"중요한 건 권력이 아니잖아요. 바꾸고자 하는 의지가 있다면 바꿀 수 있어요!"

카론 경은 싸늘하게 대꾸했다.

"난 그런 것 안 믿는다."

"무, 무안하게스리!"

그는 역시 숙취가 심한지 머리를 지그시 누른 채 생각하다 입을 열었다.

"그 베스라는 피해자가 어디 있는지는 모르지만…… 한 가지 확실한 것이 있다."

"그게 뭔데요?"

"지금쯤 왕실은 그녀의 아이를 낙태시켰을 것이다."

"……!"

나도 모르게 주먹에 힘이 들어갔다. 뜨거운 것을 단숨에 들이 켠 기분이다.

어떻게 그런 일을 할 수 있을까. 대를 위한 소의 희생? 정치적 결단? 국익을 위해서? 인간성보다 중요한 어떤 대단한 것이 존재하기 때문에?

세상 모두에게 아무런 기대도 하지 않던 베스의 힘없는 웃음이 머릿속에서 떠나질 않았다.

"카론 경, 보탕을 잡아야 해요. 이게 말도 안 되는 상황이라는 걸 당신도 잘 알고 있잖아요! 제발 절 도와주세요!"

"이미 늦었다."

"예?"

"교황청은 보탕에게 귀환 명령을 내렸다. 그는 오늘 중으로 이 나라를 떠난다."

"그, 그런!"

"자네가 어제 보탕을 뒤흔들어 놓는 바람에 이렇게 된 거다."

"큭!"

나는 나의 미숙함을 또 한 번 자책했다. 보탕이 국경선을 벗어나면 그를 체포할 기회는 영영 사라져 버린다.

하지만 그렇다고 손 놓고 있을 수는 없었다. 아니, 오히려 더 빨리 움직여야 한다. 지체할 시간이 없었다.

급히 집무실을 떠나려는 내게 그가 말했다.

"지금 어디 가는 건가."

"보탕을 잡겠어요."

"무슨 수로. 그의 마차를 가로막기라도 할 생각인가?"

"무슨 수를 써서라도 그놈이 국경을 빠져나가는 것만큼은 막을 겁니다!"

"터무니없는 소리로군. 일개 기사인 네가 대주교를 막는 것이 가능할 거라 생각하나?"

카론 경은 잔인할 정도로 냉혹하게 말했고 난 원망스러운 얼굴로 그를 쏘아봤다.

22.

"엉? 저거, 뭐하는 놈이야?"

멈춰 버린 행렬의 선두에 있던 기병이 소리쳤다. 교황청 마크가 새겨진 그 거대한 사륜마차는 우리나라 근위대의 엄중한 호위를 받고 있었다.

또한 그 뒤로도 수행원들이 타고 있는 마차들이 세 대나 줄지어 있었다. 국경을 빠져나가려는 그 긴 행렬을 지금 나 혼자 막아선 것이었다.

국경을 떠나는 유일한 도로를 몸으로 막아선 내게 당황한 장교가 고함쳤다.

"이런 무례한 놈! 당장 비키지 못할까! 지금 이 안에 어떤 분이 타고 계신 줄 알고는 있는 게냐!"

"흥. 성스러운 대주교 보탕이시겠지."

"감히 그걸 알면서 이런 짓을!"

그때 마차의 창밖으로 낯익은, 하지만 역겨운 면상이 고개를 내밀었다.

"호오. 이게 누구신가. 정의롭고 또 목숨도 질긴 왕실 기사 아니시오."

나는 즐거운 듯 이죽거리고 있는 보탕을 노려봤다. 그가 말했다.

"성스러운 임무를 마치고 교황청의 품으로 돌아가려는 이 청렴한 성직자에게 작별 인사라도 하려는 거요?"

나는 커다랗게 외쳤다.

"대주교 보탕! 교황청의 교리를 어기고 이 나라의 백성을 욕되게 한 죄로 체포하겠다!"

내 말에 근위병들은 '이게 대체 무슨 소리야?' 하는 얼굴들로 깜짝 놀랐다. 하지만 보탕은 여전히 그 꼴도 보기 싫은 웃음을 잃지 않은 채 나를 조롱했다.

"이거 무슨 오해가 있는 모양이로구려. 하나 당신은 면책특권이 있는 이 몸을 체포할 권한이 없는 것으로 알고 있소만. 나도 오해를 풀고 싶지만, 법이 그래서 어쩔 수가 없구려."

"……."

"본래 이런 모욕은 죄를 묻는 것이 원칙이나, 당신의 용기를 높게 여겨 성직자의 아량으로 눈감아 주도록 하겠소."

그의 말대로 이유도 없이 고위 성직자의 공무(公務)를 방해하는 일은 중범죄다. 하지만 그래도 나는 비키지 않았다. 곧 보탕의 입가에 차가운 미소가 퍼졌다.

"이런. 이런. 군이 교황청의 고문실을 방문하고 싶다면 말리지는 않겠네."

"내가 그곳을 방문하기 전에 너부터 이 나라의 감옥을 방문하게 될 거야."

"뭐?"

그때 검은 머리의 사내가 보탕에게 다가가기 시작했다. 모두의 시선이 내게 집중되어 있었기 때문에 갑작스러운 그의 등장에 사람들은 또 한 번 놀라고 말았다. 곧 차가운 목소리가 터졌다.

"대주교 보탕. 왕실 근위기사단 헬스트 나이츠의 권한을 발동하여 너를 체포한다."

일그러진 보탕의 얼굴에 영장을 들이댄 장본인은 바로 카론 샤펜투스 헬스트 나이츠 부기사단장이었다. 도와줘서 고마워요, 카론 경.

보탕은 허탈한 웃음을 보이며 고개를 저었다.

"이거 다들 미친 거 아니냐. 네놈들은 나를 체포할 권한이 없다고 몇 번을 말해야……."

"국내법에는 왕실 기사단의 부기사단장 이상의 직책을 가진 자는 외교특사를 체포, 구류할 수 있다는 조항이 명시되어 있다."

"뭐라고!"

보탕이 그런 법에 신경 썼겠냐마는, 어쨌든 법은 법이다. 제아무리도 보탕이라도 거부할 수는 없는 것이다.

가면을 벗어던진 보탕은 지옥 불에 불타는 마귀처럼 화를 내기 시작했다.

"이런 겁대가리를 상실한 새끼들이 뭐가 어쩌고 어째?"

예상대로 쌍욕에 능한 놈이었다. 그는 마차 문을 박차고 튀어나와서는 카론 경의 멱살을 잡았다.

"네놈이 날 체포하겠다고? 이 보탕을 감금해? 오냐. 그렇게 해라. 기꺼이 체포당해 주지!"

그의 핏발 선 눈빛은 거의 카론 경을 도륙할 기세였다.

"하지만 똑바로 들어. 세상 물정 하나도 모르는 천한 놈아. 네놈들의 국왕조차 날 재판할 권한은 없어. 판결은 오직 교황청이 내린다! 만약 교황청에서 날 무죄로 판결한다면 네놈들에게는 이 대주교 보탕을 모욕한 죄를 물을 것이다. 내가 직접 고문실에 처넣어 주지. 제발 살려 달라고 애걸하는 네놈들의 비명을 숨이 끊어지는 그 순간까지 하나도 놓치지 않고 들어 주겠다. 이제 뒷감당할 준비나 하시지."

보탕은 실로 끔찍한 광소를 보이며 나와 카론 경을 바라봤다.

그를 보며 나는 마치 악의로 똘똘 뭉친 괴물을 마주한 것 같은 생리적 공포를 느껴야 했다. 하지만 카론 경은 자신의 멱살을 잡은 그의 손을 조용히 풀며 사무적으로 대답할 뿐이었다.

"할 말은 그걸로 끝인가. 그럼 체포하겠다."

항상 느끼는 사실이지만, 평소 냉정하던 사람이 막 나가기 시작하면 진짜 무섭다.

23.

왕궁으로 돌아온 우리들의 손에 보탕이 잡혀 있는 것을 보게 된 왕실은 말 그대로 발칵 뒤집혔다. 전쟁이 일어났어도 이것보다는 덜 놀랐을 것이다. 그래, 나는 대재앙이다. 그것도 아주 치명적인.

"우어어어어어어어어! 이, 이, 이, 이 사람이 왜 여기 있는 거야!"

오랏줄에 묶여 있는 보탕을 본 위고르 공은 우리가 뭐라고 대답할 겨를도 없이 괴성을 내지르며 왕궁 밖으로 뛰쳐나갔고, 막 무도회를 마치고 돌아온 군무대신도 보탕을 보자마자 머리를 쥐어뜯으며 게거품을 물고 바닥을 굴러다녔다.

심지어 어떤 관리들은 재산을 처분하고 먼 나라로 이민 갈 준비를 하고 있었다. 왕궁 전체가 경기를 일으키고 있었다.

그중에서도 단연 으뜸은 헬렌 경이었다. 자다가 이 충격적인 보고를 들은 그녀는 잠옷 차림에 머리도 정리하지 않은 '마녀의 자태' 그대로 한걸음에 우리에게 달려왔다. 장소는 보탕을 구류하고 있는 왕실 감옥이었다.

긴 머리를 흩날리며 백발마녀마냥 부웅 날아들어 온 그녀는 이 세상의 종말이라도 본 것 같은 표정으로 고함쳤다.

"카로오오오오오오온! 당신 지금 무슨 짓을 저지른 거야!"

"보시는 바와 같습니다."

카론 경은 간수 테이블 앞에 앉아 묵묵히 감옥 사용 요청 서류를 작성하며 대답했다. 실로 믿을 수 없는 마이페이스였다.

"미쳤어? 저 엔디미온이라는 왕실의 해충이야 원래 그렇다 쳐도 당신까지 왜 이래! 이건 당신 작위 반환하는 것쯤으로 끝날 문제가 아니야!"

단숨에 벼멸구와 동급으로 취급당한 나는 몸에 불이 붙은 것처럼 펄펄 뛰는 헬렌 경을 진정시켰다.

"저어. 헬렌 경. 일단 제 말을 들어 보시고……."

"넌 입 닥쳐어어어어어! 이 사회의 독버섯! 조물주의 실패작! 인류의 오점! 바보! 얼간이!"

"흐이익!"

헬렌 경의 이글거리는 눈빛이 너무도 따사로워 나는 뒤로 물러섰다. 머리까지 풀어헤치고 저러니까 진짜 무서워! 한 마디만 더 하면 저 입에서 화염을 내뿜어 날 잿더미로 만들어 버릴 것 같았다.

카론 경은 그 유황 불길 같은 분노를 자신의 만년설 오라로 가라앉히며 입을 열었다.

"헬렌 경."

그녀는 이 악몽을 타개할 기똥찬 묘안이라도 바라는 표정으로 카론 경을 올려다봤다. 잠시 눈을 감고 생각에 잠겼던 카론 경이 서서히 눈을 뜨며 솔직한 자신의 생각을 말했다.

"저도 제가 왜 이랬는지 모르겠습니다."

아아아, 카론 경. 당신은 정말이지······.

"다들 나가 죽어어어어어어어!"

나는 눈물을 흘리며 귀를 틀어막았다. 카론 경. 당신은 지나치게 솔직해서 문제예요.

겨우겨우 마음의 불길을 잡은 헬렌 경이 진지한 태도로 카론 경에게 말했다.

"카론 경, 지금이라도 늦지 않았어. 어서 대주교님에게 용서를 빌고 체포를 취소해."

"그럴 수는 없습니다."

"명령이다! 이건 기사단장의 권한으로 말하는 거야!"

"제게도 명령을 거부할 권한이 있습니다."

한 번 결심한 카론 경은 보는 내 기가 질릴 정도로 물러서지 않았다. 그녀가 소리쳤다.

"좋아. 그러면 지금 즉시 네 작위를 박탈하고 모든 권한을 몰수하겠어!"

나는 깜짝 놀랐다. 그가 부기사단장의 권한을 잃는다면 보탕을 체포한 것도 효력이 사라진다. 모든 것이 끝장이었다.

하지만 카론 경은 이것마저 예상하고 있었다.

"헬렌 경, 기사단장의 권한으로 부하의 작위를 박탈할 수 있는 경우는, 그 부하가 커다란 부정을 저질렀을 때뿐입니다."

"이게 커다란 부정이 아니면 뭐야!"

"범행이 의심스러운 자를 체포했다, 이것의 어느 부분이 부정입니까."

카론 경의 목소리에는 그녀의 격분을 압도하는 고요함이 묻어 있었다.

그녀는 입을 굳게 다문 채 카론 경을 바라보기만 했다. 아니라고 대답할 수 없었다. 그녀도 보탕에게 죄가 있다는 것쯤은 알고 있었다. 모른 척하고 있었을 뿐이다.

하지만 알고 있는 것을 모른다고 우기는 것에는 한계가 있는 법이다.

왜 이런 멍청한 짓을 했는지—기사이기 때문에 행했던 그 '멍청함'을 카론 경은 그녀에게 납득시켜 준 것이다. 그녀도 같은 기사였다. 헬렌 경은 깊은 숨을 몰아쉰 뒤에 겨우 입을 열었다.

"너도 알고 저지른 일이겠지만, 교황청이 파견한 특사는 우리가 재판할 수 없어. 교황청 재판관이 도착할 때까지 잠시 가둬 두는 게 전부야."

"알고 있습니다."

"3일 정도 후에 재판관이 올 거다. 그때까지 어떻게든 보탕의 유죄를 입증시킬 증거를 찾아내! 이 구제할 수 없는 멍청이들아!"

그리고 그녀는 밖으로 나갔다. 더 이상 생각하고 싶지도 않다는 표정으로.

그녀가 사라지자 카론 경은 비장하게 말했다.

"엔디미온 경, 이제는 돌이킬 수 없는 상황이다. 헬렌 경의 말대로 3일 후에 도착할 교황청 재판관에게 보탕의 유죄를 증명하지 못한다면 피해자의 억울함을 풀어 주지 못하는 것은 물론 우리의 명예와 목숨도 사흘 후에 끝난다."

"미안해요, 카론 경. 저 때문에."

"나도 나의 의지로 행한 것이다. 분명 현명하지 못한 행동이지만 후회하지는 않아."

"고마워요."

"이제 나는 너를 따르겠다. 계획을 말해라."

"예?"

나는 의아한 표정으로 그를 바라봤고 그도 의아한 표정으로 나를 바라봤다.

"계획 말이다. 이렇게 보탕을 잡은 것은 나름대로 계획이 있어서가 아니었나?"

"네?"

카론 경이 떨리는 목소리로 물었다.

"계획…… 없나?"

나는 머쓱한 표정으로 고개를 끄덕였다. 다시 그를 바라봤을 때 카론 경은 감옥 구석에서 묵묵히 벽을 바라보고 있었다. 뭔가 암울한 오라가 그의 온몸에서 흘러나오고 있었다.

"……한순간이라도 자네를 믿은 내가 바보였다."

"우아아아! 방금 전까지만 해도 후회 안 한다고 해 놓고는!"

"닥쳐라. 계획도 없이 문제만 일으키는 너 같은 녀석을 돕다니, 내가 다 한심하군."

"와아아아! 아까 전까지는 자기 의지로 도왔다고 해 놓고는!"

"흥. 난 빠지겠다. 동반자살에는 취미 없어. 기사 작위 반납하고 어디론가 사라져 버려!"

"카, 카론 경!"

그러나 그는 뒤도 안 돌아보고 나가 버렸다.

한숨을 내쉬며 의자에 앉은 내게 끈적거리는 웃음소리가 들려왔다. 감옥에 갇혀 있는 보탕이 비아냥거렸다.

"큭큭. 믿고 있던 사람에게 버림받았군. 이제 어쩌실 텐가, 정의의 기사 양반?"

"……."

"아무 방법도 안 떠오르지? 그럴 수밖에. 재판도 판결도 교황청이 하는데, 너 같은 잔챙이가 뭘 어쩌겠어."

나는 분한 표정으로 그를 노려봤다. 보탕은 그런 나의 모습이 무척이나 마음에 든 것 같았다. 그는 이제 아무것도 겁날 것 없다는 듯 떠들고 있었다.

"그따위 넘쳐흐르는 평민 계집애 하나 때문에 목숨을 걸다니, 감동의 눈물에 빠져 익사할 노릇이야. 흐흐, 같은 버러지들끼리 감싸 주는 거냐?"

"닥치지 못해!"

"3일이 지나면 넌 죽은 목숨이야. 벌써부터 네놈들을 어떻게 고문할까 기대돼서 참을 수가 없어. 그래, 포기하지 마라. 희망을 갖고 줄기차게 노력해 봐. 3일 후면 그 희망이 고스란히 절망으로 바뀌게 될 테니까. 우하하핫!"

보탕의 찢어지는 웃음소리가 감옥을 울렸다.

24.

이틀 후.

나는 감옥 안에서 한 발자국도 나가지 않았다. 또한 아무것도 먹지 않았다. 그리고 그것은 보탕에게도 똑같이 적용되었다.

"이런 미친놈! 밥은 줘야 할 것 아니야!"

온몸이 묶인 채 감옥 안에 갇혀 있는 보탕은 실로 미친개처럼 짖어 대고 있었다.

"네놈이 고작 생각해 낸 계획이 날 굶겨 죽인다는 거냐?"

"이틀 굶은 정도로는 아무도 안 죽어. 특히 너 같은 놈은."

나는 쇠창살 너머에 있는 그를 바라보며 말했다. 그의 손아귀에서 도망치던 베스의 앙상한 얼굴이 떠올랐다. 청렴한 성직자의 체형과는 너무도 동떨어진 저 지방덩어리 뱃살을 보며 중얼거렸다.

"이 참에 살도 빼고 좋잖아."

"이놈이 멋대로 지껄이는구나! 내가 굶어 죽으면 교황청이 가만히 있을 거라 생각해? 교황 성하께서 손가락 하나만 까딱해도 이딴 약소국 따위 단숨에 뭉개버릴 수 있어."

"그러니까 이 정도 굶은 걸로는 안 죽는다니까 그러네. 하긴, 평생 단 한 끼도 굶어 본 적이 없는 네놈에게는 이것조차 공포겠지."

보탕, 41세. 그가 대주교가 된 것은 딱히 신앙심이 돈독해서가 아니다. 아니, 성경 한 번 제대로 읽어 본 적도 없을 것이다.

그런 그가 아무런 노력도 없이 고위 성직자가 될 수 있었던 이유는 남부 콘스탄트 후작가의 차남이기 때문이었다. 둘째 아들이 보통 그렇듯이 보탕 역시 태어나면서부터 성직자로 결정된 자다. 소위 말하는 선택받은 자.

내가 지금 선택받았다는 것 자체를 욕하려는 것은 아니다. 도리어 그것은 축하할 행운이다. 하지만 그 행운을 낭비하고 악용하는 모습에 경멸할 뿐이다.

대충 수도원에 가서 시간을 때우다 보면 알아서 직책을 내려주고 가만히 있어도 해마다 승진된다. 게걸스럽게 먹고 마시고 재산을 긁어모아도 누구보다 빠르게 대주교가 되는 것이다. 목숨을 바쳐 신앙을 실천하는 진짜 성직자들을 짓밟고 말이다.

남의 인생을 장난으로 망쳐 버리는 놈이 이틀 굶은 걸로 죽을까 두려워 벌벌 떠는 꼴을 보자 차라리 측은한 심정마저 들었다.

그때였다. 문이 열리며 기사들과 함께 붉은 드레스의 여인이 감옥에 들어왔다. 나는 반사적으로 자리에서 일어났다.

"오르넬라 님!"

그녀는 말없이 다가와 나와 보탕을 번갈아 가며 바라봤다. 그러고는.

짜아악!

그 매운 손으로 내 뺨을 후려친 오르넬라 님이 소리쳤다. 아아, 이번 편에서만 두 번이나 따귀 맞는군.

"당장 대주교님을 풀어 줘!"

"⋯⋯오르넬라 님."

나는 표정 잃은 얼굴로 그녀를 바라봤다. 그녀는 대답 대신 병사들에게 표독스러운 눈빛으로 명했다.

"으윽!"

내게 다가온 병사가 칼머리로 내 어깨를 때려 강제로 무릎을 꿇렸다. 그리고 다른 자들이 보탕을 가둔 자물쇠를 풀기 시작했다.

"오르넬라 님! 자존심을 잃은 나라는 망한다고 말하셨잖아요!"

"주제넘은 소리 지껄이지 마. 너 같은 별 볼 일 없는 녀석이 이 나라의 흥망을 걱정해 준다고 뭐가 달라져?"

실로 냉혹하게 쏘아붙인 그녀는 감옥을 나온 보탕에게 고개 숙였다.

"제 불찰로 심려를 끼쳐 드렸군요. 진심으로 사죄드립니다."

보탕의 눈동자가 커졌다. 서열상으로는 추기경급인 오르넬라 님이 분명 자신보다 윗줄인데도, 이 자존심 강한 여자가 자신에게 고개를 숙인 것이다. 그는 놀라면서도 분명 싫지 않은 표정이었다.

"허허, 이런. 이 나라 왕실에도 제대로 된 사람이 있군요. 하지만 같은 교황청의 가족인 오르넬라 자매님께서 이러실 것까지는 없습니다. 다 제가 부덕한 탓입니다."

그는 재빨리 '성자의 가면'을 꺼내 쓰며 주절거렸다.

"아닙니다. 교황청의 실세이신 대주교 보탕 님이 이런 고초를 겪으시다니요. 좀 더 빨리 조치를 취하지 못한 제가 백번 사죄할 일입니다."

속박에서 풀려난 보탕은 성녀님이 자신 앞에서 쩔쩔매는 것을 보자 하늘을 날아갈 것처럼 흡족해 했다. 특히 그녀의 입에서 '교황청의 실세'라는 말을 들을 때는 웃음을 참지 못할 지경에 이르렀다. 형용할 길이 없는 속물이었다.

"성녀님의 겸허하고도 올바른 태도에는 신조차 감동할 수밖에 없을 겁니다. 하지만 저놈만큼은 그냥 넘어갈 수가 없어요. 평생을 신앙으로 살아온 제게 얼토당토않은 죄를 뒤집어씌워 모욕한 저놈만큼은 내 확실히 벌하겠습니다!"

보탕은 무릎 꿇은 나를 내려다보며 예의 썩은 미소를 지었다. 오르넬라 님은 그를 정중히 감옥 밖으로 안내했다.

"여부가 있겠습니까. 그럼 재판관이 도착하기 전까지는 제가 모실 테니 푹 쉬시길 바랍니다."

그녀는 자신의 엉덩이에 슬쩍 손을 대려는 보탕의 팔을 치우며 그렇게 말했다.

25.

약속의 3일 후, 어느 때보다 더위가 기승을 부리는 화창한 오후였지만 왕실은 그야말로 싸늘하게 얼어붙어 있었다. 이 불미스러운 사건을 판결하기 위해 교황청으로부터 파견된 상급 재판관이 도착했기 때문이다.

그리고 하필이면 그는 재판관들 중에서도 가장 두려운 존재로 악명 높은 대심문관 루터였다. 이단심문관이자 악마학자인 그의 별명은 '검은 추기경'이었다.

지금 우리 왕실의 누구도 이 문제가 베르스에 유리한 방향으로 끝날 거라고는 기대하지 않았다. 아니, 삼척동자가 봐도 이 종교재판이 공정할 거라고는 생각 안 할 것이다.

교황청 소속의 대주교를 교황청 소속의 재판관이 판결하는 데다가 유죄를 입증할 증거조차 없다(여기서 증거라고 하면 보탕 본인이나 그 이상의 고위 성직자가 죄를 인정하는 것을 의미한다. 그 외의 증거는 아무런 소용도 없다). 그러니까 어떤 법률전문가라도 이미 패배한 재판이라고 단정 지을 상황이었다.

대심문관 루터가 주관할 재판은 본궁 접견실에서 진행될 예정이었다. 군이 정식 재판소를 이용하지 않은 이유는 이 재판이 아주 빠르고 간결하게 끝날 것이기 때문이다. 루터가 들고 온 서류에는 이미 '피의자 보탕 무죄'라는 판결문이 쓰여 있을지도 모를 일이었다.

먼저 접견실에 도착한 나는 잔뜩 목을 움츠린 채 루터를 기다리고 있는 왕실 관리들과 그 안에서 태연자약하게 담배를 물어 피우고 있는 아이히만 대공을 볼 수 있었다.

국왕 전하가 왕실을 떠난 현재 국왕 대리인을 맡은 아이히만은 접견실에 나타난 나를 보자마자 손가락으로 가까이 오라는 시늉을 했다. 언제나 느끼지만 왕족이라기보다는 범죄 조직의 우두머리쯤으로 보이는 분이다. 그는 표범 같은 눈동자로 나를 바라보며 말했다.

"승산은?"

"확실히 있습니다."

나는 곧바로 대답했다. 그는 백발의 머리를 쓸어 넘기며 말을 이었다.

"뭐, 본래대로라면 이런 일이 생기기 전에 자네 같은 문제아를 쏴 죽여 버리는 게 정상이지만……."

그, 그게 어째서 정상입니까!

"카론 군의 간청도 있고 해서 누구도 자네에게 손대지 말라는 지시를 내렸네."

"감사합니다."

"대신 일이 잘못된다면 교황청보다 먼저 내가 자네 머리에 총알을 심어 줄 게야. 한번 시작한 싸움은 절대 지면 안 돼. 분하지만 열심히 싸웠다는 둥 마음만큼은 승리했다는 둥 하는 말 따위다 개소리야. 패배자에게 돌아오는 것은 죽음뿐이다. 그러니까 죽기 싫으면 무조건 이겨. 무슨 의민지 알겠지?"

그는 인자한 미소와 함께 협박에 가까운 덕담을 들려줬고 나는 식은땀을 흘리며 고개를 끄덕였다. 농담이 아니다. 이 재판에 패배하는 순간 내 머리를 겨냥한 총구가 불을 뿜을 것이다.

"와아, 엔디미온 경. 오랜만입니다."

"나스타세 씨."

또 만났네, 또 만났어. 그런데 당신 만날 때마다 위험한 일만 생기던데…….

"어쩌자고 이런 엄청난 일을 저지르셨어요?"

"아하하하. 어, 어쩌다 보니까……."

가장 먼저 접견실에 도착한 자는 작은 키의 청년, 이교도 댄스의 계승자 나스타세였다. 그는 대심문관 루터의 보좌관 역할이었다. 소년 같은 눈동자로 주변을 둘러보는 그는 예나 지금이나 의심만점의 커다란 가방을 들고 다녔다. 그런데 설마 저 가방 안에 휴대용 고문도구 같은 게 들어 있는 건 아니겠지?

그리고 그의 뒤로 대심문관 루터가 모습을 드러냈다. 이자의 모습을 직접 본 것은 나도 이번이 처음이다.

"지체할 시간 없으니 곧바로 재판을 시작하도록 하겠습니다."

묵직함을 넘어서 위압적인 목소리가 아무렇게나 자리에 앉은 루터의 입에서 흘러나왔다. 사람들은 모두 숨을 죽인 채 나스타세로부터 받은 서류를 훑어보는 그의 무심한 표정에 시선을 집중했다.

나 역시 한 마디도 할 수 없었다. 나는 루터를 보는 순간 어째서 사람들이 그를 '검은 추기경'이라고 부르는지 단숨에 알 수 있었다.

"먼저 말해 두겠는데, 재판은 1차로 종결되며 판결에 번복은 없습니다. 만약 제 판결에 이의를 제기한다면 그것은 교황 성하와 교황청의 권위에 대한 도전으로 받아들이겠습니다. 그럼, 피의자 보탕을 불러오십시오."

혹독한 게임의 룰을 설명하는 도박사처럼 그렇게 말한 루터는 보풀이 일어났을 정도로 낡은 사제복을 단정하게 입고 있었다. 하지만 그런 모습은 그의 외모에 비춰 볼 때 청렴함보다는 일종의 괴벽(怪癖)으로 보일 정도였다.

대심문관이라고 하지만 놀랍게도 나이는 이십 대 후반가량의 젊은 남자였다. 키스 경보다도 큰 키에 무라사 씨에 육박하는 탄탄한 체구는 새카만 사제복에 그대로 그 윤곽이 드러났고, 그에 얽힌 끔찍한 소문을 증명이라도 하듯 손등에는 수많은 상흔들이 어지럽게 새겨져 있었다.

얌전하게 다듬은 흑발과 뿔테 안경을 쓴 것만 보면 모범적인 성서연구가로 착각할 수도 있겠지만 그 안경 너머의 무표정한 눈매에는 숨길 수 없는 또렷한 살기가 맺혀 있어—마지못해 신의 힘에 굴복한 거대한 늑대 같았다.

무라사 씨를 보고 '강하다'라고 느꼈다면 이쪽은 '위험하다'는 느낌이었다. 대범한 사람이라면 루터를 보고 '와하하하! 이 사람, 한 천 명쯤 죽여 본 것 같은 분위긴데?'라며 웃을 수 있었을까?

하지만 나는 결코 그런 농담을 할 수가 없었다. 왜냐하면 그 '농담'은 사실이었기 때문이다.

'천이백여 명의 귀족을 맨손으로 죽인 살인마.'

어째서 이런 흉포한 자가 교황청의 가장 중대한 문제를 판결하는 대심문관이 되었는지는 이야기가 길어지니까 다음으로 미루도록 하자. 중요한 것은 그런 위험한 자가 지금 이 사건을 심판한다는 사실이다.

거드름을 피우며 접견실에 들어온 보탕은 루터를 보자마자 안색이 바뀌었다. 꼭 사자 우리 안에 들어온 것 같은 표정이었다.

"루, 루터 사제께서 직접 담당하시는 겁니까."

"그렇게 됐습니다."

루터가 무심한 투로 말하며 보탕을 힐끗 쳐다보자 보탕은 '흠 칫!' 놀라며 시선을 피했다.

사도좌법원(使徒座法院) 소속 신부인 루터는 직책상으로는 대주교 보탕보다 한참 아래였지만, 그는 교황이 특별히 선택한 사도(使徒)로서 막강한 권한을 행사할 수 있었다.

바로 추기경 이하의 모든 성직자를 심판할 수 있는 집행인의 권한. 사람들이 일개 신부인 그를 '검은 추기경'이라 부르는 이유도 그 때문이었다.

자신에게는 저승사자가 될 수도 있는 루터를 보고 어깨를 움츠리던 보탕은 곧 가슴을 폈다. 자신은 아무런 죄도 없다는 경이로울 만큼 뻔뻔스러운 제스처였다. 또한 죄가 드러난다고 해도 교황청은 자신을 절대 처벌하지 않을 거라는 자신감이기도 했다.

하긴, 교황청도 한통속이니 저렇게 양심에 털이 무성하게 자라 있어도 한 점 부끄럼 없으리라.

이런 분위기 속에서 편파적인 재판이 시작되었다. 카론 경이 제출한 서류, 그러니까 보탕의 죄목이 낱낱이 기록된 고발장을 훑어본 루터가 서류 더미를 책상에 툭 던지며 말했다.

"협박, 추행, 살인교사, 범죄 은폐…… 여기 적혀 있는 죄들을 인정합니까."

보탕은 기다렸다는 듯이 대답했다.

"신의 이름에 맹세코 아닙니다!"

하도 당당해서 화도 안 났다. 그는 침을 튀기며 열변을 토했다.

"그 얼토당토않은 거짓 기록들은 제 충직함을 시기한 무례한 이단자들의 모함입니다! 신과 교황 성하께 이 목숨 기꺼이 바칠 각오가 된 제 신앙심은 루터 사제께서도 익히 아실 겁니다. 저를 모욕한 것은 곧 레오 3세 성하를 욕되게 한 것과 마찬가지! 그런

고로 루터 사제께서는 한시 빨리 이단의 무리들로 가득 찬 이 왕국에 교황청의 권위가 어떤 것인지를 보여 주셔야……."

3일 내내 암기라도 했는지 막히지도 않고 끝도 없이 이어지는 헛소리를 루터는 투박한 목소리로 끊었다.

"난 알 바 아닙니다, 당신 신앙심."

"예?"

"그리고 내가 물어본 말 외에는 입 닥쳐 주시길 바랍니다."

보탕의 얼굴이 시뻘겋게 달아올랐다. 루터는 분명 위험한 자였지만 적어도 보탕에게 호감이 있는 사람 같지는 않았다.

적어도 그건 다행이었다. 그렇다고 공정하리라는 기대를 해도 곤란하겠지만 말이다.

루터는 서류 끝자락을 그 상처 자국투성이의 굵직한 손가락으로 짚으며 말했다.

"이 고발장에 서명한 자는 카론 샤펜투스 경 그리고 엔디미온 키리안 경으로 되어 있는데, 피의자 보탕은 이들을 알고 있었습니까?"

보탕은 카론 경과 나를 번갈아가며 바라본 뒤에 질문 자체가 불쾌하다는 투로 대답했다.

"당연히 몰랐습니다. 제가 왜 이런 저급한 자들과 친분이 있겠습니까?"

곧바로 루터가 되물었다.

"그럼 전혀 모르는 자들이 당신을 모함했다는 의미입니까? 쉽게 이해가 안 가는군요. 당신을 모함한다고 이들에게 득이 되는 일이 있을까요."

"그건……."

루터는 모든 일을 폭력으로 해결할 것만 같은 인상과는 달리 꽤 예리한 구석이 있었다. 예상치 못한 그의 추궁에 보탕은 시원하게 대답하지 못하고 우물쭈물거렸다.

그럴 만도 하지. 이건 처음부터 모함이 아니니까!

결국 그의 변명은 지리멸렬했다.

"제, 제가 이런 무례하고도 신앙심 부족한 놈들의 머릿속을 무슨 수로 알겠습니까?"

루터는 그렇게 말하는 보탕을 그 '늑대의 시선'으로 바라보기만 했다. 보탕은 무죄라는 자기 말 한 마디로 순식간에 끝날 줄 알았던 이 재판이 생각 외로 길어지자 당황하고 있었다.

루터의 그 시선이 이번에는 카론 경을 향했다.

"카론 샤펜투스 경. 당신에게 말하겠습니다."

둘이 시선을 마주치는 모습은 이 재판과는 별개로 심장이 내려앉는 것 같았다. 입 한 번만 잘못 놀려도 당장 저 흉기 같은 주먹을 대포알처럼 날릴 것 같은 루터와 그렇게 주먹이 날아와도 하나도 놀라지 않고 태연하게 맞받아칠 것 같은 카론 경의 모습은 꼭 링 위에 오른 서로 전혀 다른 타입의 격투가처럼 보였다.

고요해서 더 살 떨리는 긴장감. 정말 '땡!' 하고 종을 울리면 곧바로 오늘의 메인이벤트가 막이 오를 것만 같았다.

루터는 (적어도 이번에는) 주먹 대신 말로써 포문을 열었다.

"피의자 보탕의 유죄를 입증할 만한 증거를 보여 주시기 바랍니다."

이 접견실에 참관한 모두는 침묵했다. 보탕마저도 말이다.

이것은 정말 주먹보다 아픈 말이었다. 증거? 이미 산지사방에 널려 있는 것이 증거다. 보탕이 직접 죄를 인정하는 말을 교황청에 들려주기까지 했는데도 그것조차 증거가 되지 못했다. 그렇다면 대체 어떤 것이 '증거'란 말인가. 이 상황에서는 무슨 말을 하더라도 카론 경의 패배였다.

모두는 단정하게 입을 다물고 있는 카론 경에게 시선을 모았다. 그리고 곧 그 입술이 열렸다.

"없습니다."

왕실 사람들은 '뭐! 싸워 보지도 않고 항복이냐!'라는 경악의 눈초리로 터무니없는 말을 내뱉은 카론 경을 바라봤다. 무슨 말을 꺼내더라도 무시할 작정이었을 루터마저도 의외인지 카론 경의 말에는 고개를 기울였다.

그럴 만도 하다. 이 고생을 해서 기껏 보탕을 잡아 놓고 아무런 증거도 없다고 말하다니, 솔직히 말해서 지금만큼은 카론 경이 보탕보다 더 뻔뻔했다.

루터는 두꺼운 안경을 벗으며 카론 경을 다시 바라봤다. 그 표정은 꼭 이상한 먹잇감을 발견한 맹수 같았다.

"카론 샤펜투스 경, 저는 당신이 꽤 유능한 수사관이라는 말을 들은 적이 있습니다. 하지만 지금 발언은 아무런 증거도 없이 교황청의 고위 성직자를 체포, 감금했다는 의미로 들립니다만."

"증거가 없는 것은 아닙니다."

"그런데 왜 안 보여 줍니까?"

"그 이유는 당신이 더 잘 알고 있을 거라 생각합니다."

순간 루터의 뺨이 실룩거렸다. 카론 경은 그 프라이드 강한 성격대로 루터가 때린 말을 그대로 되돌려 주었다. 당신은 내가 어떤 증거를 보여 줘도 인정하지 않을 것이다. 그런 돼먹지 못한 당신에게 내가 귀찮게 증거를 보여 줄 필요가 있겠느냐, 라는 의미의 면박이었다.

카론 경은 드물게도 한마디를 더 했다.

"나는 시간 낭비는 질색입니다."

그 차가운 조롱에 루터는 처음으로 웃음을 보였다. 그런데 그것이 영 긍정적이지 못한 웃음이라는 것이 문제였다. 귀족들을 맨손으로 해부할 때 저런 웃음을 보였을까, 그 소름 끼치는 미소와 함께 그가 말했다.

"카론 샤펜투스 경. 괜한 말로 제 인내심을 자극할 필요는 없지 않겠습니까?"

무, 무서워. 이러다간 재판 끝나기도 전에 살인부터 나겠어. 솔직히 저 교황청의 야수와 맞상대할 사람은 무라사 씨 정도밖에는 안 떠오른다고!

루터는 이 방에 있는 모든 사람을 일 분 안에 요절낼 것 같은 기세였지만—마치 뜨겁게 과열된 엔진이 천천히 식어 가는 것처럼 가까스로 냉정을 되찾았다.

"이거 실례했습니다. 아직 제 수행이 부족해서 험한 말이 나온 것이니 부디 이해해 주시길 바랍니다."

루터는 마음에도 없는 말을 꺼내고는 곧바로 본론에 들어갔다.

"그럼 판결을 내리겠습니다. 이 사건에 관해 피의자 보탕의 유죄를 입증할 만한 어떠한 증거도 발견되지 않아, 보탕에게 무죄를 선고합니다."

보탕의 기쁜 비명보다도 먼저 루터가 말을 이었다.

"또한 카론 샤펜투스 경과 엔디미온 키리안 경은 교황청 대주교의 신성한 임무를 방해하고 그를 모함해 명예를 더럽힌 죄를 물어, 그 죄를 고통으로 씻을 때까지 고문을 행한 이후 화형으로 그들의 더러운 육체와 정신을 정화하겠습니다. 그리고 베르스 왕실 역시 국왕 본인의 정중한 사과와 더불어 교황청의 권위 훼손에 대해 최소한의 성의를 보이시기 바랍니다."

그 흉악한 판결이 이어지는 동안 나는 깜짝 놀라지도 도망치지도 않았다. 어차피 처음부터 정해져 있던 판결이라는 것을 잘 알고 있었으니까.

보탕이 의기양양해서는 지껄였다.

"저는 처음부터 아무것도 겁나지 않았습니다. 왜냐! 제 결백함은 이미 신께서 알고 계셨기 때문입니다. 저는 신께서 올바른 결과로 저를 인도하리라 믿어 의심치 않았기 때문에 이 추잡한 모함에도 당당할 수 있었습니다. 신의 권능도 모르고 설친 저 이 단자들을 제가 직접 고문실로 끌고 가 회개시키는 것으로 이 고마움을 갚겠나이다."

자랑스럽게 소리치던 보탕은 곧 말을 흐렸다. 곧 악명 높은 교황청 지하실에 끌려갈 텐데도 전혀 주눅 들지 않은 우리의 표정을 본 것이다. 카론 경은 준비해 두었던 새로운 서류를 꺼내 루터에게 내밀었다.

그것을 받은 루터가 눈매를 찡그리며 물었다.

"이게 뭡니까."

"대주교 보탕에 대한 또 다른 고발장입니다."

"다른 것도 있었습니까? 다음부터는 되도록 한 번에 보여 주시기 바랍니다."

심드렁한 표정으로 그것을 읽어 내려가던 루터의 표정이 굳어 갔다. 그의 얼굴을 석고상처럼 굳어 버리게 만들 일이란 세상에도 그리 흔치 않으리라.

다 읽은 서류를 내려놓은 루터는 아까와는 비교도 안 되는 무시무시한 살기를 드러내며 카론 경을 노려봤다.

"아까 경고했을 텐데요. 제 부족한 인내심을 자극하는 짓은 결코 좋은 판단이 아니라고."

"제가 왜 당신을 조롱하겠습니까. 단지 사실을 고발했을 뿐입니다."

그 순간 루터의 커다란 몸이 용수철처럼 일어났다. 마치 산이 솟아오르는 것 같았다.

"사실? 감히 대주교가 악마를 숭배했다는 소리를 사실이라고 지껄여!"

그의 엄청난 고함 소리가 커다란 접견실을 거짓말처럼 뒤흔들었다. 나는 나도 모르게 몸을 떨었다.

카론 경의 키가 작은 편이 아닌데도 그의 두 배는 되는 몸집의 루터가 내려다보자 카론 경은 완전히 그의 그림자에 잠길 정도였다. 그런데도 은의 기사는 미동도 없었다.

만약 카론 경이 이토록 당당하지 못했다면 루터는 재판이고 뭐고 그대로 뭉개 버렸을 것이다. 물론 순순히 뭉개질 은의 기사도 아니었지만 그렇다고 종교재판의 위엄을 유지하게 위해 점잖게 물러설 검은 추기경도 아니었다. 확실히 그는 '신앙'이 아닌 다른 어떤 것을 추종하는 사내였다.

내 옆에 있던 나스타세는 기가 질린 모습으로 소곤거렸다.

"대체 왜 이래요? 지금 루터 사제 폭발하면 아무도 못 막아요."

"역시 폭발물이었군요."

그것도 이 왕실 전체를 날려 버릴 만한 위력을 지닌 폭탄이지.

"당신들, 정말이지 내 생각보다도 훨씬 어처구니없는 사람들이었군요. 교황청이 이 일을 그냥 넘어갈 거라고 생각해요?"

"글쎄요. 아마도 그냥 넘어가게 될 겁니다."

내 의미심장한 미소에 나스타세는 찡그린 표정으로 고개를 기울였다. 황제의 만찬에 꿀꿀이죽을 올려놓고 살아남길 기대하냐는 얼굴이었다.

그런데 이 일촉즉발의 상황에 끼어든 자가 있었다. 그 이름하야 보탕. 그는 다람쥐가 고래를 낳은 걸 봤을 때처럼 호들갑을 떨고 있었다.

"아, 아, 악마 숭배라니 당치도 않은 소리를! 루터 사제, 다른 건 아니라도 정말 이 일만큼은 결백합⋯⋯."

아주, 굴착기로 무덤을 파라. 원숭이도 안 할 말실수를 해 버린 보탕은 황급히 입을 가렸다. 파렴치범의 기본도 안 되어 있는 저능한 녀석을 루터가 으르렁거리며 쏘아봤다.

"쓸데없는 소리 나불거리지 말라고 말씀드렸을 텐데요."

루터는 다시 자리에 앉았다. 그리고 마치 목덜미를 물어뜯을 기회를 노리는 사자처럼 말했다.

"대주교 보탕이 악마를 숭배했다. 그거 정말 믿을 수 없이 추잡한 죄악이로군요. 만약 그 말이 사실이라면 당장 보탕의 심장을 몸에서 뽑아 버리겠습니다. 하지만 사실이 아니라면 그때는 당신의 심장이 뜯겨 나갈 테니 각오하시길."

"교황청은 즉결 처분을 선호하는가 보군요."

오금이 저릴 정도의 살기를 내뿜는 대심문관 루터 앞에서도 카론 경은 얄미울 정도로 싸늘했다.

"자 그럼, 제가 납득할 수 있는 증거를 보여 주시겠습니까."

단두대의 칼날이 올라가는 것 같았다. 고위 성직자의 악마 숭배란 교황청 설립 이래 단 한 차례도 벌어지지 않은 최악의 범죄다. 즉, 만약 사실이 아니라면 교황청에 대한 가장 극단적인 모욕이 되는 셈이다.

이제 우리는 그것을 증명할 수 있는 증거를 제시해야 했다. 만약 못 한다면 루터가 들어 올린 단두대의 칼날은 우리를 찍어 내릴 것이다.

대답을 기다리던 루터 앞에 선 카론 경은 말없이 뒤돌아서서 자리에 앉았다. 그 행동에 두 눈을 부릅뜬 루터는 누가 봐도 화가 정점에 달한 것 같았다.

나는 숨을 몰아쉬며 마음을 가다듬었다. 이제는 내 차례였다.

나는 카론 경의 배짱을 절반만이라도 빌려 달라고 신에게 기원하며 (솔직히 이런 일만 아니면 우연히라도 마주치고 싶지 않은) 루터 앞에 섰다.

"엔디미온 키리안입니다. 증거 제시하겠습니다."

"시간 끌지 마십시오."

흠칫.

'한시라도 빨리 네 머리통을 몸에서 분리해 주고 싶어!' 라고 외치는 저 눈빛은 뭐냐고!

"네, 본론만 말하겠습니다. 아시다시피, 악마 숭배자들은 서로를 확인할 수 있는 표식을 몸에 지니고 다닙니다."

"그래서요?"

"그것을 확인하기 위해 지금 즉시 대주교 보탕의 엉덩이를 공개할 것을 요청합니다!"

순간 좌중이 크게 웅성거렸다.

"지금 뭐라고 하셨습니까."

아아아, 루터 사제님의 뜨거운 눈빛에 이대로 녹아 버릴 것 같아!

루터는 신성한 종교재판에서 엉덩이를 까라니, 죽고 싶어 환장했냐는 의미로 내 머리만 한 주먹을 움켜쥐는 것이었다. 저 성스러운 주먹에 한 대라도 맞으면 내 예쁜 얼굴은 누구도 신원을 파악할 수 없는 정체불명의 고깃덩어리로 변신할 것이 뻔했다.

하지만 나는 용기를 내 이 거대한 맹수 앞에서 물러서지 않았다.

"증거를 원하신다고 하지 않으셨습니까."

"……당신들의 태도에는 놀라움을 금할 길이 없군요."

루터는 그렇게 말하고는 눈을 감으며 화를 꾹 참는 목소리로 말했다.

"피의자 보탕, 바지를 벗어 주십시오."

"예? 그, 그런 말도 안 되는!"

독특한 성적 취향을 가진 자를 제외한다면 남들 다 쳐다보는데 바지를 내리는 일은 죽고 싶을 만큼 창피할 것이다. 하물며우리 평민들도 그러한데 고귀하신 성직자님께서는 어련하실까?

사색이 된 보탕은 대체 뭔 놈의 재판이 이러냐며 하소연을 했지만 루터는 당장이라도 저 바지를 내려 이 빌어먹을 재판을 끝낸 뒤 나와 카론 경을 손수 요절내 버리고 싶은 욕망으로 부글부글 끓어오르는 것 같았다.

"당장 벗으라니까!"

그 고함에 깜짝 놀란 보탕은 혼이 빠진 사람처럼 바지를 내렸다. 그의 토실토실한 엉덩이가 만천하에 공개되는 순간, 사람들은 엷은 신음 소리를 냈다. 보탕은 인상을 찡그릴 대로 찡그리며 말했다.

"자, 보라고! 내게는 아무런 표식도 없……."

루터의 표정이 심각하게 굳어 있는 것을 확인한 보탕이 얼빠진 목소리로 중얼거렸다.

"……표식이 있습니까?"

그때 터질 것 같은 웃음을 겨우겨우 참고 있던 위고르 공이 바퀴 달린 거울을 끌고 와 보탕 앞에 놓았다. 민망한 자세로 엉덩이를 거울에 들이댄 보탕은 목을 꺾을 대로 꺾어 (평생 확인 한 번 안 해 봤을) 자신의 볼기짝을 보고는 소스라치게 놀랐다.

"이, 이, 이, 이게 뭐야아아아아!"

그의 광활한 엉덩이에는 악마를 추종하는 역오망성의 문양이 또렷하게 새겨져 있었다. 게다가 그 밑에는 '이런 막돼먹은 세상! 교황 뒈져라!' 라는 쳐 죽일 카피 멘트까지 정성스럽게 수놓아져 있었던 것이다.

보탕은 당장 바지를 끌어 올리며 소리쳤다. 평생 남을 모함하기만 해 봤지 모함당해 본 적은 단 한 번도 없는 인간이기에—정말 죽고 싶을 만큼 억울해하고 있었다.

"루, 루터 사제! 이것은 분명한 모함입니다! 저는 이런 문신을 한 적이 없습니다!"

그러나 루터는 입을 굳게 다문 채 바윗덩이로 찍어 버릴 것 같은 분위기로 그를 쳐다보기만 할 뿐이었다. 보탕은 경망스러운 몸부림을 치며 오르넬라 성녀님을 노려봤다.

"네년이지! 네가 날 유혹해서 술을 먹였잖아! 그 술에 약을 탄 게 분명해! 내가 잠든 사이, 내 엉덩이에 이런 짓을……."

그러나 오르넬라 님을 상대하기에 보탕은 비참할 만큼 무력했다.

그녀는 '난 몰라. 당신 같은 사람'이라는 심드렁한 표정으로 딴청을 피우며 담배 연기를 후욱 뿜는 것이었다. 아무리 여자의 변신은 무죄라지만, 어제까지만 해도 사근사근하던 그녀의 태도가 180도로 돌변하자 보탕은 두 눈이 휘둥그레졌다. 뭐 저런 여자가 다 있냐는 얼굴이었다. 사실 이쪽이 본모습이지만.

"어머나, 보탕 대주교님. 교황 성하의 총애를 받는 제가 저·보·다· 직·책·도· 낮·은· 데·다·가· 매력이라고는 눈곱만큼도 없는 당신을 뭣하러 유혹해 술을 먹이고 또 어째서 당신의 지저분한 엉덩이까지 봐야 합니까? 아니, 그보다 누구보다 신앙심이 깊다는 대주교님께서, 지금 같은 성직자인 저를 올바른 길로 인도해 주기시는커녕 도리어 술을 마시고 동침하셨다고 고백하신 겁니까?"

이래도 지옥 저래도 지옥이었다.

"우아아아! 이런 뻔뻔한!"

그녀의 도톰한 입술에 비웃음이 올랐다.

"이 오르넬라에게 책임을 덮어씌우려는 수작인가요? 하지만 평민 소녀를 괴롭혔을 때처럼 호락호락하진 않을 것 같군요."

"이, 이제 보니까 이 왕실 놈들이 다 서로 짜고 날 죽이려는 수작이로군! 이건 함정이야!"

그녀는 그 말을 기다렸다는 듯의 예의 '심판의 미소'를 보였다.

"그럼 이게 함정이라는 증거를 보여 주시지요. 당신이 그렇게 좋아하는 증거 말입니다."

보탕은 정말 엉엉 울 것 같은 얼굴로 오르넬라 님을 바라봤다. 누구라도 자신이 모함당한 것이라고 말해 준다면 심장이라도 꺼내 줄 것 같았다.

그러나 무신론자 성녀님에게 신의 자비를 바라는 것은 아무래도 무리다. 그녀가 요염한 눈웃음을 보이며 보탕을 토닥거렸다.

"보탕 대주교님, 당신은 누구보다도 신앙심이 투철한 모범적인 성직자이지 않습니까? 만약 당신이 결백하다면, 아무것도 두려워할 것이 없습니다. 신께서는 절대로 당신을 버리지 않을 테니까요."

아아, 여왕님. 진정으로 즐기고 계시는군요.

가만히 지켜보던 루터가 굵직한 목소리로 말했다.

"그만!"

그는 재판 과정을 기록하던 서기를 향해 말했다.

"기록 중지해."

"예? 하지만 규칙이…… 아, 알겠습니다."

서기는 어깨를 움츠리며 펜을 내렸다.

아까 전까지만 해도 신과 함께라면 만사가 당당하다고 떵떵거리던 보탕은 어째 신의 권능이 영 미덥잖게 되었는지 신을 내팽개치고 루터에게 필사적으로 매달렸다.

"루터 사제, 제가 결백한 것은 당신이 더 잘 알고 있지 않습니까."

"……."

"이, 이런 놈들의 협잡질에 교황청이 물 먹어서야 되겠습니까?"

"당신은 지금 뭐가 문제인지 아직도 모르십니까?"

루터의 말에 보탕은 의아한 표정을 지었다. 우리들 중에 이 상황을 이해 못 한 자는 보탕 한 명뿐일 것이다.

"지금 당신의 결백 따위는 중요하지 않습니다. 중요한 것은 대주교의 엉덩이에 신과 교황 성하를 모욕하는 악마의 표식이 새겨져 있다는 겁니다."

"하지만 이건 저들이 나를 함정에 빠트려서……!"

루터는 그를 바라보며 고개를 저었다.

"왜 그렇게 됐는지도 중요하지 않습니다."

"……!"

"지금 당신에게 그 죄를 묻겠다는 것은 아니니 걱정하지 마십시오."

"가, 감사합니다!"

"그러나 신을 섬기는 몸으로 자신의 육체에 그런 추잡한 표식이 있다는 것은 죽음보다 더한 수치일 것입니다. 목숨을 버려서라도 그 더러운 표식을 지우고 싶을 것입니다. 당연히 그렇게 생각하시겠지요?"

"예? 예?"

"저희가 기꺼이 당신을 도와드리겠습니다."

그리고 루터는 나스타세를 불렀다. 나스타세는 보탕의 팔을 힘껏 잡으며 말했다.

"자, 가시지요."

"어, 어디로 간단 말입니까."

"설마 그런 불경한 엉덩이와 함께 교황청에 귀환하실 생각은 아니시겠지요?"

사태를 파악한 보탕의 얼굴에서 핏기가 가셨다. 나스타세는 몸집만으로는 상상하기 힘든 힘으로 보탕을 끌고 가며 말했다.

"엉덩이 한쪽이 사라진 정도로는 앞으로 대주교님께서 신앙을 펼치시는 데 아무런 지장도 없을 겁니다."

"내 엉덩이를 도려내겠다고? 그럼 난 죽어!"

입막음을 위해 눈 하나 깜짝 안 하고 아이를 도려내려고 한 자가 자기 엉덩이를 도려내는 것은 눈물을 흘릴 만큼 두려웠나 보다. 참 정직한 비겁함이었다.

불행하게도 보탕의 애원 따위 나스타세에게는 통용되지 않았다.

"어쩌면 죽을 수도 있겠지요. 출혈도 있고 고통도 있을 겁니다. 하지만 누구보다 확고한 신앙심을 가진 당신이라면 이 시련을 기꺼이 받아들일 거라 믿습니다."

"사, 살려줘. 내가 왜 평민 하나 때문에 죽어야 해! 인정할게! 그 계집애를 임신시킨 사실을 인정할게! 용서를 구하고 빌 테니까 제발 나를……."

처절하게 소리 지르는 보탕을 말 그대로 질질 끌고 간 나스타세는 바닥에 내려놓은 자신의 가방을 들고 문밖으로 나갔다. 역시 저 가방 안에는 아주 위험한 것이 들어 있었군.

당연한 결과였다. 보탕도 결국 교황청에게는 깃털 하나일 뿐이다. 교황청과 대적하는 북부 콘스탄트나 마키시온 제국에게 군침 도는 정보가 될 악마 표식이라는 '증거'를 남겨 둘 이유가 없는 것이다.

누가 피해자인지, 누명인지 아닌지, 그들에게 그런 건 중요하지 않았다. 보탕은 평생 자기가 휘둘러 온 잔인한 칼날에 자신이 찔린 것이었다.

보탕이 사라지자 루터는 그 커다란 손을 깍지 낀 채 한동안 의자에 앉아 고개를 숙이고 있었다. 무슨 생각을 하고 있는지는 도무지 알 도리가 없었지만, 최소한 나와 카론 경을 마음대로 고문할 희열에 젖어 있는 것만 아니라면 좋겠다.

아무리 늑대 같은 사람이라지만 그래도 겉모습은 인간이잖아. 누가 봐도 보탕의 유죄가 확실한데 이것마저도 '증거'가 아니라고 우기지 말아 달라고!

악명 높은 재판관 루터에게도 인간의 마음이 한 조각 정도는 남아 있길 바랐다.

그가 천천히 고개를 들며 바라봤다. 그런데 그가 눈을 마주한 자는 놀랍게도 카론 경이나 내가 아닌 아이히만 국왕 대행이었다.

"원하는 것이 뭡니까."

굵직한 담배를 피워 문 채로 계속 아무 말도 없던 아이히만은 그제야 특유의 노련한 눈매를 드러내며 입을 열었다.

"먼저 자네가 원하는 것부터 말하게나, 루터 군."

커튼이 쳐진 창문을 바라보던 루터가 묵직한 목소리로 말했다.

"지금 이 사건을 함구해 주십시오."

"하긴 대주교의 엉덩이에 악마의 표식이 그려져 있다는 수치스러운 사실이 안 그래도 약점을 찾으려고 혈안이 되어 있는 적대국들의 귀에 들어가는 일은 원치 않을 테지. 마라넬로 그 친구가 들으면 당장 박장대소하며 세계 방방곡곡에 광고할 게야."

"뻔뻔하시군요. 당신들이 저지른 일이라는 것, 알고 있습니다."

루터의 잡아먹을 것 같은 눈빛마저도 산전수전 다 겪은 아이히만에게는 귀여웠나 보다. 대공은 정색을 하며 말했다.

"또한 자네는 보탕에게 죄가 있다는 사실도 알고 있지."

"……."

루터는 더 이상 '모른다. 증거를 가져와'라고는 말할 수 없었다. 대공에게는 그런 위엄이 있었다.

"이보게, 루터 군. 갓난아이란 신이 아직도 인간에게 절망하지 않았다는 메시지를 가지고 이 땅에 태어나네. 보탕은 그런 아이를 죽이려고 했네. 보통 사람도 용서받을 수 없는 그런 범죄를 성직자이기 때문에 용서받는다면, 우리는 죽어서 신의 얼굴을 똑바로 바라볼 수 없을 거네. 안 그런가?"

교섭의 달인인 아이히만은 악마 숭배를 다른 나라에 알리겠다는 위협으로 루터의 입을 막지 않았다. 도리어 가장 인간적인 말로 그 맹수 같은 사내를 길들였다.

나는 어째서 아이히만 대공이 마라넬로 황제를 상대할 수 있는 유일한 정치가라는 찬사를 받는지 새삼 확인할 수 있었다.

루터는 믿기지 않는다는 얼굴로 물었다.

"그럼 정말로 그 평민 소녀 한 명을 위해 이런 일을 저질렀단 말입니까?"

아이히만은 방긋 웃었다.

"후후. 솔직히 말해 나는 이런 모험 질색이네만…… 우리 왕실에는 아직도 이 세상이 바뀔 수 있다고 착각하는 하룻강아지가 하나 있어서 말이지."

대공이 나를 보며 눈을 찡긋하자 나는 난감하게 웃으며 머리를 긁적거릴 수밖에 없었다. 솔직히 나도 어쩔 수 없었다고요! 이자벨 님이나 키르케 님이었다면 훨씬 멋들어진 방법으로 해결했겠지만 제 머리로는 이게 한계였습니다.

루터는 나를 지그시 바라보며 의외의 말을 꺼냈다.

"명주작의 애인이라고 해서 누군가 했더니, 의외의 애송이군."

"예?"

갑자기 알테어 님의 이름이 나오자 나는 깜짝 놀랐다.

"명주작이 그러더군. 널 건드리면 가만있지 않을 거라고. 흥! 내가 너 같은 피라미나 괴롭히며 즐거워할 한심한 놈으로 보였나 보지."

아아, 역시 알테어 님이 보고 계셨군요. 고마워요. 아니, 잠깐 그건 그렇고…….

"저어, 그런데 애인이라니요?"

"그녀가 직접 그러던데. 자기 애인이라고."

"그, 그렇게 말씀하셨습니까? 몸 둘 바를 모르겠네요. 아하하하."

알테어 님! 제발 보안 유지를! 제가 신성한 아신에게 수작 걸었다는 이유로 성기사단의 블랙리스트에 오르길 정녕코 바라시는 겁니까? 곤란하게 되는 건 제 쪽이라고요!

루터는 무거운 표정으로 자리에서 일어났다.

"어쨌든 대공께서 약속을 지킨다면 저희도 지키겠습니다. 대주교 보탕은 성직자의 도리를 어긴 죄로 직위를 박탈하고 죗값을 갚기 위해 영구히 개척 교회의 노동자로 보내는 한편 피해자에게 사과토록 지시하겠습니다."

딱딱한 목례와 함께 밖으로 향하려는 루터에게 아이히만이 말했다.

"상식을 지키기가 참 힘든 세상이야. 안 그런가, 루터 군."

루터는 문을 열고 나가며 중얼거렸다.

"동의합니다."

모든 재판이 끝나자 그제야 접견실에서는 안도의 한숨이 나왔다. 새 담배에 불을 붙인 아이히만 대공이 카론 경에게 물었다.

"카론 군. 순수한 호기심에서 묻는 말이네만, 만약 전쟁터에서 저 루터를 적으로 만났다면 어쩔 텐가?"

카론 경은 고개를 저으며 대답했다.

"가능하다면 피하고 싶습니다."

"그럼 아군으로 만난다면?"

카론 경은 드물게도 쓴웃음을 보이며 말했다.

"역시 피하고 싶군요."

루터는 본래 몰락한 귀족 가문의 소년이었다고 한다. 또한 불행하게도 자신의 친누나와 서로 사랑했다고 했다.

유망한 귀족의 네 번째 부인으로 팔려 가듯이 시집을 간 그의 누나는 단지 아이를 낳지 못한다는 이유로 남편에게 얻어맞아 살해당했고, 몇 푼의 위로금과 함께 싸늘한 시체가 되어 돌아온 누나를 보고 루터가 결심한 것은 복수였다.

그 이후 일 년 동안 루터는 천 명이 넘는 귀족들을 학살했다. 그것도 맨손으로 말이다.

군대도 기사단도 막지 못했던 그 엄청난 살육극은 결국 알테어 님이 직접 나선 뒤에야 막을 내렸다. 여기서 재미있는 사실은 그는 단 한 명의 성직자도 죽이지 않았다는 것이다. 왜냐하면 그의 누나가 그렇게 되고 싶었던 것이 바로 성직자였기 때문이었다.

교황은 야수와 같은 그를 거둬들였다. 사실 교황에게 루터가 왜 그런 일을 저질렀는지는 별로 중요하지도 않았으리라. 도리어 눈엣가시 같던 지방 귀족들의 목을 알아서 비틀어 준 루터가 내심 기특했을 것이다. 이토록 두려운 공포의 상징이 또 어디 있을까. 그리고 그 광기의 짐승을 감화시킨다면 자신의 권능이 또 얼마나 위대해 보이겠는가.

그래서 신에게 봉사하는 것이야말로 죽은 누나를 위하는 길이라는 감언이설로 그에게 목줄을 채우고 자신의 사도로 임명해 귀족들을 사냥할 맹수로 키운 것이다.

"루터 군도 일종의 피해자인 셈이지. 나는 죄를 동정할 정도로 감상적이지는 않아. 하지만 속죄할 기회조차 얻지 못한 채 이용만 당하는 것만큼은 측은하기 짝이 없지. 이런, 나도 나이를 먹으니 남의 인생에 훈수 두는 곰팡내 나는 버릇이 생겨 버렸군. 후후."

아이히만 대공은 그렇게 말하며 점잖게 넥타이를 가다듬고 밖으로 나갔다. 그의 뒤를 따라서 기지개를 펴는 위고르 공도 환하게 웃으며 퇴장했다.

"이제야 내 누명이 풀렸군! 마누라님에게 맞아 죽기 전에 해결되어 정말 다행이야."

가끔 보면, 위고르 공도 참 소박한 사람이라는 생각이 든다.

"자, 그럼 그동안 못 만났던 레이디들에게 가 보실까!"

또한 참으로 발전 없는 사람이라는 생각도 든다.

"미온 구운, 수고했어."

등을 톡톡 두들겨 뒤돌아보니 오르넬라 님이었다.

"오르넬라 님이야말로 정말 고생하셨어요."

"응? 나는 즐거웠는데?"

"……아, 예. 즐거우셨습니까."

성녀님, 외람된 말씀이지만 아무래도 성녀님은 직업을 잘못 선택하신 것 같아요.

"아무리 그래도 오밤중에 너저분한 중년 남자 바지 벗기는 일은 신께서 용기를 내려주시지 않았다면 불가능했겠지만 말이다."

"알코올의 용기가 아니고요?"

그녀는 내 짓궂은 농담에 부채를 쫙 펴서 얼굴을 가리며 '오호호호. 아무려면 어떠니'라고 웃으시곤 사라졌다.

나는 식은땀을 흘리며 앞으로 절대 무슨 일이 있어도 그녀만큼은 적으로 돌리지 말아야겠다는 다짐을 했다.

묵묵히 흩어진 서류들을 정리한 카론 경은 아무 일도 없었다는 표정으로 내 옆을 스쳐 지나갔다.

"아! 카론 경! 도와주셔서 감사합……."

"왕실을 담보로 도박하는 녀석과는 할 말 없다. 사라져 버려."

그는 찬바람 쌩쌩 날리며 문을 쾅 닫고 나가 버렸다. 아아, 완전히 미움 받고 있어!

그때 울상이 된 내 등 뒤로 다른 사람이 다가왔다.

"헬렌 경."

"베스를 보고 싶다고 했지?"

그녀의 이름을 듣는 순간 마음이 무겁게 내려앉았다. 이미 왕실은 베스의 아이를 유산시켰다. 사건은 해결되었지만 그것만큼은 돌이킬 수가 없는 것이다.

"따라와. 만나게 해 주지."

헬렌 경은 앞장서서 나갔다.

26.

놀랍게도 베스를 숨겨 둔 곳은 헬렌 경의 집이었다. 그리고 더욱 놀랍게도 베스는 아직도 배가 불러 있었다. 나는 깜짝 놀라서는 헬렌 경을 바라봤다.

"이게 어떻게 된 거죠? 아이를 뗐다고 하지 않았나요?"

"흥. 그렇게 했다고 보탕에게 말했을 뿐이야."

"예?"

"보탕 같은 놈이 일일이 확인할 리가 없잖아. 대충 얼버무려 놓고 사건이 진정되면 돌려보낼 생각이었어. 보호도 해 주고 육아비도 주고, 아무리 힘없는 왕실이라도 그 정도는 해 줄 수 있으니까."

"아이를 뗀 것이 아니었군요. 고마워요!"

내 말에 헬렌 경은 도리어 화를 내며 대답했다.

"고맙긴 뭐가 고마워! 나도 여자야. 내가 정말 그런 흉악한 짓을 할 거라 생각한 거야? 실례야!"

"하하. 미안해요."

빨개진 얼굴로 그렇게 말한 그녀는 '뭐 알았으면 됐어'라고 말하고는 급히 밖으로 나갔다. 쓴웃음을 보이는 내게 베스가 말했다. 그녀는 전에 봤을 때보다 훨씬 더 건강해 보였다.

"아직 당신 이름도 모르네요."

"아! 엔디미온 키리안이에요. 미온이라고 불러 주세요."

"후후. 기사답지 않은 이름이로군요."

"제게 이름을 주신 분들이 절 기사로 키울 생각은 없었던 모양이에요."

나는 어깨를 으쓱하며 피식 웃었다. 그녀는 헐렁한 잠옷 위로 보기 좋게 솟은 자신의 배를 쓰다듬으며 말했다.

"내가 아이를 포기하기 않겠다고 말했더니, 모두들 그 남자에 대한 복수 때문에 그런다고 생각하더군요. 미온 씨도 그렇게 생각해요?"

"그럼 왜 포기하지 않는 거죠?"

그녀는 처음으로 환한 웃음을 보이며 대답했다.

"당신도 알고 있는 이유 때문이에요."

"그렇군요."

나는 당연히 평생 아이를 잉태할 일은 없을 것이다. 하지만 지금만큼은 정성스럽게 자신의 배를 매만지는 그녀의 심정을 공감할 수 있었다. 그녀는 물기 어린 눈동자로 웃으며 소곤거렸다.

"지켜 줘서 고마워요."

"에헴! 당연한 기사의 의무죠."

나는 비록 사람들 골치 아프게 만드는 '왕실 공인 대재앙'이지만, 이 정도의 거드름은 눈 감아 주지 않을까 싶어서 팔짱을 끼며 콧대를 세웠다. 뭐, 그녀는 도무지 기사 같아 보이지 않는다고 웃어 버렸지만 말이다.

『Swallow Knights Tales』 1부 끝

2부
제3화

타락천사의 詩

1.

　쇼메 블룸버그, 즉 이오타 제1왕자를 노리는 여성들은 그 수가 백 단위를 넘어선 지 오래다. 그가 금발의 미남자이기 때문만은 아니다. 그의 마음을 빼앗는 순간 이오타의 차기 왕비 자리가 약속된 것이나 다름없는데, 어떤 여자가 전력을 다하지 않을까.

　물론 쇼메가 아직 왕세자로 책봉된 것은 아니었지만, 그가 이오타의 차기 국왕이 될 것이라는 소문은 이미 전국에 파다하게 퍼져 있었다. 애당초 가장 확실한 혈통을 가지고 있는 데다가 성질까지 사나운 쇼메와 왕위를 놓고 다투려는 경쟁자부터 없었던 것이다.

그렇기에 쇼메가 왕실에 오는 날이면 내로라하는 귀족가의 영애들이 먹잇감을 노리는 대머리독수리 떼처럼 그의 주변을 빙글빙글 돌기 일쑤였다.

그녀들의 머릿속은 수단과 방법을 가리지 않고 쇼메를 포획하고 말리라는 책략으로 가득 차 있었었지만—결론부터 말하자면 정작 쇼메는 손톱만큼도 결혼할 생각이 없었다.

태어나서 단 한 번도 남을 사랑해 본 적이 없는 인간이니 당연하다면 당연한 결과겠지만, 보통 사람이라도 최음제 같은 것을 치마 속에 숨기고 접근하는 광기의 여자에게 호감이 생기지는 않을 것이다.

게다가 왕실에 갇혀 있는 것을 싫어하는 쇼메는 일 년 대부분이 출장 중이라서 귀족 아가씨들은 쇼메 얼굴 보는 것조차 힘들었다.

"에이, 망할."

오랜만에 왕실로 돌아온 쇼메는 자신의 책상 위에 산처럼 쌓여 있는 종이 무더기를 보고는 잔뜩 인상을 찡그렸다. 카론 경이었다면 당연히 서류 더미였겠지만, 쇼메의 경우에는 연서(戀書)였다.

오래전부터 사모했다는 둥 오늘 밤 무도회에 꼭 참석해 달라는 둥의 내용이 적혀 있는 러브레터의 산은 쇼메가 없는 와중에도 차곡차곡 쌓여 운하 밑의 진흙처럼 웅장한 퇴적층을 형성하고 있었다.

"얼굴 한 번 못 본 여자한테 연애편지 받으면 기분 좋을 것 같아? 미레일, 치워 버려."

쇼메는 '이 여자들 자존심도 없어?'라고 투덜거리며 손을 휘휘 내저었다. 뒤따라 들어온 미레일은 그 좋은 힘으로 자기 몸집만 한 '폐품'을 번쩍 들어 벽난로 근처에 쌓아 놓았다. 일일이 버리는 것도 귀찮으니까 겨울에 땔감으로나 쓰자는 쇼메의 고약한 제안 때문이었다. 그런 의미에서는 분명 뜨거운 연서였다.

미레일은 겨울 내내 사용해도 충분할 것 같은 '땔감'을 바라보며 쓴웃음을 지었다. 진한 향수 냄새가 배어 있어 꽤나 향기롭게 타오를 것 같았다.

"어쩐지 제가 모시는 분들은 항상 여자에게 인기가 많은 것 같군요."

"그래? 나 만나기 전에는 누구하고 있었는데?"

매사에 심드렁한 쇼메는 드물게도 흥미를 보였다. 저 유순한 인상의 경호기사가 자기 과거사를 꺼내는 일은 꽤나 희귀한 경우였기 때문이다. 가끔 지난 일을 물어봐도 '자신은 평범한 귀족 가문의 평범한 장남'이었다는 것이 그가 대답하는 전부였던 것이다(그런데 그게 사실이다).

미레일은 괜한 말을 꺼냈다는 표정으로 고개를 저었다. 붉은 눈의 친구가 떠올랐다. 세상에 오직 홀로 존재하는 것처럼 빛나던 위험한 신수(神獸)였다.

영원히 그를 모시며 그가 어디까지 올라갈지 지켜보고 싶었다. 자신은 매사에 둔하고 욕심도 없는 사람이라고 생각했는데—그 두근거리는 기대감만큼은 키릭스를 처음 만났을 때부터 계속되었다. 그러니까 그 '실험'이 모든 것을 산산이 부숴 버리기 전까지는 말이다.

미레일이 바닥에 떨어진 편지를 주우며 대답했다.

"지금은 세상에 없는 사람입니다."

"흐음. 그래?"

쇼메는 그 말을 곧이곧대로 들을 정도로 순진한 인간이 아니었지만, 그렇다고 캐물을 정도로 어리석지도 않았다. 게다가 지금 쇼메의 신경은 온통 다른 쪽을 향해 있었다.

"미레일. 나를 노리는 놈이 누굴까."

"글쎄요."

쇼메가 꺼낸 이 말은 결코 농담이나 비유가 아니었다. 분명 누군가 자신이 죽기를 간절히 원하는 사람이 있었고 또한 그걸 실천하고 있었다.

지난 몇 달에 걸쳐 쇼메는 여러 종류의 암살 시도를 경험했다. 그것도 어두운 곳에 숨어 있다가 갑자기 튀어나와 배를 찌르는 식의 어설픈 위협이 아니라—독살, 저격, 살인 가스 등등의 효과적이고 치명적이며 결코 암살자의 모습을 드러내지 않는 전문가 중의 전문가 짓이었다.

24시간 쇼메의 곁에서 밀착 경호하는 미레일이 없었다면 제

아무리 쇼메라도 지금쯤 무덤 속에 있었을 것이다. 정보에 대해서는 세계에서 가장 해박한 이자벨조차도 감히 이오타 제1왕자의 목숨을 노리는 자의 정체를 밝혀내지 못하고 있으니, 마키시온 제국이 움직인 거라고 생각해도 믿을 수 있을 정도였다.

보통 사람이 이런 일을 당했다면 당장 노이로제에 걸려 제 발로 감옥에 들어가 문을 굳게 걸어 잠그고 절대 밖으로 나오지 않았거나 아니면 자살했겠지만, 쇼메는 '혹시 저 편지들의 주인공 중 하나가 애증을 품고 날 노리는 거 아냐?'라고 웃어넘길 정도로 대범했다.

물론 그렇다고 속마음까지 편한 것은 아니었다. 그것은 불안감이 아니라 자신을 노리는 자를 꼭 찾아내 그냥 두지 않겠다는 분노였다.

"일단 상대는 날 잘 알고 있는 놈이야."

쇼메는 손가락으로 테이블을 톡톡 두드리며 말했다. 왕실만이 쇼메가 어디로 움직일지 알고 있다. 그런데 그가 가는 곳마다 암살자가 따라붙는다는 의미는 자명했다.

"암살자는 왕실 식구 중 하나라는 거지."

쇼메가 오랜만에 왕실에 들른 것도 그 왕실을 조사하기 위해서였다. 여기까지는 파악하기가 쉬웠다. 문제는 동기였다.

"대체 날 죽이려는 이유가 뭘까?"

솔선수범해서 빗자루를 들고 오랫동안 사용하지 않은 방을 청소하던 미레일은 특유의 무심한 목소리로 대꾸했다.

"하하. 글쎄요. 죽을 이유가 너무 많아 탈이로군요."

"넌 말이지, 가끔 태연한 얼굴로 꽤 모진 말을 해."

쇼메는 혀를 차며 테이블에 두 다리를 걸쳤다. 미레일의 말대로 자신이 죽길 바라는 사람들은 자기가 생각해도 잔뜩 있었다. 쇼메에게 왕위를 빼앗긴 외척들로부터 시작해서 쇼메에게 권력을 빼앗긴 관료들, 쇼메에게 영지를 빼앗긴 가문들, 쇼메에게 순결을 빼앗긴 공작가 귀부인까지─온통 빼앗고만 살아온 인간이니 누가 적이 되더라도 이상할 것이 없었다.

"……."

생각에 잠겨 있던 쇼메는 한쪽 눈썹을 찡그리며 고개를 갸웃거렸다. '아니, 내가 죽길 바라는 인간이 이다지도 많았나?' 하는 불만의 표정이었다. 꽤 열심히 살아 왔다고 자부하는데, 그 노력의 대가가 모두가 죽길 바라는 사람이 된 거라니, 허무하기 짝이 없었다.

"하지만 상대가 죽기를 바라는 것과 상대를 죽이려고 하는 것은 엄연히 달라. 누군가를 살해하기 위해서는 단순한 미움보다 더 확고한 이유가 필요해."

그건 자기정당화가 아니라 현실이었다. 다른 사람도 아니고 일국의 왕자를 살해한다는 것은 살해하는 쪽에서도 목숨을 걸어야 할 중범죄다. 단순히 '죽어 버렸으면 좋겠다'라는 미적지근한 앙심 정도로는 동기가 되지 않는 것이다.

게다가 상대는 암살 정도는 밥 먹듯이 해내는 상당한 전문가가 분명했다. 어쭙잖은 보복 따위가 아니었다. 그렇게까지 생각하니 아무리 머리를 굴려도 자신을 암살하려는 자의 정체가 쉽사리 떠오르지 않았다.

"국왕 전하께서 찾으십니다."

조심스럽게 방문을 두드린 시녀가 말했다. 쇼메는 이불에 지도 그린 걸 들킨 소년처럼 한숨을 내쉬었다.

"하아. 집에 돌아오자마자 아빠 호출이로군. 또 결혼하라는 독촉이겠지. 효자 노릇하기 되게 힘드네."

쇼메는 완고한 아버지와 반항적인 아들의 역학관계란 왕족이든 평민이든 차별 없이 똑같다고 투덜거리며 자리에서 일어섰다.

2.

"미레일. 밖에서 기다려."

쇼메는 하품을 하며 그렇게 말하고는 아버지이자 이오타 국왕인 빌헬름 블룸버그의 거처, 즉 본궁에 들어섰다. 본궁 내부는 경호기사인 미레일조차 출입할 수 없는 곳이고 심지어 쇼메마저 무기를 반납해야 출입할 수 있는 편집증적인 보안시설이었다.

왕족들이 생활하는 곳이니 당연하다면 당연한 보안이지만 쇼메는 영 마음에 들지 않았다. 사실 쇼메도 본궁에서 생활하는 것이 원칙이지만 그에게 본궁이란 단지 '화려한 감옥' 일 뿐이었다.

'감옥은 탈출해야 제 맛이지.'

갑갑한 본궁을 싫어하는 것은 쇼메에게 방랑벽이 있기 때문만은 아니었다. 소년기를 마라넬로의 손아귀에서 볼모가 되어 보냈던 쇼메는 어린 시절 항상 감시받고 갇혀 있기 일쑤였다. 그 유년기의 경험은 이 자신만만해 보이는 청년에게 폐소공포라는 정신적인 흉터를 남겼다.

하지만 그는 의사와 상담하기는커녕 그 누구에게도 자신의 상처를 말하지 않았다. 단지 갑갑한 곳에 갇혀 얼굴이 창백해지고 눈물이 날 것 같은 공포를 경험할 때마다 마라넬로를 향한 무한한 증오심을 일부러 키워 나갔다. 쇼메는 그런 남자였다.

지금도 좁고 긴 복도를 걸으며 기분이 침울해진 쇼메는 애써 다른 생각에 몰두했다. 그러니까 자신을 죽이려는 놈의 정체에 대해서 말이다.

'일단 얼간이 같은 귀족들은 아닐 테고……'

쇼메는 그들이 품위고 자존심이고 없는 족속들이라 평가했다. 대대로 이어져 오는 특권을 지당하다는 듯 누려 오는 과정에서 생각하는 기능이 퇴화된 생물들. 그런 하등한 무리들에게 자신을 해칠 배짱이 있다고는 생각할 수 없었다.

'그럼 군부(軍部)?'

이오타 군대의 장성들이라면 그럴 능력도 있고 배짱도 있는 자들이었다. 하지만 그렇기 때문에 쇼메는 철저히 그들을 자신의 편으로 만들어 두었다.

쇼메는 권력이 총부리에서 나온다는 무식한 격언을 믿는 자는 아니었지만 그렇다고 그 총부리를 하찮게 보는 고상한 이상주의자도 아니었다. 군대를 적으로 돌린 지도자의 종말이 항상 비참하다는 사실은 역사책을 몇 번만 뒤적거려도 알 수 있는 현실이었다.

그래서 쇼메는 다른 귀족들과는 달리 군대를 '품위 없는 야만인 집단' 정도로 치부하는 실수를 범하지 않았다. 자신보다 더 좋은 조건을 내놓는 자가 없는 이상 군 당국이 자신에게 칼을 들이댈 일은 없었다.

'귀족도 군부도 아니라면 누굴까.'

쇼메의 머릿속에는 이지적인 미녀의 얼굴이 스쳐 지나갔다. 이자벨 크리스탄센, 무소불위의 방첩기관인 인트라 무로스의 국장이라면 아무리 쇼메라도 쥐도 새도 모르게 제거해 버릴 수 있는 파워가 있었다.

게다가 평소와는 달리 그녀가 자신을 암살하려는 자에 대해 조금도 단서를 못 잡고 있다는 사실도 좀처럼 이해할 수 없었다. 그러니까 암살자의 정체가 그녀라면 자신의 위치를 항상 파악하고 있는 것도, 치밀한 암살 방식도, 정체를 파악할 수 없는 은밀한 움직임까지 모든 것이 설명되었다.

하지만 쇼메는 고개를 저었다. 그녀가 설령 왕위를 노리고 자신을 죽이려고 한다고 쳐도 해칠 수는 없다. 인트라 무로스는 국왕 직속 기관이다. 아무리 그녀가 국장이라고 해도 국왕의 허가 없이 단독으로 자기 나라 왕족 암살을 감행할 수는 없는 것이다. 그건 말 그대로 역모였다.

게다가 이자벨은 어차피 왕족의 피 한 방울 섞이지 않았기 때문에 왕위 계승권 같은 건 애당초 없었다. 또한 있다 하더라도 그녀는 여왕 자리를 노리는 속 시커먼 야심가가 아니었다.

거기까지 생각하자 이제는 실없는 상상마저 들었다.

'하하. 그럼 아빠가 이자벨에게 날 죽이라고 명령했다면 말이 되겠네.'

그렇게 생각하며 복도를 걷던 쇼메는 걸음을 멈췄다. 보안을 위해 일부러 좁고 길게 만든 복도였다. 그런데 자신의 앞뒤로 검은 옷의 남자들이 나타난 것이었다. 또한 그들은 모두 칼을 차고 있었다.

무장이 엄격히 통제된 본궁에서 무기를 들 수 있는 자는 국왕 본인과 국왕이 직접 선출한 근위기사들뿐이다. 그런데 이들은 그중 누구도 아니었다. 쇼메를 노리는 자객이 분명했다.

"……농담이겠지."

여기에는 두 가지 가능성이 있다. 첫 번째는 겁 없는 암살자들이 철통같은 경비를 뚫고 본궁까지 들어와 쇼메를 노렸다는 가정과 두 번째는 국왕의 명령으로 쇼메를 죽이기 위해 매복해 있었다는 가정.

지금 쇼메는 경호기사 미레일도 없고 무기도 없는 혼자이며 아버지의 부름을 받고 막 본당에 온 상태다. 그의 아버지 빌헬름 국왕 외에는 자신이 이곳에 있다는 사실을 아는 자가 없다. 그러니까 둘 중 어느 쪽 가능성이 더 높을지는 깊게 생각해 볼 필요도 없으리라.

쇼메는 방금 전 자신이 했던 '실없는 상상'을 떠올렸다. 아버지가 자신을 죽이려 하는 것이라면 모든 것이 설명된다. 그는 당혹감에 젖은 얼굴로 중얼거렸다.

"어째서 아버지가 나를……."

이것은 분노 이전의 문제였다. 그 명석한 머리를 아무리 굴려 봐도 아버지가 자신을 죽여야 할 이유는 떠오르지 않았다. 단지 왕위를 물려주기 싫어서, 라고 생각하기에는 터무니없이 과격했다.

풀리지 않는 당혹감이 쇼메의 몸을 뒤덮었다. 주먹을 꽉 쥔 채 몸을 떨던 쇼메는 커다랗게 소리쳤다.

"날 죽이려고 했다면 이유라도 알려 줘야 할 거 아닙니까! 아버지!"

그 순간 쇼메를 향해 암살자들이 달려들었다.

'제길!'

쇼메는 분명 뛰어난 운동신경을 가졌지만 전문적인 암살자 무리를 맨손으로 처리할 정도는 아니었다. 곧 쇼메의 팔과 다리에 크고 작은 상처가 생겼다. 빠른 움직임으로 날아드는 칼날을 피해 즉사당하지 않은 것만 해도 '예상 외'였지만 죽는 것은 시간 문제였다.

"큭!"

깊게 베인 팔을 꽉 잡은 채 벽 쪽으로 뒷걸음질 치는 쇼메를 자객들이 서서히 조여 오고 있었다.

가쁜 숨을 내쉬며 그들을 노려보는 쇼메는 지금 자신의 모습이 너무도 꼴사납다고 생각했다. 누구라도 국왕에게 영문도 모른 채 암살당한 왕자에 대해 역사책에서 읽는다면 형용할 수 없는 얼간이라는 평가 외에는 아무 할 말도 없을 것이다.

'한심해. 하하. 진짜 시시한 죽음이로구나.'

쇼메는 눈을 감으며 주먹을 내렸다. 저항하는 것조차 한심했다. 그때 텅 비어 있는 쇼메의 머릿속에 귀에 익은 목소리가 터졌다.

"쇼메 전하!"

은발에 푸른 눈을 가진 기사가 뛰어들자 쇼메를 찌르려던 자객들은 피를 뿜으며 쓰러졌다. 단신으로 이 복도까지 밀고 들어온 자는 바로 미레일이었다. 그는 단숨에 쇼메의 손을 잡아끌고 당황하는 암살자들에게서 떨어졌다.

"미, 미레일?"

"아무래도 수상해서 무단으로 행동했습니다."

아무래도 수상했다고? 쇼메는 실웃음이 나왔다. 상황 판단이 좋다고 칭찬하기에는 지나치게 대범하지 않은가.

쇼메는 자기 앞을 지키며 달려드는 자객들과 맞서 싸우는 미레일의 뒷모습을 보며 기가 질렸다. 분명 다른 경호기사였다면 주군이 살려 달라고 고함을 쳤더라도 절대로 본당에 무기를 들고 달려오지는 않았을 것이다.

그것은 기사 작위 박탈 정도로 끝날 문제가 아니었다. 말 그대로 반역이다. 미레일은 차기 왕실 기사단장감이라는 말을 듣는 엘리트 중의 엘리트다. 타국 출신의 기사로서는 이례적인 출세, 그 탄탄하게 보장된 미래를 이렇게 단숨에 포기했단 말인가.

"베르스 녀석들은 다 너처럼 무모하냐? 내 목을 아버지에게 갖다 바치는 편이 좋지 않겠어?"

쇼메는 자신을 구하기 위해 모든 것을 포기한 미레일에게 괜스레 빈정거렸다. 키릭스도 인정한 무서운 검술로 자객들을 처리한 미레일이 검을 집어넣으며 방긋 웃었다.

"전 꽤 현명한 판단을 했다고 생각하는데요?"

"흥. 고마워서 눈물이 날 지경이군."

쇼메는 퉁명스럽게 대답했고 미레일은 대답 대신 자신의 타이를 풀러 그의 상처를 지혈해 주었다.

사실 미레일은 카론 이상으로 완고한 면이 있는 사내였다. 권력이든 명예든 그를 움직이지 못했다. 항상 그를 매료시키는 것은 지켜야 할 가치가 있는 광채. 키릭스가 그랬고 카론이 그랬고 쇼메가 그랬다.

미레일은 호감 있는 여자 앞에서 마냥 얼굴만 빨개지는 숙맥이었지만, 한편으로는 지켜야 하는 것을 위해 주저 없이 목숨을 거는 단호한 남자기도 했다. 그런 의미에서는 그야말로 고전적 기사의 전형이라 할 수 있었다.

3.

"이제 쫓아오지 않는군요."

본당 밖으로 도주한 쇼메와 미레일은 아무도 자신들을 쫓지 않는다는 것을 알았다.

"당연하지. 아버지에겐 아닐지 몰라도 다른 사람들에게는 아직 왕자야. 사람들 다 보는 데서 왕자를 찔러 죽이면 뒤처리가 골치 아플 테니까."

쇼메는 특유의 비웃음을 보이며 그렇게 말하고 있었지만 긴장감은 조금도 풀어지지 않았다. 이런 곳에서 어물쩍거리다가는 꼼짝 없이 죽게 될 것이 뻔했다.

"마차를 준비하겠습니다."

미레일은 현명했다. 말이 더 좋다고 생각할지도 모르나 이런 경우에는 눈을 속이기 위한 마차가 좋았다. 게다가 왕실 인장까지 찍혀 있는 마차라면 거의 모든 관문을 무사통과할 수 있었다.

"어디로 가실 겁니까. 일단 군 사령부로 가서 군권을 잡으시는 것이……."

그 역시 현명한 판단이었으나 쇼메를 고개를 저었다. 그는 자신이 너무 허술했음을 인정했다.

"아니. 이젠 군부도 내 편이라고 할 수가 없어. 아버지가 날 죽이려고 했다는 것은 이미 내 팔다리는 모두 잘라 낸 다음이라는 의미니까. 이오타에 우리가 있을 곳은 없어."

미레일은 무겁게 고개를 끄덕였다. 국왕은 왕국의 주인이다. 집주인의 눈 밖에 난 자는 집 밖으로 도망치는 게 상책이었다. 설령 그것이 주인의 아들이라고 할지라도 말이다.

"그럼 어디로 가는 게 좋을까요."

"일단은 베르스로 가자."

"예? 하지만……."

미레일은 쇼메의 판단을 쉽사리 이해할 수 없었다. 이런 상황에서라면 확실히 다른 권력자에게 몸을 의탁해서 힘을 키우는 것이 순서지만, 기왕 그럴 바에는 콘스탄트 같은 강대국이 좋을 거라 생각한 것이다.

하지만 쇼메의 정치 감각은 미레일보다 한 수 위였다.

"너무 큰 짐승에게 가 봐야 내가 먹힐 뿐이야."

"……!"

쇼메는 자신의 혈통 외에는 남은 것이 아무것도 없는 신세다. 군대라도 가지고 있다면 모를까, 혈혈단신으로 거래하기에 콘스탄트는 너무 벅찬 상대였다. 지금은 도리어 적절히 제어할 수 있는 만만한 동반자가 필요했다.

'하지만 베르스는 또 너무 약해서 문제이긴 한데…….'

그는 아이히만 대공을 만나 자신의 몸값을 부를 생각이었다. 다른 나라 왕자가 몸을 의탁한다는 것은 외교적으로 상당한 이익이다. 말 그대로 다른 나라의 왕위 계승권을 소유하게 된다는 의미인 것이다.

하지만 그것은 어디까지나 쇼메를 감당할 여력이 되는 나라일 때 얘기지, 베르스가 과연 쇼메를 받아 줄 배짱이 있을지는 쇼메 스스로도 알 수가 없었다.

"에이이, 몰라. 될 대로 되겠지."

무사안일주의를 싫어하는 쇼메였지만 이 지경이 되고 나니까 긍정적으로 생각하는 것 외에는 별다른 방법이 없었다. 그는 미온에게서 배운 말투를 투덜거렸다.

"그런데 전하."

"어이, 이제 그놈의 전하 소리 좀 집어 치우지?"

"전하, 권력이 사라졌다고 혈통까지 사라지는 건 아닙니다."

쇼메는 '그건 그렇군. 혈통이란 꽤 비싼 값에 팔 수 있는 물건 이지'라며 웃었다.

"국왕 전하께서 왜 왕자님을 죽이려고 하는 겁니까."

"나도 그게 의문이야. 모르긴 해도 아버지가 아들을 죽여야만 하는 이유라면 나는 짐작도 못 할 만큼 대단한 이유일 테지!"

쇼메는 냉소를 퍼부었다. 미레일은 속이 까맣게 타 버렸을 주군의 마음을 걱정했지만, 쇼메는 자기 상처를 보여 주고 위로를 갈구하는 성격이 아니었다. 아프다고 외쳐 봐야 고통이 사라지는 것도 아니지 않은가.

쇼메는 차가운 눈초리로 본궁을 올려다봤다. 하늘 높이 치솟은 저 거대한 궁전 안에는 지금 자신의 아버지가 있으리라.

그와 싸우는 것은 두렵지 않았다. 아버지에게 버림받았다는 상처도 참을 만했다. 하지만 왜 자신을 죽이려는지, 그 이유만큼은 도저히 알 수 없었다.

그것은 근원을 알 수 없는 통증과도 같았다. 분명 피가 흐르는데, 어디서 흘러나오는지 알 수 없는 출혈과도 같은 것이다. 어쩌면 키릭스의 통증과도 비슷할지 모를 일이었다.

하루아침에 모든 것을 잃고 쫓기는 신세가 된 이오타의 제1왕자는 새파란 눈동자로 아버지의 궁전을 바라봤다.

4.

빌헬름 국왕의 집무실 문이 열리며 회색 스트라이프 슈트를 입은 금발의 여자가 들어왔다. 인트라 무로스 국장 이자벨 크리스탄센이었다.

국왕은 쇼메와 똑같은 날렵한 눈매로 이자벨을 바라보았다. 그는 뾰족 수염을 기른 매력적인 외모의 중년 남자였다. 하지만 그 눈동자는 당당하지 못했다. 이자벨이 말했다.

"그런 주눅 든 표정 보이지 말라고 했지."

"죄, 죄송합니다."

이 광경을 누가 봤다면 당장 기절초풍 했을 것이다. 부하에게 굽실거리는 국왕이라니! 하지만 이것은 사실이었다. 이자벨은 피로한 기색으로 의자에 앉아 다리를 꼬았다. 국왕이 머뭇거리다가 말했다.

"쇼메 왕자는 놓쳤습니까?"

"미레일이 끼어들 줄은 예측 못 했어. 하여튼 남자들이란."

"이대로 쇼메 왕자를 보내 줘도 괜찮을까요?"

"적어도 네가 걱정할 일은 아니니까 넌 국왕 역할이나 잘 하고 있어."

이자벨이 차갑게 쏘아붙이자 빌헬름 국왕, 즉 빌헬름 블룸버그의 역할을 맡은 남자는 고개를 조아리며 입을 다물었다.

본론부터 말하자면 쇼메의 아버지 빌헬름은 이미 이 세상에 없었다. 국왕이 이자벨에게 암살되고 감쪽같이 가짜로 바꿔치기 된 것은 벌써 육 년도 더 전의 일이었다.

키릭스를 분열시키는 실험에도 성공한 이자벨이 국왕과 똑같은 외모의 가짜를 만드는 것은 그리 어려운 일도 아니었다. 하지만 그녀가 이런 발칙한 찬탈행위를 저지른 이유는 여왕이 되려는 야욕이 있기 때문은 아니었다. 도리어 자기방어였다.

처음 상대를 제거하려고 한 쪽은 이자벨이 아닌 국왕 빌헬름 이었던 것이다. 이자벨의 힘으로 확고한 왕권을 장악했을 때까지만 해도 빌헬름 국왕은 누구보다 그녀를 신임했다.

그러나 권력은 사람을 나약하게 만든다. 이자벨을 이용해 모든 정적들을 제거하고 권력을 차지한 빌헬름은 이제는 오른팔인 그녀가 자신을 노릴까 제풀에 위협을 느꼈던 것이다.

물론 충성스러운 이자벨은 털끝만큼도 모반을 생각해 본 적이 없었지만 의심이라는 감정은 아무런 증거 없이도 상대를 범인으로 몰아가는 괴이한 힘을 가지고 있었다. 이자벨의 천부적인 재능은 국왕을 두렵게 만들었고 그녀를 제거하라는 명령을 내리게 만들었다.

의자에 기댄 이자벨은 눈을 감은 채 그때 일을 떠올렸다. 차라리 국왕의 제거 명령을 몰랐다면 마음은 편했을지도 모른다고 생각했다.

하지만 인트라 무로스라는 막강한 정보망을 소유한 그녀는 주군이 자신을 제거하려 한다는 사실을 미리 간파했고, 둘 중 하나를 택해야 했다. 충성을 지키며 주인의 손에 기꺼이 죽든가 아니면 선수를 쳐서 주인을 죽이는 것이다.

결국 이자벨의 배신감은 후자를 선택하게 만들었다. 그녀는 항상 심사숙고해서 결정을 내리지만 일단 결정을 내린 일을 추진하는 것은 누구보다 빠르고 냉혹하다.

이자벨은 인트라 무로스 특무대를 동원해 잠들어 있는 빌헬름과 왕비마저 모두 암살하고 완벽하게 가짜로 바꿨다. 아무리 잘 만들어진 가짜라도 아내는 속이기 힘들기 때문이다.

쇼메가 살아남을 수 있었던 이유는 그때 그가 마키시온 제국에 볼모로 잡혀 있었기 때문이었다. 본의 아니게 마라넬로가 쇼메의 목숨을 살려 준 셈이다.

볼모에서 벗어나 십수 년 만에 처음으로 '부모'와 재회한 쇼메는 부모의 정체를 눈치채지 못했다. 하지만 그것에도 한계가 있다. 이제는 쇼메가 왕위에 오를 나이가 된 것이다.

이자벨은 그를 제거해야 할 때가 왔다고 생각했다. 쇼메는 내버려 두기에는 지나치게 뛰어났다. 자신이 저지른 짓을 모두 밝혀낼 만큼 말이다.

그녀는 쇼메를 제거하고 그의 범상한 남동생을 국왕으로 옹립시킬 생각이었다. 쇼메에게는 잔인한 처사였지만—차라리 이유를 모르고 죽는 편이 좋았을 거라고 그녀는 생각했다.

'키릭스도 나도 이젠 멈추는 방법을 잊어버린 것일지도 몰라.'

빌헬름 국왕(으로 위장된 사람)은 본래 국왕처럼 똑똑하지 못했다. 그는 이번 일로 혹시라도 사람들에게 자신의 정체가 발각될까 안절부절못하며 이자벨에게 물었다.

"저어, 이제 어쩌죠? 어떻게든 쇼메 왕자를 잡아서 죽여야……."

이런 우둔한 남자, 이자벨은 눈매를 찡그렸다. 사실 그녀가 가장 걱정하는 것은 육 년 넘게 연기를 해 온 이자가 아직까지도 믿음직스럽지 못하다는 것이었다. 그는 답답하게 찔찔거리는 물줄기처럼 말을 이었다.

"이제 왕실 사람들도 어떻게 된 일이냐면서 술렁거리고 있고⋯⋯."

피를 흘리는 왕자가 마차를 타고 급히 왕실을 빠져나갔다는 소문은 현재 왕실을 뒤흔들고 있었다. 조용히 쇼메를 제거하기에는 이미 늦은 것이다. 물론 이자벨은 이것도 대비하고 있었다.

"도리어 잘된 일인지도 모르지."

"예? 어째서요?"

"쇼메를 공개적으로 처형할 명분을 만들 수 있으니까."

그는 이자벨의 미소를 이해하지 못했다. 그때 문이 열리며 금발머리의 청년이 들어왔다. 훤칠한 외모의 소유자인 그는 이자벨의 심복인 리젤이었다. 그리고 그의 손에는 아까 본당에 들어오면서 맡겨 두었던 쇼메의 검이 들려 있었다.

무슨 영문인지 몰라 당황하는 '빌헬름' 앞에서 이자벨이 말했다.

"쇼메 왕자는 왕위를 놓고 국왕 빌헬름과 다투던 중 아버지를 살해하고 도주했다. 지금부터 이십 분 후에 밝혀질 사건이야."

"⋯⋯!"

그 순간 리젤이 든 검이 번뜩이며 국왕의 목이 떨어졌다. 리젤은 피에 젖은 쇼메의 장검을 시체 옆에 놓으며 말했다.

"왕비는 어떻게 할까요?"

"어떻게 해야 할 것 같아?"

이자벨의 말에 리젤은 싱긋 웃으며 알아들었다는 듯이 고개를 끄덕였다. 키릭스가 이자벨의 살수(殺手)라면 리젤은 증거인멸과 조작의 프로다. 게다가 위험천만한 키릭스와는 달리 이자벨의 명령이라면 자기 손으로 자기 심장을 꺼낼 수도 있는 충견(忠犬) 이기도 했다.

시계를 꺼내 관리가 올 시간을 확인한 이자벨은 피로 물든 집무실 밖으로 나섰다. 리젤은 죽은 자의 허리춤에서 칼을 꺼내 그의 손에 쥐여 주고 있었다.

5.

어떤 제지도 받지 않은 채 대로를 질주하는 쇼메의 마차는 곧바로 베르스를 향하고 있었다. 방금 국경을 넘었지만 추격대는 따라오지 않았다. 쇼메 자신도 맥이 빠질 정도로 도주는 쉬웠다.

그러나 쇼메의 기분은 조금도 가볍지 않았다. 아니, 오히려 더 무겁기 그지없었다.

'대체 아버지가 날 죽이려는 이유가 무엇일까.'

자신의 부모 자체가 가짜였다는 것까지는 차마 예상하지 못한 쇼메였지만 그래도 그의 영민한 감지력은 이 암살극이 뭔가 앞뒤가 안 맞는다는 것을 느끼고 있었다.

무엇보다 그는 이자벨이 이 일에 어떤 방식으로든 큰 영향을 끼치고 있다는 것을 알아챘다. 단순한 아버지의 손발 이상으로 말이다.

'그렇다면 이상한데. 이자벨이 날 이렇게 쉽게 놓아줄 리가 없는데…….'

이자벨은 소름 끼칠 정도로 치밀한 여자다. 만약 죽이기로 결정했다면 결코 자신이 도망치도록 봐줄 리가 없는 여자다.

쇼메는 손으로 턱을 괸 채 노을에 물든 창밖을 바라봤다. 그 순간 폭음이 터지며 마차가 날아올랐다.

'제길! 역시 이거였나?'

미리 매설되어 있던 폭약은 마차가 지나가는 순간 폭발했고 마차는 삽시간에 전복되어 수차례나 바닥을 굴렀다. 마부 역할을 하고 있던 미레일 역시 하늘로 날아올라 땅으로 추락했다.

그와 함께 매복해 있던 수십여 명의 사내들이 검을 든 채 사방에서 나타났다. 이자벨은 처음부터 쇼메가 베르스의 국경을 넘은 뒤에 제거하려고 했던 것이다. 그리고 그 말은 쇼메가 베르스로 가리라는 것도 간파했음을 의미했다.

폭약을 설치했던 자들은 박살이 난 마차를 둘러싸고 서로 수군거렸다.

"흐흐. 이 자식, 이미 죽은 거 아냐?"

"그런가 본데? 싱겁게스리."

참혹하게 부서진 마차에 다가온 괴한들은 이자벨이 파견한 인트라 무로스 요원들이 아니었다. 용의주도한 그녀는 특무대를 이용하지 않았고 대신 잘 훈련된 용병들을 고용했다. 그들은 돈만 충분히 준다면 양심의 가책도 없이 민가에 불을 지를 수도 있는 자들이니까.

그들은 자신들에게 이런 일을 의뢰한 자가 인트라 무로스 방첩국장이라는 사실도, 그들이 죽이려는 자가 이오타의 왕자라는 사실도 알지 못했고 관심도 없었다. 물론 이자벨은 용병들이 일을 마치면 그들 역시 제거할 계획이었다.

"아무리 그래도 시체는 확인해야 하니까……."

용병 중 하나가 비참하게 부서진 채 뒤집혀 있던 마차에 다가가 문을 뜯어냈다. 그때 마차 안에서부터 손이 뻗어 나왔다. 그 손끝에는 금장 권총이 들려 있었다.

"뭐, 뭐야!"

이마에 바싹 붙은 총구가 불을 뿜는 순간 그의 머리가 꺾이며 핏줄기를 뿜었다. 머리가 뚫린 채 즉사한 용병의 시체 위로 날카로운 눈매의 청년이 걸어 나왔다. 그는 휘둥그레진 눈으로 자신을 바라보는 하수인들 앞에서 도리어 차가운 미소를 지었다.

"뭐야, 이 떨거지들은. 날 죽이겠다는 놈들이 고작 이딴 것들이야? 이자벨이 날 깔봐도 어지간히도 깔봤나 보구나."

압도적인 수적 열세에 덜덜 떨며 살려 달라고 빌 줄 알았던 쇼메가 도리어 자신들을 가소롭다는 듯이 비웃자 용병들은 기가막혔다. 뻐근한 팔을 빙글 돌린 쇼메가 말했다.

"이봐, 이오타의 왕자로 살아간다는 게 뭘 의미하는지 알고 있어?"

"갑자기 무슨 개소리를……."

"결코 착하게 살 수 없다는 의미야."

그 순간 다시 한 번 쇼메의 총이 불을 뿜었다. 총알이 심장을 꿰뚫는 순간 검을 뽑은 쇼메가 이미 그들 속에 뛰어들었다. 주저 없이 그들의 목과 팔을 잘라 내는 쇼메의 표정은 더없이 냉혹했다.

자신이 세상에서 믿던 몇 안 되는 사람에게 배신당한 울분은 싸늘한 증오심으로 이들에게 돌아갔다. 그가 검을 내지르며 차갑게 웃었다.

"뭐해? 살고 싶으면 덤벼야지."

용병들은 머릿수로 몰아붙이기로 했지만, 곧 다른 쪽에서도 비명이 터졌다. 미레일이었다. 아까 전 낙마의 충격으로 한쪽 어깨가 부서지긴 했지만 미레일의 검술은 조금도 약해지지 않았다. 그의 검술은 카론마저도 자신보다 한 수 위라고 인정했을 정도다.

압도적인 기세의 미레일과 맞선 용병들은 자신들 수백 명이 달려들어도 결코 흠집 하나 낼 수 없는 자라는 것을 알았다.

"나 저놈 본 적 있어! 분명 이오타의 쇼메 왕자야!"

"맙소사! 이런 놈들이라고는 말 안 했잖아!"

"돈이고 뭐고 이러다간 다 뒈지겠어!"

공포에 질린 용병들은 의뢰를 포기하고 도주하려고 했으나 미레일은 그것조차 허용하지 않았다. 미레일은 깔끔하게 청소된 방을 보며 행복을 느낀다는 가정적인 남자였지만 눈앞의 적을 동정할 만큼 어리석은 자는 아니었다.

미레일은 도주하는 용병들의 목숨을 빈틈없이 끊어 지원을 요청할 가능성을 원천봉쇄했다.

이윽고 주위가 피비린내 나는 고요함에 젖어들자 숨소리 하나 흐트러지지 않은 채 검을 거둔 미레일은 멀뚱하니 서 있는 쇼메에게 다가갔다.

"전하, 다치신 곳은 없습니까."

"보면 몰라? 없잖아."

쇼메는 자신의 충성스러운 경호기사 덕분에 손쉽게 난관에서 벗어났는데도 퉁명스럽기가 그지없었다. 미레일은 조금 당황해선 자신의 주군을 바라봤다.

"미레일, 앞으로 내가 있을 때는 나보다 더 잘 싸우지 마라."

"예?"

"명령이야."

"네?"

쇼메는 자신보다 월등히 뛰어난 미레일의 검술에 자존심이 상한 것 같았다. 하지만 항상 그런 고약한 방식으로 고마움을 표시하는 주군의 말버릇에 익숙한 미레일은 쓴웃음을 지으며 고개를 끄덕였다.

"그런데 미레일."

"예."

"저쪽에서 오고 있는 놈은 또 뭐냐."

미레일의 눈동자가 커졌다. 자신이 기척을 못 느꼈단 말인가?

그가 황급히 뒤를 돌아보는 순간 가장 믿기 싫은 상황이 눈앞에 펼쳐졌다. 곧이어 새빨간 두 눈동자로 자신을 바라보는 사내의 입꼬리가 살짝 올라갔다.

"오랜만이야, 미레일. 정말로 반가운데?"

"……키릭스 씨."

신음 소리를 내던 은발의 기사는 자신의 옛 친구 앞에서 자기도 모르게 뒤로 물러섰다. 그것은 순수한 의미의 공포였다. 만약 죽은 자가 무덤에서 돌아왔다고 하더라도 이보다는 덜 놀랐으리라.

쇼메는 눈매를 좁히며 키릭스를 바라봤다.

"너, 분명 예전 엔디미온이라는 녀석 옆에 있던……."

그 말에 키릭스는 방긋 웃었다. 그것은 너무 자연스러운 웃음이라 소름이 끼쳤다.

"보는 눈이 없으시군요, 왕자님. 그따위 복제품과 저를 착각하시다니."

"복제? 알게 뭐야. 그보다 너…… 인간이 맞긴 한 거냐?"

쇼메는 (비록 겉으로는 드러내지 않았지만) 키릭스에게서 풍겨나오는 형용할 수 없는 위압감에 질려 있었다. 악마에게도 숨결이 있다면 바로 그것과 같을 것이다. 미레일의 얼굴을 저 정도로 위태롭게 만드는 자는 세상에 거의 없다.

쇼메는 그자가 바로 미레일이 예전에 모셨다고 말했던 '여자에게 인기 많고', '지금은 세상에 없다던' 장본인이라는 것을 단숨에 알아챘다.

미레일은 쇼메의 앞을 가로막고는 키릭스를 노려보며 입을 열었다.

"전하, 피하십시오."

"뭐?"

"어서 도망치세요! 늦기 전에!"

쇼메는 그 즉시 얼굴을 붉혔다. 미레일이 그렇게 말하는 이유는 알고도 남았지만 쇼메는 거부했다.

"웃기지 마! 내가 왜 도망쳐?"

"여긴 제가 막고 있겠습니다. 늦기 전에 어서!"

"우리 둘이 싸우면 이길 수 있어."

그렇게 말하면서 쇼메는 스스로도 자신감이 없었다. 얼마나 강할지 짐작도 안 가는 자를 마주한 것은 아신 외에는 처음이었다. 그런 괴물과 싸우고 싶은 마음은 먼지만큼도 없었다.

그러나 보호받는 것도 한두 번이지—쇼메는 목숨을 방패로 자신을 지키려는 자에게 '나를 위해 죽어라'라고는 말할 수 없는 성격인 것이다. 그것은 자존심과는 별개의 문제였다.

그리고 쇼메는 태어나 처음이자 마지막으로 미레일의 성난 목소리를 들을 수 있었다.

"어리광 부리지 마! 남은 목숨을 걸고 있는데!"

"……!"

쇼메는 감전된 것처럼 흠칫 놀랐다.

"쇼메 전하, 당신이 고작 이런 곳에서 죽으려고 하는 사람이라면, 전 지금 이 순간부터 당신을 지키지 않겠습니다. 그런 시시한 사람을 위해 목숨을 걸고 싶지는 않습니다. 부디 절 실망시키지 말아 주십시오."

무서운 으름장을 늘어놓는 미레일을 깜짝 놀란 눈으로 바라보던 쇼메는 마음을 굳혔다. 자신에게는 과분할 정도의 기사였다.

"맙소사. 난 주군을 협박하는 기사를 데리고 다녔군. 알았다. 대신 너도 멋대로 죽지 마라. 부탁이야."

그제야 미레일은 웃음을 보였다.

"무리한 부탁이지만, 최선을 다하지요."

"흥. 누가 상전인지 모르겠군!"

일부러 차갑게 쏘아붙인 쇼메는 베르스를 향해 뛰었다. 감정을 드러내지 않으려고 노력하고 있었지만—이제는 다시 볼 수 없으리라는 것을 느끼고 있었다. 자기 목숨은 이제 혼자만의 것이 아니라는 것을 느꼈다.

팔짱을 낀 채 고개를 기울이고 있던 키릭스가 느릿하게 박수를 쳤다.

"와아, 감동적이야. 이거 좀 억울하네. 왜 난 항상 방해하는 역할이지?"

"……."

"아니, 그보다……."

그 순간 키릭스의 칼끝이 미레일의 얼굴을 스치고 지나갔다. 믿기지 않는 빠르기에 피하지도 못한 채 찢긴 미레일의 뺨에서 핏방울이 툭툭 떨어졌다. 키릭스가 눈웃음을 보였다.

"너도 화낼 줄 알았구나?"

'전하를 지키는 것도 이게 마지막일 것 같습니다. 안녕히 가시길.'

미레일은 마음속으로 쇼메에게 작별인사를 했다.

6.

미레일은 이미 피투성이였다.

"큭!"

키릭스의 검을 받아 낸 그는 몇 미터나 튕겨 나가 바닥을 굴렀다. 반면 키릭스는 막 집 밖으로 나온 사람처럼 흐트러짐 하나 없었다. 기적적인 정신력으로 재빠르게 몸을 일으키는 미레일의 가슴팍을 키릭스는 무표정하게 그었다.

"으윽!"

반사적으로 다시 간격을 넓힌 미레일은 계속 흘러내리며 눈을 가리는 피를 닦아 냈다. 미레일은 떨리는 두 팔로 고집스럽게 검을 들며 말했다.

"참 이상하지요?"

"……."

"당신도 나도 이런 결말 바란 적은 없잖아요. 그런데 우리는
왜 이러고 있을까요."

키릭스는 그렇게 말하는 미레일의 푸른 눈을 한동안 응시했
다. 그 눈동자는 목초지 위의 가을 하늘처럼 쓸쓸했다. 그 적막
한 슬픔에 키릭스가 회답했다.

"미레일, 왜 겨울이 되면 꽃이 질까."

"……."

"겨울도 꽃도 원한 일이 아니었는데 말이야."

그렇게 말한 키릭스는 피에 젖은 그의 목에 칼을 댔다. 미레
일은 막지 않았다. 아니, 키릭스가 다가온 사실조차 모르고 있었
다. 자신의 신념을 관철하려는 강철 같은 의지에 힘입어 동상처
럼 서 있을 뿐, 그의 육체는 이미 정지되어 있었다.

"예전 네가 했던 말이 기억나네. 사람은 남을 미워하지 않고
도 얼마든지 살 수 있다고. 그 말 아직도 유효해?"

"물론입니다."

평생을 증오로 살아온 키릭스와 단 한 번도 누군가를 미워해
본 적이 없는 미레일이었다. 둘은 그 상반된 서로의 세계에 호기
심을 느꼈는지도 모른다.

그리고 지금까지도 그 사실은 변하지 않았다. 그들은 야자나

무와 빙산처럼 결코 만날 수 없는 곳에 서 있었다. 키릭스는 이런 자신을 미워하지 않는 미레일이 미웠다. 그건 결코 표현할 수 없는 유형의 증오였다.

"미레일, 검을 내려놔. 쇼메는 이제 안전하니까."

"키릭스 씨."

"내려놔. 제발."

"키릭스 씨!"

순간 미레일이 키릭스에게 뛰어들었다. 그것은 태어나서 그가 보여 줬던 가장 강렬한 기세였다. 또한 심장을 그대로 드러낸 무모한 일격이었다.

그러나 자신의 생명을 내놓은 혼신의 공세는 허무하게 실패로 돌아갔다. 키릭스의 칼끝이 미레일의 다리를 그었고 그는 힘을 잃고 바닥에 쓰러졌다.

그러니까 키릭스는, 미워하지 않는 사람에게 이럴 수 있는 그가 미웠던 것이다. 또한 미워하지 않는 사람에게 이런 일을 당한 자신이 미웠던 것이다.

검을 놓치고 쓰러진 미레일은 바람 속의 모래탑처럼 사그라지는 목소리로 말했다.

"제 검술이 미숙한 것이 억울하다는 생각은 해 본 적이 없었는데…… 항상 생각해 왔습니다. 제가 좀 더 강했다면 당신의 증오를 멈추게 할 수 있었을 텐데요."

"어째서 너도 카론과 같은 말을 하는 거지? 아니, 그리고 보면 난 언제부터인가 모두에게 같은 말만 들어왔던 것 같아."

키릭스는 흐릿한 눈으로 주변을 둘러보았다. 절반밖에 남지 않은 자신의 감정은 바라보는 모든 것을 꿈처럼 보이게 만들었다.

'어쩌면 나는 그 실험 이후 아직까지 깨어나지 못하고 있는 것일까.'

그 실험을 겪은 다음부터 자신은 계속 꿈속을 자전하고 있는 것만 같았다. 그리고 키스라는 자신의 환영(幻影)이 꿈속에 유폐된 자신을 대신해 현실의 모든 것을 차지하고 있었다. 절반의 감정은 그 꿈속을 빠져나올 수 있는 방법을 알려 주지 않았다. 누구를 향하는 것인지도 알 수가 없는 시커먼 증오 외에는 그 무엇도 알려 주지 않았다.

"아아, 이거 또 곤란하게 되었네요."

특무대를 이끌고 온 밝은 금발머리의 청년은 키릭스에게 다가오며 고개를 절레절레 흔들었다. 들고 있는 그의 장검에는 핏물이 흐르고 있었다.

"하아, 쇼메 왕자님 참 대단하더라고요. 상처를 입히긴 했지만, 결국 놓쳤네요."

상당한 운동신경의 소유자인 쇼메는 매복하고 있던 리젤마저도 따돌렸던 것이다. 물론 리젤의 일격이 중상을 입혔지만—리젤은 다 잡은 물고기를 놓쳤을 때처럼 뾰루퉁한 표정을 보였다.

"하지만 뭐, 미레일 씨를 잡았으니까 조금은 수확이 있다고나 할까요."

리젤은 그렇게 말하며 쓰러진 미레일을 일으켜 무릎 꿇렸다. 그의 목소리는 항상 상냥했지만 그 상냥함 어디에서도 동정심 같은 것은 찾을 길이 없었다.

"미레일 씨, 당신이 베아트리체를 숨겼죠?"

"……."

"물어보고 있는 것이 아니에요. 우리는 이미 알고 있습니다. 오갈 데 없는 키릭스 씨가 의지했을 사람은 당신이나 카론 씨 정도 일 테니까."

리젤은 묵묵부답인 미레일을 잠시 바라보다가 말을 이었다.

"어차피 머지않아 우리가 찾게 되겠지만, 서로 괜한 수고는 덜고 싶네요. 어디 있는지 말해 주시겠어요?"

미레일은 리젤을 바라보지 않았다. 그의 시선은 자신을 외면 하는 키릭스를 향해 있었다. 도리어 미레일을 피하는 것은 키릭스였다.

리젤은 머리를 긁적거리며 이럴 줄 알았다는 듯이 웃었다.

"뭐 저도 당신 정도 되는 분이 냉큼 알려 줄 거라고는 기대하지 않았어요."

"키릭스 씨, 어디로 가고 있습니까."

미레일은 자신을 떠나는 키릭스를 바라보며 말했다.

"당신, 카론과 함께 있던 때가 떠오르네요. 이대로라면 꽤 행복한 미래가 올 거라고 믿고 있었어요. 우리 모두 뭔가 가치 있는 일을 하게 될 거라고……."

키릭스는 발걸음을 멈췄다. 리젤이 상냥하게 말했다.

"하지만 걱정하지 마세요, 미레일 씨. 누구라도 자백을 하게 만드는 약물이 연구됐고 그걸 당신에게 실험할 계획이니까요."

그 순간 키릭스가 몸을 돌렸다. 새빨갛게 달아오른 눈동자는 자신을 포함한 모든 것을 불태워 버릴 것만 같았다.

그가 빠른 걸음으로 자신에게 돌아오는 것을 본 미레일은 천천히 눈을 감았다. 속삭이는 그의 목소리는 차분했다.

"왠지…… 당장이라도 그 날로 돌아갈 수 있을 것만 같아요."

키릭스의 검이 뽑히며 그 차가운 칼날이 미레일의 목을 지나갔다. 그것은 갈대숲을 쓸고 지나가는 바람 같았다.

미레일은 평생 단 한 번도 남을 미워하지 않은 믿음을 지키며 숨을 거뒀다. 그 순간 리젤이 머리를 쥐어뜯으며 소리쳤다.

"키, 키릭스 씨! 지금 무슨 짓을 하신 겁니까! 미레일 씨를 죽인 걸 알면 이자벨 님이……."

리젤은 순간 입을 다물었다. 키릭스의 칼끝이 그의 코앞에 들이닥쳐 있었던 것이다.

천성적으로 공포라는 감각이 희박한 리젤이었지만, 당장이라도 폭발할 것 같은 증오의 눈빛으로 자신을 쏘아보는 키릭스에게서 리젤은 본능적인 공포를 느끼고 만 것이다. 그 지옥의 보주와 같은 눈동자는 리젤의 온몸을 두려움으로 마비시켰다.

키릭스는 오래전부터 자신을 괴롭히던 환청, 거대한 건물이 끝없이 무너져 내리는 굉음에 귀가 멀어 버릴 것만 같았다. 이 악몽은 자신을 영원히 놔주지 않을 것이라는 걸 알았다. 그는 저항할 수 없는 무력감을 느꼈다.

7.

피를 흘리며 베르스 왕궁에 도착한 쇼메는 왕을 만나지 못했다. 예전 같으면 냉큼 버선발로 뛰어나온 베르스 국왕이 쇼메를 영접했겠지만—지금은 '병색이 짙어 옥체를 거동하기가 불편함'이라는 속이 뻔히 드러나는 문전박대를 들어야 했다.

게다가 리젤에게 당한 뒤 셔츠를 찢어 대충 지혈했을 뿐인 쇼메의 팔은 적잖은 피를 흘리고 있었지만 베르스 왕실은 치료조차 해 주지 않은 채 그를 왕실 입구에 세워 두었다. 그게 지금 쇼메의 위치였다.

받아들이기 불편한 존재. 아무도 입에 넣고 싶어 하지 않는 뜨거운 감자 같은 것. 다른 귀족 같았으면 자존심을 뭉갰다며 노발대발했겠지만 쇼메는 그런 천박한 자존심은 키우지 않았다. 도리어 당당한 태도로 요구했다.

"나도 너희 국왕에게는 용무 없어. 아이히만 대공을 만나고 싶다."

그리고 얼마 후 쇼메는 대공에게 안내되었다. 경호를 가장한 근위병들의 감시를 받으며 응접실에 들어간 쇼메는 그 거대한 응접실에서 홀로 소파에 기대어 담배를 물고 있는 대공을 만날 수 있었다.

깨끗하게 넘긴 백발에 검은 정장과 짙은 자주색의 자단(紫檀) 지팡이를 쥐고 있는 그의 모습은 정치가라기보다는 영혼을 받고 소원을 들어주는 품위 있는 악마의 모습 같았다.

그는 지팡이를 들어 소파를 가리켰다.

"이리 와 앉지, 쇼메 군."

쇼메는 굳은 표정으로 그 앞에 섰다. 아이히만의 재떨이를 흘 낏 본 쇼메는 대공이 자신을 기다리고 있었다는 것을 직감했다. 재떨이에는 이미 담뱃재가 수북했다.

하지만 그것에 대해서는 입을 다문 채 자리에 앉았다. 이건 일 종의 카드게임이었다.

속살이 다 보일 정도로 찢긴 쇼메의 셔츠와 그 셔츠 조각으로 간신히 묶어 지혈한 상처를 훑어본 대공이 말했다.

"쇼메 군, 거래할 때 유리한 위치에 서려면 항상 단정한 옷차 림을 해야 한다고 내가 가르쳐 주지 않았던가?"

"죄송합니다. 다음부터는 정장을 입고 도망치도록 하지요."

쇼메는 대공의 뜬금없는 농담에 일부러 태연하게 응수했다. 대공이 본론은 안 꺼내고 짓궂은 말로 시간을 잡아먹는 것은 단 순한 악취미일 수도 있고 지금 쇼메의 마음속을 떠보기 위한 미 끼일 수도 있다. 그리고 어느 쪽이든 말려드는 건 질색이었다.

사실 쇼메는 당장이라도 응급조치를 하지 않으면 출혈과다로 정신을 잃을 상황이었지만, 정신력을 그러모아 대공을 직시했다. 이런 곳에서 쓰러지는 나약한 모습 보이면 미레일에게 비웃음을 들어도 싸다, 쇼메는 그렇게 다짐하며 입을 꽉 물었다.

"들어가겠습니다."

그와 함께 스왈로우 나이츠의 제복을 입은 긴 금발의 청년이 차 세트가 담겨 있는 수레를 끌고 나타났다. 엔디미온이었다. 그는 쇼메를 보자마자 흠칫 놀랐다. 갑자기 아이히만 대공으로부터 내부 지명을 받아 아무 생각 없이 온 것인데, 밑도 끝도 없이 쇼메라니?

게다가 잔뜩 상처 입은 모습을 보자 미온은 분명 엄청난 일이 생겼다는 것을 알았다. 하지만 그걸 내색할 정도로 눈치 없지는 아니었다. 미온은 표정을 관리하며 몸에 밴 우아한 동작으로 그들 앞에 섰다.

"엔디미온 군, 내 홍차에는 설탕은 빼고 레몬즙을 세 방울 넣어 주게."

아이히만은 그렇게 말했지만 쇼메는 미온을 쳐다보지도 않았다. 미온은 곁눈질로 그들을 바라보며 조심스럽게 차를 준비했다.

이윽고 쇼메가 입을 열었다. 날카로운 눈빛은 아이히만을 똑바로 응시하고 있었다.

"솔직하게 말해 주십시오. 아버지, 아니 이오타의 국왕 빌헬름 블룸버그로부터 요청이 와 있습니까?"

"허어. 무슨 요청 말인가?"

대공은 전혀 모르는 척 너스레를 떨었다.

"제1왕자 쇼메 블룸버그가 도착하는 대로 붙잡아 자신에게 넘기거나 혹은 죽여 달라는 요청 말입니다."

순간 미온은 준비하던 티스푼을 달그락 떨어트렸다. 아버지가 아들을 죽이라는 요청을 하다니, 그게 대체 무슨 말이란 말인가. 미온은 당혹스러운 표정을 감추기 위해 애썼다.

반면 아이히만은 태연했다. 그는 비참한 꼴로 돌아온 자신의 제자를 바라보며 참으로 즐거운 웃음을 보였다.

"그래, 아버지에게 버림받은 기분이 어떤가?"

"역시 이미 알고 있었군요."

'이 망할 늙은이!' 이라는 뒷말은 사정상 참을 수밖에 없었다.

"자네 아버지로부터 요청이 온 것은 아니네. 대신 다른 소식이 들어오긴 했지."

"어떤 소식 말입니까."

"그러니까, 자네가 왕위 계승 때문에 아버지 빌헬름 국왕과 왕비를 죽이고 이오타에서 도망쳤다는 소식 말이지."

그걸 듣는 순간 미온은 가져가던 찻잔을 떨어트리고 말았다.

"죄, 죄송합니다."

맙소사, 대체 무슨 일이 벌어지고 있는 거야! 미온은 얼이 빠진 얼굴로 조각난 찻잔을 치웠다.

하지만 쇼메는 차가웠다. 격노하기는커녕 끝없이 차가워지는 표정으로 아이히만을 바라봤다. 쇼메는 천천히 입을 열었다.

"모든 건 이자벨이 계획한 짓이었군요."

"글쎄다. 그럴 수도 있고 아닐 수도 있겠지."

"시침 떼지 마세요! 이 일을 처음부터 알고 있었죠? 어디까지 알고 있는 겁니까!"

아이히만은 성냥을 댕겨 새 담배를 물어 피우며 대답했다.

"난 아무것도 몰라."

"……!"

"라고 말하면 믿을 텐가? 하지만 자네 질문을 들으니 자네가 아무것도 모르고 있는 상태라는 것은 알겠구면. 소득 없는 질문을 하는 건 상대에게 빈틈만 보인다고 내가 몇 번이나 말했었나."

"빌어먹을 할아범!"

태연함을 유지하던 쇼메의 표정이 처음으로 무너졌다. '어쩌면 아이히만조차 적일지도 모른다!' 라는 불안감이 생겼지만 쇼메는 그 동요를 애써 억눌렀다. 여기서 결심이 흔들리면 안 된다, 그는 스스로를 그렇게 다그쳤다.

"스승님 아니, 아이히만 대공. 제가 왕위 때문에 부모를 죽이고 도망칠 정도로 바보가 아니라는 것은 잘 알고 계실 겁니다."

"계속 말해 보게나."

"이대로 주저앉고 싶지는 않습니다. 베르스에 제 몸을 의탁하고 싶습니다."

"의탁?"

"그러니까 베르스에 제 혈통을 팔고 싶습니다."

"뻔뻔하기도 하군!"

아이히만은 혀를 찼다. 이미 그 말이 나오리라는 것을 알면서
도 어처구니없다는 듯이 대꾸했다.

"그래서 이 베르스로 왔다 이거냐. 웃기는구나. 널 받아 주면
이 나라는 이오타의 적이 되는 것이나 다름없어. 네가 이오타의
왕좌를 되찾는다면 우리도 큰 이익을 얻을 수 있겠지만, 애당초
이런 시시한 나라가 이오타와 싸워 이길 가능성이 손톱만큼이
라도 있다고 생각하나? 도리어 널 이오타에 팔아 넘겨서 환심을
사는 게 이익이겠지! 정치는 도박이 아니다. 스승으로서 충고 하
나 하지. 지금이라도 콘스탄트로 가라. 넌 평생 왕좌에 오를 기
회는 없어. 콘스탄트에 가서 네 피를 팔고 목숨이나 지켜라! 그
게 이제 네놈이 할 수 있는 전부야. 어리석은 녀석 같으니라고."

왕들이 지배하는 이 세계에서 왕족의 혈통이란 커다란 의미를
갖는다, 즉 이오타의 순혈(純血) 왕자가 몸을 의탁했다는 것은
이오타 왕조를 소유하게 되는 것과 같은 의미다.

만약 이오타와 전쟁을 하게 되어도 왕족의 혈통이란 마치 옥
새(玉璽)처럼 확고한 명분이 될 수 있었다. 억울하게 밀려난 왕
자를 왕위에 올려 주겠다는 명분만큼 알아듣기 쉬운 이유가 또
어디 있겠는가.

하지만 쇼메는 약소국 베르스를 택했다. 왜냐하면 콘스탄트는 자신이 거래하기에는 너무 거대한 상대였기 때문이었다.

그곳에 가면 확실한 안전을 보장받는 대신 자신에게는 어떤 기회도 주지 않고 혈통을 훔쳐 갈 것이 뻔했다. 즉, 쇼메는 안전보다는 기회를 택한 것이다. 이자벨을 무너트리고 다시 이오타 왕궁에 입성할 기회 말이다.

많은 피를 흘려 혼미해져 가는 정신을 추스른 쇼메가 말했다.

"전 왕좌를 되찾을 자신이 있습니다. 당신들이 협조해 준다면 말이지요."

"그래? 그렇게 잘난 놈이 왜 뒤통수를 맞아 여기까지 기어들어 왔어?"

쇼메는 아이히만의 노골적인 비아냥거림에 대꾸하지 못했다. 하지만 자리에서 일어나지도 않았다. 그건 자존심이 아니었다. 만약 자존심을 챙길 요량이었다면 처음부터 콘스탄트로 갔을 것이다. 그랬다면 껍데기뿐이라고는 해도 어쨌든 평생 망명한 왕족 대우를 받으며 호화롭게 살 수 있었을 테니까.

도리어 지금 이런 멸시를 당하면서도 물러서지 않는 것은, 쇼메가 태어나 처음으로 자존심을 꺾으면서도 이루고 싶은 목표가 생겼기 때문이었다. 그 목적을 이루기 전까지는 어떤 굴욕도 참을 수 있다고 다짐했다.

아이히만은 혀를 차며 자리에서 일어났다.

"말귀를 못 알아듣는 녀석이야. 맘대로 해라. 나는 국왕 전하의 판단을 들으러 갈 테니. 대신 기사들이 와서 네 목을 쳐도 절대로 날 원망하지 말하라."

"아무도 원망하지 않습니다. 내가 보는 눈이 틀렸을 뿐이니까요."

쇼메의 말투는 무서울 정도로 또렷했다. 아이히만은 그 의지를 코웃음 치며 자리를 떴다. 이제 이 거대한 응접실에 남은 사람은 쇼메와 미온뿐이었다.

이미 깨끗해진 바닥을 무의식적으로 계속 닦고 있는 미온은 머릿속이 녹아내리는 것 같았다.

'이자벨 님이 국왕과 왕비를 죽이고 쇼메 왕자를 이렇게 만들었다고? 그럴 리가 없어! 그분은 분명⋯⋯.'

"야, 천민. 비웃으려면 지금 비웃어."

미온은 깜짝 놀라 고개를 들었다. 쇼메는 그를 쳐다보지도 않은 채 말을 이었다.

"내 인생에서 이렇게까지 추락한 날은 앞으로 결코 없을 테니까."

쇼메의 그 지독한 프라이드에 미온은 얼굴을 흐렸다. 저것이 모두에게 배신당한 사람의 태도란 말인가. 눈물 한 방울 없었다. 너무 당당해서 도리어 슬픈 일이었다. 평소처럼 말싸움을 할 수도 없었다.

"치료⋯⋯받아야 해요."

"흥. 이따위 상처쯤."

"출혈이 너무 심하다고요!"

"닥쳐! 누가 멋대로 동정하래!"

쇼메는 자제력을 잃고는 벌떡 일어나 미온을 쏘아봤다. 하지만 곧 얼굴을 가리며 자리에 앉아야 했다. 이미 너무 많은 피를 흘려 현기증이 일어난 탓이었다.

그의 팔에서 흘러나오는 출혈이 너무 컸다. 항상 건강미가 넘치던 쇼메의 얼굴은 창백했고 그의 찢긴 옷과 앉아 있는 값비싼 소파마저 모두 그가 흘린 피에 젖어 있었다. 마치 피의 옥좌에 묶여 있는 것만 같은 고통스러운 모습.

하지만 쇼메는 스스로를 벌주기라도 하듯이 그 자리에 꼼짝 않고 앉아 곧 다가올 자신에 대한 처분을 기다리고 있을 뿐이었다.

"고집 부리지 말아요!"

"너야말로 날 좀 내버려 두지그래? 항상 빈정거리던 건방진 왕자가 죽는다면 너도 속 시원하지 않겠어?"

"항상 느끼는 거지만, 당신 진짜 삐뚤어졌어!"

미온은 화가 치밀어 올랐다. 완전 어린애지 않은가. 결국 가족에게 배신당한 격분이 아무런 논리도 없는 이런 투정으로 표현된 것이다. 이런 짓 외에 다른 방법으로는 자신의 울분을 표현할 수도 없었고 표현해서도 안 됐다. 그것이 모든 것을 잃은 지금 쇼메의 위치였다.

쇼메는 베르스 국왕이 자신의 처분을 결정할 때까지 여기서 한 발자국도 안 움직일 기세였다. 그 모습이 너무 단단해 보여 도리어 손가락으로 쿡 찌르기라도 하면 당장 울음을 터트릴 것 만 같았다.

미온은 쓸쓸한 표정으로 중얼거렸다.

"대공께서 왜 절 여기로 불렀나 했더니……."

그리고 미온은 벽난로 쪽으로 걸어갔다 다시 돌아왔다. 그러고는 시커먼 작대기 같은 것으로 쇼메의 뒷머리를 냅다 후려갈 겼다. 안 그래도 실신 일보직전이던 쇼메는 눈을 부릅뜨며 미온을 노려봤다.

"이게…… 지금 뭐하는……!"

"하아. 환자의 안정을 위해 어쩔 수 없는 조치였답니다아."

"주, 죽여 버릴 테다!"

라는 말과는 달리 쇼메는 테이블 위에 스르르 쓰러졌다. 미온은 부지깽이를 바닥에 던지며 투덜거렸다.

"에이, 일일이 귀찮게 하고 있어. 이 바보 왕자."

'가끔은 키스 경의 심정이 이해되는군. 그건 그렇고, 이 양반을 어떻게 데리고 나간다?'

자기보다 무거운 쇼메를 그가 예전 자신에게 했던 것처럼 번쩍 들어서 데려갔다가는 무게를 이기지 못하고 안 그래도 위태로운 쇼메와 함께 계단에서 굴러 떨어질 가능성이 농후했다.

고민하던 미온은 커다란 차 수레 위를 깨끗이 치운 뒤에 쇼메를 태우고 응접실을 빠져 나갔다.

정치적으로 몹시 불편한 입장의 쇼메를 치료해서 이오타의 심기를 거스를 왕실 식구는 없을 것이다. 미온만 제외한다면 말이다. 미온이라면 이오타가 뭐라고 하든 쇼메가 뭐라고 하든 눈앞의 부상자를 못 본 척할 만큼 '현명하지' 못하니까. 그래서 대공은 미온을 지명했던 것이다.

'영감님, 아닌 척하면서도 결국 자기 제자라 이건가요.'

실로 따뜻한 교활함이지 않은가. 미온은 이자벨에 대한 깊은 고민에 빠진 채 쇼메를 병실로 배달했다.

8.

아이히만 대공이 본궁 어전회의실에 도착했을 때 이미 국왕 전하를 포함한 왕실 관료들은 모두 모여 있는 상태였다. 그만큼 쇼메의 처분은 긴급하고도 중대한 사안이었다.

특히 항상 즐겨 입는 촌티 만점 연두색 가운 차림의 베르스 국왕은 그 통통한 두 볼을 홍시처럼 붉힌 채 안절부절못하고 있었다.

쇼메를 만나고 돌아온 아이히만이 자리에 앉으며 말했다.

"전하, 정신 사나우니까 옥체 좀 그만 방황시키고 앉으시지요."

"이, 이보게. 대공! 이제 어쩌나? 어쩌면 좋단 말인가!"

"그걸 나한테 물어보면 어쩝니까? 댁이 결정해야 할 일이잖습니까."

아이히만 대공은 특유의 말투로 귀찮다는 듯이 대꾸했다. 그러고는 첨언했다.

"전하께서 쇼메를 받아들이라면 받아들이고 이오타로 돌려보내라면 돌려보냅니다. 주사위를 굴리든 동전을 던지든 그건 마음대로 결정하시기 바랍니다. 하지만 한 가지 확실한 것은 쇼메를 돌려보내면 그 녀석은 죽는다는 거지요. 아무튼 민폐만 끼치는 녀석이라니까."

그때 법무대신 위고르 공이 말했다.

"전하, 외람된 간언이오나 쇼메는 이미 이오타 국왕 내외를 살해하고 도주한 자, 그런 자를 받아들인다면 오랜 우방국 이오타를 적으로 돌리는 것이나 다름없습니다."

노련한 정치인인 위고르는 쇼메가 정말 자신의 부모를 죽였을 리는 없을 거라 판단했지만, 중요한 것은 진실이 아니라 현실이었다.

"그럼 돌려보내자는 말인가?"

"쇼메 왕자에게는 미안한 일이지만…… 어쩔 수가 없지 않겠습니까?"

대부분의 관료들은 위고르의 말을 침묵으로 동의했다. 국왕을 죽인 자를 받아들인다는 것은 약소국 베르스로서는 너무도 감당하기 어려운 일이다. 안 그래도 '안전제일주의'가 정치 철학인 베르스로서는 결코 짊어지고 싶지 않은 리스크였다.

하지만 쇼메를 돌려보내면 베르스는 국제적으로 이오타의 속국임을 드러내는 것과 다를 바가 없었다. 피투성이가 되어 찾아와 의탁을 부탁한 왕자를 매몰차게 돌려보내는 것만큼이나 '알아서 기는' 일이 또 어디 있을까. (안 그래도 별로 남아 있지 않은) 베르스의 위상이 땅에 떨어지는 것은 물론 이번에는 이오타와 대립하고 있는 콘스탄트와 마키시온의 심기를 불편하게 만들 것이다.

게다가 이 사실을 콘스탄트 왕국이나 마키시온 제국이 알게 된다면 쇼메 왕자를 자신들에게 넘기라고 (그러니까 억울한 왕자의 누명을 자신들이 풀어 주겠다는 명분으로) 베르스를 협박할지도 모를 일이었다. 즉, 베르스로서는 이도 저도 골치 아픈 상황이었다.

막 찜통에서 꺼낸 만두와 구분하기 힘든 체형을 뽐내는 베르스 국왕은 정말 김이 모락모락 올라오는 것 같은 얼굴로 울상을 지었다.

"어쩌자고 쇼메 왕자는 이런 누추한 나라로 왔누. 오르넬라 성녀는 어떻게 생각하시오?"

그러자 오르넬라는 긴 담뱃대 끝을 재떨이에 톡톡 털며 말했다.

"전 이래 봬도 성녀입니다. 천신만고 끝에 도망쳐 온 자를 다시 사지로 내모는 일이 옳다고는 도저히 말할 수가 없군요."

그 이후 관료들 돌아가며 입장을 말했지만 누구 하나 '이렇게 해야 한다!' 라고 강하게 주장하는 자는 하나도 없었다. '어쩔 수 없지만 이래야 하지 않을까' 혹은 '그래도 그렇게 할 수는 없지 않나' 라는 미적지근한 논쟁이 전부였다.

　다들 못마땅해 보이는지 고개를 절레절레 흔들던 아이히만 대공은 잠자코 자신들의 구석에 서 있는 소년을 바라봤다. 이 혼란스러운 회의를 말없이 지켜보고 있는 곱슬머리 소년은 바로 베르스의 왕자 페르난데스 라스팔마스였다.

　"왕자님은 이 일을 어떻게 생각하십니까?"

　사람들은 그렇게 말한 아이히만에게 우려의 시선을 보였다. 어린아이에게 물어볼 일이 아니라는 표정들이었다.

　하지만 어떤 정치인도 대답하지 못한 그 골치 아픈 선택을 페르난데스는 단숨에 결정했다. 별빛 같은 눈동자에 단호한 의지를 담은 채로 말이다.

　"쇼메를 받아들여야 합니다."

　그 순간 좌중은 '역시 어린애다운 정의감' 이라는 표정으로 한숨을 내쉬었다. 아이히만만 제외하고 말이다. 그 불세출의 정치가는 자못 진지한 표정으로 자신의 가장 어린 제자를 바라보며 물었다.

　"왜 그렇게 생각하십니까."

　그 순간 소년의 입에서 무서운 말이 나왔다.

　"이오타 왕국은 싸워야 할 적이기 때문입니다."

국왕마저 깜짝 놀란 얼굴로 자신의 아들을 바라봤다. 걱정스러울 정도로 온화하기 그지없는 그 소년의 입에서 딱 잘라 '싸워야 할 적'이라는 말이 나왔다고는 믿을 수가 없었다. 그것도 세계 3대 강국 중의 하나이자 자신들의 오랜 우방인 이오타를 적으로 단언한 것이다.

"페, 페르난데스야. 그건 너무 과장된 말이…….."

"아닙니다. 이미 이오타는 우리를 적으로 보고 있습니다."

페르난데스 왕자는 자신의 생각을 굽히지 않았다. 관리들은 너무 감정적인 말이라며 속으로 혀를 찼지만 평생을 정치에 투자한 아이히만이 보기에는 그것이 가장 이성적인 판단이었다. 그는 저 작은 소년이 이 혼란스러운 상황을 가장 똑바로 파악하고 있다고 생각했다.

"예전 저와 제 동생이 악투르에 납치되었을 때, 저는 그 납치의 배후에 이오타가 있으며 또한 동시에 쇼메 왕자가 획책한 모략이 아님을 알았습니다. 그때 저는 제 납치를 사주하고 그것을 통해 이 땅을 침략하려 했던 자가 빌헬름 국왕일 것이라 예상했지만, 이번 일로 생각이 바뀌었습니다. 배후 인물은 이오타의 2인자인 이자벨 크리스탄센 방첩국장이고, 쇼메 왕자를 모략으로 제거하려고 한 자도 그녀입니다!"

소년의 목소리는 다부졌다. 마지막으로 이익을 보는 자가 범인이라는 논리는 꽤 타당성이 있다.

국왕도 왕비도 쇼메도 제거된 이상 남은 자는 바로 이자벨이었다. 도리어 베르스를 우방으로 여겼던 자는 쇼메였지 그녀가 아니었다. 페르난데스는 지금 쇼메에게 누명이 씌워진 것을 보며 확실히 알 수 있었다.

"이제는 그녀가 이오타의 모든 것을 장악한 것이나 다름없습니다. 즉, 이오타는 완전한 적입니다. 우리가 쇼메 왕자를 돌려보내든 돌려보내지 않든 이오타는 멀지 않은 시간 안에 베르스를 침략할 것입니다."

"치, 침략이라고!"

"이런 상황에서는 쇼메 왕자를 받아들이는 것이 모든 면에서 이익입니다."

위고르 공을 포함한 정치 관료들은 물세례를 당한 사람처럼 휘둥그런 눈으로 자신들의 왕자를 바라봤다. 페르난데스는 쇼메 왕자 본인보다도 더 확실하게 베르스가 쇼메를 받아들여야 하는 이유를 설명해 낸 것이다.

영원한 우방은 없다. 권력의 흐름이 바뀌면 우방도 손바닥 뒤집히듯 적국으로 바뀌기 마련이다. 하지만 베르스의 관리들은 이오타가 오래전부터 우방이었기 때문에 앞으로도 우방일 것이라는 비논리적인 안일주의에 눈이 멀어 사태를 파악하지 못했던 것이다.

그 착각은 이오타라는 강대국을 적으로 돌리기 싫은 두려움 때문일지도 모른다. 그러나 지금의 이오타는 베르스가 인정하든 안 하든 분명 적국이었다.

아무리 싸움이 싫어도 상대가 싸움을 원한다면 방법은 하나뿐, 맞서 싸우는 것뿐이다. 그리고 베르스와 쇼메는 같은 배를 타고 있었다. 힘을 합치길 원하는 쇼메를 거절할 이유가 없었다.

관리들은 단호한 논리를 펼친 페르난데스를 아무 말도 못 한 채 바라보기만 했다. 아이히만은 자리에서 일어나며 말했다.

"허허. 이걸로 결정이 난 것 같구먼."

아이히만 대공은 이곳에 들어와 처음으로 만족스러운 웃음을 보였다. 그의 어린 제자는 아직 '철저하게 이용하는 법'은 모른다. 쇼메라는 막강한 카드를 이용해 콘스탄트나 마키시온을 끌어들이고 뜯어먹는 정치적 기교 말이다.

하지만 그런 것보다 중요한 것은 비굴하지도 거만하지도 않은 결단을 내리는 '왕의 기세'였다. 페르난데스에게는 그게 있었다.

'내게 저 녀석을 가르쳐 줄 날이 좀 더 남아 있다면 좋았을 텐데. 난 항상 죽어야 할 때 죽을 수 있길 원했지. 좀 더 오래 살고 싶다는 생각이 든 건 태어나서 지금이 처음인 것 같구먼.'

대공은 쓸쓸한 미소를 지으며 지팡이에 의지해 자리에서 일어났다. 그런데 문밖으로 나간 대공을 뒤따라오는 자가 있었다. 바로 카론이었다.

"무슨 할 말이라도 있나, 카론 군?"

"다름이 아니라……."

흑발을 단정하게 내린 은의 기사는 답지 않게 주저하고 있었다.

"할 말이 있으면 하게나."

"쇼메 왕자가 혼자 왔습니까?"

"음?"

대공은 그 비상한 머리에도 불구하고 카론이 그런 당연한 것을 물어본 의도를 알 수 없었다. 고개를 조금 기울인 대공이 말했다.

"그래, 혼자 왔더군."

"……알겠습니다."

대공은 이 청년의 수려한 얼굴이 한순간 흐릿해지는 것을 포착했다. 하지만 카론은 곧 평소의 모습으로 돌아와 고개를 숙였다.

"알려 주셔서 감사합니다. 그럼."

묵묵히 되돌아가는 카론의 뒷모습을 바라보던 대공은 자신도 쇼메에게 발걸음을 옮겼다. 죽어 있는 자는 잠들고 살아 있는 자는 움직이고 있었다.

9.

"반란?"

마키시온 제국의 제6대 황제 마라넬로 무르시엘라고에게 '반란' 이라는 단어는 생소하기 짝이 없었다.

역대 황제 중 가장 위대하고 가장 뛰어나며 또한 가장 두렵다는 평가를 받는 그는 자신의 영토에서 감히 반란이, 그것도 동시다발적으로 일어났다는 말을 듣고는 격노하기보다는 단지 신기해했다. 예전에 몇 차례 산발적인 반란이 없었던 것은 아니었지만 지금은 그 규모가 제법 거셌다.

그는 그 불경한 단어를 음미라도 하는 듯 들고 있던 깃펜으로 테이블을 톡톡 치며 눈을 감았다. 그것은 마치 자기 집 현관을 흙발로 더럽힌 버르장머리 없는 어린애를 대하는 것 같은 표정이었다.

"허허, 반란이라……."

어떤 지도자도 가장 듣기 싫어할 보고를 올린 늙은 신하는 이 무서운 황제가 혹시라도 자신에게 벼락을 떨어트릴까 두려워 몸 둘 바를 몰랐으나 마라넬로는 충성스러운 부하에게 화풀이를 하는 한심한 우두머리가 아니었다. 그는 장기말을 움직이듯 지극히 이성적으로 명령했다.

"라이오라를 불러라."

황제는 주저 없이 가장 강력한 카드를 꺼냈다. 반란이란 사과 상자 속에 피어오르는 곰팡이와 같아서 최대한 빠르고 단호하게 도려내지 않으면 삽시간에 전체를 오염시킨다는 것이 그의 지론이었다.

버릇을 모른다면 알려 줘야 한다. 그것도 다시는 실수하지 않도록 확실하게. 그 과정에 자비란 필요 없었다. 제국에 반기를 든 자들은 여자, 아이 할 것 없이 모두 처형되거나 유폐될 것이다.

황제의 명령이 떨어진 지 한 시간도 안 돼서 진청룡 라이오라는 황제 직속의 정예부대인 프론티어 뱅가드를 이끌고 반란을 진압하기 위해 황궁을 나섰다.

10.

라이오라를 반란 지역에 파견하고 일주일 뒤, 알현실을 서성이던 마라넬로는 상한 음식을 먹은 것과 같은 불쾌감을 느꼈다. 상한 음식은 목으로 넘길 때까지는 큰 문제가 없지만 일단 뱃속으로 들어가면 온몸을 더럽히고 내장을 썩게 만든다. 꼭 그런 느낌이었다.

물론 라이오라가 반란을 진압하지 못할 것이라는 우려를 한 것은 아니었다. 황실을 수호하는 그 과묵한 사내는 분명 빈틈없이 반란을 진압하고 반란자들을 처형할 것이다. 이건 세상 누구나 알고 있는 사실이었다.

'그러니까 불쾌한 점은 당연히 그렇게 될 것이라는 걸 알면서도 어째서 반란을 일으켰냐 하는 것인데…….'

황실 밖은 폭우였다. 시커먼 밤풍경은 온통 비에 젖어 있었다.

그런데도 가끔 번개가 치는 것 외에는 기이할 정도로 고요했다.

하늘이 앞으로는 소리를 내지 않고 방류하기로 결정했든지 아니면 자신의 귀가 빗소리를 듣지 못할 만큼 노후(老朽)되었든지 둘 중 하나일 거라고 마라넬로는 생각했다. 영원히 늙지 않을 거라 착각했던 자신의 육체도 슬슬 힘겨워한다는 것을 그는 인정해야 했다.

그는 주름진 자신의 손을 바라보며 몇 번 쥐었다 피길 반복했다. 그때였다.

"오랜만입니다, 아버지."

등 뒤에서 들려오는 서늘한 목소리에 마라넬로는 몸을 돌렸다. 벼락이 떨어지는 어두컴컴한 옥좌를 등진 채, 귀신불 같은 붉은 눈동자의 청년이 서 있었다. 그가 어디로 숨어 들어왔는지는 알 수가 없었지만, 그의 온몸은 흠뻑 비에 젖어 있었다.

"키릭스로구나."

"기억해 주시니 영광입니다."

마라넬로는 근 이십 년 만에 만난 아들의 모습에 놀라지 않았다. 피를 흘리며 쓰러져 있는 근위기사들의 시체들을 보고도 결코 놀라지 않았다. 단지 이런 일이 등 뒤에서 벌어지고 있는데도 알아채지 못한 자신의 낡은 감각이 안타까웠다.

"그렇군. 반란은 라이오라를 내 곁에서 떼어 놓으려는 수작이었군. 허허, 이 마라넬로도 늙은 건가. 예전의 나였다면 어림도 없었을 잔재주야."

마라넬로는 좀처럼 떠오르지 않던 장기의 한 수를 알았을 때처럼 말했다. 아무리 키릭스라도 진청룡 라이오라와 프론티어 뱅가드가 황제를 지키는 이상 접근할 수가 없었기 때문이었다.

이자벨이 수년 전부터 치밀하게 계획해 온 이 반란은 마키시온 제국을 효과적으로 붕괴시킬 수단이었다. 독재라는 것은 일면 단단해 보이지만 실은 위태롭기 짝이 없는 정치체제. 모든 권한을 가지고 있는 독재자가 갑자기 죽는다면 그의 명령만 받던 자들은 부모 잃은 어린아이처럼 어쩔 줄 모르게 되는 것이다.

수많은 왕국들이 마키시온 제국에 충성한 이유는 마라넬로 황제라는 불세출의 독재자에 대한 두려움 때문이었다. 이자벨은 그 구심점이 사라질 때 제국도 사라진다는 것을 잘 알고 있었다. 그녀가 마라넬로의 노예들에게 유혹의 속삭임을 들려주면, 주인을 잃은 그들은 이제는 자신이 주인이 되겠다며 서로를 찌를 것이 분명했다.

그것은 어떤 군대로도 흠집조차 내지 못했던 철옹성이 내부에서부터 무너져 내린다는 것을 의미했다.

물론 이 내분은 이자벨 혼자 실행하기에는 너무 거대한 공작이었지만 그녀에게는 남부 콘스탄트의 교황 레오3세, 키릭스 세자르, 그리고 아이히만 그나이제나우 대공이라는 강력한 조력자들이 있었다.

그들이 바로 '인코그니토(incognito)'라는 비밀결사의 간부들이었으며 그 은밀한 조직은 '인트라 무로스'라는 껍데기로 위장

되어 있었다.

그 모든 자들의 표적이 된 마라넬로는 자신의 옥좌로 걸어가 앉으며 말했다.

"나는 내가 제법 괜찮은 황제라고 자신하고 있었다. 제국이 건립된 이후 가장 넓은 영토를 만들었고 가장 많은 군대를 보유했으며 또 가장 부유하게 만들었다. 역사는 제국의 황금기를 이룩한 대제(大帝)로 내 이름을 기록할 것이라는 감상에 빠지곤 했는데…… 이제 역사가들은 내 이름을 제국 마지막 황제로 기록하겠군."

황제는 희미하게 웃었다. 자신이 죽는다면 제국도 죽는다는 것을 잘 알고 있었던 것이다.

마라넬로는 도리어 그러길 원했다. 자신이 죽었는데도 제국이 유지된다는 것은 일종의 불충(不忠)이라는 독재자의 광기 같은 것이었다.

그때 황금 키마이라 인장이 새겨진 거대한 문이 거칠게 열리며 기사들이 쏟아져 들어왔다. 황제를 지키기 위해 몰려온 근위 기사들이었다.

하지만 황제의 표정은 조금도 밝아지지 않았다. 마키시온의 기사들이 세계 최고의 수준이라고는 해도 과연 키릭스로부터 자신을 구할 수 있을지에 대해서는 회의적이었던 것이다. 단지 그들은 황제의 죽음을 지켜보게 될 '관중'일 뿐이었다.

함부로 접근하지 못하는 기사들은 분통터지는 얼굴로 외쳤다.

"폐하! 조금만 버텨 주십시오! 곧 라이오라 님께서 도착하실 겁니다!"

황제는 혀를 찼다. 만약 자신이 살아남게 된다면 저 머저리의 목을 쳐 버리겠노라, 생각했다. 버티라고? 이 늙은 몸으로 단도라도 뽑아 자기 몸을 지키란 말인가?

게다가 라이오라가 오고 있다는 말을 키릭스가 들으면 어떻게 할 것 같은가. 겁을 집어먹고 도망칠까? 그보다는 더 빨리 자신을 죽일 거라는 생각을 하지 못한단 말인가?

이렇게까지 되고 나니까 정말 세상 모두가 자신의 죽음을 원하고 있는 것 같았다. 옥좌에 앉아 있던 마라넬로는 쓴웃음을 지으며 고개를 저었다.

"그것 참 위안이 되는 소식이로구나."

그 순간 키릭스의 칼끝이 스며들었다. 마치 토굴 속으로 들어가는 은비늘의 뱀처럼 미끄러지듯 천천히 마라넬로의 몸속으로 들어가고 있는 얇고 긴 칼날의 모습에는 정말이지 스며들어 간다는 묘사가 어울렸다.

"폐, 폐하!"

결코 있을 수 없는 모습을 본 제국의 기사들은 절규했다. 도리어 그들이 더 고통스러워하는 것 같았다.

옥좌에 앉아 있던 황제는 무심한 표정으로 자신의 심장을 파고든 칼날을 바라볼 뿐이었다. 붉은 점처럼 물들기 시작한 피가 점점 더 커다랗게 원을 그려 나갔다. 아프다기보다는 씁쓸했다.

"제가 지금 이 순간을 얼마나 기다렸는지 모르실 겁니다."

"그렇다고 하기에는 별로 기쁜 얼굴이 아니로구나."

아들의 표정에 남아 있는 것이라고는 어디를 향해야 할지도 모르는 증오뿐이었다. 자신을 죽인다고 그 불길이 사라질까.

마라넬로는 아들이 겪은 '실험'에 대해 알고 있었다. 그리고 이제 키릭스의 생명이 일 년도 남지 않았다는 사실도. 또한 키릭스의 '인공적인 쌍둥이' 키스 역시 그와 마찬가지로 서서히 죽어 가고 있다는 사실도 모두 알고 있었다.

불쌍한 녀석들, 모두가 자신의 죄업이다. 마라넬로는 생애 최초로 후회를 했다. 키릭스가 천천히 밀어 넣은 검은 옥좌를 뚫고 나와 형벌처럼 마라넬로의 몸을 관통했다. 마라넬로는 묵묵히 그것을 받아들였다.

"당신의 입에서 비명을 짜내는 것은 불가능할 것 같으니까, 이 정도로 끝내도록 하지."

키릭스는 짜내듯이 중얼거렸다. 그는 평생 목숨을 걸고 찾아 헤맨 보물 상자 속에 아무것도 들어 있지 않다는 것을 알게 된 사람 같았다. 증오해 마지않던 이자를 죽이면 모든 저주에서 풀려나 공허도 미움도 사라질 거라 믿었다. 그것은 참으로 허망한 믿음이었다.

마라넬로는 슬픈 표정으로 그런 자신의 아들을 바라봤다.

"아들아, 착하고도 우둔한 나의 아들아. 나의 거울아."

마라넬로는 전 황제의 막내아들이었으며 그것도 서자(庶子)였다. 미련하고 탐욕스러운 황실을 바꾸겠다는 결심으로 그는 자신의 모든 형제들을 죽이고, 부모마저 죽이고 황제의 자리를 거머쥐었다. 세상을 적어도 지금보다는 좋게 바꾸려고 노력했고 그것에 인생을 걸었다. 자신의 길이 옳다고 믿었다.

그런데 세상은 자신이 아버지를 죽였던 것처럼 자신도 아들에게 똑같이 죽임을 당하는 운명을 겪게 하는 것으로, 그가 바꾼 것이 아무것도 없음을 알려 주었다.

"이 모든 행동으로…… 우리가 바꾼 것은 아무것도 없구나. 그저 짧은 꿈일 뿐."

그렇게 말한 마라넬로는 긴 한숨을 내쉰 뒤에 천천히 고개를 숙였다. 키릭스도 이 추한 세상을 바꾸고 싶었다. 아버지와 무서울 정도로 똑같은 목적을 가지고 정반대의 길을 걸었다. 문득 미레일이 남긴 말이 떠올랐다.

'당신도 나도 이런 결말 바란 적은 없잖아요. 그런데 우리는 왜 이러고 있을까요.'

키릭스는 차갑게 식어가는 아버지의 주검 앞에서 말했다.

"끝까지 아픈 곳만 찌르시는군요, 아버지."

입꼬리를 올린 키릭스의 표정은 웃음인지 울음인지 알 수가 없었다.

"가, 감히 폐하를 시해하다니! 용서치 않겠다!"

황제의 죽음을 눈앞에서 목격한 기사들은 이성을 잃고 키릭스에게 뛰어들었다. 키릭스는 유리알처럼 아무것도 잡히지 않는 눈동자로 중얼거렸다.

"그래, 용서하지 못하겠지. 나도 날 용서할 수 없어."

어디서부터 뒤틀린 것일까, 키릭스는 마음속의 증오가 이번에는 자신을 목표로 삼았다는 것을 알았다.

곧이어 키릭스에게 뛰어드는 기사들의 몸 조각이 사방으로 튀어 올랐다. 뒤따라오던 기사들은 보고 있으면서도 믿을 수 없는 키릭스의 검술에 놀라 걸음을 멈췄다.

"뭐, 뭐냐. 저놈은!"

키릭스는 두려움에 굳어 버린 그들을 지나쳐 알현실을 빠져나가려고 했다. 그때 문이 열리며 금발의 사내가 나타났다. 보고를 받고 급히 돌아온 라이오라였다.

그가 들고 있는 흑색의 검은 위압적인 오라에 휘감겨 있었다. 키릭스는 비웃음을 머금었다.

"어쩌지. 네 주인은 이미 죽었는걸."

"……!"

라이오라는 옥좌에 앉아 절명한 마라넬로를 보며 두 눈을 떨었다. 그리고 당장이라도 키릭스를 죽여 버릴 것 같은 기세로 검을 들어 올렸다.

키릭스는 자신의 검술 스승이기도 했던 라이오라에게 말했다.

"라이오라, 넌 제국이 처음 생길 때부터 지금까지, 480년이라는 끔찍하게 긴 세월 동안 황실을 지켜 왔지. 황실의 피를 물려받은 자를 주인으로 섬기며 황제가 바뀔 때마다 항상 똑같은 모습으로 그 옆에 서 있었겠지. 늙지도 죽지도 않는 망령처럼. 내가 보기엔 너야말로 이 황가의 핏속에 흐르는 광기야."

라이오라는 검을 내려놓았다. 대신 절대 건드리지 말아야 할 부분을 찔린 사람처럼 무서운 눈빛으로 키릭스를 노려보았다. 그런데 사실 그 눈빛은 분노가 아니라 두려움이었다.

"자아, 이제는 내가 저주받은 황실의 피를 이어받은 자다. 나의 망령이 되어라. 걱정하지 마라. 난 그리 오래 살지 못할 테니까."

키릭스는 서서히 무릎을 꿇는 라이오라를 바라보며 커다랗게 비웃었다.

제4화

파멸의 공식

1.

보르츠는 납치에 성공했음에도 불구하고 기분이 무척이나 불쾌했다. 그는 스스로를 악투르 최강의 전사라 자부했다. 납치 따위는 그런 전사가 할 일이 아니라고 여겼던 것이다.

특히 무장한 사내들이 몰려가 계집애 하나를 납치해 오는 일이라면 더욱더 명예롭지 못했다. 아무리 상부의 명령에 복종하는 것이 군인의 의무라고 해도 그는 지나가던 개를 발로 차 죽인 것처럼 입이 떫었다.

'베르스 따위는 그냥 전쟁으로 짓밟아 버리면 되잖아!'

망루에 올라 밤공기로 몸을 씻던 보르츠는 두피가 보일 정도로 짧게 자른 자신의 머리를 매만지며 투덜거렸다. 이멜렌인지 뭔지 하는 계집애를 납치해 와서 몸값을 요구하는 치졸한 돈벌이의 어디가 악투르라는 용맹한 무장 집단에 어울린단 말인가. 차라리 자신에게 병력을 주고 노르펜스트가를 흔적도 없이 박살 내 버리라고 명령했다면 흔쾌히 수락했으리라.

그는 침을 뱉으며 망루를 내려왔다. 보르츠는 용맹과 폭력과 육체적 완벽함을 숭배하지만 정치니 책략이니 하는 것에는 어울리는 자가 아니었다. 만약 지금보다 1만 년 정도 일찍 태어났다면 훨씬 행복하게 살았을지도 모를 자였다.

2.

"카론, 나 배고파요."

"조용히 해라."

이멜렌이 납치되어 있는 우르콰르트 요새 밖에는 두 청년이 수풀에 숨어 있었다. 덤불 위로 고개를 내밀고 있는 둘은 꼭 수박 서리를 나온 아이들 같았다.

기사의 시중을 들며 그의 말이나 관리하는 것이 어울릴 앳된 얼굴들. 단 한 차례도 뚫린 적이 없는 무지막지한 요새에 잠입해 공녀를 구출할 용사들로 보기에는 비참할 정도로 초라했다.

그런데 나이보다 더 큰 문제가 있었다. 키릭스가 카론의 목을 콱 잡으며 소리쳤다.

"배고프다니까!"

"시끄럽다 그랬지!"

손발이 극도로 안 맞는 이인조라는 사실이었다. 소스라치게 놀라 키릭스를 뿌리친 카론은 어처구니가 없는 얼굴로 그를 바라봤다. 대체 이 녀석은 긴장도 안 된단 말인가? 그보다 도와주겠다고 말해 놓고 어째서 이러는 거지?

'방해만 할 거면 돌아가!' 라고 말하려고 했지만 그 말은 곧 이곳으로 다가오는 보초 때문에 포기해야 했다.

"어이! 거기 누구야!"

카론이 입술을 꽉 깨물었다. 시작하기도 전부터 발각이라니― 한심하다. 카론은 원망스러운 눈으로 키릭스를 쏘아봤다.

하지만 '도시락을 준비 안 한 네 잘못이야!' 라는 뻔뻔한 표정으로 응수하던 빨간 눈의 키릭스는 놀랍게도 차고 있던 두 자루의 검을 내려놓고는 덤불 밖으로 걸어 나가는 것이었다. 카론이 말릴 겨를도 없었다.

오밤중에 수풀 속에서 이국적으로 생긴 미소년이 툭 튀어나오자 아무리 용맹스러운 악투르 군인이라도 화들짝 놀랄 수밖에 없었다. 정말 난데없었다. 그는 눈을 휘둥그레 뜨며 소리쳤다.

"야! 너 뭐하는 놈이야! 여기서 뭐하고 있던 거냐!"

"보시다시피 길을 잃은 어린 양이랍니다. 아아, 이 나라 당근에 홀려서 여기까지 왔는데 정신을 차리고 보니 여기가 어딘지도 모르겠고……."

"무슨 헛소리야!"

악투르 같은 살벌한 나라에 관광 오는 사람은 아무도 없다. 게다가 당근에 홀려? 보초는 곧바로 '맙소사! 실성한 놈이잖아!'라는 결론을 내렸다.

만약 키릭스가 무기를 들고 있었다면 얘기가 달랐겠지만 한밤중에 당근 찾아 맨몸으로 방황하는 녀석 따위, 미친놈 외에는 아무것도 아니었다. 그는 혀를 차며 말했다.

"도망치면 즉결처분하니까 잠자코 따라와."

키릭스는 악투르 군인이 베르스 군인보다 복무규정을 잘 지킨다는 것을 알고 있었다. 보초는 거동이 수상한 자신을 요새 중심에 있는 감옥까지 알아서 데려가 줄 것이다. 키릭스에게 이런 녀석 몇 명쯤 숨통을 끊고 감옥을 탈출하는 것은 하품하는 것보다쉬운 일이리라.

키릭스는 덤불 속에 숨어 있는 카론을 흘끗 보며 '이제 알아서 해'라는 짓궂은 미소를 보였다. 카론은 눈썹을 확 찡그리며 주먹을 쥐었다.

'처음부터 그럴 계획이었다면 먼저 말을 하란 말이야!'

키릭스는 자신이 미끼가 되어 잡혀가기로 결심한 것이다. 그리고 감옥을 탈출해 적들의 시선을 끄는 역할도 키릭스의 몫이었다. 그때 카론이 혼란을 틈타 이멜렌이 잡혀 있는 첨탑에 잠입하면 된다.

카론은 위험천만한 역할을 자청한 키릭스에게 고마움을 느끼면서도 지나치게 자신만만한 그에게 불안감을 느꼈다. 게다가 당근이라니, 무슨 비유가 그래? 카론은 조그맣게 투덜거리며 어둠 속으로 몸을 숨겼다.

3.

도통 잠이 오지 않았던 보르츠는 이멜렌이 감금되어 있는 첨탑으로 향했다. 별일이야 있겠냐마는, 일단은 인질을 감시하는 것도 자신의 임무였던 것이다.

첨탑은 요새 우측면에 높이 솟아 있는 시설로 평소에는 망루로 사용되지만 지금은 꼭대기에 이멜렌을 잡아 두고 있다. 그만큼 감금에 어울리는 장소였다. 오직 좁은 나선계단을 통해서만 출입이 가능하기 때문에 인질 구출을 원천봉쇄하는 이상적인 구조인 것이다.

횃불을 들고 그 계단을 터덜터덜 올라가던 보르츠는 의외로 많은 병사들이 첨탑 위에 몰려 있다는 것을 알았다. 위에서부터 병사들이 떠드는 목소리가 들려왔다.

그런데 지금은 취침 시간이 아닌가. 갑자기 애국심이 넘쳐흘러서 잠자는 것도 마다하고 철통같은 경비를 서고 있는 것일 리도 없고—순간 불쾌한 예감을 느낀 보르츠는 빠른 걸음으로 첨탑 위로 올라갔다.

"야, 이 갈아 마실 새끼들아! 지금 뭣들 하고 자빠진 거야?"

악투르 병사들은 성질을 꾹 참는 기색이 역력한 보르츠가 나타나자 기겁을 했다. 예고도 없이 찾아온 그들의 상관은 들고 있는 횃불로 자신들을 다 불 싸질러 죽여 버릴 것 같은 눈빛이었다.

"보르츠 특무 상사님!"

"닥쳐. 지금부터 아무 말도 하지 마. 입속에 불덩어리를 처넣기 전에."

보르츠는 입에 손가락을 댄 채로 뚜벅뚜벅 다가갔다. 적어도 이놈들이 악투르의 나아갈 방향을 논의하고 있었던 것은 아니리라. 규정을 어기고 감옥 문까지 열어 놓은 꼴부터 바지를 입고 있던 중이었는지 벗고 있던 중이었는지 허벅지를 다 드러낸 사내들의 모습. 이미 혼절한 것 같은 인질은 반라의 모습으로 감옥 한구석에 내팽개쳐져 있었다.

사태를 파악한 보르츠는 눈으로 뜨거운 숨을 내뿜으며 어처구니가 없다는 듯이 허허 웃었다.

"아주 이것들이 오늘까지만 살고 싶은가 보구만?"

폭력배들에게나 어울릴 인질극을 벌인 것 자체로도 이미 기분이 극도로 나빠진 보르츠다. 그런데 이건 또 무슨 개 같은 경우란 말인가? 부하들을 어디서부터 손봐 줘야 할지 짐작도 안 가는 탓에 보르츠는 머리가 다 지끈거렸다.

보르츠의 기세에 눌려 미처 바지도 추려 입지 못한 병사가 더 듬더듬 발했다.

"사, 상사님. 저희는 그러니까……."

"아가리 닥치라고 했지!"

순간 보르츠의 굵직한 다리가 그의 가슴을 찍었다. 늑골이 깨지는 소리와 함께 공처럼 튀어나간 병사가 벽과 충돌해 쓰러졌다. 보르츠의 괴력은 실로 살인적이었다.

"너희들 군인 맞냐? 상부에서 인질을 저 꼴로 만들어 놓으라고 시키든?"

사람 머리만 한 주먹이 그들의 얼굴을 차례로 때렸다. 무서운 소리와 함께 피가 터졌다. 딱히 보르츠가 인질을 동정하는 것은 아니었다. 아니, 오히려 인질은 전리품이라고 생각하는 전쟁광이다. 또한 성적으로도 엄숙한 자도 아니었다.

하지만 군기를 지켜야 할 병사들이 짐승인 양 달려드는 꼴은 별개의 문제였다. 게다가 지금은 인질 협상이 진행 중이지 않은가? 보르츠는 아침이 되면 부하들을 집합시켜 반 죽여 놔야겠다는 결심을 했다.

그때 더 이상 맞았다가는 죽는다는 두려움에 휩싸인 병사가 피를 흘리며 말했다.

"어차피 베르스가 저 계집애 몸값을 지불할 일은 없지 않습니까!"

"뭐?"

"이건 처음부터 저 여자 가문이 돈 주고 사주한 거 아닙니까. 인질로 데려가라고 말입니다."

"……."

사실 이 인질극에는 더욱 더러운 뒷거래가 있었다. 노르펜스트 가문의 상속녀들은 상당한 재산을 상속받을 예정인 이멜렌 노르펜스트를 이런 지저분한 방식으로 없애 버리려고 머리를 썼다. 악투르를 사주한 자는 다름 아닌 노르펜스트 공작가였던 것이다.

즉, 이멜렌이 몸값을 받고 풀려날 가능성은 애당초 없다. 그들은 이멜렌이 죽든 창녀가 되든 악투르에 영원히 잡혀 있길 원했다. 그래서 병사들은 어차피 버림받은 여자, 자신들이 품어도 괜찮지 않겠냐는 작당을 한 것이다. 이미 돈을 챙긴 상부로서도 인질을 어떻게 다루든 묵인하고 있는 입장, 그러나 보르츠의 입장은 달랐다.

"그걸 누가 너보고 판단하래?"

보르츠의 커다란 손이 그의 얼굴을 잡아 단숨에 들어 올렸다. 생쥐 한 마리 잡아 올린 것처럼 단숨에 대롱대롱 들어 올린 엄청난 악력이었다.

끔찍한 고통에 병사는 몸부림을 쳤지만 이미 보르츠의 불쾌감은 자비를 베풀 기분을 말끔하게 없앴다.

"인질이 뒈지든 창녀로 팔려가든, 어쨌든 지금 너희들에게 주어진 임무는 그 버림받은 인질을 감시하는 거야. 명령받은 대로

만 움직이는 게 군인이다. 그런데 네놈들은 그 명령을 어겼고 나는 그걸 처벌하고 있는 거다. 또 말대답할 새끼 있으면 혀 한번 놀려 봐. 아주 그 혀를 길게 뽑아 모가지를 졸라 버릴 테니까."

겁에 질린 병사들은 자신보다 머리 하나는 더 큰 보르츠 앞에서 입을 꽉 다문 채 부동자세를 취했다. '좋은 게 좋은 거잖아요?'라는 소리를 꺼냈다간 내일부터 평생 틀니를 끼고 살아야 할 것이 뻔했던 것이다.

그때 첨탑이 흔들릴 정도의 굉음과 함께 시커먼 밤을 뒤집어엎는 섬광이 터졌다. 깜짝 놀란 보르츠는 창으로 다가가 밖을 바라보고는 신음 소리를 냈다. 화약고 쪽에서 시뻘건 불길이 솟구쳐 오르며 연쇄폭발이 일어나고 있었다.

"맙소사. 이건 또 뭐야."

기습! 전쟁에 관해서는 누구보다 박식한 보르츠는 적의 기습임을 직감했다. 그는 항상 휴대하고 다니는 신호탄을 꺼내 창밖으로 쏘았다. 하늘 높이 날아오른 신호탄이 새파란 불꽃을 터트렸다. 그것은 부대 내에 1급 전투태세를 발령하고 주변 도시들로부터 지원군을 요청하는 신호탄이었다.

그는 파랗게 타오르는 섬광을 보며 희열에 젖었다. 제발 인질을 구하기 위해 베르스군이 기습해 온 것이기를 기원했다. 보모처럼 인질이나 돌봐 주고 있는 것보다는 이게 훨씬 더 그럴듯하지 않은가, 이거야말로 원하던 일이었다.

"그래, 그래. 처음부터 이랬어야지."

그는 잔인한 웃음을 드러내며 서슬 퍼런 장검을 뽑았다.

4.

요새 밖에 숨어 있던 카론은 하늘 끝까지 솟구쳐 오르는 화약
고의 불기둥을 올려다보고는 힘없이 중얼거렸다.

"……넌 은밀이라는 단어를 알고는 있는 거냐."

사방에서 고함 소리와 비상을 알리는 거친 타종 소리가 울리
기 시작했다. 물론 이것보다 적들의 이목을 끌기에 좋은 방법도
없겠지만, 이랬다간 키릭스는 완전히 적들에 둘러싸이게…….

'쳇. 내가 왜 그 녀석 걱정을!'

카론은 지금 남 걱정해 줄 처지가 아님을 알고는 어둠 속에 몸
을 숨긴 채 첨탑으로 이동했다. 훗날 그는 이 정도 일에는 눈 하
나 까딱하지 않는 '은의 기사'로 성장하게 되지만, 지금은 그 이
전의 시기다. 아직 제복이 잘 어울리지도 않는 어린 카론은 터질
것 같은 긴장감을 억누를 수가 없었다.

"누구냐!"

카론의 검에 목을 뚫린 병사는 비명도 지르지 못한 채 쓰러졌
다. 키릭스의 의도대로 대부분의 병력은 화약고 쪽에 집중되어
있기 때문에 카론이 첨탑과 이어진 복도를 뚫고 나가는 것은 상
대적으로 수월했다.

물론 그렇다고는 해도 복도를 지키는 병사가 없었다는 의미는
아니었다. 이멜렌이 갇혀 있는 꼭대기에 도착하려면 족히 이십
여 명의 완전무장한 병사들을 상대해야 하는 상황, 게다가 조금
이라도 늦장을 피우면 도저히 감당할 수 없는 숫자의 지원 병력
이 몰려오게 된다. 다른 기사였다면 결코 첨탑으로 발을 내딛지
않았을 철통같은 방어였다.

 카론은 한동안 쓰러진 적의 시체를 바라봤다. 이것은 최초의
살인이고 또한 최초의 실전이다. 물론 실패는 죽음과 직결된다.
키릭스는 적들의 시선을 끄는 것으로 자신의 역할을 다한 상황,
이제는 카론이 오직 혼자의 힘으로 첨탑을 점령해야 했다.

 그는 길게 이어진 복도를 차가운 눈동자 속에 담았다. 자신을
향해 악투르의 병사들이 달려오고 있었다.

 한 번 긴 숨을 몰아쉰 카론은 그들을 향해 뛰어들었다. 창밖은
불길에 뒤덮여 있었다.

5.

 카론은 문득 자신들을 괴롭혔던 견습기사 녀석들이 고맙다는
생각이 들었다. 일대일로만 싸우는 편안한 기사수행을 했다면
지금 이 중압감을 견뎌 내지 못했으리라.

 마치 밀가루 포대가 터진 것처럼 쏟아져 나오는 악투르 병사

들은 말 그대로 중과부적이었다. 카론은 커다랗게 벌린 상어의 아가리 속에 제 발로 들어가는 기분이었다.

'그녀를 구하고 출세한다. 무슨 수를 써서라도 그렇게 할 것이다!'

그 얼음처럼 차가운 목적을 삼킨 카론은 달려드는 적들을 본능적으로 베어 버리며 첨탑 꼭대기를 향해 나아갔다. 살다 보면 인생을 뒤바꿀 커다란 기회나 위기가 찾아오기 마련인데, 지금 자신에게는 그 두 가지가 동시에 찾아왔다는 확신이 들었다. 지금쯤 자신보다 훨씬 더 많은 적들에게 둘러싸여 있을 키릭스에게 비웃음당하지 않겠다는 묘한 경쟁 심리도 그를 자극했다.

악투르의 강병(强兵)들은 얼치기 귀족 사병들과는 격이 달랐다. 사정없이 밀려드는 칼날에 팔을 베이고 목 언저리에도 깊게 상처를 입어야 했지만 카론은 멈추지 않고 계속 돌파해 나갔다. 무아지경에 빠진 것처럼 그는 계속 검을 막고 찔렀다.

그리고 어느샌가 더 이상 아무도 자신을 막아서지 않는다는 사실을 알았다.

'……이제 끝난 건가.'

첨탑 하부에 도착한 카론은 이마를 타고 흐르는 땀과 핏줄기를 닦아 내며 나선계단을 올려다봤다. 타닥 소리를 내며 타오르는 횃불들 외에는 음산할 정도로 고요했다. 등 뒤에는 자신이 처치한 병사들의 시체가 이 첨탑을 집단영안소로 착각하게 만들 정도로 늘어서 있었다.

그는 가쁜 숨을 내쉬며 계단을 올라갔다. 그러니까 첨탑 위에서부터 거대한 그림자가 자신을 향해 내려오는 것을 보기 전까지는 말이다.

"이거 농담이겠지?"

계단을 내려오던 보르츠는 자신을 향해 검을 들이댄 피투성이의 미남자를 보고는 말했다. 아니, 아직 소년이라는 말이 어울릴 것 같은 외모였다.

일단 저런 애송이가 어떻게 이런 곳에 단신으로 올 생각을 했단 말인가. 그리고 정말 저 녀석 혼자서 모든 병사들을 처리했단 말인가. 그 모든 의문을 함축시켜 그는 '농담'이라고 표현했다.

"너 같은 어린애를 보내야 할 정도로 베르스에는 기사가 부족했냐? 개나 소나 기사가 되는 나라로 알고 있었는데 말이야."

"……."

카론은 보르츠의 비아냥거림을 일일이 상대해 줄 여유가 없었다. 그가 느낀 것은 위압감이었다. 도리어 실망스럽다는 표정으로 자신을 바라보는 보르츠는 키도 몸집도 자신을 훨씬 압도하는 거구다. 탄탄한 구릿빛 근육은 칼도 튕겨 낼 것 같다는 말도 안 되는 착각까지 불러일으켰다. 단지 덩치만 믿는 얼간이라면 곧바로 승부를 걸었겠지만—카론은 조금씩 뒤로 물러섰다. 보통 장검보다 몇 배는 무거워 보이는 보르츠의 검이나 자신의 두 배는 되는 그의 넓은 어깨 때문은 아니다. 직감적으로 이 요새에서 가장 강한 적이라는 기분이 들었다.

보르츠는 거들먹거리는 척하면서도 결코 카론의 공격 범위 안으로 들어가지 않은 채 조금씩 간격을 좁혔다.

"흥. 계집애 같이 생긴 녀석이군. 그 꼴로 용케도 기사가 되었구나."

카론의 생김새가 검술과 안 어울린다고는 해도 딱히 여자로 오해받을 정도의 외모는 아니었다. 도리어 준수한 귀공자 같았지만, 보르츠의 편협스러운 시각으로 보면 흉터투성이의 근육질 정도가 아니라면 모조리 주방 허드렛일이나 하는 약골로 치부할 것이다.

"어이, 도련님. 설마 이곳에 혼자 온 건 아니겠지?"

"혼자다!"

카론은 주저 없이 말했지만 보르츠는 '누가 속겠냐?' 라는 표정으로 코웃음을 쳤다.

"후후, 그러시겠지."

올해로 서른 살에 접어든 보르츠는 막 기사가 된 카론과는 비교도 안 되는 실전을 경험한 자다. 그가 보기에 카론은 막 걸음마를 마친 풋내기에 지나지 않았다.

아무리 카론이 온 신경을 집중해 보르츠를 노리고 있어도, 반대로 보르츠가 보기에는 허점투성이였다. 어떤 부분이 허점이었냐 하면—카론은 아직 기 싸움에 약했다.

'뭘 꾸물거리나!' 라고 소리치며 보르츠가 크게 한 발자국을 내딛자 갑자기 좁혀진 간격에 당황한 카론은 필요 이상으로 크게 검을 휘두르며 뒤로 물러섰다.

너무도 정직하게 휘두른 칼끝을 보르츠는 느긋하게 피했고, 갑자기 계단 밑으로 밀려난 카론의 발뒤꿈치는 자신이 죽인 시체의 머리에 걸렸다.

주변 상황을 철저히 이용하는 것도 실전을 통해서만 쌓을 수 있는 스킬이다.

'제길!'

다리가 걸려 균형을 잃은 카론에게 보르츠가 검을 내리쳤다. 그런 엄청난 파워의 일격은 막기보다는 흘려 버리는 게 옳지만 지금 카론에겐 그럴 여유가 없었다.

커다란 스파크와 함께 두 칼이 충돌했고 그 덕분에 완전히 균형이 무너진 카론은 마치 절벽에서 떨어지는 것처럼 한참이나 계단을 굴러 떨어졌다.

'큭! 한심하게!'

단순한 위협에 계단을 나뒹군 자신의 꼴에 화가 치민 카론은 빠르게 몸을 일으키려 했다. 그러나 병사들과 싸우면서 생겼던 상처가 크게 벌어져 제복은 움직이기 힘들 정도로 피에 젖어 있었다.

어쩔 줄 모르는 카론에게 다가온 보르츠가 망토를 잡아챘다. 굴욕적으로 망토를 잡힌 카론의 얼굴에 낭패의 기색이 드러났다.

망토를 끌어당긴 보르츠가 말했다.

"네놈들은 왜 항상 이딴 걸 두르고 다니는지 모르겠어. 다음부터는 이런 거추장스러운 망토는 벗고 싸워라. 그러니까……그 다음이 존재한다면 말이지."

동시에 보르츠의 쇳덩이 같은 주먹이 카론의 얼굴과 복부를 연타했다. 카론도 격투에 재능이 있는 편이긴 하지만, 교과서대로 권투나 레슬링 따위를 연습해 본 게 고작인 그는 맨손으로 수많은 적들의 숨통을 끊은 '경력'이 있는 보르츠에게 (게다가 망토가 잡혀 있는 상황에서는) 무방비 상태로 당할 수밖에 없었다.

계속되는 일방적인 공격을 견디지 못하고 몸이 풀린 카론을 보르츠는 거칠게 걷어차서 계단 맨 끝까지 굴러 떨어트렸다. 정신을 잃고 쓰러진 긴 흑발의 청년을 무표정한 얼굴로 바라보는 보르츠의 생각은 다른 쪽에 가 있었다.

'다른 녀석은 어디 있을까.'

그는 처음부터 카론이 혼자 왔다고는 생각하지 않았다. 사실그는 베르스의 정규군이 기습한 것이라 생각했다. 이제 그것은 아니라는 것을 알았지만, 아무리 그래도 적어도 이런 풋내기 기사 혼자서 온 것은 절대 아니라 믿었다. 일단 누군가 화약고를 터트리지 않았던가. 빨리 그 겁 없는 놈을 잡아야 한다는 생각이 들었다.

'당분간 일어날 것 같지는 않군.'

보르츠는 카론을 툭툭 걷어차 봤지만 그는 엷은 신음 소리만낼 뿐 미동조차 못 했다. 보르츠는 그런 카론을 묶어 둘까 생각하다가 그만뒀다. 일단 묶을 만한 것도 없고 말이다.

하지만 그는 완전히 실신한 상태에서도 칼을 꽉 잡고 있는 카론의 모습을 보고는 조금 기가 질렸다. 단순히 공적에 눈이 멀어 만용을 부린 하룻강아지라 폄하하기에는 상당히 표독스러운 구석이 있었다.

"그래, 제법 의지가 있군. 계집애라 부른 건 사과하지. 만약 네가 십 년쯤 더 성장할 수 있다면 꽤 그럴 듯한 기사가 되었을지도 모르겠다. 그런 날은 오지 않겠지만."

보르츠는 악투르의 관례상 내일 곧바로 이 청년을 고문해 얻을 수 있는 모든 정보를 짜낸 뒤에 가차 없이 처형시키리라는 것을 알았다.

'그건 그렇고…….'

검을 집어넣는 보르츠는 몹시 기분이 상했다. 주변이 지나치게 고요했던 것이다. 아무리 화약고가 터졌다고는 하지만 이렇게 시간이 지났는데도 여기에 한 놈도 안 오다니! 혼자서 여길 지키라는 거야, 뭐야? 그렇게 훈련을 받아 놓고도 아직도 불길을 못 잡았단 말인가.

전투태세대로 움직이지 않는 부하들에게 화가 치밀어 오른 보르츠는 호통을 칠 요량으로 복도로 향하는 문을 벌컥 열었다. 그리고 긴 복도가 눈에 들어온 순간 그의 몸이 경직되었다.

"……넌 또 뭐냐."

보르츠는 자신의 눈을 의심했다. 어두컴컴한 복도에 악투르군의 시체가 피의 융단이 되어 늘어서 있었다. 하나같이 목이나 팔이 잘려 나간 채 뒤섞여 있는 몸 조각들은 악취미적인 예술작품처럼 보일 정도였다.

그리고 그 시체들 가운데 서 있는 청년은 핏방울을 떨어트리는 두 자루의 검을 들고 있었고, 귀화(鬼火)라고밖에 부를 수 없는 붉은 눈동자를 어둠 속에서 빛내고 있었다.

"카론, 지금 거기 있지?"

키릭스는 소름 끼치는 눈웃음을 보였다. 악투르는 국민성 자체가 모질어서 괴담이라고 할 것도 별로 없지만, 보르츠는 이 순간만큼은 악마에 얽혀 있는 기괴한 전설을 떠올릴 수밖에 없었다. 한 인간이 이렇게 많은 자들을 학살했다는 말은 들어 본 적도 없었다.

"이걸…… 네놈이 다 죽인 거냐?"

"아? 이거 다 네 친구들이었니? 미안. 미안."

"말해! 네놈이 혼자 처리한 거냐!"

키릭스는 차가운 미소를 보이며 대꾸했다.

"겁나면 도망쳐도 좋아."

보르츠는 살기를 드러내며 검을 뽑았다. 단 두 명에게 우르콰르트 요새가 쑥밭이 되었다는 사실은 납득하기 힘들지만 그렇다고 도망칠 정도로 겁쟁이는 아니다. 게다가 자신의 신호탄을 본 주변 지역에서 대규모의 지원군을 이곳으로 출격시켰을 것이다. 그들이 도착할 때까지 버텨야 했다.

키릭스는 자신과 싸울 기세의 보르츠를 보고 방긋 웃었다.

"저기 미안한데, 나하고 싸우기 전에 네 등 뒤의 녀석부터 상대해야 하지 않겠어?"

'뭐라고!'

보르츠는 소스라치게 놀라 뒤를 돌아봤다. 비틀거리며 몸을 일으킨 카론이 자신을 노려보고 있었다. 아까하고는 비교도 안 되게 새파랗게 달아오른 눈동자였다.

"……아직 안 끝났어."

"지, 집요한 놈."

보르츠는 아까 이 청년을 살려 둔 것을 후회했다. 정보를 얻을까 싶어서 생포했지만, 이런 독한 녀석인 줄 알았다면 묶고 자시고 간에 기회가 생겼을 때 심장을 뚫어 버렸을 것이다.

카론의 상태는 엉망이었다. 크고 작은 상처는 물론 방금 전 보르츠에게 당한 탓에 서 있는 것도 힘든 표정이었다.

그런데도 보르츠는 승리를 장담하지 못했다. 죽기 전까지는 결코 물러서지 않을 카론의 기세 때문이었다. 또한 더 큰 문제는…….

'저 악마 자식.'

그는 키릭스에게 등을 보이고 있는 것 자체만으로도 지독하게 불안했다. 그때 카론이 외쳤다.

"키릭스! 끼어들지 마!"

그것은 키릭스와의 오랜 경쟁심이 발현된 것이었지만, 애당초 키릭스도 그럴 생각이었다.

"물론이지. 저런 녀석 하나 혼자 해결 못 한다면, 넌 여기서 죽어도 상관없어."

마치 뜨겁게 달군 못을 가슴에 후벼 넣는 것 같은 말투에 발끈한 자는 도리어 보르츠였다.

"감히 이 애송이들이!"

맹렬한 투지로 불안감을 떨쳐 낸 보르츠는 카론에게 뛰어들었다. 단숨에 이 비실거리는 녀석의 숨통을 끊고 곧바로 저 불길하기 짝이 없는 악마를 상대할 심산이었다. 하지만 상황은 그의 기대대로 흘러가지 않았다.

보르츠의 검술은 정교하기보다는 강렬하다. 바꾸어 말하면 단순하다고도 할 수 있는 검술. 하지만 거기에 엄청난 힘과 노련함이 더해지면 그저 기세 좋게 휘두를 뿐인 검이라도 치명적이다. 단 한 번이면 뼈가 잘리고 목이 날아간다.

지금 보르츠는 판단력이 흔들린 상태였다. 반면 카론은 절대로 보르츠처럼 전차 같은 근육질이 될 수는 없지만 타고난 치밀함과 빠른 움직임이 그 단점을 보완하고 있었다. 게다가 때로는 교활하기까지 했다.

"이, 이런!"

카론이 내두른 망토가 자신의 검을 휘감자 보르츠의 안색이 뒤바뀌었다. 피에 잔뜩 젖은 망토는 예상보다 훨씬 악착같이 검을 옭아맸다. 단숨에 카론을 죽이겠다고 별렀던 보르츠는 판단력을 상실한 상태였다. 얼마나 상실했냐 하면 카론이 망토 끈을 풀러 놨다는 것도 눈치채지 못했던 것이다. 한순간에 보르츠의 검이 봉쇄되었다.

카론은 힘겨운 표정에 드물게도 조소를 머금었다.

"망토, 어디다 쓰는지 물어봤었지?"

'이따위 잔재주를!'

악투르의 전사는 실수를 반복하지 않았다. 그는 주저 없이 검을 놓았다. 칼을 뽑으려고 발버둥 쳐 봐야 단숨에 팔이 잘려 나간다.

대신 무기를 버린 그는 몸을 숙이며 곧바로 카론에게 태클을 걸었다. 마치 투우처럼.

순식간에 들이닥치는 거구의 상대에게 카론이 검을 그었다. 목을 노렸던 칼날은 대신 보르츠의 오른쪽 눈동자를 완전히 찢어 버렸다. 그것은 영원히 치료될 수 없는 상처였지만 보르츠는 속도를 줄이지 않고 그대로 카론을 덮쳤다.

"아윽!"

상대적으로 작은 카론의 몸은 붕 떠오르며 바닥에 쓰러졌다. 황소에 치인 것 같은 격렬한 충격이 가신 뒤에야 쓰러진 자신의 몸 위를 보르츠가 짓누르고 있으며, 검을 쥐고 있는 오른팔이 그의 손에 단단히 잡혀 있다는 것을 알았다. 체구나 힘이나 격투나 카론은 보르츠의 상대가 안 된다. 일단 뒤엉키게 되면 승산은 제로였다.

카론의 하얀 얼굴 위로 눈동자를 잃은 보르츠의 핏방울이 툭툭 떨어졌다. 그의 남아 있는 왼쪽 눈동자가 움직일 때마다 쉿소리가 나는 것 같았다.

보르츠는 남은 손으로 카론의 목을 잡아챘다. 돌조각도 부숴 버릴 것 같은 무서운 악력이 목을 조르기 시작했다.

"큭!"

"감히 악투르를 기습하고도 살아남길 바라냐! 죽어라! 네 무모함을 저주해라!"

당장이라도 목뼈가 부러질 것만 같은 고통 속에서 카론은 필사적으로 왼팔을 움직여 주먹을 날렸다. 하지만 이런 상태에서 내지르는 주먹이 효과적일 리가 없었다. 그것은 단지 보르츠의 가슴을 툭툭 때리는 수준이었다. 보르츠는 비웃음을 드러냈다.

키릭스는 그 절망적인 몸부림을 무표정한 얼굴로 지켜보고만 있었다. 당장이라도 보르츠의 목을 잘라 버리고 카론을 구해 줄 수도 있었지만 그는 그렇게 하지 않았다. 일대일의 대결에 끼어들면 안 된다, 라는 고상한 배려 따위가 아니었다. 그의 행동은 좀 다른 의미의 '배려'였다.

"추하군. 아직도 살아남을 궁리를 하는 거냐?"

질식 직전인데도 포기하지 않는 카론의 주먹질이 보르츠의 기분을 불쾌하게 만들었다. 주먹은 의외로 잘 부서진다. 필사적으로 내지르는 주먹을 보르츠는 머리로 들이받았다. 그와 함께 카론의 손가락뼈가 으스러졌다.

"······!"

그것은 상대의 주먹을 깨트릴 때 자주 쓰는 방법이다. 이렇게 주먹이 부서지면 상대는 십중팔구 패배한다. 그러니까 경기에서는 그렇다는 것이다.

카론은 곧바로 자신에게 다가온 보르츠의 머리를 잡았다. 정확하게 말하자면 아까 자신이 찢어 버린 그의 오른쪽 눈가를 후벼 팠다.

"으아악!"

보르츠는 카론을 놔줄 수밖에 없었다. 그것은 아무리 강인한 육체라도 참을 수 없는 고통이었다.

그는 눈을 감싸고 비명을 질렀고 그 순간 카론은 상체를 일으키며 팔꿈치로 보르츠의 얼굴을 몇 번이나 후려쳤다. 둔탁한 소리와 함께 보르츠의 두터운 턱이 부서지는 소리가 들렸다.

겨우 그에게서 빠져나온 카론은 거친 숨을 내쉬며 검을 잡았다. 결정타를 먹이려고 했으나 그는 곧 칼을 거뒀다. 보르츠는 일어나지 못했다. 아까의 타격이 그의 머리에 강한 충격을 줘서 몸을 일으키지 못하는 것이다.

"하아, 하아······."

곰과 같은 덩치가 침몰한 것을 확인한 카론은 뒤로 물러나 벽에 기댔다. 체력은 이미 제로였다. 몸을 심하게 얻어맞은 탓인지 계속 피를 토하는 입을 손으로 꽉 막은 채 카론은 고개를 꺾었다. 눈을 감으면 이대로 정신을 잃을 것 같았다. 첫 실전에서 만난 상대로는 지나치게 강했다.

"카론, 넌 어째서 항상 아슬아슬하게 이기냐? 보는 내가 다 조마조마하네."

기적적으로 승리한 카론에게 혹독한 말을 던진 키릭스 덕분에 카론의 정신이 돌아왔다. 그는 키릭스를 사납게 노려봤다. 물론 대단하다면서 축하를 했어도 그게 키릭스의 입에서 나왔다면 조롱으로 들렸겠지만 말이다.

패배를 인정할 수가 없었던 보르츠는 말을 안 듣는 몸을 일으키려 했지만 키릭스는 그런 보르츠의 머리를 짓밟아 다시 주저앉혔다.

"추하게 왜 이러실까."

그렇게 흥얼거린 키릭스는 검은 머리의 친구를 흘낏 바라봤다. '안 죽여?'라는 눈빛이었다. 하지만 카론은 고개를 저었다.

"헤에. 널 살려 준 것에 대한 보답? 그거 정말 기사 같은데?"

키릭스는 씨익 웃으며 카론을 놀렸다.

"하지만 네 자비가 이자에게는 굴욕이야. 그것도 몰라?"

보르츠는 솜털 같은 애송이에게 자기 목숨을 구걸받고 기뻐할 성격이 아니었다. 키릭스의 발밑에 깔린 그는 남아 있는 한쪽 눈동자로 카론을 쏘아봤다. 그가 피를 토하며 고함쳤다.

"건방진 놈! 어서 죽여!"

하지만 카론은 차가운 눈빛으로 응수할 뿐 칼을 들지 않았다. 보르츠가 외쳤다.

"네놈들이 여길 빠져나갈 수 있을 것 같아? 이제 곧 지원군이 도착한다! 수천 명은 될 거야! 너희들이 그걸 뚫고 살아 돌아갈 수 있을 거라 생각하나!"

"하아. 별걱정을 다 하시네요."

키릭스는 혀를 차며 보르츠의 머리를 바닥에 짓눌렀다. 단숨에 코뼈가 부러졌다. 보르츠는 쇳덩이가 자기 머리 위로 떨어진 것 같았다. 아무리 자기 힘이 바닥났다고는 해도 이자의 괴력은 자신과는 비교도 안 되는 수준이라는 것을 느꼈다. 인간이라고 생각할 수가 없었다.

"……날 죽여. 동정 따위 필요 없다."

키릭스는 으르렁거리는 보르츠 앞에 칼을 꽂았다.

"죽고 싶으면 알아서 죽어. 죽음에 품위가 있어? 늑대에게 물려 죽든 사자에게 물려 죽든 죽음 그 자체는 다 똑같아. 승자에게 죽음을 구걸하는 것으로 너의 패배가 정당화될 거라 착각하지 마라. 패배자."

그건 보르츠가 겪을 수 있는 가장 커다란 수치였다. 키릭스의 발밑에 눌려 있던 보르츠는 쇠사슬에 묶여 포효하는 야수처럼 외쳤다. 그건 순수하게 증류된 분노였다.

"지금 날 안 죽이면 후회하게 될 거다! 카론! 이 애송이, 똑바로 들어! 언젠가는 널 죽이고 말 거다!"

그의 저주는 증오의 열기가 되어 첨탑을 울렸다. 하지만 카론은 보르츠를 죽이지 않았다. 시체의 산을 만들며 여기까지 온 사람의 발상이라고 하기에는 지나치게 감상적일지도 모르지만, 그는 더 이상 아무도 죽이고 싶지 않았다.

갈색 곱슬머리 사이로 드러난 빨간 눈동자로 가쁜 숨을 내쉬며 주저앉아 있는 카론의 모습을 바라보던 키릭스는 곧 첨탑의 관리실을 뒤져 술병을 하나 집어왔다.

"악투르 사람들이 독한 술을 좋아해서 다행이야. 내 특효 소독약을 안 가져온 게 아쉽긴 하지만."

키릭스는 칼에 베이고 피에 젖어 누더기나 다름없는 카론의 셔츠를 벗겨 낸 다음 그 위에 술을 모두 쏟았다. 희뿌연 통증이 온몸을 적셨다.

"카론, 여기서부터 갈림길이야. 네 운명의 갈림길이지."

"……."

카론은 지친 눈동자로 말없이 그를 올려다봤다.

"저 계단을 올라가든가 아니면 포기하고 베르스로 돌아가든가. 선택해."

잠시 후에는 엄청난 수의 지원군이 도착할 것이다. 인질을 구할 여유는 없었다. 만신창이가 된 몸으로 인질까지 데리고 베르스로 무사 귀환할 가능성은 계산해 볼 것도 없이 희박하다. 기적에 기적에 기적이 필요한 가능성이다. 이것을 도박이라 말한다면, 아무리 돈이 흘러넘치는 사람이라도 판돈을 걸지 않을 그런 확률이다.

"……시끄러워. 누가 포기한대?"

신음에 가까운 목소리로 쏘아붙인 카론은 벽에 몸을 기댄 채 두 다리에 있는 힘껏 힘을 주고 몸을 일으켰다. 피와 땀이 뒤섞여 소낙비처럼 떨어지고 있었다.

그는 계단을 디뎠다. 피에 물든 발이 계단을 밟을 때마다 붉은 발자국이 또렷이 찍혀 갔다.

평민은 출세할 수 없다. 이런 터무니없는 기회라도 없다면 말이다.

카론은 피에 젖은 얼굴로 나선계단을 올려다봤다. 그것은 끝도 없이 하늘로 이어져 있는 것만 같았다. 참 미안한 말이지만, 그는 지금 자신이 구해야 할 여자의 이름이 떠오르질 않았다. 오직 저 끝에 도달하는 것만이 어머니가 죽은 이후 단 한 번도 잊지 않았던 생의 유일한 목적이라는 생각만 들었다.

뱀처럼 자신을 휘감는 나선계단은 얼음처럼 차가웠다. 이미 몸의 모든 온기를 이 계단이, 이 첨탑의 악의적인 기운이 모조리 빼앗아 간 것 같았다.

그는 계속 계단을 올라갔지만 또한 아무리 올라가도 도착할 수 없을 것 같았다. 문득 울어 버릴 것 같은 외로움을 느꼈지만 그때마다 표정은 점점 더 차가워졌다.

6.

키릭스는 카론을 부축하지 않았다. 부축해 줘도 당장 자신을 밀쳐 낼 카론이었지만, 그것 때문은 아니었다. 그런 시시한 우정 따위로 좋아지는 것은 아무것도 없다고 생각했다.

그보다 키릭스는 곧 들이닥칠 악투르의 지원군을 막을 방법을 궁리해야 했다. 정말 골치 아픈 일이었다.

'이젠 터트릴 화약고도 없고, 어쩐다.'

아무리 키릭스라도 만능은 아니다. 족히 천 명은 넘게 몰려올 것 같은 적들을 막을 방법이 도통 떠오르지 않은 키릭스는 머리를 긁적거리며 시체로 가득 찬 복도를 걸어갔다.

7.

지금쯤 승냥이 떼처럼 이곳에 도착했어야 할 악투르의 지원 병력이 말발굽 소리는커녕 기별조차 없자 키릭스는 고개를 갸웃 거렸다. 베르스라면 모를까 악투르는 주변 도시가 공격받는다는 소식을 들으면 주저 없이 달려올 나라다.

그런 강인한 기질 때문에 뭘 심어도 자라는 것이라고는 매운 당근 말고는 볼 것도 없는 황량한 나라가 지금까지 살아남을 수 있었던 것이다. 그런데 아직까지 안 왔다니? 갑자기 악투르 인 들이 베르스의 이기주의에 감명받기라도 했단 말인가?

눈썹을 찡그린 채 시커멓게 물든 주변을 두리번거리던 키릭스는 묘한 것을 발견했다. 요새 부근에서 대량의 먼지 같은 것이 흩날리고 있었던 것이다.

그곳으로 간 키릭스는 눈을 가늘게 떴다. 아니, 보통 사람이었다면 보자마자 졸도했을지도 모를 광경이었다.

"맙소사!"

수많은 사람과 말들이 뼈만 남은 채 온 사방에 늘어져 밤바람에 쓸려 나가고 있었던 것이다. 이들이 바로 그 지원군이었다는 사실은 의심할 여지도 없으리라. 마치 그대로 멈춰 선 채 수백 년의 세월이 흘러가 버린 것만 같았다.

키릭스가 바싹 마른 두개골에 손을 대자 그것은 파삭하는 소리를 내며 먼지처럼 흩어졌다. 운석이 떨어졌다고 하더라도 이것보단 덜 비참할 것이다. 이런 말도 안 되는 '재앙'을 일으킬 수 있는 자는 전 세계에 하나뿐이었다. 키릭스는 잿더미를 털며 쓴웃음을 지었다.

"이거야 원 황송해서……."

그래도 자식은 자식이라 이건가? 키릭스는 곧 살기 가득한 눈빛으로 북쪽을 쏘아봤다.

'제발 내가 가기 전에 뒈지지 말아 주시길 바랍니다, 아버지.'

8.

얼마나 시간이 흘렀을까, 꼭대기에 도착한 카론은 흐릿한 두 눈으로 감옥 문을 바라봤다.

의외로 마지막 관문은 쉬웠다. 아무도 남아 있지 않은 첨탑 위의 감옥에는 간단한 덧문 하나만 설치되어 있었다. 카론은 그것을 열고 안으로 들어갔다.

"......"

팡파르도 꽃발이 휘날리는 축하도 없었다. 소녀에 가까운 작은 키의 아가씨가 상처 입은 몸을 떨며 구석에 숨어 있었을 뿐이다.

카론은 멍한 표정으로 그녀를 바라보았다. 정말 미안하지만, 아무리 생각해도 그녀의 이름이 떠오르지 않았던 것이다. 계단 어디쯤에서 흘리고 왔음이 분명했다.

그녀는 겁을 먹고 카론을 피했다. 카론은 그런 그녀 앞에서 한쪽 무릎을 꿇었다.

"저는 카론…… 샤펜투스라고…… 합니다. 기사도를 지켜…… 당신을 구출하기 위해서……."

기사도? 가증스럽다. 자신도 이 불쌍한 소녀를 이용하는 수많은 속물들 중 하나일 뿐이라는 뒤늦은 죄책감이 몰려왔지만—카론은 두 눈을 꽉 감은 채 짜내듯이 자신의 낯선 성(姓)을 내뱉었다. 이제는 포기하고 돌아갈 수도 없었다.

"저와 함께…… 베르스로……."

거기까지 말한 카론의 눈에서 눈물이 떨어졌다. 이런 짓을 하려고 그 많은 사람들을 죽이며 여기까지 왔단 말인가, 그는 스스로가 한심했다. 자신도 목적을 위해 또 다른 방식으로 이 소녀를 납치하는 거라는 자기모멸을 참을 수 없었다.

이런 자신의 모습이 증오해 마지않는 돼지들의 어디와 다르단 말인가. 더러운 수단으로 숭고한 목적을 이룬다고? 그것보다 더 어리석은 가식은 없지 않은가. 더 이상 거짓을 말할 수 없었던 그의 목소리가 떨리기 시작했다.

"죄송합니다……. 저는……."

그는 입을 막은 채 울음을 터트렸다. 이 꼭대기에 도착하면 모든 괴로움을 보상받을 것만 같았다. 하지만 자신을 기다리고 있었던 것은 황무지의 냉기 같은 공허감뿐. 기억나지 않는 것은 이 소녀의 이름만이 아니었다. 이제 더 이상 무엇을 해야 할지도 떠오르지 않았다.

이 소녀를 데리고 베르스로 돌아가 돼지들에게 내키지 않는 칭찬을 받고 속 보이는 훈장을 받고—그 다음엔 또 뭘 해야 한단 말인가? 그 지독한 무력감은 필사적으로 버티던 그의 의지를 산산이 부숴 버렸다. 카론의 몸이 스르르 기울어지며 바닥에 쓰러졌다.

9.

카론이 다시 정신을 차린 것은 나흘이나 지난 뒤였다. 그는 정신을 차리고도 한참 동안을 멍하니 눈만 깜빡거렸다. 아무것도 실감하지 못했다. 어째서 자신이 살아 있는 것일까?

만약 여기가 악투르군 고문실이라면 나름대로 납득을 했겠지만 이곳은 고문실이라고 하기에는 지나치게 안락했다. 장식 하나 없이 연녹색의 벽지로 둘러싸였을 뿐인 소박한 방이지만, 적어도 고문실이었다면 햇살이 들어오는 창문과 푹신한 침대를 마련하지는 않았을 것이다.

게다가 여전히 악투르였다. 벽에 걸려 있는 악투르의 붉은 국기가 그것을 증명해 주고 있었다.

"오, 정신 차렸네? 오늘도 혼수상태였으면 내버려 두고 나 혼자 가려고 했다."

문을 열고 들어온 자는 키릭스였다. 그는 키릭스를 보고도 어찌 된 영문인지 몰라 동그란 눈으로 바라보기만 했다.

"자신이 왜 살아 있는지 엄청나게 궁금하다는 표정이네? 안타깝게도 여긴 천국이 아니야. 악투르의 한 저택이지."

"뭐? 저택?"

키릭스는 속 시원하게 대답하지 않고는 침대 옆 의자에 앉아 헛기침을 했다.

"혹시나 해서 첨탑에 올라가 봤더니 아니나 다를까 너 기절해 있더라. 공주를 구하러 간 왕자가 진한 키스는커녕 그 앞에서 쓰러져 버리다니, 그게 뭐냐, 창피하게스리.”

“쓰, 쓸데없는 소리 하지 말고 묻는 말에나 대답해! 어째서 우리가 여기 있는 거야?”

그는 들고 온 빵을 한입 물더니 ‘으악! 맛없어! 독약이냐?’ 라고 소리치며 창밖으로 집어던지고는 말을 이었다.

“일단 악투르 사람들도 돈을 밝힌다는 사실에 감사해라.”

“뭐라고?”

“아무리 나라도 너와 그 여자를 양어깨에 짊어지고 베르스로 뛰어갈 수야 없지 않겠냐. 다시 한 번 말하지만 공녀를 구하는 정의의 용사는 내가 아니라 너여야 해. 너와 그녀는 만신창이가 돼서 기어 돌아가는 게 아니라 백마를 타고 늠름하게 입성해야 한다고.”

“제발…… 본론만 말해 주겠어?”

“뭐 그래서 너희들을 마차에 태우고 이 도시로 왔지.”

“배짱도 좋군. 우리 수배령이 떨어졌으면 어쩔 뻔했어?”

“으이구. 공주 앞에서 기절한 왕자 주제에 잔소리 늘어놓기는. 수배령이 떨어질 리가 없다는 걸 이미 알고 있었으니까 온 거지.”

“어째서?”

“일단은 우리가 베르스로 돌아간 줄 알 테고, 애송이 둘에게 자랑스러운 악투르의 요새가 쑥밭이 되었다는 사실을 밝힌다면 체면이 왕창 구겨질 테니까. 수천 명의 악투르 병사들과 싸워 인질을 구한 용맹한 두 명의 베르스 소년들을 체포하라는 치욕적인 수배령을 악투르에서 내릴 거라 생각해? 어느 나라나 정치인은 교활하면서도 우둔하기 마련이야.”

카론은 키릭스의 판단력에 상당히 놀랐다. 자신이었다면 어떻게든 기를 쓰고 베르스로 돌아가려고만 했을 것이다.

“뭐, 너 치료하려면 하루 이틀로는 부족할 것 같고 그래서 이 집을 샀어.”

“……집을 샀다고?”

카론은 살짝 골치가 아팠다. 그렇다고 집까지 살 건 없지 않은가.

“금화 한 주머니 주니까 두말 않고 집을 내주더군. 대신 너 치료한 건 모조리 내가 했으니까 고맙게 생각해. 엄청 귀찮다고, 그거.”

“누가 치료해 달래……는 됐고, 금화는 어떻게 구한 거야?”

“적어도 한 푼 두 푼 저금해서 모은 건 아니니까 캐묻지 말아 줘. 내가 건전한 방법으로 구했을 리가 없잖아?”

“그런 말 자랑스럽게 하지 마라.”

카론은 기가 질렸다. 이건 치밀함 이전에 일종의 생활력 문제랄까, 키릭스의 능수능란함은 도저히 당해 낼 수 없었다. 그것은 아무리 기사수행을 열심히 해도 터득할 수 없는 종류의 것이라서, 고지식한 카론은 모든 일을 얼렁뚱땅 해치우는 것 같으면서도 절대 실수하지 않는 키릭스의 모습을 볼 때마다 그가 마술을 부리는 것만 같았다.

'부조리해. 어떻게 수업 한 번 제대로 받지 않은 녀석이 나보다 더……' 라고 영문을 알 수 없는 소리를 투덜거리던 카론은 무엇인가를 발견한 순간 소스라치게 놀랐다.

"내, 내 머리가!"

카론은 부러진 손으로 자신의 머리를 더듬거렸다. 꽤 길게 길렀던 자신의 머리칼이 단발로 변해 있는 게 아닌가! 목숨을 부지했는데 머리카락이 대수냐고 생각할 수도 있겠지만, 너무도 예상치 못한 일이라서 카론은 그야말로 깜짝 놀랄 수밖에 없었던 것이다.

"아, 그거?"

키릭스는 손가락으로 가위질하는 시늉을 하며 대답했다.

"내가 잘랐어."

"어째서!"

"검술 연습은 그만하고 이제 문화 상식 좀 쌓으시지? 악투르에서 성인 남자가 머리를 기른다는 것은 몸 파는 사람이라는 걸 의미해. 네가 우락부락한 고릴라였다면 의심받을 이유도 없었겠지만 그 얼굴로 긴 머리하고 다녔다간 애꿎은 남녀노소 죄다 홀리고 다닌단 말이지. 그걸 원해?"

"원할 리가 있겠냐!"

"그래서 잘랐어요. 잘했지?"

"······잘났구나."

카론은 이를 부득 갈며 고개를 끄덕였다. 딱히 머리를 기르는데 특별한 사연이 있는 것은 아니었지만, 왠지 키릭스가 잘났다니까 괜스레 기분이 나빠진 카론이었다.

물론 카론도 그 괴상망측한 '악투르 생활 상식'을 알았다면 자기 손으로 잘랐을 테지만 말이다.

키릭스는 자리에서 일어났다.

"나흘이나 사경을 헤맨 녀석에게 스테이크 같은 건 무리일 테니까 죽이라도 만들어 주마."

"당근 넣지 마."

"아아아악! 귀찮아! 아무거나 처드셔, 좀! 미레일이 있었다면 얼마나 편했을까. 왜 내가 환자식이나 만들어야 해? 솔직히 이럴 때면 황궁 뛰쳐나온 게 후회스러워."

키릭스는 괜한 넋두리를 늘어놓으며 방을 나가려고 했다. 그때 카론이 말했다.

"저, 키릭스."

키릭스는 영민할 정도로 눈치 빠른 사내다. 단순하고 정직한 카론의 마음속쯤이야 손바닥 보듯 알 수 있었다. 그는 '이제야 본론을 말하는 거야?'라는 표정으로 카론을 바라봤다.

"그 여자······ 그러니까 이멜렌 님의 상태는 어때?"

이제야 이름을 기억해 낸 카론은 창피한 잘못을 저지른 사람처럼 조그맣게 말했다. 첨탑의 꼭대기에서 눈물을 흘렸을 때부터 생겨난 죄책감은 가실 줄 몰랐다. 혈육에게 배신당해 악투르까지 끌려와 모진 꼴을 당한 가녀린 소녀를 자신의 출세를 위해 이용하려 했다는 죄책감은 지금 그의 온몸을 들쑤시는 통증보다 더한 고통이었다.

키릭스가 말했다.

"옆방에 있어. 데려올까?"

"아냐! 괜찮아."

카론은 정색을 하며 고개를 저었다. 그런 짓을 해 놓고 어떻게 얼굴을 마주한단 말인가. 키릭스는 그 표정을 보고 정말 도리가 없다는 듯이 웃었다.

"하아. 카롱, 카롱 샤펜투스 기사 나리. 베르스에는 밤하늘의 별보다 많은 기사들로 넘쳐흘러. 그런데 그 넘쳐흐르는 기사 나리들 중에서 적국에 납치된 여자를 구하기 위해 목숨을 걸고 뛰어든 기사는 너 하나야. 어쨌든 네가 아니었으면 이멜렌은 죽었어. 중요한 건 네가 목숨을 바쳐 구했다는 거라고. 좀 교활하면 어때? 속물적인 이유 때문이라도 목숨 바쳐 살려 준 것과 고상한 소리나 지껄이며 뒷짐 지고 바라보기만 하는 것 중에 뭐가 더 훌륭하지? 내가 보기에 지금 너는 왜 자신이 백점이 아니냐고 슬퍼하는 모범생 같아."

"어, 얼렁뚱땅 말하지 마라!"

키릭스의 말은 분명 냉소로 가득한 독설이었지만 그로서는 가장 상냥한 위로이기도 했다. 그걸 알기 때문에 카론은 달리 받아

치지 않았다. 자기 좋을 대로 해석하는 녀석, 이라고 속으로 투덜거렸을 뿐이다.

"아참. 그리고 이멜렌이 너 깨어나면 고맙다고 전해 달라더라. 구해 줘서 너무도 고맙다고."

"저, 정말?"

카론은 순간 얼굴이 빨개졌다. 물론 거짓말이었다. 이멜렌은 이후 11년 동안 단 한 마디도 하지 못했다. 다시 밖으로 나가려는 키릭스를 카론은 다시 불렀다.

"키릭스."

"아니, 답지 않게 왜 자꾸 불러 세우실까."

카론은 사람의 손때가 묻어 있는 방을 둘러보며 물었다.

"나와 이멜렌 님을 데리고 우르콰르트를 빠져나오기도 버거웠을 텐데, 금화에 이런 집까지 구하다니 대단해. 솔직히 나라면 전혀 못 했을 거야."

칭찬에 재능이 없는 카론은 꽤나 어색한 목소리로 말했지만, 그 마음만큼은 진심이었다. 고맙다는 생각이 들었다. 키릭스는 혼자서도 얼마든지 이멜렌을 구할 수 있었을 거라는 생각까지 들자 짐이 되고 있다는 미안함마저 들었다.

사실 키릭스에게 항상 화를 냈던 감정의 상당 부분도 질투심이었던 것이다. 좀 거창하게 말하자면, 신의 편애를 받은 천재를 시기하는 평범한 인간의 모습 같은 것이었다.

카론은 예전 미레일이 했던 말을 떠올렸다. '키릭스 씨는 무슨 일이든 해낼 것 같지 않아요?'라는 격앙된 어조. 항상 침착하고 품위 있는 미레일을 들뜨게 만들 수 있는 사람은 키릭스 하나뿐이었다.

그러니까 그의 위험한 매력이 일종의 마성처럼 자신과 미레일을 홀린 것이라는 생각에 괜히 화가 났던 것이다.

"아아, 네가 칭찬해 주니까 가슴이 다 벅차오르네. 좋아. 그 보답으로 평생 맛본 적도 없는 미쳐 버릴 만큼 맛있는 죽을 만들어 주도록 하지. 대신 그거 먹고 일주일 안에 걸을 수 있어야 한다. 계속 누워 있다가는 결국 또 머리가 길게 자라서……."

"닥쳐!"

웃으며 말하는 키릭스의 눈매는 무표정했다. 밑도 끝도 없이 금화 같은 것을 어떻게 구한단 말인가.

사실 그는 카론과 이멜렌을 데리고 우르콰르트를 빠져나온 뒤에 지나가던 마차를 잡았다. 산적을 만나 이 꼴이 되었다며 특유의 능숙한 언변으로 마차에 탄 가족들에게 동정을 얻었고 그 마차가 도시로 가는 하루 동안 그들과 대화하며 말하는 모든 것을 암기했다. 이름과 나이, 직업, 살고 있는 집, 친한 이웃 등 아주 세부적인 것까지.

그리고 도시에 도착하기 전 가족 모두를 살해하고 그들이 살고 있는 집으로 가서 카론과 이멜렌을 눕혔다. 자신을 집주인의 친척이라 태연하게 속이는 키릭스를 이웃 누구도 의심하지 않았다.

그리고 키릭스는 카론 역시 속였다. 굳이 진실을 알려 줄 필요가 없다고 생각했다. 지금 이 저택의 지하실에 그 가족들의 시체가 숨겨져 있다는 사실 역시 알려 줄 필요가 전혀 없다고 생각했다.

"그럼 푹 쉬도록 해. 마음이 편해질 때까지."

키릭스는 그 매력적인 미소와 함께 문을 닫았다.

10.

"카론 군. 내 말 듣고 있나?"

"아, 죄송합니다."

딴생각에 젖어 있던 카론은 고개를 돌려 주치의를 바라봤다.

그의 얼굴에 십 년 전의 앳된 모습은 남아 있지 않았지만 수많은 악당들과 싸워 온 베르스 최강의 기사라 하기에는 여전히 곱상했고, 올해로 서른한 살이 되는 유부남이라고 하기에도 반칙에 가까울 정도로 동안이었다.

달라진 것이 있다면 이제 아무도 그를 평민이라 무시하지 못한다는 것과 십 년 전보다 훨씬 더 침착해진 성격 정도일 것이다. 사실 키스와 미온만 없다면 그를 화나게 하거나 두통약을 찾게 만들 일은 하나도 없었다.

그리고 또 하나 달라진 것은 십 년 동안 몸에 누적된 상처였다.

"농담하는 게 아닐세. 자넨 지금 심각한 상태야."

"시력이라면 항상 주의하고 있습니다."

"시력만이 아니야. 자네도 알고 있을 텐데? 자네 몸은 애당초 격렬한 싸움에는 어울리지 않아. 엄청난 노력으로 어느 정도 극복하고 있지만, 그렇다고 매일매일 목숨을 거는 일에 몸을 내던 져도 좋다는 의미는 아니야. 자넨 지금 한계 상황이네. 대체 지금까지 병원 신세를 몇 번이나 졌지? 자네에게 감았던 붕대를 길게 펴면 왕궁을 몇 바퀴나 돌고도 남을걸?"

"재미있는 농담이로군요."

"농담이 아니라니까! 상처는 치료되더라도 그때 받은 충격만 큼은 어디로 사라져 버리지 않고 고스란히 몸에 누적돼. 그게 지금 자네 몸을 갉아 먹고 있어."

국왕의 어의이기도 한 늙은 의사는 카론 경의 몸 상태가 기록 되어 있는 차트를 탁탁 때리며 혀를 찼다.

이런 흉악한 기록은 본 적도 없었다. 부상을 당한 부분은 붉은 색으로 표시되어 있는데 몇 장을 넘겨도 새빨간 기록들만 가득 했다. 이런 꼴을 당하고도 지금까지 걸어 다니는 것이 신비로울 지경이었다.

천년만년 끄떡없이 악당을 소탕하는 정의의 히어로는 어린애 연극에서나 나오는 것이다. 인간의 육체란 분명 한계가 있고 주 치의가 판단하기에 카론의 육체는 잔뜩 금이 가 있는 도자기, 즉

한계 일보직전이었다.

"처방을 내려주겠네. 쉬게나. 일 년이든 오 년이든 그 칼은 금고 속에 처박아 두고 세상이 불바다가 되더라도 다 무시하고 무조건 쉬어!"

"예. 참고하겠습니다."

카론은 건성으로 대답하는 것으로 의사의 경고를 피하며 새하얀 셔츠를 입고 단추를 잠갔다.

안 그래도 마라넬로 황제와 빌헬름 국왕의 갑작스러운 붕어(崩御) 이후 세계는 초비상 상태다. 이럴 위험천만한 때 휴가를 낼 수는 없었다. 이번 진찰도 주치의가 제발 진단을 받으라고 집까지 찾아와서 어쩔 수 없이 한 것이었다.

그는 자리에서 일어나 옷걸이에 걸려 있는 자신의 제복을 들었다.

장승보고 혼자 떠든 기분에 한숨을 내쉰 의사는 고개를 절레절레 흔들었다.

"카론 군. 아니, 카론 샤펜투스 경. 생각 같아선 침대에 꽁꽁 묶어 놓고 강제로라도 쉬게 만들고 싶지만, 그 몸은 자네 몸이니 내가 더 이상 강요할 수야 없네. 하지만 한 가지만 묻지."

"어떤 걸 말입니까?"

"왜 그렇게 조급해하나."

"예?"

"모른 척하지 말게나. 자네는 곧 다가올 대재앙을 대비하는 예언가처럼 항상 조급해하고 있어. 지나치게 일하고 지나치게 연습하고 지나치게 긴장하고 있어. 내 말이 틀렸나?"

"……."

"자네는 이미 그 나이에 도달할 수 있는 권력의 정점에 올랐고 원한다면 얼마든지 부자가 될 수 있고 또한 아름다운 부인까지 있지 않나. 거기다 더없는 미남이기도 하지. 자넨 부족한 것이 없는 사람이야. 그런데 왜 그렇게 자신을 혹사시키는지, 의사로서가 아니라 계속 자네를 관찰해 온 사람으로서 궁금하네."

카론은 그렇게 말하는 의사 뒤에 놓여 있는 수많은 약병들을 바라보며 생각에 잠겼다. 그의 머릿속에는 이멜렌과 키릭스, 키스와 죽은 미레일, 엔디미온과 쇼메 등 수많은 사람들의 모습이 스쳐 지나갔다.

이대로 가면 자신의 몸이 돌이킬 수 없이 망가져 버린다는 것은 스스로도 잘 알고 있었다. 사실 그는 얄궂게도 단 한 번도 검을 쓰는 것이나 싸우는 것을 좋아한 적이 없었다.

그는 엷게 웃으며 걱정스러워하는 주치의를 바라봤다.

"제가 검을 쓸 날은 이제 얼마 남지 않았습니다. 그때가 지나면 걱정하지 않으셔도 다시는 검을 잡지 않을 겁니다."

"아니, 기사를 그만두겠다는 건가?"

"은퇴 후에는 아내와 함께 시골로 내려갈 생각입니다. 항상 그때가 올 수 있길 기도하고 있습니다. 그때까지만 못 본 척해 주십시오. 고집부려 죄송합니다."

카론은 살짝 고개를 숙여 보인 뒤 밖으로 나갔다. 그가 처음 기사가 되고 나서부터 지금까지 그를 지켜봐 온 주치의는 카론이 남긴 그 말에서 이상한 불길함을 느꼈다. 뭔가 무서운 각오를 하고 있다는 것을 느꼈던 것이다.

11.

그런데 쉴 수가 없다는 카론의 결심은 그날부로 무너지고 말았다.

같이 여행 가고 싶어요.

집에 돌아온 카론에게 이멜렌은 그렇게 쓰여 있는 쪽지를 보여 주었다. 그녀는 몸이 약한 데다가 정신적인 상처 때문에 밖으로 나가는 것을 겁내서 지금까지 한 번도 여행을 떠난 적이 없었다. 사실 거의 집에만 있어야 했다.

그런 그녀에게 무슨 심경의 변화가 생겼는지 갑자기 여행을 가자는 '말'을 하자, 카론은 두말없이 행정부에 가서 난생처음으로 열흘간의 휴가 신청서를 제출했고 (카론의 휴가신청을 받은 담당자는 믿기지 않는다는 듯 몇 번이나 신청서를 다시 읽었다) 그날로 짐을 싸서 이멜렌과 함께 왕실을 떠났다.

'죽어도 쉴 수 없어!' 라고 말하던 사람의 행동력이라고 하기에는 놀라울 정도로 재빨랐다.

물론 여행이라고 해 봐야 왕실에서 제공한 한적한 여름 별장에 가서 쉬는 휴양이 전부지만, 그것만으로도 충분했다. 카론은 거의 집 밖으로 나가지 못했던 아내의 용기 있는 제안을 거부할 정도로 냉혹한 남자가 되지 못했다. 어쩐 이유인지는 모르겠지만 아내 마음이 바뀌기 전에 빨리 왕실을 떠난 것이다.

그런데 사실 무도회에 나가는 것조차 꺼리는 그녀가 갑자기 여행을 가자고 한 이유는 카론 때문이었다. '이렇게 해서라도 쉬게 만들겠다!' 라는 일종의 의지였지만—이런 일에는 절망적일 정도로 둔감한 남편은 그녀의 계략을 전혀 눈치채지 못한 채 여행을 떠난 것이다.

"아앗! 카론 경이 휴가?"

'은의 기사 전격 휴가!' 라는 빅뉴스는 호외처럼 삽시간에 왕실을 뒤덮었다. 이 일은 '국왕 임신', '아이히만 성직자 되다', '이오타, 베르스에 무조건적인 항복' 과 비슷한 수준의 충격이었다.

그 예상치 못한 휴가를 두고 '열흘 동안 이 나라의 치안은 누가 책임진단 말인가!' 하며 비분강개하는 관리도 있었고, 사실은 이멜렌이 임신을 했기 때문이라든가 카론이 마키시온에 스카우트된 것이라는 식의 근거 없는 억측들도 마구잡이로 쏟아졌다. 심지어는 사실인지 확인하기 위해 헬스트 나이츠 본부를 방문하는 사람들마저 있었다.

헬스트 나이츠는 헬스트 나이츠대로 패닉 일보직전이었다. 평소 카론 경이 얼마나 많은 업무를 담당하고 있었는지 짐작도 하지 못했던 그들은 열흘 동안 카론의 업무를 대신하기 위한 열 명의 기사들을 긴급 투입했으나 역부족이었다.

그렇다. 카론 경의 부재는 곧바로 왕실 업무의 정지를 의미했다……까지는 아니었지만 확실히 그의 공백은 '카론 경도 인간이었구나!' 라는 의미에서 충격적이었다.

그중 누가 가장 충격을 먹었냐 하면 바로 키스였다.

"아아아아아! 나한테는 말도 안 하고 가 버리다니 이럴 수가 있는 겁니까아아아!"

소파에 얼굴을 파묻고 오열하는 키스를 민망한 얼굴로 바라보는 스왈로우 나이츠의 기사들은 '말할 리가 있겠냐' 라고 중얼거렸다. 분명 카론은 키스가 따라간다고 들러붙었다면 칼을 휘둘러서라도 막았을 것이다.

"어째서 나는 모르고 있었단 말입니까아!"

"그거야 카론 경 떠날 때 댁은 꿈나라에 있었으니까."

미온은 홍차를 후룩 마시며 퉁명스럽게 말했다. 마라넬로 황제가 암살되었다는 소식을 듣고도 '어차피 살 만큼 산 사람이잖아요?' 라는 시큰둥한 반응만 보이던 인간이 카론이 휴가 갔다는 말에는 세상이 무너진 것처럼 오두방정을 떨다니—미온은 '일 좀 해라, 게으름뱅이' 라고 등짝에 써 주고 싶은 충동을 느꼈다.

그러나 키스가 미온이 원하는 대로 움직여 준 적은 단 한 번도 없었다. 그는 벌떡 일어나서는 주먹을 꽉 쥐었다.

　"이러고 있을 시간 없어요! 나도 따라갈 겁니다아!"

　"자, 잠깐! 그럼 앞으로 브리핑은?"

　"지금 그런 게 중요합니까?"

　"아아. 중요하고말고. 댁한테는 시시껄렁해도 우리한테는 엄청 중요해! 밥줄이잖아!"

　"난 몰라요! 그딴 거!"

　기사들은 입을 떡 벌린 채 고개를 홱 돌린 키스를 바라봤다. 어쩜 인간이 저리도 뻔뻔할 수 있단 말인가. 이건 마치 전투 중이던 사령관이 '이거, 집에 가 봐야겠는걸? 오늘이 결혼기념일이야. 부부의 행복만큼 소중한 건 없지 않겠나?'라고 말하며 부하들을 향해 해맑게 웃는 것과 다를 바가 없었다.

　격분한 부하가 총으로 쏴 죽여도 할 말이 없는 그런 상황. 그러나 불행하게도 물리적인 하극상으로는 승산이 없었던 미온은 제대로 미쳐 버린 키스에게 논리적으로 현실을 일깨워 주기로 마음먹었다. 그 현실은 다음과 같았다.

　"키스 경, 당신이 가면 카론 경이 좋아할 것 같아?"

　보나 마나 사생결단이 날 거다. 미온은 자신이 정곡을 찌르는 말을 했다 믿었지만 키스의 망상은 그마저 튕겨 내고 말았다.

　"물론입니다아. 제가 오기만을 손꼽아 기다리고 있을 거랍니다아."

모두가 '그럴 리가 있겠냐!' 라는 경악의 표정으로 생글생글 웃고 있는 얼빠진 단장을 바라봤다. 저 천진난만한 얼굴로 무슨 흉악한 민폐를 끼칠지 안 봐도 훤했다.

랑시는 '치료 불능' 이라는 얼굴로 힘없이 중얼거렸다.

"당신은 상황을 지나치게 긍정적으로 보는 경향이 있어."

낙관주의를 신봉하는 랑시에게 이런 말 들으면 볼 장 다 봤다는 의미였다. 하지만 키스는 결코 (쓸데없는) 의지를 꺾지 않았다.

"어쨌든 저는 가고 말 겁니다! 저도 휴가를 신청하겠어요!"

"댁은 어차피 365일 펑펑펑펑 놀잖아! 주치의도 그랬다며? 더 이상 게으름 피우면 나무늘보나 코알라 비슷한 걸로 진화하게 될지도 모른다고!"

"저 한 몸 편하자고 이러는 게 아니에요. 지금 카론 경과 이멜렌 님은 물가를 뛰노는 어린아이 같은 무방비 상태! 어떤 위험이 닥칠지 몰라요! 어서 제가 가서 치명적인 위협으로부터 그 연약한 커플을 지켜 줘야 합니다!"

"댁이 바로 그 치명적인 위협이잖아! 아직도 자기 포지션을 모르겠어? 금슬 좋은 부부 생활을 파탄으로 몰아넣는 가정 파괴범은 바로 당신이야! 현실을 받아들여! 그럼 마음이 편해질 거야!"

심리 스릴러물에서나 나올 법한 대사와 함께 (민폐 인간이라는) 심각한 혼돈에 빠진 키스 경은 머리를 쥐어뜯으며 괴로워하다가 자신의 정체성에 대해 처절하게 자각하고 말았다.

"아니에요오! 난 청소의 요정이에요!"

"……죽어 버려."

키스의 정신세계는 이미 사바세계를 떠나 있었다. 말기 정신분열환자를 상대하고 있다는 기분에 미온은 손으로 얼굴을 가린 채 '이제 알게 뭐야. 될 대로 되라지' 라고 투덜거렸다.

사무실로 들어간 키스는 곧 여행 가방과 함께 다시 나타났다.

"노, 농담 아니었어? 당신 진짜 갈 거야? 잉꼬 같은 부부 마음에 어떻게든 대못을 박아 줘야 속이 시원하겠냐고!"

가정 파괴범과 동급으로 취급당한 키스는 뭐가 들었는지 엄청나게 커다란 가방을 들며 손수건을 휘날렸다.

"여러분, 지금까지 정말 즐거웠어요. 저는 이제 새 인생을 찾아 여러분과 아쉬운 작별을……."

"으이구! 아예 돌아오지 마!"

"너무하시네요오."

키스는 손수건으로 눈을 훔치며 서럽게 훌쩍였다. 소박맞은 아녀자처럼 리더구트를 나가는 키스에게 미온이 외쳤다.

"키스 경! 정말로 가면 어쩌자는 거예요? 당신 지금 가면 이 소파 치워 버릴 거야!"

그러자 키스는 그 장난스러운 눈매를 가늘게 뜨며 웃었다.

"그것도 괜찮겠군요. 이젠 자리만 차지할 테니까."

"네?"

"그럼 안녕히."

키스는 무대를 내려가는 연극배우처럼 과장된 몸짓으로 인사를 올린 뒤에 밖으로 나섰다. 멀어져 가는 그의 등 뒤로 막이 내리는 것만 같았다.

12.

카론 부부가 도착한 곳은 왕궁에서 그리 멀지 않은 여름 별장이었다.

사실 이 별장은 국왕이 사 년 전에 카론에게 하사한 '선물'이었지만, 그는 그걸 받고도 까맣게 잊고 있다가 오늘에서야 처음으로 왔기 때문에 이 별장의 규모에 놀라지 않을 수 없었다.

3층으로 된 이 별장은 값비싼 실크 벽지로 마감된 내벽과 최고급 대리석으로 도배한 바닥에, 푸른 벨벳 융단으로 덮여 있는 1층 로비는 대낮부터 불을 밝힌 샹들리에로 반짝거렸고, 2층의 침실은 자신들이 원래 살고 있는 집이 통째로 들어갈 정도로 드넓었다. 광활하다는 표현이 어울릴 만큼 커다란 3층 식당은 공중에서 식사하는 기분이 들도록 사방에 크고 작은 창문을 만들어 주변 경관이 모두 드러나게 만들었고, 그 식당 중심에는 서로 대화가 힘들 정도로 길고 넓은 식탁이 놓여 있었다.

말을 타고 달려도 될 장미 정원은 정원사가 나무 한 그루 한 그루를 머리 손질하듯 세심하게 다듬어 놨고 그곳에는 상앗빛 조각상이 즐비한 대형 분수까지 있었다. 수영장 역시 작은 호수로 착각할 만큼 넓었는데 그 많은 물을 다 어디서 끌어왔는지 짐작도 못 할 정도였다.

그리고 이 모든 것을 수십여 명의 하녀와 관리인들과 집사가 상주하며 가꾸고 있었다.

그들은 평생 안 올 것이라 생각했던 이 집의 주인 카론 부부가 온다는 소식을 듣자 그들이 도착하기 몇 시간 전부터 집 앞에 나와 일렬로 사열해 있었다.

그러니까 그들은 한 번도 오지 않는 주인을 위해 이 거대한 저택을 사 년이나 관리해 온 것이었다. 카론은 본의 아니게 그들에게 결례를 범한 셈이었다.

그런데 정작 주인인 카론은 이 호화찬란한 자신의 별장을 보자마자 못마땅한 눈초리로 '예산 낭비'라고 중얼거렸다. 하지만 들뜬 이멜렌의 기분을 상하게 하고 싶지는 않았기에 곧 '길을 잃지 않으려면 안내인이 필요할 것 같군'이라는 완곡한 표현으로 대체했다.

왕실 관료들이 다들 이런 별장을 서너 개 이상 꿰차고 있을 거라는 생각을 하니까 그는 골치가 다 아팠다.

당신과 함께 식사를 준비하고 싶어요.

여간한 레스토랑은 비교도 안 될 것처럼 거대한 주방을 발견한 이멜렌은 종종 걸음으로 카론에게 다가가 같이 저녁 준비를 하자고 졸랐다. 다른 사람 부탁 같으면 일언지하에 거절했을 카론이었지만 그녀 앞에서는 어쩔 수가 없었다.

이멜렌에게 끌려가다시피 어정쩡한 발걸음으로 주방에 간 카론은 어쩔 줄 몰라 하는 요리사들 앞에서 식칼을 들었다. 정말 하고 싶지 않다는 표정으로 말이다.

"……."

그런 무시무시한 얼굴로 양파를 썰고 있는 사람 근처에 가고 싶어 하는 자는 없을 것이다. 이멜렌이 씌워 준 조리 모자까지 쓰게 된 카론은 침울한 오라를 풍기며 주방 구석에서 묵묵히 양파를 썰고 있었다.

써는 굵기가 모조리 다르며 볶아 내기에는 너무 굵고 굽기에는 너무 얇아서 어떻게 하더라도 버릴 수밖에 없게 양파를 자르는 카론의 칼솜씨는 신비롭기까지 했다. 그런 성의 없는 칼놀림으로 애꿎은 양파를 열다섯 개째 난도질하던 카론은 결국 손을 베고 말았다.

"……."

이럴 줄 알았지, 라는 심드렁한 표정으로 핏방울이 톡톡 떨어지는 자신의 손가락을 보던 베르스 최강의 기사는 흘낏 자신의 아내에게로 시선을 돌렸다. 요리사들에게 둘러싸여 마냥 즐거운 표정으로 요리에 홀딱 빠져 있는 이멜렌의 모습은—남편은 칼에

찔려 죽든 말든 안중에도 없는 것 같았다.

"……."

아내의 뒷모습을 뾰루퉁한 얼굴로 바라보던 카론은 베인 손을 뒤로 숨긴 채 슬금슬금 주방을 빠져나왔다.

그나마 이 거북한 호화 저택에서 그의 마음에 드는 부분이 있었다면 서재였다. 한 번도 읽지 않은 책들이 빼곡히 들어찬 책장을 보자 카론은 이 집에 대한 평가를 30점 정도 올려 주었다.

팔짱을 낀 채 말없이 책장을 바라보던 카론은 '당신도 은의 기사가 될 수 있다!' 라는 제목의 책을 발견하고는 그걸 꺼내 벽난로 속에 집어던진 뒤에 다른 책 서너 권을 들고 집 밖으로 나섰다. 저녁 식사가 준비되기 전까지는 장미로 가득한 정원에서 책을 읽을 생각이었다. 저택 안은 너무 거대해서 너무 갑갑했다.

13.

비록 키가 너무 작아 야채 상자를 밟고 요리를 해야 했지만, (카론에 비하면 신기에 가까운) 능숙한 손놀림으로 남편의 저녁 식사를 완성한 이멜렌은 곧 남편이 사라진 것을 알았다.

그녀는 거대한 저택 이곳저곳을 두리번거리며 찾아다니다가 카론이 정원으로 나갔다는 말을 듣고 저택 밖으로 나섰다. 그러나 말이 정원이지 전체 넓이를 짐작도 할 수 없는 '미로' 속에서 그녀는 길을 잃었다.

다른 사람 같으면 목청 높여 소리쳐 자기 위치를 알렸겠지만 그것조차 불가능한 이멜렌은 그야말로 말없이 아름다운 장미 정원 속을 헤맸다. 지나치게 호화로운 귀족주의가 엉뚱한 사람에게 피해를 입힌 꼴이었다.

병약한 몸 때문에 오래 걷지 못하는 이멜렌은 (평소에는 누가 앉을지 궁금한) 정원 속 벤치에 앉아 다리를 톡톡 두드렸다.

그때 그녀는 소스라치게 놀라고 말았다. 누군가 자신의 어깨에 손을 얹은 것이었다.

"여기서 뭐해요, 이멜렌 양?"

곧 그녀의 얼굴이 환하게 바뀌었다. 그녀는 자신을 바라보며 웃고 있는 남자에게 재빨리 글씨를 써서 보여 주었다.

놀랐어요. 어떻게 여기에 오셨어요?

"카론 경 찾아 왔답니다."

키스는 히죽 웃으며 대답했고 그녀는 자신도 지금 찾고 있다는 시늉으로 손가락으로 자기 얼굴을 가리켰다.

"그럼 같이 찾아볼까요? 저도 몹시 보고 싶으니까."

키스는 정중하게 그녀의 작은 손을 잡아 벤치에서 일으켰다. 키스는 그녀의 몸에 배어 있는 달콤한 초콜릿 향기와 메밀 냄새, 야채 냄새 등을 맡으며 엷게 웃었다.

"오늘 저녁의 메인 디쉬는 꿩고기를 넣은 갈레뜨와 아티초크 리조또로군요."

이멜렌은 들고 있는 카드를 단번에 알아맞힌 마술사를 보는 것처럼 동그란 눈동자로 키스를 올려다봤다. 하지만 왕실 요리 사조차 울고 갈 실력의 키스에게 그 정도 추리는 그리 어려운 일도 아니었다.

그리고 그것은 키릭스도 마찬가지였다.

"하지만 아무래도 그 멋진 요리를 먹진 못할 것 같아 아쉽군요."

그녀는 차가운 미소를 지으며 자신의 손을 잡아끄는 붉은 눈의 남자에게서 서늘한 낯설음을 느꼈다. 얼굴도 목소리도 똑같은데도 마치 함정을 직감하는 고양이처럼, 이자는 키스가 아니라는 것을 느꼈던 것이다.

"자아, 카론을 어서 만나러 가 볼까요. 이멜렌 양."

키릭스는 몸을 떨고 있는 그녀의 팔을 잡아끌었다.

14.

"으음."

천천히 눈을 뜬 카론은 얼굴에 덮어 두었던 책을 치웠다. 수영장 안락의자 위에 잠들어 있던 카론은 몸을 일으켰다.

해가 지고 있었다. 하늘은 붉은 파도가 몰려와 만조(滿潮)였
다. 정원의 장미들은 불길하리만큼 아름다운 일몰에 젖어 있었
고 단 한 번도 사용하지 않은 수영장에는 거위가 새끼들을 달고
떠다니며 주인 행세를 하고 있었다.

"……."

대체 언제부터 잠들어 있던 것일까. 항상 억눌렀던 피로가 단
번에 흘러넘쳐 자신도 모르게 잠들었던 것이다.

카론은 고개를 돌려 자신의 별장을 바라봤다. 저녁 식사 시간
이 지나 있었다. 식사 준비를 마쳤는지 굴뚝에서는 연기가 나오
지 않았다. 그런데 3층 식당은 불이 꺼져 있지 않았다.

그는 주변을 훑어봤다. 적막하리만큼 고요한 나무들 위로 새
한 마리 날지 않았다. 그 모든 것들이 불길함을 자아내고 있었
다. 카론은 의자 밑에 숨겨 두었던 자신의 검을 꺼내 들고 자리
에서 일어났다.

카론이 이멜렌을 오래 찾을 것도 없었다. 마치 준비된 무대처
럼 카론은 금방 자신의 아내와 만날 수 있었다. 그녀는 나무에
묶여 있었고 그 하얀 목에는 칼날이 다가와 있었으며 그 칼은 키
릭스가 들고 있었다.

카론과 키릭스는 말없이 서로를 바라봤다. 서로 검을 들고 있
었고 또 서로 물러날 수도 없었다. 지독할 정도로 고전적이었다.

"미안, 카론. 이런 방법까지는 쓰고 싶지 않았는데. 하지만 이
아가씨가 이렇게 된 것에는 너한테도 조금은 책임이 있다고 생

각해."

키릭스가 태연한 얼굴로 말했다. 하지만 그 태연함 뒤에 존재하는 제어 불능의 광기를 카론은 너무도 잘 알고 있었다.

"카론. 네가 선택할 수 있는 길은 두 가지야. 첫 번째, 나를 따른다. 두 번째, 아내를 잃는다. 간단하지?"

어떤 카드를 뒤집어도 패배가 결정되는 지독한 선택문 앞에서 카론은 화를 내지 않았다. 도리어 그 긍지 높은 자태 그대로 키릭스를 바라보며 검을 뽑았다.

"세 번째, 널 죽인다."

"……."

키릭스의 표정이 굳었다. 아신 정도가 아니라면 승리를 장담할 수가 없는 키릭스를 카론이 쓰러트릴 확률은 사실상 제로다. 고집으로 해결될 문제가 아닌 것이다. 게다가 이멜렌까지 잡혀 있는 상황.

그런데도 카론은 키릭스가 원하는 대로 움직여 주지 않았다. 그것은 가장 완강한 방식의 거부였다. 싸우면 안 된다고 눈물을 흘리는 그녀의 입에서는 목소리 대신 당장이라도 끊어질 것 같은 절박한 숨소리만이 새어 나오고 있었다.

"난 네가 고집이 센 줄은 알고 있었지만, 멍청한 줄은 몰랐어."

키릭스는 카론의 모습을 훑어봤다. 길고 검은 머리칼, 푸른빛을 머금은 맑은 눈동자, 어디 하나 뒤틀린 곳 없이 반듯한 모습, 또렷한 인상, 은의 기사―검술을 좋아하기는커녕 평생 남에게 주먹 한 번 안 휘둘러 보고 소박하게 살았을 평범한 소년이 성장한 모습이라고 하기에는 웃음이 나올 정도로 광채로 빛나지 않는가.

그 고귀한 광채가 키릭스를 화나게 했다. 악마의 머리 위로 떨어지는 빛줄기처럼 거슬리기 짝이 없었다.

그 순간 키릭스의 칼날이 이멜렌의 다리를 관통했다. 물론 즉사는 아니다. 하지만 키릭스가 칼을 뽑자 온몸의 혈액을 뽑아내는 것만 같은 핏줄기가 쏟아졌다. 키릭스의 입가에 번진 미소에는 장미 같은 가시가 돋아 있었다.

"어쩌지? 빨리 구하지 않으면 네 아내는 죽을 거야."

"키릭스!"

"화내지 마. 네가 자초한 일이야."

그 건조한 목소리에는 파멸적인 조롱이 스며 있었다. 키릭스는 증오로 더럽혀진 카론의 반듯한 얼굴을 바라보며 검을 들었다.

'그 표정으로 죽어라.'

키릭스는 자신을 향해 뛰어드는 카론의 모습을 보며 중얼거렸다.

15.

키스가 죽으면 키릭스도 죽는다.

이것만큼 완벽한 파멸의 공식도 없을 것이다. 만약 이자벨이 키릭스의 인생을 망쳐 놓기 위해 그런 공식을 설정해 놓은 것이라면 상당히 영악한 판단이었다. 키스도 키릭스도 카론도 그 공식을 알고 있었다.

키스는 항상 생각했다. 카론은 자신이 죽어 주길 바란 적이 있었을까? 정답은 너무 뻔했다. 단 한 번도 없는 것이다. 옛 친구의 복제품에 불과한 자신을 위해 그는 항상 희생해 주었다. 그리고 그것은 고마움을 넘어서서 괴로움을 만들었다. 키스에게 있어서 살아 있는 것은 언제나 죄악이었다.

'이걸로 그 빚을 다 갚을 수야 없겠지만……'

별장에 도착한 키스는 가방을 열었다. 대체 뭘 집어넣었는지 짐작도 할 수 없을 만큼 길고 커다란 가방 안에서 자신의 검이 나왔다. 아무런 무늬도 조각도 없이 단지 수많은 사람들이 흘린 피로 엉켜 있는 무명(無名)의 검이었다.

키스는 예전 이자벨의 암살자로 있을 때부터 사용했던 그 흉검(凶劍)이 자신과 닮았다는 생각을 해 왔다. 그 검을 칼집에서 꺼내 칼집을 버렸다. 다시 넣을 일은 없을 것 같았다.

키스에게 있어서 키릭스와 싸운다는 것은 지금까지 겪어 온 수많은 싸움 중에서도 가장 괴이한 것이었다. 누가 이기든 모두 죽는다. 단지 서로 죽어 소멸한다는 것에 의미가 있을 뿐이다.

싸움에는 승자가 없다는 케케묵은 경언을 가장 직설적으로 증명하는 예가 있다면 바로 자신일 거라며 키스는 쓴웃음을 지었다. 싸움이라기보다는 자살 같았다.

'미온 녀석들에게 조금은 제대로 인사라도 하고 올걸 그랬나?'

키스는 문득 제자리에 멈춰 서서 왕궁 쪽을 돌아봤다. 좋은 시간이었다. 과분할 만큼 말이다. 복제품에게도 다시 태어날 권리가 있다면 다시 한 번 베르스 왕실의 별 볼 일 없는 기사단장으로 태어나고 싶다는 기대를 품었다. 참 부질없는 넋두리지만 말이다.

"슬프다. 내가 사랑했던 자리마다 모두 폐허다."

키스는 오래전 자신이 키스이기도 했고 키릭스이기도 했던 그 시절에 읽었던 시의 마지막 구절을 작별 인사로 남기며 완전한 소멸을 향해 발걸음을 재촉했다. 어쨌든 자신이 카론을 도울 수 있는 가장 확실한 길은 키릭스를 끌어안고 같이 나락에 떨어지는 것이니까 말이다.

그때 그의 앞을 가로막은 자가 있었다. 키스는 그를 보자 웃음이 다 나올 판국이었다.

"이젠 맘대로 죽지도 못하게 막는 거냐, 라이오라."

"……."

진청룡 라이오라, 흑검을 들고 있는 금안의 사내는 말없이 키스를 바라봤다. 키스는 거대한 벽 앞에 서 있는 것 같은 중압감을 느꼈다.

'젠장. 저 인간을 무슨 수로 이겨? 이젠 정말 자살이라도 해야 하는 건가.'

키스는 그가 키릭스의 노예가 되었다는 것을 직감적으로 알았다. 그는 황가의 피를 지키는 불사신이니까.

아무리 키스라도 라이오라를 쓰러트린다는 것은 불가능에 가까웠다. 갑작스러운 장애물이라고 하기에 진청룡은 반칙이지 않은가! 키스는 운도 지지리도 없다고 투덜거리며 주변을 살폈다.

'주저할 시간 없어!'

키스는 엄청난 도약력과 함께 라이오라의 왼편으로 튀어 나갔다. 그대로 따돌리고 카론에게 갈 결심이었다. 아신과 정면으로 싸우는 바보는 없다. 특히 지금 같은 상황이라면 더욱더!

'마, 망할!'

키스는 라이오라를 쓰러트리지 않고서는 결코 그를 지나갈 수 없다는 것을 알았다. 그가 휘두른 검이 암흑으로 가득 찬 아가리를 벌리며 자신을 때렸다. 그가 검을 휘두른 방향의 정원에는 말 그대로 죽음의 길이 닦였고 잿더미로 뒤바뀐 수풀이 소용돌이쳤다.

키스는 전력을 다해 겨우겨우 그걸 막아 냈지만 그대로 뒤로 튕겨 나갈 수밖에 없었다. 마치 폭풍을 검 한 자루로 막아 내는 것처럼 키스는 불가항력에 가까운 힘에 계속 밀렸다. 키스의 검은 당장이라도 부러질 것처럼 울고 있었다.

그때 누군가 쓸려 나가는 키스의 뒷덜미를 잡아챘다. 키스는 깜짝 놀라서 자신을 들어 올린 자를 바라봤다.

"엥? 무라사?"

"야! 네가 키릭스가 아니라고 왜 말 안 했냐."

라이오라의 검기를 맨손으로 받아친 견백호는 키스를 다시 내려놓으며 그렇게 말했다. 키스는 의외의 원군에 안도하면서도 그 질문에는 코웃음을 쳤다.

"남자에게는 밝히고 싶지 않은 과거가 있는 법이랍니다아."

"그건 여자잖아! 아무튼 너 세상 그렇게 깔보며 살다 보면 언젠가는 큰 코 다친다."

"살날도 이제 얼마 안 남았으니까 잔소리는 접어 주시지요."

무라사가 나타난 것을 보자 라이오라는 눈을 꽉 감으며 뭐라고 조그맣게 투덜거렸지만 곧 본연의 표정으로 돌아왔다. 키스는 라이오라의 일격에 너덜너덜해진 자신의 옷을 털며 말했다.

"이봐요, 무라사 씨. 우리가 힘을 합치면 저 불사신을 쓰러트릴 수 있을까요?"

"흥! 나 혼자서도 가능해……라고 말하고 싶지만, 솔직히 둘이 합쳐 30분 정도 걸리겠지."

"30분 안에 라이오라를 쓰러트린다?"

"아니. 30분 안에 우리가 쓰러진다."

무라사는 무척이나 심기가 불편한 목소리로 말했다. 인정하기는 싫지만 무라사로서도 라이오라는 일생 최대의 목표 같은 것이었다. 480년 묵은 망령을 무슨 수로 이긴단 말인가. 전력으로 싸운다면 치명타를 입힐 수도 있겠지만 확실히 승산은 라이오라

쪽이 압도적이었다.

그때 그들을 지켜보던 라이오라가 처음으로 입을 열었다.

"귀찮군. 둘이 같이 덤벼라."

무라사와 키스는 동시에 자존심 상한 표정을 드러내며 라이오라에게 뛰어들었다. 선공은 무라사였다. 견백호 역시 아신을 제외하면 어느 누구와 싸워도 압도적으로 승리할 수 있는 힘을 가지고 있다. 새빨갛게 달아오른 강철 장갑의 펀치가 라이오라의 검을 후려쳤다. 눈부실 만큼 엄청난 스파크가 터지며 두 아신의 힘이 격렬하게 충돌했다.

키스는 기가 질렸다. 뒤엉킨 두 힘을 견뎌 내지 못한 지반이 그들을 중심으로 가라앉기 시작했다. 그것은 운석이 떨어진 것처럼 원형의 파장을 만들며 퍼져 나갔다.

붕 떠올라 그걸 내려다보던 키스는 무라사의 머리를 밟고 다시 도약했다. 화들짝 놀란 무라사가 자신의 머리를 쥐며 소리쳤다.

"야! 뭐하는 짓이야!"

"행운을 빕니다아. 전 바빠서 이만!"

"우아앗! 이런 배신자! 거기서 이 자식!"

키스는 무라사에게 라이오라를 넘겨주고 내빼 버렸다. 그의 성격을 생각한다면 당연한 배신이었다. 그런데 그걸 몰랐단 말인가? 라이오라는 그 모습이 하도 한심해서 자신들을 붙여 놓고 저 멀리 달아나는 키스를 바라보며 말했다.

"이봐, 무라사."

"뭐!"

"이런 말까지 하고 싶진 않았지만, 넌 평생 이용당할 팔자인 것 같다."

"우, 웃기지 마! 나 혼자도 얼마든지 상대할 수 있으니까 보내 준 거야!"

"개뿔이."

"너, 너 지금 뭐라고 했어!"

"……흥."

라이오라는 어련하시려고, 라는 표정으로 검을 집어넣으며 발걸음을 옮겼다.

"야! 어디가! 날 피하는 거냐!"

"그래. 피한다. 귀찮아서."

라이오라는 누구와도 싸우고 싶은 마음이 전혀 없었다. 주인의 명령을 거부할 수 없는 입장 때문에 키스를 막긴 했지만, 어쨌든 도망쳐 버렸으니까 끝난 일이었다. 뒤쫓아 간다면 못 잡을 것도 아니었지만—그러고 싶지 않았다. 무엇보다 이 찰거머리 같은 무라사에게서 자신도 도망치는 것이 급선무였다.

"뭐, 귀찮아? 이 몸의 주먹을 맞고도 그딴 말이 나오나 보자!"

빠아악!

"빌어먹을! 저리 꺼지라니까!"

마라넬로가 죽은 뒤부터 계속 가라앉아 있던 라이오라는 무라사의 주먹을 맞자 결국 험한 소리를 뱉어내고 말았다. 어떤 의미에서 무라사는 라이오라라는 불사신의 천적인 셈이었다.

16.

미온은 키스의 소파에 앉아 있었다. 키스는 밤이 되어도 돌아오지 않았다.

미온은 다시 한 번 생각했다. 정말 키스가 말도 안 되는 이유를 대면서까지 카론의 휴가에 끼어들 사람이었던가? 생각해 보면 전혀 달랐다. 도리어 그는 카론에게 무관심한 쪽이었다. 아니, 누구에게나 무관심했다. 키스 세자르는 사소한 장난 외에는 남의 인생에 끼어들거나 남이 자신의 인생에 끼어드는 것을 허락하는 인간이 아니었다.

미온은 이상한 불안감을 느꼈다. 이제 키스는 더 이상 돌아오지 않을 거라는 불안감. 그것은 어떤 근거도 없는 불안이었지만 밤이 잦아들수록 더욱더 또렷하게 마음속에 자리 잡아 갔다. 응어리지는 차가운 호박처럼 마음 한구석에서 떠날 줄 몰랐다.

'무슨 일이 벌어지고 있는 것일까.'

키스와 카론, 이자벨과 쇼메, 머릿속에 복잡하게 얽혀 있는 상념들을 정리하지 못한 미온은 문득 키스의 사무실로 들어갔다. 키스의 사무실은 키스가 언제 사라져도 이상하지 않을 것처럼 항상 가지런하게 정리되어 있었다.

묵묵히 그 사무실을 바라보던 미온은 항상 있던 것이 하나 없어졌다는 것과 없던 것이 하나 생겼다는 것을 알았다. 벽에 아무렇게나 놓아 두었던 키스의 검이 없었고 테이블에는 처음 보는 편지가 하나 놓여 있었다.

To 엔디미온

From 키스

"……이건?"

미온은 얼떨떨한 표정으로 편지를 꺼냈다. 달빛에 얼룩진 그 편지지로 시선을 옮기는 순간 미온은 숨이 멎는 것만 같았다.

내가 얼마나 당신을 미워했는지 모를 겁니다. 베아트리체를 지키지 못한 당신을.

라는 첫줄로 시작하는 키스의 작별 편지를 미온은 떨리는 눈동자로 읽기 시작했다.

제5화

왕자님과 나 上

1.

쇼메 왕자의 망명 아닌 망명 이후 베르스 왕실 공기는 놀랍도록 싸늘해졌다. 사리사욕에 불철주야 매진하는 관리들마저 늑대와 마주한 너구리들처럼 몸을 사리는 것이다.

부정부패도 마음의 여유가 있어야 할 수 있는 것이지, 당장이라도 이오타와 전쟁이 일어나 이 조막만 한 나라가 멸망해 버릴지도 모르는 판국에 평소처럼 속 편하게 세금이나 착복할 수 있겠는가?

그렇다고 천문학적인 뇌물과 로비로 겨우 얻어 낸 자기 직위를 버리고 다른 나라로 망명하는 것도 아까운 노릇이라서—왕실 관리들은 이러지도 저러지도 못한 채 돌아가는 분위기만 주시하고 있는 것이다.

누가 기침 한 번만 크게 해도 깜짝 놀라 책상 밑으로 숨어 버릴 것 같은 그런 긴장된 분위기.

이런 살 떨리는 무드에서도 평소와 다름없는 모습을 보여 주는 사람들은 페르난데스 왕자님을 비롯해서 아이히만 대공, 오르넬라 성녀님과 같은 왕실 중신 일부, 그리고…….

"하아아, 미온 경. 최근 제 백옥 같은 피부가 거칠어져서 고민이네요오."

"……."

저기 저 소파에 허구한 날 널브러져 있는 거대 코알라, 키스 경밖에 없을 것이다.

아아, 그래요? 피부 미용의 적신호라 이겁니까? 그거야 환절기니까 당연하겠지요. 그거 큰일이네요. 그런데 당신의 고민은 그것뿐?

최근 나라 분위기 때문에 지명이 모두 취소되어 리더구트에 대기 중이던 나는 한숨을 내쉬며 말했다.

"키스 경, 피부 미용 말고 다른 걱정거리는 없수?"

"흐음, 글쎄요오오."

키스는 길게 하품을 하며 졸린 눈을 몇 번 깜빡거렸다. 그러다가 뭔가 떠올랐는지 눈을 반짝 떴다.

"아! 그러고 보니까, 이제부터 땅콩을 전혀 수입하지 않겠다고 국제무역부가 발표했어요! 이제는 땅콩도 밀수해야 한다니!
이런 막돼먹은 세상이 어디 있냐고요오!"

"아아, 그거 심각한 문제로군요. 땅콩 마니아들의 지탄을 받
아 마땅한 악법이네요!"

아니, 저 인간은 정말 여우나 고양이 비슷한 것이 둔갑한 게
아닐까. 자기만의 '오호호 파라다이스' 같은 데 서식하면서 사
바세계의 흥망 따위에는 눈곱만큼도 관심 없는 그런 생명체 말
이다.

나는 그 놀라운 무신경에 경탄을 보내며 되물었다.

"저어, 있잖아요. 피부나 땅콩 말고 다른 걱정은 없는지 잘 생
각해 보세요. 예를 들면 이오타와의 전쟁이라든가, 이 왕국이 멸
망할지도 모른다는 그런 문제들에 대해서도 조금은 걱정되는 것
이 인간의 본능 아닙니까? 당신은 피부만 촉촉해지고 땅콩만 마
음껏 먹을 수 있다면 이 나라가 불지옥에 떨어지든 말든 알 바
아니라는 거야? 응?"

그러자 키스 경은 가느다란 눈웃음을 보이며 나를 바라보는
것이었다. 뭐, 뭐야 그 애완동물 대하는 것 같은 미소는!

"헤에, 미온 경. 전쟁 통에 제가 다칠까 봐 걱정하는 건가요?
귀엽네요."

"귀엽긴 개뿔이!"

지금 걱정하는 건 당신 정신 상태야! 누군 노심초사 밥도 안
넘어가는데! 내가 화가 잔뜩 난 얼굴로 바라보자 그는 쓸쓸한 미

소를 지으며 고개를 저었다.

"하지만 미온 경, 제 걱정은 안 하셔도 됩니다. 저는 전쟁이 일어나도 괜찮아요."

"어째서?"

"왜냐하면, 전 이미 짐 다 싸 뒀…… 꺄악! 또 때렸어! 왜 허구한 날 절 박해합니까아!"

내 쇠주먹을 맞은 키스가 머리를 부여잡으며 벌떡 일어났다. 나는 냉랭하게 말했다.

"아아, 땅콩 수입 안 되는 데 화가 나서 말입니다! 저도 땅콩 좋아하거든요!"

"……고, 고정하시어요오."

키스는 슬며시 쿠션으로 얼굴을 가리며 대답했다.

으이구! 당신도 어쨌든 직책은 기사단장 아냐? 그런 주제에 준비성 좋게 피난 보따리 미리 싸 놨다는 사실을 백성들이 알면 퍽이나 좋아하겠다! 지금 백성들은 사태가 어떻게 돌아가는지 알지도 못한 채 왕실만 믿고 있는데, 이놈의 왕실은 하나같이 왜 이래?

그때 (평생 못 갚을 빚이 적혀 있는) 장부를 계산하던 쇼탄이 심각한 표정으로 말했다.

"저 있잖아, 전쟁 나면 이 빚, 안 갚아도 되지 않을까? 그렇다면 전쟁 일어나도 괜찮은데……."

순간 리더구트에 우울한 정적이 내려왔다. 어째서 저 화상은 이 와중에도 빚 갚을 걱정밖에 없단 말인가. 루이 경의 의견은 부정적이었다.

"어허. 쇼탄, 안이하구나! 국왕 전하의 성격상 전쟁 끝나면 다시 빚 갚으라고 독촉할 게 당연하지 않겠어?"

"그럼 나라가 멸망하는 편이 좋을지도……."

우물쭈물거리며 말하는 쇼탄을 보며 나와 루이는 어허허허 웃을 수밖에 없었다. 빚이 싫어 조국의 멸망을 간절히 소망하는 극빈 청년 앞에서 해 줄 말이 없었다.

쇼탄 경, 그 발상은 말이지요, '집이 홀라당 불타 버렸으니 이제 청소할 필요 없어 좋구나!'라는 것과 비슷한 레벨의 낙천주의입니다요.

한편 성직자 지망생 크리스 군은 (쇼탄의 희망과는 달리) 두 손을 모은 채 이 나라의 안전을 기도하고 있었고, 루시온 경은 왕실 사정상 지명을 가지 못해 미안하다는 내용의 편지를 지명자들에게 쓰고 있었고 (정말이지 대단한 프로페셔널이다), 레녹 경은 금화로 교환한 전 재산을 묵묵히 세고 있었으며 (전쟁이 나면 이 나라의 통화 가치는 땅에 떨어지지만 금값은 그대로니까), 지스 경은 일 년 치 먹을 약을 모조리 구입해 귀찮아 죽겠다는 표정으로 분류하고 있었다(보기만 해도 배가 부를 만큼 많았다).

뭐랄까, 다들 자기 스타일대로 전쟁을 대비하고 있군.

"응?"

나는 순간 눈을 의심했다. '미소녀' 랑시 경만은 태평스럽기 짝이 없게 차와 쿠키를 먹고 있는 것이 아닌가? 본래 위험할 정도로 포지티브한 녀석이긴 하지만 저건 지나치게 초연하잖아?

"이봐, 랑시 경. 넌 아무 걱정 없어?"

"나? 캬하하하. 난 아무 문제 없지롱."

랑시는 손을 내저으며 충격적인 말을 꺼냈다.

"전쟁 나면 형이 달려와 보호해 줄 테니까 난 운석이 떨어져도 끄떡없어요."

이거 정말 황송해서 몸 둘 바를 모르겠구만. 나는 헛기침을 하며 되물었다.

"저어, 랑시. 잊어버리고 있는 것 같아서 얘기하는데, 너 형 싫어하잖아?"

"뭐랄까. 바보 형이란 비상식량 같은 거지. 평소에는 맛없어서 집어 던지지만 조난당했을 때는 꽤 쓸모 있잖아? 이럴 땐 형이 아신인 게 자랑스러워."

지조 없기로는 숙주나물 버금가는 랑시 경이었다.

"갑자기 무라사 씨가 무지하게 불쌍해지는구나."

'비상식량' 견백호 씨가 근육질의 옥체를 이끌고 눈썹이 휘날리도록 달려와 드레스 입는 게 취미인 발랑 까진 남동생을 온몸으로 구출해 내는 비주얼 나쁜 형제애를 떠올리자, 이놈의 브라더즈는 뭘 해도 개그라는 서글픈 생각마저 들었다.

'하아, 아닌 게 아니라 정말로 무라사 씨가 와 준다면 좋을 텐데.'

동생에겐 비상식량일지 몰라도 어쨌든 무라사 랑시는 세계에서 가장 강력한 네 명 중 하나다. 게다가 어디에도 묶여 있지 않은 자유로운 몸. 그런 사람이 이 나라를 지켜 준다면 제아무리 이오타라도 함부로 쳐들어오지 못할 것이다.

여기까지 생각을 하자 일부러 막아 두었던 묵직한 불안감이 산사태처럼 쏟아졌다. 그러니까 이자벨 님에 관한 것 말이다.

지금 나의 마음은 분노도 배신감도 아닌 혼돈 그 자체다. 이 모든 참극들을 그녀가 만들어 낸 것이 사실이라면―그때 내가 어찌해야 할지 아무것도 떠오르지 않았다.

내게는 '어쨌든 악은 처단'이라고 냉정하게 다짐한 뒤에 주저 없이 상대를 징벌할 수 있는 정의로움 같은 것은 없다. 무르고 감상적이라고 지적받곤 했던 내 마음이 그런 것이다. 그렇기 때문에 이런 일은 내가 겪을 수 있는 가장 괴로운 상황 중의 하나였다.

그때 지명자에게 보낼 편지들을 하나하나 편지지에 넣어 차분하게 마무리한 루시온 경이 내게 물었다. 정말이지 내일 세상이 멸망하든 말든 오늘 한 그루의 사과나무를 심는 남자였다.

"엔디미온 경, 쇼메 왕자의 상태는 어떤가요."

"아…… 그게."

처음에는 왜 루시온 경이 쇼메에 대해 궁금해하는지 의아했지만, 생각해 보니까 이오타에 있던 특급 호텔도 쇼메 왕자와 루시온 가문의 공동 소유이고, 여러 가지로 인연이 있을 법했다(나중에 알게 된 사실이지만, 쇼메는 사업적 안목이 뛰어난 루시온 경의 재능을 탐내 그 자존심 센 성격에도 몇 차례나 친필 편지를 보냈다고 한다. 물론 루시온 경은 항상 그 편지 말미에 '고사苦辭합니다' 라고 써서 그대로 돌려보냈단다. 아무튼 여러 가지 의미로 대단한 사람이다).

"음. 좋아지길 빌어야죠."

이 말만큼 '중환자' 에게 적합한 말도 없을 것이다.

사실 쇼메의 외상은 예상외로 큰 편이 아니다. 다른 사람이라면 사경을 헤맸겠지만 입원 이틀 만에 정신이 들었다는 말을 듣고 '역시 보통 인간이 아니야' 라며 혀를 찼다.

하지만 문제는 마음의 상처일 것이다. 강대국의 왕자에서 하루아침에 부모 살해의 누명을 쓴 도망자가 된 것은, 나로서는 짐작도 안 가는 절망이다. 제아무리 쇼메라도 그 상처를 회복하는 데는 적잖은 시간이 필요…….

"아? 카론 경?"

그때 소파와 한 몸이 되어 있던 키스가 몸을 일으키며 동그란 눈으로 문가를 바라보는 것이었다.

"…….."

'아니 저 양반, 대체 무슨 꿈꾼 거야? 뜬금없이 은의 기사님은 왜 찾아?' 라고 생각하려는 찰나 문이 덜컥 열리며 카론 경이 들어왔다. 우리는 경탄의 눈초리로 키스를 바라봤다.

"아니, 키스 경…… 예지 능력이라도 있는 거야?"

"에헴! 피나는 노력의 결실이랍니다아!"

잘났수. 그 피나는 노력, 조금만 업무적인 부분에 투자했다면 당신 굉장히 훌륭한 기사단장이 되었을 거야.

그러나 카론 경은 아예 키스라는 존재 자체를 부정하며 꼬리를 치는 키스 옆을 냉담하게 지나쳐 내게 다가왔다. 난 불안한 눈초리로 그를 바라봤다. 보통…… 이 사람이 찾아오면 좋은 일 안 생기는데.

"임무가 있다."

"아?"

"쇼메 왕자는 곧 니샤 왕국으로 떠날 것이다. 목적은 비공식 회담."

"아?"

"쇼메 왕자가 그 회담의 수행원으로 자네를 지목했다. 나는 경호원으로 동행한다."

"아?"

"쇼메 왕자가 자네에게 명령할 권한은 없다. 거절해도 좋다."

뭔가 속사포처럼 주문서가 날아왔다.

"아니…… 거절하기 이전에, 어째서 하고많은 왕실 식구들 중에 저예요?"

"나도 모른다."

"니샤 왕국에 가서 무슨 회담을 하는 거죠?"

"말할 수 없다."

"전 무슨 일을 해야 하는데요?"

"알려 줄 수 없다."

아니, 이거 뭔가 기계 버튼을 누르는 것 같은 기분인데. 누를 때마다 '모릅니다', '내 권한 밖입니다', '알려 줄 수 없습니다' 같은 불친절한 답변만 계속 내뱉는 '공무원 머신 Ver. 1.3' 같은 거…… 아니, 그게 지금 중요한 게 아니라!

"쇼메 왕자가 입원한 지 열흘밖에 안 되는데, 벌써 일을 시키다니 너무하시네요! 아무리 더 이상 권력자가 아니라지만, 그래도 중환자한테 어떻게!"

물론 난 쇼메를 좋아하지 않는다. 못 견디게 싫은 것은 아니지만 그 엄청난 성격 덕분에 나와는 궁합이 맞질 않는다.

하지만 이것은 좋고 싫고의 문제가 아니지 않은가? 몸도 마음도 엉망이 되어서 긴 휴식이 필요한 사람을 니샤 왕국에 보내다니, 국왕 전하가 그리 매정한 사람인 줄은 몰랐다.

카론 경은 내가 그 말을 할 줄 알았다는 듯이 고개를 저으며 대답했다.

"쇼메 왕자가 자청한 것이다. 아니, 고집 부렸다고 하는 편이 옳겠지. 도리어 왕실은 반대했다."

"예?"

어안이 벙벙했다. 뭐야, 그 녀석. 아무리 불굴의 의지라지만…….

"다시 한 번 말하지만 쇼메 왕자의 요청은 명령이 아니다. 원치 않는다면 거절해도 좋다. 솔직히 나는 자네가 거절했으면 한다.”

아니, 이거 가라는 거야 말라는 거야. 나는 얼떨떨한 표정으로
머리를 긁적거렸다.

2.

흥. 내가 왜 쇼메의 말을 따라야 해? 나는 그 불유쾌한 부탁
을 일언지하에 거절했다, 는 거짓말이고 주섬주섬 가방을 싸서
카론 경을 따라나섰다. 일단 모든 지명이 취소되어 딱히 할 일이
없는 탓도 있었고 이것은 엄연한 왕실의 업무니까 기사로서 돕
는 것이 당연했다. 절대 성격 나쁜 쇼메가 나중에 보복할 것이
두려워서 거절 못 한 것이 아니다. 정말이다.

“아아, 왔냐. 천민.”

“······.”

역시 거절할 걸 그랬나. 사륜마차 안에서 기다리고 있던 쇼메
는 손톱을 다듬으며 그의 전매특허 대사 ‘나 외엔 모두 천민’을
읊어 대는 것이었다.

하지만 모든 자극은 반복에 둔감해지기 마련이기 때문에 나는
입술을 삐죽 내민 채 마차 지붕에 가방을 얹을 뿐이었다.

경호역인 카론 경은 마차를 둘러봤다. 바퀴살의 상태가 좋은
지, 말과 연결된 쇠사슬에 녹이 슬지는 않았는지, 인트라 무로스

특무대가 마차 구석 잘 안 보이는 곳에 시한폭탄 같은 것을 설치해 놓은 것은 아닌지 빈틈없이 체크한 뒤에야 카론 경은 마차에 올라타 쇼메 옆에 앉았다.

둘은 아무 말도 없었다. 쇼메는 외교 서류로 추정되는 종이 뭉치를 훑어보고 있었고 카론 경은 무표정한 얼굴로 우리를 호위할 왕실 기마대를 바라볼 뿐이었다.

뭐, 서로 할 말이야 있겠냐마는, 묘하게 싸늘한 느낌이다. 나는 가증스러운 영업 스마일을 보이며 물었다.

"쇼메 왕자님, 그럼 제가 할 일이 뭔가요?"

"잡일."

입술 끝이 실룩였다. 야! 그런 건 아무나 시키면 되잖아!

"아아, 너무 보람찬 일이라서 몸 둘 바를 모르겠네요! 왕실에서 잡일 시킬 사람이 저밖에 없었나요?"

"응."

울컥! 우길 걸 우겨! 쇼메는 날 거들떠보지도 않은 채 계속 서류를 넘기며 말했다.

"네 녀석은 덤벙거리고 장점이라고는 하나도 없지만, 적어도 내가 마실 차에 독을 넣지는 않을 테니까."

"네?"

"무슨 소린지 모르겠다면 더 생각하지 마. 그냥 내가 시키는 일만 해."

"……."

모를 리가 있나. 나는 씁쓸한 표정으로 고개를 돌렸다.

지금 쇼메 왕자에게 있어서 이 커다란 왕실에서 믿을 수 있는 사람은 카론 경과 나뿐이었던 것이다(한 명 더 있다면 아이히만 대공 정도지만 아무리 쇼메라도 그분에게 잡일을 시킬 정도로 배짱 좋진 않다). 누구라도 이오타의 첩자일 가능성이 있다. 갑자기 암살을 당해도 하나도 이상할 것이 없는 상황. 아무도 믿을 수 없었다. 결국 나를 선택할 수밖에 없었던 것이다.

"뭘 봐, 천민. 할 일 없으면 잠이나 자."

쇼메는 힐끗 나를 바라보며 코웃음을 쳤다. 그가 서류를 넘기기 위해 손목을 움직일 때마다 정장 소매 끝에 살짝살짝 붕대가 드러났다.

그 짧은 시간에 상처가 다 치료되었을 리 없다. 억지로 병상에서 몸을 일으켜 아물지 않은 상처에 붕대를 칭칭 감고 검은 정장으로 감춘 것이다. 그러고는 아픈 숨소리 한 번 내지 않는다. 그런 남자였다.

나는 전혀 다른 성격이라고 생각했던 쇼메 왕자와 카론 경 사이에서 부정할 수 없는 공통분모를 느꼈다.

"아, 그리고 네 얼빠진 기사단장 녀석 말이야. 그 빨간 눈에……."

"어? 키스 경?"

"이름이 키스였던가."

나는 적잖게 놀랐다. 쇼메가 발이 넓은 건지, 키스가 유명한 건지, 쇼메의 입에서 키스에 대한 이야기가 나올 줄은 꿈에도 몰랐던 것이다.

하지만 뭔가 말하려고 복잡한 표정을 드러낸 쇼메는 곧 한숨을 내쉬며 고개를 저었다.

"됐어. 너같이 우매한 천민에게 물어봐야 알 리가 없지."

"아아! 뭔 소리예요! 제대로 물어보지도 않고 뭘 실망하는 거냐고요!"

"시끄러. 입 다물어. 한 마디도 하지 마."

아니, 이거 대체! 무시당하는 이유라도 알아야 할 것 아닌가. 하지만 쇼메는 더 이상 물어보지 않았고 나도 기분이 상해서 입을 다물었다.

그런데 카론 경은 키스 이야기가 나왔는데도 우리를 바라보지도 않은 채 무표정한 얼굴로 창문만 바라보고 있었다. 뭔가 알고 있는 것일까. 나는 뿌연 불안감을 느꼈다.

곧 마차가 출발했다.

3.

국경선을 넘자 기이한 일이 생겼다. 우리를 호위하던 베르스 기마대가 방향을 틀어 되돌아가는 것이 아닌가. 나는 깜짝 놀랐지만 카론 경은 이미 알고 있는 듯 태연했다.

"왜 우리 호위병들이 돌아가는 거죠?"

"니샤 왕국에서 직접 우리를 호위하겠다는 통보를 받았기 때문이다."

카론 경이 말했다. 그 말을 얼핏 들으면 니샤가 우리를 꽤 환대하는 것 같지만, 사실 이것만큼 홀대하는 것도 없다. 즉, 베르스의 군대는 들어올 수 없다는 의미였다. 나는 혀를 차며 말했다.

"너무하네요. 갑자기 니샤의 태도가 엄청 쌀쌀맞아졌군요."

출발하자마자 서류를 얼굴에 덮고 잠들어 있던 쇼메가 하품을 하며 몸을 일으켰다.

"나를 성대하게 맞이했다가 이오타가 기분 상하면 어쩌나 쩔쩔매는 거지. 배짱도 없는 놈들이야."

역시 쇼메답게 곧바로 독설이 나왔지만, 그렇게 말하는 그의 표정에 자존심 긁힌 흔적은 없었다. 도리어 언제라도 뒤집어엎을 수 있다는 자신감이 역력했다. 하아, 아무튼 여러 가지 의미에서 굉장한 사람이다.

"뭐야? 저게 우리 호위병?"

나는 어이가 없는 표정으로 창밖을 바라봤다. 그곳에서는 우리를 니샤 왕실까지 호위할 기병들이 오고 있었다. 아니, 이거 복수형을 쓰기도 송구스러운 게, 고작 둘이었던 것이다. 게다가 경이로울 만큼 대충대충 우리를 호위하는 꼴이 무슨 파트타임 병사들 같았다.

"으으, 이거 진짜 대놓고 괄시하네. 하급 귀족한테도 이것보단 호위가 충실하겠다!"

나는 이를 부득 갈았다. 확실히 외교야말로 피도 눈물도 없는 장사다. 조금만 이익이 안 된다고 생각하면 순식간에 태도가 돌변해 버리는 것이다. 지금 우리를 향한 니샤의 태도는 '친한 척하지 말아 줘'였다.

나는 문득 쇼메가 왜 굳이 이런 나라의 외교 특사를 자청한 것인지 궁금했다.

"나이 먹은 데릴사위 대하는 분위기의 니샤에는 무슨 일로 가는 거죠?"

"니가 알아서 뭐해. 넌 잡일이나 해."

"똑같이 괄시당하는 입장인데, 적어도 이유 정도는 알려 줘도 좋지 않아요?"

내 말에 쇼메는 피식 웃었다. 궁금한 것도 많은 녀석, 이라는 표정이다.

"이 나라가 정말로 베르스의 우방국인지 아닌지 확인하러 가는 거다. 이제 속 시원해?"

"엥? 정말 그것뿐?"

"그럼 더 뭘 바라는데?"

그거야말로 잡일이잖아! 그까짓 일에 쇼메가 직접 간단 말이야? 난 당황해서는 되물었다.

"그것보다 더 중요한 일도 많잖아요. 가령 북부 콘스탄트와의 동맹이라든가."

솔직히 니샤는 동맹이라고 해도 별 도움이 되지 않는다. 애당초 너무 약해서 이오타가 쳐들어오면 누구보다 먼저 지하 대피소에 숨어 자물쇠를 걸어 잠글 그런 새가슴 왕국인 것이다.

지금 가장 중요한 것은 니샤가 아니라 적현무 키르케 님이 계시는 북부 콘스탄트다. 원래부터 이오타와는 사이가 나쁜 그 강대국과 군사동맹을 맺는 게 전쟁을 억제할 수 있는 가장 확실한 방패인 것이다.

그런 내 질문에 쇼메는 고개를 내저었다.

"아아, 북부 콘스탄트와의 협상은 이미 결렬되었어."

"네?"

그게 무슨 소리야! 벌써 결렬이라니!

"내가 병상에 있을 때, 멍청한 베르스 왕실 관리 놈들이 멋대로 북부 콘스탄트와 협상을 했거든. 나같이 위험한 녀석에게 그런 중대한 일을 맡길 수 없다나 뭐라나. 물론 진짜 이유는 굴러들어 온 내가 협상을 성공시키면 자기들 입지가 줄어들기 때문이겠지만. 아무튼 너희 나라 정치인들을 보고 있으면 감탄을 금할 길이 없다."

"맙소사."

"그런데 외교다운 외교 한 번 못 해 본 베르스 관리 놈들이 그 까다로운 북부 콘스탄트의 무왕(武王) 바쉐론을 구워삶을 수 있었을 것 같아? 당연히 보기 좋게 실패했지. 협상의 협 자도 못 꺼내 보고 문전박대당했대. 그래 놓고는 긴 시간이 걸리는 협상이니까 예산이 더 필요하다는 말이나 나불거리고 있다더군. 장담하건대, 우리나라 같았으면 쏴 죽였을 거야."

"맙소사. 맙소사. 맙소사."

나는 고개를 푹 숙였다. 가장 중요한 협상이 그토록 허무하게 날아가 버리다니. 결국 이놈의 왕실은 끝까지 밥그릇 싸움하다가 폐업하겠구나. 그래 놓고 전쟁 나면 짐 싸들고 다른 나라로 피신해서 호의호식하며 강 건너 불구경하겠지. 이건 정말이지 싸우기도 전에 자멸하는 꼬락서니였다.

'이거 도저히 '하하하. 우리나라 특산품은 관료주의랍니다아' 라고 농담할 상황이 아니야.'

문득 불길한 기분이 들었다. 만약 우리와 북부 콘스탄트의 군사 동맹이 결렬되었다는 사실을 니샤가 알고 있다면, 그들은 왜 지금 전쟁에서 패배한 것이나 다름없는 우리를 만나려는 것일까. 혹시 이오타의 사주를 받고 쇼메 왕자를 제거하려는 것은 아닐까? 우리 측 호위 병력을 못 들어오게 한 것부터 수상했다. 그렇다면 우리는 적진 한복판에 제 발로 들어가는 셈이었다.

'이거 엄청 위험한 임무잖아!'

나는 침을 꿀꺽 삼키며 카론 경을 바라봤다. 사실상 지금 우리의 경호 병력이라고는 카론 경 혼자뿐이지 않은가. 물론 예전 악투르에서 왕자님과 공주님도 구출한 적이 있는 그의 실력을 의심하는 것은 아니지만, 카론 경이 무슨 천하무적 히어로도 아니고 작정하고 덤벼드는 적들을 막아 내는 데는 분명 한계가 있다.

"새삼 잘 부탁드립니다, 카론 경."

"⋯⋯?"

내가 고개를 숙이자 카론 경이 의아한 얼굴로 바라봤다. 하아, 이럴 때 든든한 조력자가 한 명만 더 있다면 얼마나 안심이 될까. 가령 키스 경이라든가 미레일 경⋯⋯ 아? 그러고 보니까 원래 쇼메의 경호 기사는 미레일 경이잖아?

"쇼메 왕자님, 미레일 경은 어디 간 거죠?"

내 질문에 쇼메는 나와 시선을 마주치지 않았다. 난 그것이 참 순진한 질문이라는 것을 곧 알 수 있었다.

이상한 침묵 속에서 점점 더 내 심장이 두근거리기 시작했다. 쇼메를 바라보는 두 눈이 떨려 왔다. 아까부터 나를 괴롭히던 뿌연 불안감이 조금씩 확실한 형태를 갖춰 가기 시작한 것이다. 그러니까 설마 미레일 경이⋯⋯ 나는 일부러 웃으며 말했다.

"자, 장난치지 마세요⋯⋯ 이오타에 남아 있는 거죠? 그렇죠?"

내 말에 아무런 대답도 안 하던 쇼메는 내가 아닌 카론 경을 바라봤다. 그리고 말했다.

"어이, 카론. 넌 알고 있지? 미레일은 나 때문에 죽었어. 그러니까 날 욕해도 돼."

정말 미레일 경이 죽었다고? 아무 생각도 나지 않았다. 정신이 혼미했다.

"그렇게 참을 거 없다니까? 화 안 나? 친구였잖아?"

"그, 그만하세요!"

나는 도리어 조소를 보이며 자극하는 쇼메를 말렸지만, 카론경은 창밖으로 시선을 고정시킨 채 굳게 입을 다물고 있을 뿐이었다. 비가 오기 시작했다. 지독한 임무였다.

4.

비는 곧 폭우가 되었다. 우리는 폭풍우가 몰아치는 밤이 되어서야 니샤 왕실에 도착했다.

벼락을 등에 업은 왕실은 죽은 자들의 궁전 같았다. 우리를 성대하게 맞이하는 인파 따위는 없었다. 결코 환영받지 못한다는 사실을 강조하기라도 하듯 삼엄한 감시와 함께 곧바로 회담장으로 안내될 뿐이었다.

"아이고, 이거 먼 길 오느라 수고 많으셨소이다. 그런데 먼저 식사를 마쳤으니 이거 미안해서 어쩌오?"

우리 임금님이 만두라면 이쪽은 펭귄이었다. 그것도 자기 머리만 한 왕관을 눌러쓰고 있는 빅 헤드 펭귄.

뒤뚱거리며 나타난 펭귄 국왕은 한참을 기다리고 있던 우리에게 치졸한 견제를 인사말로 던졌다. 아무리 외교에서 우위를 점하기 위한 기 싸움이 있다고는 해도, 먹는 것 가지고 견제하는 우스꽝스러운 인간은 거의 없다. 펭귄의 도량이 어느 정도인지 한눈에 보였다.

쇼메는 펭귄의 쩨쩨한 공격을 활짝 웃으며 반격했다.

"괜찮습니다. 어차피 니샤에 변변한 음식 같은 게 있을 리도 없고."

"……."

"이런, 제가 말실수를 했군요. 전 배가 고프면 저도 모르게 속마음이 입 밖으로 나오는 성격이라서요."

"흥. 그것 참 안 좋은 성격이로군."

"우호국이 보낸 특사를 병사 둘이 호위하게 하는 것보단 좋은 성격 같습니다만."

"쓰, 쓰, 쓸데없는 말 그만두고 본론만 말하시오!"

전초전은 쇼메의 압승이었다. 사람 빈정거리는 걸로 쇼메 왕자 이길 사람은 거의 없을 것이다. 그런데 우리가 아쉬운 입장인데 이렇게 과격하게 나가도 괜찮을런가 모르겠네.

상대편 국왕 앞에서 무례하게 다리까지 꼬고 있는 쇼메는 고개 숙일 생각은 콩알 반쪽만큼도 없어 보였다. 제발 베르스를 도와 달라고 애걸복걸할 줄 알았던 펭귄 국왕은 쇼메의 시건방진 태도에 적잖게 당황하고 있었다.

쇼메가 멀뚱하게 서 있는 내게 말했다.

"야, 천민. 차 가져와."

"제가요? 그건 왕실 측에서 하는 건데요?"

그걸 왜 내가 해! 게다가 여기에는 차를 끓일 도구도 없잖아! 회담실 한가운데서 불을 지피란 말이냐? 하지만 쇼메가 내게 그런 말을 한 이유는 갑자기 홍차 생각이 간절해서는 아니었다.

"그럼 나보고 뭘 넣었는지 모를 위험한 홍차를 마시란 말이야?"

니샤 왕실에서 내주는 것은 물 한 방울도 입에 대지 않겠다, 그런 쇼메의 모욕에 니샤 국왕의 만면이 흙빛으로 변했다.

"설마 우리가 독살이라도 할 거라 생각하는 거요? 귀공은 짐의 왕국을 적대국으로 여기는 것 같소!"

"그럼 국왕께서는 베르스를 우호국으로 여기십니까?"

곧바로 쇼메가 치고 들어왔다. 능숙하게 웃고 있었지만, 그 말속에는 칼이 담겨져 있었다. 우호국이라고 대답한다면 이오타의 적이 되고, 아니라고 대답한다면 오랜 우방이었던 베르스에게 등을 돌린 옹졸한 국왕이 된다.

결정을 내리지 못해 고민하던 국왕은 그 중간을 택했다.

"흠. 그건 베르스의 태도에 따라 다르오."

"태도라……. 하하, 제가 무릎이라도 꿇고 빌면 우방으로 인정해 주겠다는 의미입니까? 그것 참 국왕의 품격에 어울리는 제안입니다."

그때 참다 참다 못한 니샤의 관리 하나가 끼어들었다.

"아까부터 말하는 게 무례하기 그지없구나! 감히 어전에서 그 무슨!"

"입 닥쳐!"

쇼메의 싸늘한 눈빛을 본 관리가 자기도 모르게 몸을 움츠렸다. 쇼메가 계속해서 악화시킨 분위기는 격노한 국왕이 우리 모두를 참형시키라는 어명을 내릴 지경까지 갔지만—훤칠한 금발의 왕자는 깍지를 끼고 의자에 깊숙이 기댄 채 재미있다는 듯 국왕을 바라보고 있을 뿐이었다.

국왕의 인내심이 한계점에 닿는 것을 포착한 쇼메가 입을 열었다.

"뭔가 착각하고 계신가 본데, 나는 니샤와 동맹을 맺으려고 여기 온 게 아닙니다."

뭐? 그럼 왜 왔어! 쇼메의 말에 국왕과 주변 사람들은 물론 카론 경마저 적잖게 놀란 얼굴로 쇼메를 바라봤다. 쇼메 왕자는 도리어 그 분위기를 즐기며 말을 이었다.

"도리어 당신들이 우리와 동맹을 맺을 자격이 있는지 알아보려고 왔습니다."

"뭐라고!"

펭귄 국왕은 체통도 잊고 고함 소리를 내질렀다. 적반하장도 유분수였다. 코가 석 자인 쪽은 베르스인데, 베르스가 니샤와 동맹을 맺을지 고민하고 있다고? 대체 쇼메 왕자가 왜 이런 말을 하는지 나로서는 알 도리가 없었다.

쇼메는 곧 품속에서 종이 한 장을 꺼내 국왕 앞에 놓았다. 금테를 두른 것만 봐도 보통 문서는 아니었다. 게다가 지금 내가 잘못 본 것이 아니라면 저 문서 뒷면에 찍힌 인장은 분명히……

"잘 읽어 보고 현명하게 판단하시길 바랍니다."

"이, 이게 뭐요."

당황하며 서류를 펼친 국왕의 안색이 바뀌었다. 그가 비명같이 외쳤다.

"말도 안 돼. 지금 이게 말이 된다고 생각하오!"

"말이 되는지 안 되는지는 직접 판단하시기 바랍니다. 물론 그 판단에 이 왕국의 운명이 결정되겠지만 말입니다."

"하지만 베르스가 북부 콘스탄트와 군사동맹을 맺었다는 엄청난 사실을 어떻게 이 종이 한 장만으로 믿을 수가 있단 말이오!"

모두의 시선이 그 한 장의 문서를 향했다. 나는 그것에 찍혀 있는 새파란 두 마리의 사자를 보며 온몸이 굳었다. 왜냐하면 저 청사자(靑獅子) 인장은 마키시온 제국의 황금 키마이라, 이오타의 눈 먼 여신, 남부 콘스탄트의 신성 철십자와 더불어 세계 최강국의 지도자 중 한 명만이 찍을 수 있는 것이기 때문이었다.

즉, 저 문서는 북부 콘스탄트의 국왕 바쉐론의 친서였으며 그 내용은 베르스와의 군사동맹을 증명하는 것이었다. 물론 내가 숨이 막힌 이유는 단지 그 이유 때문만은 아니었다. 아니, 다른 이유가 더 컸다.

'위조다!'

베르스는 이미 북부 콘스탄트와의 협상에 실패하지 않았던가. 아까 마차에서 쇼메가 자기 입으로 그렇다고 말했다.

그럼 저건 분명 위조 문서였다. 물론 니샤를 강하게 밀어붙이기 위해 저것보다 더 좋은 카드는 없겠지만, 나중에 어떻게 되려고 저러는지 내가 다 조마조마해서 견딜 수 없을 지경이었다.

그러나 정작 쇼메의 눈빛은 '이제 알았으면 무릎을 꿇어, 천민!' 이라는 오만방자함 그 자체였다. 저게 가짜라는 게 들통 나서 내가 죽으면 죄다 네놈 책임이다!

"당신이 믿든 안 믿든 자유지만, 분명 그건 바쉐론 국왕의 친필 문서입니다. 군사동맹을 증명하는 문서 한 장이 1개 군단과 같은 힘을 갖는다는 사실을 모르시는 건 아니겠지요?"

"하지만 확인할 방법이 없지 않소. 이게 진짜라는 확실한 증거를 보여 주시오."

니샤 왕국에 북부 콘스탄트 국왕의 진짜 필체와 인장을 알아볼 수 있는 위서(僞書) 전문가가 있을 리 만무했다. 국왕의 요청에 쇼메는 어처구니없다는 표정으로 회답했다.

"그럼 당신 확인시키기 위해 바쉐론 국왕을 여기로 불러야 합니까?"

"누, 누가 그러라고 했소!"

"뛰어난 사람과 우둔한 사람을 구분하는 기분이 무엇인지 아십니까? 바로 판단력입니다. 언제나 확실한 것만 선택할 수 있다면 이 세상에 불행한 사람은 아무도 없겠지만, 세상은 그걸 허락할 만큼 녹록하지 않습니다. 때로는 자신의 판단에 모든 것을 걸어야 할 때도 있는 겁니다. 바로 지금처럼 말입니다."

쇼메는 식은땀을 흘리는 국왕을 똑바로 바라보며 말했다. 솔직히 저 악마적인 기백에는 나도 질릴 정도였다. 아이히만 대공의 아들이라고 해도 믿을 것 같았다.

국왕은 짜내듯이 말했다.

"어떻게 베르스 같은 소국이 북부 콘스탄트와 군사동맹을 맺을 수가……."

"참고로 북부 콘스탄트는 빠른 시일 내에 적현무 키르케가 지휘하는 '임모탈' 제7무장전투여단과 사단급 병력을 베르스로 급파할 것입니다. 당신에게만 호의로 알려 주는 기밀 정보이니 참고하시기 바랍니다."

그렇게 말하는 쇼메의 입꼬리가 위협적으로 올라갔다. 아신 중 한 명인 키르케 님의 이름까지 거론되자 국왕의 안색이 크게 바뀌었다. 숨기고 있던 발톱을 드러낸 쇼메 왕자는 갑작스러운 혼란에 안절부절못하는 국왕을 마구 할퀴고 있었다.

"어서 결정하시기 바랍니다. 베르스의 동맹국이 되겠습니까?"

"다, 당장은 결정할 수가 없소. 짐에게 시간을 주기 바라오."

그 말에 쇼메의 눈썹이 미묘하게 꺾였다. 그것은 말귀를 못 알아듣는 어린애를 바라보는 짜증 섞인 표정이었다.

"시간? 한 일 년쯤 드리면 되겠습니까? 지금 당장 이오타와 싸워야 할지도 모르는 우리보고 당신의 잘난 생각이나 마냥 기다리고 있으라고? 주제를 모르기는!"

쇼메는 테이블을 쾅 두드리며 자리에서 일어났다. 그러고는 나를 보고 말했다.

"야! 천민! 마차 준비해. 당장 이 어리석은 왕궁을 떠나지 않으면 나한테까지 멍청함이 전염될 것 같으니까! 동맹은 결렬이다. 그리고 니샤 국왕은 베르스를 적국으로 돌리겠다고 말했다."

국왕 깜짝 놀라 같이 일어섰다.

"내가 언제 베르스를 적국이라고 말했소! 단지 결정할 시간을 달라는……."

"전쟁 중에는 아군 아니면 적이야. 너처럼 잔머리 굴리는 얄팍한 동맹은 우리 쪽에서 사양이다!"

국왕은 왕관이 떨어질 정도로 온몸을 떨었다. 그의 고함 소리가 회견장을 갈랐다.

"더 이상의 모욕은 참을 수 없다! 저 시건방진 놈들을 지금 당장 하옥시켜라!"

아니, 왜 나까지! 으아아! 내가 이럴 줄 알았어!

"그런 말을 지껄여 놓고도 이곳을 몸 성히 떠날 줄 알았느냐!"

분노 펭귄으로 변신한 국왕의 노성과 함께 회담장 문이 거칠게 열리며 근위병들이 쏟아져 들어왔다. 카론 경의 손이 검을 잡았지만 아직 뽑지는 않았다.

"하하, 우릴 죽이시겠다?"

쇼메 왕자는 오히려 가소롭다는 듯이 커다랗게 웃었다.

"그게 당신의 결정이라면 존중하지. 죽여라. 하지만 당신과 당신의 왕국도 그리 오래 이 땅에 남아 있지는 못할 거라는 걸 알아두도록."

"……!"

"머리가 있으면 생각을 해. 과연 베르스는 자신들이 보낸 특사를 죽인 왕국을 그냥 내버려 둘까? 북부 콘스탄트로부터 도착한 대군이 가장 먼저 진군할 목표는 바로 여기다. 당신은 자기 병력의 열 배가 넘는 대군과 절망적인 전쟁을 벌여야 할 테지. 이 시시한 왕국은 거인에게 짓밟힌 개미 새끼처럼 순식간에 무너져 갈 거야. 모든 도시가 불길에 잠기고 사람들은 당신을 원망하며 죽어 갈 거다. 다급해진 당신은 이오타에게 도와 달라고 호소할 게 분명해. 그런데 그 냉정한 이자벨이 이 별 볼 일 없는 약소국 하나 구하려고 군대를 움직여 줄까? 축하한다. 세상에서 가장 비참하게 죽은 왕으로 역사에 기록될 테니까."

"감히 그런 협박을……."

"내 목과 이 왕궁의 멸망을 맞바꿀 생각이라면 날 죽여도 좋다. 그리 손해 보는 장사는 아닌 것 같군."

쇼메의 위협은 소름 끼칠 정도였다. 나라면 수백 번 넘게 연습을 했어도 저토록 잔인하게는 못했을 것이다.

국왕의 침 넘기는 소리가 내 귀에까지 들려왔다. 그가 곧 자리에 앉으며 떨리는 목소리로 말했다.

"짐의 무례를 용서하게. 도, 동맹에 대해 진지하게 생각해 보
도록 하겠네."

"현명한 판단이십니다. 그 넓디넓은 전하의 도량에 탄복했사
옵니다."

쇼메는 곧바로 사근사근하게 표정을 바꾸며 국왕 앞에 앉았
다. 저 악마……

"하지만 짐에게 내일 아침까지 말미를 주게나. 왕실의 중신들
을 설득할 시간이 필요하네."

"여부가 있겠습니까. 기대를 품고 기다리겠습니다."

쩔쩔매며 말하는 국왕 앞에서 쇼메는 무서울 만큼 부드러운
미소를 보였다. 아이히만 대공은 자신의 제자 쇼메 블룸버그
를 평할 때 이렇게 말했다. '두려움을 모르는 그의 자신감이 그
를 일으킬 것이다. 그리고 그를 주저앉힐 것이다.' 물론 나는 그
'예언'이 잘못된 것이길 바라지만, 만약 사실이라면 적어도 주
저앉는 시간이 지금은 아니길 기도했다.

『Swallow Knights Tales』 7권에서 계속

제멋대로 만화극장

한 귀로 듣고 한 귀로 흘리는 제멋대로 프로파일

무라사 랑시 편

■ 한 귀로 듣고 한 귀로 흘리는 제멋대로 프로파일
무라사 랑시(Murasa Lansi) 편

키 190센티미터의 근육질로 실제로 보면 참으로 위압적일 것이다.

눈 짙은 회색에 가까운 눈동자. 야수처럼 무서운 기색을 품고 있다.

머리 눈동자 색과 비슷한 은회색의 머리칼을 아무렇게나 기르고 있다. 그것 때문에 늑대 같다는 인상을 심어 준다.

외모 아담한 체구의 동생 조슈아의 형이라면 아무도 믿지 않을 것이다. 실은 본인도 믿기 힘들어하고 동생은 믿기 싫어한다. 누가 보더라도 바위도 단번에 으깨 버릴 정도의 초인으로 보이며 다혈질에다 단순한 성격 탓에 무섭게 느껴지지만, 한편 감정이 그대로 얼굴에 드러나기 때문에 조금만 옆에서 지켜보면 순진한 사람이라는 것을 알 수 있다.

도통 가꾸지 않는 천연 미남으로 눈 밑에는 희미한 흉터가 있고 체지방 제로를 자랑하는 단단한 몸이 인상적이지만 항상 그놈의 성격 때문에 이미지를 말아먹는다. 의협심이 강한 성격이지만 그 때문에 자주 어이없이 이용당하기도 한다(특히 키스에게).

4대 아신위 중 백호의 자리를 계승받은 만큼 상대가 없을 정도로 막강한 힘을 품고 있으며 특히 격투에 대해서는 이길 자가 없다. 또한 스스로 다른 권력자 밑에서 복종하는 것을 거부해 방랑을 택했을 만큼 자신에 대한 프라이드가 높다. 그러나 돈 개념이 없고 알테어와 막상막하로 세상 물정에 어두워서 식비를 마련하기 위해 어느 식당에서 열심히 걸레질을 하고 있는 모습도 찾아볼 수 있을지 모른다.

1. 안녕하세요? 바쁜 시간 내주셔서 감사합니다.

―안 바빠.

……아 네.

2. 동생을 끔찍이 아끼시던데, 그럴 이유라도 있습니까?

―형이 동생을 아끼는 데 이유가 필요해?

그런 식으로 대답하면 진행이 안 됩니다.

―어릴 때 조슈아는 항상 나 때문에 피해를 보는 입장이었어. 하지만 전혀 내색하지 않는 모습이 너무 미안해서 뭐라도 해 주고 싶어.

……노골적으로 내색하는 것 같던데요. '죽어라, 형!'이라고.

3. 키스 경과는 무슨 관계입니까?

—밍크고래와 오리너구리의 관계.

무, 무척 많은 상상력을 필요로 하는 답변이로군요.

—정말 불쌍한 녀석이지. 언제 꼭 한번 흠씬 두들겨 패 주고 싶은 놈이야!

어느 쪽인지 명확하게 해 주세요!

4. 미온 경을 어떻게 생각하십니까?

—베르스 왕국의 마스코트, 어떻게 된 녀석이 어딜 가도 있더군.

그건 이 소설이 1인칭이라서 그런 겁니다.

5. 아신들은 하나씩 약점이 있다고 하던데, 무라사 씨의 약점은 무엇인가요?

—홍! 이 몸에게 약점 따위가 있을 것 같아!

약점 : 아메바와 비슷한 수준의 단순함.

6. 그렇게 투덜거리면서도 내심은 키스 경을 걱정하는 거죠?

―내, 내가 왜!

그렇죠오?

―……너, 키스지.

7. 라이오라 씨와도 험악한 관계던데 예전부터 사이가 안 좋았나요?

―그놈과 나는 서로 싸워야 할 운명이야. 언젠가는 이기겠어!

* 여기서 증언 1
라이오라 : 지겨운 놈. 아무리 쓰러트려도 끝도 없이 덤벼들더군.

그냥 행패를 부렸을 뿐이로군요. 운명은 개뿔이…….

8. 앞으로도 계속 백수로 살 생각입니까?

―음. 백수의 왕이 될 생각이야.

그거…… 개그?

―재미없었어?

네. 죽을 만큼.

9. 혹시 바라는 여성상이 있으시다면?

―많은 것 바라지 않아. 같이 산속을 헤맬 수 있는 여자라면 환영
이야.

……평생 독신으로 사실 작정이시군요.

―어차피 아신은 결혼 같은 거 못 한다고! 그리고 싸움 하나로 살
아가는 사람한테 여자가 다 무슨 소용이야! 그딴 거 필요 없어!

왜, 왠지 엄청 서럽게 들리네요.

('이 양반, 실은 대단한 숙맥이 아닐까?' 하는 기분이 든다)

10. 자, 힘겹게 마지막입니다. 노래 잘하십니까?

—어렸을 때 동생과 함께 부르곤 했어. 그러면 동생은 쓸쓸한 표정으로 입을 다물곤 했지.

무섭게 못 부른다는 말을 애써 낭만적으로 포장하실 것 없답니다.

한 귀로 듣고 한 귀로 흘리는 제멋대로 프로파일

라이오라 란다마이저 편

■ 한 귀로 듣고 한 귀로 흘리는 제멋대로 프로파일
라이오라 란다마이저(Layora Landameizer) 편

키 185센티미터를 넘는 상당한 장신. 무라사 랑시를 제외하면 그보다 큰 사람도 거의 없을 것이다.

눈 황금빛. 인간이 아닌 것 같은 느낌을 주는 이유의 8할은 이 눈동자 때문이다.

머리 엔디미온과 비교하자면 훨씬 진한 금발이다. 특별히 멋을 내지는 않지만 항상 단정하다.

외모 사람들로부터 미남이라는 찬사를 잘 받지 못하는 이유는 그가 너무나도 강하기 때문이다. 운동으로 단련된 것 같은 몸을 가지고 있지만 또한 운동할 필요가 없는 사람이기도 해서 만사가 한가하다.

날카롭고 과묵한 편이지만 가끔 상당히 뻔뻔할 때도 있다. 황제의 명령이라면 세계를 횡단해서라도 부지런히 임무를 수행하지만, 명령이 없을 때의 그는 황제도 안타깝게 생각할 정도로 무료하게 보내고 있다. 가령 하루 종일 혼자 테이블에 앉아 땅콩을 까고 있다든가……. 그를 추종하는 부하들이 본다면 가슴이 찢어질 짓을 꼼지락거릴 때가 많다.

제복이나 슈트가 잘 어울리는 몸이라서 황제로부터 하사받은 수많은 슈트가 옷장 속에 가득하지만 사실 저택에서는 티셔츠 차림으로 활보하다가 집사에게 설교를 듣기도 한다. 아직도 자기가 뭘 잘못했는지 납득하지 못하고 있다.

세상 물정과 군사적 지식 등에 대해서는 적현무 키르케처럼 정통하고 지적 수준도 높지만, 그렇지 못한 부분도 있어서 임무가 아닌 일에서는 자주 헤맨다. 가령 자기는 식사를 하지 않기 때문에 식사 시간에 참모들을 찾아갔다가 다들 어디 있는지 몰라서 어리둥절해 한다든가.

당연한 말이지만 본질적으로는 위압적인 겉모습만큼이나 무서운 사람이다. 국왕들이 투표한 적으로 만나기 싫은 사람 베스트 원에 뽑혀 명예의 전당에 그 이름이 올라가 있기도 하다.(거짓말)

1. 안녕하세요? 황제가 여기 오는 걸 허락하든가요?

―음. 시시한 일에 꽤 열성이라고 혀를 차시더군.

……시시해서 죄송합니다.

(참고로 이 사람 말투, 상당히 직선적이다.)

2. 라이오라 씨는 자타가 공인하는 이 소설 최강의 캐릭터입니다. 자랑스러우신가요?

―그럼, 나보다 더 강한 자가 나타난다면 자랑스러워하지 말아야

하나?

그, 그건 아니지만.

(뭔가 황제에게 잔소리 듣고 온 게 분명하다. 예민하네⋯⋯.)

3. 아신이 되기 전에는 뭘 하셨어요?

─했다기보다는 당했지. 노예였으니까.

괘, 괜한 말을 한 것 같군요.

─응. 괜한 말이다.

(⋯⋯황제에게 무슨 소리를 듣고 온 걸까.)

4. 실례되는 질문일 수도 있습니다만, 황제에 대한 당신의 충성심
은 정평이 나 있습니다. 황제의 명령이 떨어진다면 아무나 죽일 수
있나요?

─폐하께서는 아무나 죽이라는 명령은 내리지 않아.

만약 내린다면요?

—너도 그 아무나 중 하나가 되겠지?

(무, 무서워!)

5. 견백호 무라사 씨에 대한 질문입니다.

—다음 질문으로 넘어갔으면 좋겠군.

짧게라도 대답해 주세요. 무라사 씨를 어떻게 생각하시나요?

—축생.

(일말의 호의도 찾아볼 수가 없군.)

6. 몇 번이나 무라사 씨와 싸웠다던데 어떻게 둘 다 멀쩡하네요?

—진심으로 죽일 생각은 없으니까.

헤에. 그래도 서로를 배려하시는군요.

─솔직히 잠자는데 쳐들어와 멀쩡한 집 때려 부수고 행패를 부릴 때는 죽여 버리고 싶긴 하지만…….

……아, 네.

7. 그런데 진(震)청룡인데 어째서 벼락을 못 때리죠?

─적현무가 조용하든가?

…….

(적현무의 적(寂)은 고요하다는 의미.)

8. 아신들도 서로 모여 회의를 하고 그러나요?

─음, 예를 하나 들어 볼까?

네?

─견백호가 나를 보면 '아신이 나아갈 바람직한 방향'에 대해 토론을 할 것 같나 아니면 발광할 것 같나.

후, 후자겠죠?

─그러면 적현무가 명주작을 보면 '아신의 올바른 마음가짐'에 대해 의견을 교환할 것 같나 아니면 발광할 것 같나.

여, 역시 후자겠죠?

─그러면 아신들이 회의를 할 것 같나 아니면 절대로 안 만날 것 같나.

후자……로군요.

(그는 무겁게 고개를 끄덕였다.)

9. 그런데 성(姓)이 좀 이상하다는 생각 안 드세요? 란다마이저라니, 무슨 제국의 비밀 병기 같은 느낌인데…….

─황제 폐하께서 하사하신 성이다.

무, 무슨 의미인데요?

─지면상으로는 도저히 밝힐 수가 없군. 몰라도 된다. 아니, 모르

는 편이 확실히 좋다.

(그 의미를 알고 있다면 당신도 특이한 사람!)

10. 자, 마지막입니다. 그럼 질문은…….

─난 노래 못해.

이 인터뷰, 애독하시고 계셨나 보군요. 황제 폐하가 시켜도 안 할 겁니까?

─폐하는 부하의 충성심을 자극하는 분이 아니시다.

(사실 아신이 되기 전에는 노래를 부른 적도 있었다고 한다.)

한 귀로 듣고 한 귀로 흘리는 제멋대로 프로파일

키스 세자르 편

■ 한 귀로 듣고 한 귀로 흘리는 제멋대로 프로파일

키스 세자르(Kis Cezyr) 편

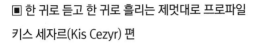 훤칠한 장신이다. 미온은 물론이고 카론보다도 큰 축복 받은 체형.

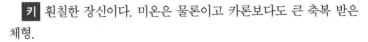 붉은색. 항상 웃는 낯이라서 그렇지, 잘 보면 상당히 불길해 보이는 눈동자다.

머리 밝은 갈색의 풍성한 곱슬머리. 잘 빗지 않는 스타일이다.

외모 풍부한 표정을 자랑하는 미남자. 가만히 있어도 상대를 홀릴 것 같은 외모지만 심각한 문제가 있는 뇌 구조 때문에 언제나 문제를 일으킨다.

1. 자, 그럼 자기 소개를!

─안녕하세요오. 불철주야 격무에 시달리는 키스 세자르라고 하옵니다아.

미온 : 거짓말. 만날 팡팡 놀기만 하면서!

전혀 존경받지 못하는 기사단장이로군요.

2. 나이가 어떻게 되세요?

―남자의 나이를 물어보는 건 실례랍니다아.

그럴 리가 있어?

3. 언제 스왈로우 나이츠의 기사단장이 되었나요?

―글쎄요, 한 5년 되었나요? 아아, 제가 온 다음부터 스왈로우 나이츠의 위상이 날로 올라가는 것 같아 기쁘군요.(뭔가 강하게 항의하려는 미온의 입을 틀어막은 채 웃고 있다.)

역시 전혀 설득력이 없군요.

4. 그럼 그 전에는 뭘 했죠?

―이 세상을 지키는 숨은 히어로였습니다아.

어차피 무슨 말을 하든 알 수 없으니까 제멋대로 말하는 거 같은데…….

5. 의외로 힘이 세더군요. 대체 그런 몸으로 어떻게 그렇게 엄청난

괴력을 낼 수 있는 거죠?

─어라? 시시한 질문이네요오.

대답이나 하쇼!

─그거야 뭐, 하루에 아침저녁으로 꼬박꼬박 운동을 하고 규칙적인 식생활을 하면…….

댁의 힘은 꾸준한 자기 관리로 도달할 수 있는 영역이 아니잖아! 일단 운동하는 꼴도 못 봤고.

─꿈과 희망이 있다면 가능합니다아.

끝까지 대답하지 않을 모양이군.

6. 어째서 아이히만 대공과는 그렇게 사이가 나쁜…… 얼레?

(사라져 버렸음.)

7. 이 소설의 가장 큰 불만은?

—어째서 제 분량이 적은 거죠?

자신이 좀 더 주목받지 못해서 섭섭한 모양이다.

8. 하루 일과를 말해 주겠어요?

—남의 사생활에 관심이 많네요오? 그러니까 아침에 일어나서 제 사랑스런 부하들에게 브리핑을 하고 곧바로 부족한 수면을 보충해서 피부 노화를 막습니다. 아침은 가벼운 차 한 잔으로 대신하고요. 그리고 오후쯤 다시 일어나 점심을 먹고 가볍게 산책을 나갑니다. 저녁 무렵에 돌아와서 목욕을 한 뒤에 시종들이 만드는 식사를 도와주기도 하고 다시 부족한 수면을 보충하기도 하지요. 그리고 뭐, 그 이후에는 자유 시간입니다.

내가 보기엔 그냥 하루 종일 빈둥거리는 것 같은데요. 고양이와 다를 바가 없잖아?

—원래 잘생긴 독신남의 인생이라는 것이 한가하기 마련입니다아.

그건 기둥서방 얘기잖아!

9. 신입 기사 미온 경은 어떻게 생각하시나요?

―뭐랄까, 장난치는 보람이 있는 사람? 여자였다면 좋았을 텐데…….

지금 무슨 생각 하고 있는 겁니까?

10. 마지막 질문입니다. 노래는 잘하나요?

―물론입니다아! 분명 천하제일일걸요? 들어 보실래요오?

그가 옥 굴러가는 미성으로 부른 노래 제목은 '내일은 당신도 공범'이었다.

또 다른 시선

라이오라 란다마이저
『나는 불타는 덤불이로소이다』

1.

　무엇이든 영원히 변치 않는 것이 있다면, 나는 그것을 사
랑하겠다.

　꿈의 끄트머리에서 기억나는 말은 그 한 마디뿐이었다. 꿈이
란 항상 불친절하다. 여간해서는 명확하게 기억나는 것도 없고
때로는 내게 내 마음을 들킨 것 같아, 사람을 창피하게 만든다.
　"……."
　잠에서 깨어나 눈을 뜨자마자 하얀 셔츠에 검은 목면 에이프
런과 같은 색의 조끼를 두른 청년이 시야에 들어왔다. 아니, 청

년이라기보다는 아직 소년에 가까운 나이었다. 나는 헝클어진 금발을 쓸어 올리며 잔뜩 긴장한 그 아이를 바라봤다.

"무슨 일이지."

"라이오라 각하, 황제 폐하로부터의 서신이 도착했사옵니다."

그는 마라넬로 황제로부터의 친서를 감히 자신이 만지고 있다는 것 자체가 죄스럽다는 듯 어쩔 줄 모르고 있었다.

나는 느릿하게 침대에서 몸을 일으킨 뒤에 시계를 한 번 바라보고는 다시 이 착실한 갈색 머리칼의 청년—나의 열한 번째 집사를 바라봤다. 벌써 오전 10시였다.

"왜 날 안 깨웠지."

"……."

"너 설마, 그 편지 들고 계속 거기 서 있었던 것은 아니겠지?"

"……."

집사는 그렇다는 표정으로 날 바라봤다. 나는 코끝으로 한숨을 내쉬고는 말했다.

"다음부터는 날 깨워라."

"하지만 어떻게 제가 아신, 아니 각하를 감히……."

가끔 사람들은 아신을 무슨 신의 사도쯤으로 지나치게 신성시하는 경향이 있다. 하늘을 날고 단숨에 성을 부숴 버리는 우리의 모습을 본다면 그렇게 착각하는 것도 이해는 간다. 하지만 우리들은 '끔찍한 전략병기'라는 비유 정도가 적당한 괴물일 뿐이다.

"늦잠 하나 막지 못하는 집사라면 내 쪽에서 곤란하다. 이제 부턴 깨워."

하지만 이 소년은 여전히 '고귀한 아신도 늦잠을 자는 줄은 꿈에도 몰랐다' 라는 당혹의 표정을 숨기려고 애쓰는 것이었다. 그렇다고 내가 늦잠을 잔 이유를 '일주일 동안 황제의 칙령을 받아 남부 변경에 내려가 반군 1만5천 명을 척살하고 곧바로 돌아와 잠들었기 때문' 이라고 솔직하게 고백해서 이 아이를 근무 첫날부터 겁주고 싶은 생각은 추호도 없었으므로 나는 잠자코 황제로부터의 친서를 받았다.

난 이 편지에 담긴 말이 무엇인지 짐작할 수 있었다. 필요한 일이 있으면 한밤중이라도 나를 호출하는 황제가 어째서인지 유독 자신의 숨겨진 아들 키릭스에 대한 지시만큼은 이렇게 서신을 이용하기 때문이었다.

그것이 친왕(親王) 키릭스에 대한 불쾌감 때문인지 아니면 죄책감 때문인지는 나도 모른다.

　　내 아들을 가서 보고 오게나. 만약 죽어 있다면 시체는 놔두고 오도
록.

편지의 내용은 이것이 전부였다. 마치 무가치한 물건을 다루는 것처럼 차가운 황제의 명령을 읽은 나는 편지를 집사에게 건네줬다.

"태워라."

"예?"

왕이 노예와 같이 식사하는 모습을 봤을 때 이런 표정을 지을까? 집사는 어떻게 감히 위대한 황제가 직접 쓴 편지를 하찮은 자신이 태울 수 있겠냐는 얼굴이었다.

"아무도 볼 수 없게 태우라고 말했다."

"아, 알겠사옵니다."

앞으로 일일이 가르쳐 줄 것을 생각하니까 머리가 지끈거리는 아이였다. 이 아이는 얼마 전 죽은 선대 집사의 손자로 '직장'을 물려받아 오늘부터 '출근'한 셈인데—나는 이런 식으로 이 집사 가문을 400년 넘게 곁에 두었다. 이 가문의 유구한 전통이 있다면 변함없이 융통성이 없다는 것이다.

"그리고 내 집은 황궁도 아니고 나도 황제 폐하가 아니니까 그 황실 말투는 쓰지 마라."

"알겠사옵니다. 아, 아니 알겠습니다."

할아버지에게 물려받은 옷이 아직 어울릴 나이도 아닌 그는 붉어진 얼굴로 고개를 조아렸다. 400년 넘게 남자는 군인도 장사꾼도 아니고 오로지 집사만 되었다는 점도 이 녀석 가문의 전통이라면 전통일 것이다. 이 집안은 세상이 멸망하는 그 날까지 집사만 키울 것 같다는 의외의 설득력에 가벼운 현기증마저 생길 지경이다.

"내 제복을 가져와라."

"이미 준비했습니다."

그는 자신이 말끔하게 다려서 정리해 놓은 내 검은 제복을 바라보며 자랑스럽게 대답했다. 아닌 게 아니라 할아버지에게 뒤지지 않는 훌륭한 다림질이었다.

분명 할아범은 이 손자에게 제복 다림질의 비법과 창틀 청소의 묘수 같은 것을 전수한 후에야 죽어도 여한이 없다는 편안한 표정으로 눈을 감았으리라. 사실 말이 집사지 이 집안의 청소부터 세탁까지 모든 일은 혼자서 담당하니까―내 나이와 비슷한 이 오래된 저택의 붙박이 역할과 다름없다(물론 나는 자주 외출을 하고 식사도 하지 않으니까 못 견딜 정도로 일이 많은 것은 아니리라).

처음에는 꽤 많은 하녀들과 정원사까지 고용했지만 그들 사이에서 벌어지는 노골적인 '권력 싸움'을 보고는 '이게 뭐하는 짓인가?' 하는 기분에 모두 해고하고 '다용도 집사' 하나만 남겨 둔 것이다. 그러니까 나의 긴 인생과 함께하는 것은 이 오래된 저택과 융통성 없는 집사 가문뿐이다.

그런 생각이 들자 입가에 쓴웃음이 스몄다. 순식간에 소년의 표정이 창백해졌다.

"제, 제가 잘못한 일이라도 있습니까? 말씀해 주신다면 당장 고치겠습니다!"

"아니. 수고했다. 다음부터는 이보다는 덜 수고해도 괜찮아."

이제 이 아이와 또 수십 년을 같이 살아야 할 테지. 아이는 쏜살같이 자라는 담쟁이처럼 금방 어른으로 성장할 테고 그리고 또 늙고 늙어 나를 모시게 되어 영광이었다는 유언을 남기고는 새로운 핏줄을 내게 던져 주고 자신은 편안하게 눈을 감을 테지. 보람차게 일생을 살고 만족스럽게 쉴 수 있을 테지.

"앞으로 잘 부탁한다."

다들 참 얄밉다는 생각이 들었다.

2.

이 격렬한 폭풍에 보통 사람이었다면 이미 하늘 끝까지 날아갔을 것이다. 아니면 이 지독한 추위에 온몸이 얼어붙어 박제가 되었을 것이다. 그것도 아니면 시시각각 방문자들을 노리는 기이한 맹수들의 습격에 온몸이 뜯겨 나갔을 가능성도 있다. 세계의 북쪽 끝은 항상 이렇게 악의적이었다.

내가 지금 걷고 있는 이곳은 나침반도 통하지 않는다. 밤과 낮이 120일마다 한 번씩 바뀌고 지독한 독초 외에는 자라지도 못한다. 계속 가 봐야 나오는 것이라고는 얼어붙은 산맥뿐이다.

나는 이곳을 한 달 정도 계속 뚫고 나간 적이 있었는데—결국 아무리 가도 황무지밖에 나오질 않아 포기하고 돌아왔다. 아신조차도 기가 질릴 이토록 지독한 곳에, 황제는 자신의 아들을 던져 놓았다. 키릭스를 미워하기 때문인지 아니면 단순한 호기심 때문인지 나는 역시 알 도리가 없다.

아무리 진청룡이라고 불리는 나지만, 이 끔찍한 곳에서 키릭스를 찾아내는 데는 반나절 정도의 시간이 필요했다. 그만큼 쓸모없이 광활한 곳이었다. 참고로 지금 키릭스 황자의 나이는 열두 살이었다.

"전하, 그곳에 있으십니까."

키릭스의 기척이 느껴지는 곳으로 가서 외쳤지만 대답은 없었다. 정말 죽은 것일까? 맹수들의 털가죽으로 얼기설기 지어 놓은 텐트 안에서는 아무런 인기척도 없었다. 나는 조금 불안해져서 다시 물었다.

"전하, 살아 계십니까."

그리고 잠시 후 그 텐트 속에서 얼어붙은 곱슬머리의 소년이 고개를 내밀었다. 초췌한 얼굴에 온몸은 말라붙은 짐승의 피로 얼룩져 있었지만, 그 새빨간 눈동자만큼은 이 지독한 어둠 속에서도 귀신불처럼 불타오르고 있었다. 아침에 내가 본 집사와 동류의 인간이라고는 생각할 수 없는 모습이었다.

"아아, 라이오라 선생. 미안, 미안. 잠깐 잠들어 있었어."

태연한 목소리와 함께 그가 졸린 얼굴로 하품을 했다. 텐트 주변에는 뼈를 발라 널어놓은 맹수들의 고기가 얼어붙어 있었다. 이것은 식량이기도 했고 다른 맹수들을 끌어들여 사냥하기 위한 키릭스의 덫이기도 했다. 황제가 아들을 이곳에 던질 때 준 것이라고는 단검 한 자루와 물 한 통이 전부였다.

나는 되물었다.

"지낼 만하십니까."

"하하. 지낼 만하냐고? 선생도 의외로 웃기는 말을 잘한다니까."

키릭스는 그렇게 응수한 뒤에 맹수에게 물려 다친 것으로 보이는 다리를 질질 끌며 텐트에서 나왔다. 그러고는 빙판 위에 털썩 주저앉은 채 나를 올려다보고는 소름 끼치는 미소를 보였다.

"응. 지낼 만해. 아버지에게도 그렇게 전해 드려."

"……."

이 차가운 웃음 속에서 나는 분노를 느낄 수 있었다. 그리고 이 추위가, 이 척박함이 그 분노를 점점 더 순수하게 증류시키고 있었다.

"아, 그런데 라이오라, 내가 여기 온 지 얼마나 지났지? 이런 곳에 오면 아무래도 시간에 무뎌져서."

"43일 지났습니다."

"그래? 헤에, 난 십 년쯤 지난 줄 알았는데."

키릭스는 그렇게 중얼거리며 커다란 눈동자로 어둠과 고독 외에는 아무것도 없는 사방을 둘러봤다. 그리고 말했다.

"그런데 아버지가 널 왜 보낸 거야?"

"전하께서 살아 계신지 확인하고 오라고 하셨습니다."

키릭스의 얼어붙은 눈썹이 움찔거렸지만 곧 예의 무료한 표정으로 돌아왔다.

"이렇게 보란 듯이 살아 있으니까…… 내가 살아 있다는 사실을 구역질이 날 정도로 실감하고 있으니까, 아들 걱정은 하지 말고 편안히 발 뻗고 주무시라고 전해 드려.”

나는 말없이 이 불행한 아이를 바라보았다. 그는 자신의 어머니가 넘어 왔다는 기이한 산맥 쪽을 바라보며 물었다.

“라이오라 선생, 부탁이 하나 있는데…….”

“말씀하십시오.”

“나, 죽여 줄래?”

지친 목소리가 바람 속에 흔들거렸다. 나는 고개를 저었다.

“저는 황족을 해칠 수 없습니다.”

“역시 그렇겠지. 세상에 무서울 것이 없는 아신도 이래저래 고민이 많겠구나.”

그렇게 말한 키릭스는 다친 다리를 끌며 다시 텐트로 들어갔다. 400년을 넘게 살며 나는 수많은 인간의 모습을 지켜봐 왔다. 그리고 앞으로도 또 400년 동안 이런 모습을 지켜봐야만 한다는 사실이 두렵다. 나는 텐트를 향해 고개를 숙였다.

“전하, 저는 그럼 이만 물러가겠습니다.”

대답은 없었다. 그리고 몸을 돌린 등 뒤로 고함 소리가 들려왔다.

“가지 마!”

나는 다시 시선을 돌렸다. 텐트 안에서 터진 그 목소리는 떨리고 있었다.

“그냥…… 잠깐만 같이 있어 줘.”

키릭스도 두려웠던 것이다. 아무리 태연한 척을 해도, 그 놀라운 육체적 강인함으로 말미암아 이런 곳에서 죽지 않을 수는 있어도 소년의 것이 분명한 정신은 견딜 수 없었던 것이다. 이 황량한 공간은 점점 키릭스의 마음을 미쳐 가게 만들 것이 분명했다.

"……라이오라, 아직 거기 있어?"

"네. 폐하께서 부르기 전까지는 언제까지라도 이곳에 있을 수 있습니다. 제게 시간은 얼마든지 있으니까요."

"하하, 그것 참 좋네. 하지만 그건 곤란해. 네가 그런 데 서 있으면 맹수들이 다 도망쳐 버릴 거야. 그럼 난 굶어 죽는다고."

"그런 문제가 있었군요."

키릭스는 아무 말이라도 좋으니까 계속 대화하고 싶은 것 같았다. 나는 받아 주었다. 텐트 밖으로 얼굴을 내민 키릭스가 말했다.

"라이오라, 하나 물어보고 싶은 것이 있어."

"말씀하십시오."

"불사(不死)란 어떤 거야? 영생을 얻는다는 것은 어떤 기분이지? 이 질문에 가장 확실하게 대답할 수 있는 사람은 세상에서 너 하나뿐일 거야."

사실 그것은 나 자신도 계속 고민하던 질문이었다.

"불사란……."

나는 잠시 말을 멈춘 뒤 맹수의 털가죽으로 만든 텐트를 바라봤다. 그리고 담담하게 대답했다.

"권태입니다."

"뭐야. 그것뿐이야?"

"사랑도 슬픔도 이 세상을 태워 버릴 것 같은 증오마저 무한히 반복되는 시간 속에서는 언젠가는 새벽녘 벽난로의 불씨처럼 사그라지기 마련입니다. 제가 무엇을 사랑했고 또 제가 무엇을 증오했는지조차 시간이 지날수록 희미해져 갑니다. 왜냐하면 제가 사랑한 것들과 절 증오케 만든 모든 것들이 항상 저보다 먼저 시간 속에서 사라져 갔기 때문입니다. 그래서 저는 사랑하지 않고 증오하지 않습니다. 그리고 그럴수록 커져 가는 것은 헤아릴 수 없는 별들의 숫자와 같은 권태뿐입니다."

어째서일까. 나는 이 짧은 생명의 소년에게 진심을 말했다. 잠시 후 키릭스가 회답했다.

"쳇. 무슨 소리야? 하나도 못 알아듣겠네!"

"늙은이 같은 소리해서 죄송합니다."

"아니, 농담이었어. 그래, 그것이 400여 년을 살아온 자의 고독이구나. 만약, 용이 실존했다면 지금 너와 같은 말을 했을까. 어렵지만 약간은 이해할 수 있을 것 같다고 말한다면, 네 고독에 대한 실례가 될까. 하지만 나도 이런 황폐한 곳에 있다 보니까 널 조금은 공감할 수 있을 것 같아."

어린 키릭스는 잘 이해하지 못하겠다는 듯한, 그렇지만 이해하려고 노력하는 어조로 중얼거렸다.

하지만 내 고독은 이해할 필요가 없는 종류의 것이다. 이 세상에 오직 나 외에는 겪을 이유도 없는 황무지 같은 권태일 뿐이다.

"라이오라, 너는 마키시온 제국이 있기 전부터 살아왔다며?"

"그렇습니다. 본래 노예였습니다."

내가 없었다면 마키시온 제국도 없었을 것이다. 제국은 피로 세워졌다. 이것은 허세도 자랑도 아니다. 단지 지금까지 내 손으로 죽인 사람의 숫자가 백만 단위를 넘어간다는 것을 증명하는 현실일 뿐이다.

"그때 이야기를 해 줘."

"예?"

"어떤 역사책을 읽는 것보다도 네 입에서 나오는 소리가 정확하겠지. 이 멸망해야 마땅한 제국이 어떻게 만들어졌는지, 네가 어떻게 아신이 되었는지 말해 줘."

"이제는 희미한 기억입니다만."

"상관없으니까 말해. 똑바로 들어 줄 테니까."

나는 눈을 감았다. 희미한 기억이라는 소리는 거짓말이다. 나는 뚜렷이 기억한다. 아니, 누구라도 자신이 살해당하는 순간은 잊지 못할 것이다.

3.

이상한 일이지만 살해되기 전에 내가 어떤 인생을 살았는지는 조금도 기억나지 않는다. 그만큼 무의미하고 무가치한 인생이었기 때문이리라. 모든 노예의 인생이 다 그렇듯이 말이다.

'여긴⋯⋯.'

내가 정신이 들었을 때, 나는 어두운 밀실 안에 묶여 있었다. 이 회백질의 공간을 밝히는 것이라고는 탁자 위에 놓인 작은 램프 하나가 전부였다. 그리고 그 램프 옆에는 돼지의 살점을 뼈에서 발라낼 때나 쓰는 칼 한 자루가 놓여 있었다.

내 몸은 도르래 같은 장치에 연결되어 있었고 발가벗겨져 있었다. 공포에 질린 내 입이 비명을 토했지만 그것은 곧 단단하게 물린 재갈에 의해 되삼켜졌다. 지금 내게는 눈동자를 움직이는 것 외에는 그 어떤 자유도 박탈되어 있었다.

잠시 후 발자국 소리가 들리더니 곧 문이 열리고 세 사람이 들어왔다. 나는 곧바로 고개를 숙였다. 그들을 바라보면 정말 죽을지도 모른다는 근원을 알 수 없는 공포 때문이었다.

하지만 지금 와서 생각해 보니, 그때 죽을 수 있었다면 죽는 편이 좋았을 거라는 기묘한 후회도 든다.

"자, 확인해 보시지요."

그것은 분명 내 주인의 목소리였다. 그가 다가와 내 머리채를 잡고 강제로 고개를 들렸다.

"어떻게, 아드님과 닮았습니까?"

상냥한 주인의 말과 함께 중년의 귀부인이 나를 뜯어봤다. 저 여자는 누구지? 내가 저 여자의 아들과 닮았냐고? 나는 이 기이한 상황에 몸을 떨었다. 잠시 후 귀부인이 말했다.

"제법 비슷하네요. 좋아요. 이 노예를 사도록 하죠."

그녀는 주머니를 꺼내 주인에게 건네주었다. 그 주머니 안이 금화로 가득하다는 것을 확인한 주인의 눈빛이 반짝였다. 그는 마치 낡은 가구를 비싼 값에 팔아치운 것처럼 기분 좋은 표정으로 귀부인과 함께 이 방을 나갔다. 단 한 번도 나를 돌아보지 않았다.

곧 이 방에는 나와 더러운 가죽 앞치마를 두른 근육질의 남자만 남게 되었다. 그는 담배를 물어 피우며 말했다.

"먼저 말해 두겠지만 내가 너한테 감정 있어서 이러는 건 아니니까, 원망하진 말아라."

원망? 무슨 짓을 하려는 거야!

담배를 비벼 끈 그는 가지고 들어온 향유 단지에 손을 집어넣어 그 값비싼 기름을 내 몸에 발랐다. 나는 그 오싹하고 끈적거리는 감촉에 몸을 틀었지만 마치 염습(殮襲)처럼 기계적인 그의 행동은 멈추지 않았다. 나를 바라보는 그의 눈빛은 시체를 향한 것이었다.

한 병의 향유를 모두 바른 그가 단지를 놓으며 말했다.

"세상에는 참 희귀한 풍습이 많아. 특히 귀족들의 고매한 풍습이란 참으로 이해하기 어렵지.”

그는 탁자 위의 칼을 들어서 자신의 거친 가죽 앞치마에 날을 갈았다.

“널 구입한 부인의 아들이 지금 몹시 아파. 돈으로도 고칠 수 없는 병이라더군. 막막해진 부인이 점쟁이한테 가서 신탁을 받으니까, 아들과 똑같이 생긴 자를 죽이면 아들의 병이 낫는다는 대답을 들었대. 아들과 똑같이 생긴 네가 대신 고통을 짊어지면 아들은 죽음을 피할 수 있다는 거지.”

“……!”

“그래서 최대한 고통스럽게 죽일수록 그 효과도 크다고 하더래. 웃기지?”

두려움에 피가 멎는 것 같았다. 그런 되지도 않는 이유 때문에 내가 죽어야 한다는 건가. 귀족들에게 있어서 우리 노예들은 돈으로 환산할 수 있는 물건과 같다. 나는 그 사실을 이해한다고 생각했는데, 사실 그걸 실감한 것은 지금이 처음이었다.

“더 웃긴 거 가르쳐 줄까. 내가 그 여자 아들을 본 적이 있는데, 같은 금발이라는 것 말고는 너하고 전혀 닮지도 않았어. 너처럼 멋진 몸을 가진 미남이기는커녕 작고 뚱뚱하고 신경질적인 흉물이더군. 그런데 그 여자는 자기 아들과 네가 똑같이 생겼다며 널 선택한 거야. 참 대단한 모성애야.”

그 순간 몸이 굳었다. 그의 칼날이 내 배를 가른 것을 본 것이다. 통증은 의외로 느리고 둔탁하게 찾아왔다. 그러나 쏟아지는 핏물을 보며 아무런 생각도 없이 눈물만 흘렸다.

한심한 죽음이다. 세상에 이런 의미 없는 죽음이 또 있을까. 마치 어떤 단년생 곤충처럼 누구의 관심도 받지 못한 채 태어나 잠깐 동안 세상을 기어 다니다가 지나가는 사람의 발에 밟혀 아무런 의미도 없이 죽어 버리는 인생 말이다.

내 배를 찌른 놈은 기술자였다. 천천히 피가 뽑혀 죽도록 만든 그는 내 발밑에 피를 받을 단지를 놔두며 말했다.

"솔직히 말해서 네 삶에는 아무런 가치도 없어. 그래서 네 죽음에도 가치가 없는 거야."

그는 그렇게 내 인생을 채점하며 문을 열고 밖으로 나갔다.

"이런 말이 위로가 될지는 모르겠지만, 다음에는 노예로 태어나지 마라."

그 말은 이상한 방식으로 지켜졌다. 나는 영원히 다시 태어나지 못하게 된 것이다.

4.

나는 선대 진청룡이 내게 아신의 힘을 넘겨준 순간을 기억하지 못한다. 그때 나는 이미 죽어 있었기 때문이다.

그러니까 내 기억이 돌아온 것은 그 힘을 얻은 내가 흑요석처럼 새카만 검을 들고 폐허가 된 도시 위에 서 있을 때였다.

일주일 동안 나는 이 왕국의 모든 도시를 파괴했다. 겁먹은 국왕은 도주했고 당시 가장 강대한 왕국이었던 내 조국은 순식간에 잿더미로 변해 사라졌다. 이것이 꿈이라면 참 달콤한 악몽일 것이다.

"지, 진청룡님이십니까."

갑옷을 입은 자들이 내 앞에 와서 무릎을 꿇은 것은 바로 그때였다. 그들은 신흥 왕국 마키시온의 기사들이었다.

"부디 우리의 왕국을 지켜 주소서!"

나는 내가 더 이상 노예가 아니라는 것을 알았다.

5.

라이오라는 잠시 회상을 접고 키릭스에게 말했다.

"그때부터였던 것 같습니다. 제가 마키시온을 수호하게 된 것은. 당시 작은 왕국이었던 마키시온은 주변 강국들의 침입으로 멸망해 가고 있었고…… 그런 그들에게 갑자기 나타나 포악한 왕국을 단숨에 멸망시킨 저는 신이 내린 사도쯤으로 보였겠지요. 어쨌든 아주 오래전 사람들이었으니까요."

"호오. 이 잘난 제국도 그랬을 때가 있었어?"

키릭스는 꽤 흥미로운 것 같았다. 그도 그럴 것이 역사책에는 하늘의 계시를 받고 태어난 아이가 현명한 왕들의 도움으로 마키시온을 건국한 것이라고 쓰여 있기 때문이었다.

물론 지금은 사람들도 꽤 영악해져서 그런 허무맹랑한 설화를 곧이곧대로 믿지는 않지만—사실 비슷하다면 비슷했다. 신에 범접하는 힘을 가지게 된 내가 다른 왕들을 모조리 굴복시켜 제국으로 만들었으니까. 방법은 달랐지만 결과는 같았던 것이다.

6.

지금도 아신은 아신 외에는 대적할 수 없는 불가침의 존재에 가까운데 400여 년 전에는 어련했을까.

진청룡이라는 수호신을 얻은 마키시온 왕국이 멸망해 가는 군소 왕국에서 다섯 개의 왕국을 거느린 거대한 제국이 되기까지는 채 30년도 걸리지 않았다. 마치 차가운 크림처럼 휘저으면 휘저을수록 제국은 끝도 없이 부풀어 올랐다.

그런데 문제는 아신인 내가 '인간 세상'에 관여했다는 것에 있었다. 사실 그때는 아신위라는 '절대적 존재'에 대해 알고 있는 사람조차 거의 없었다. 왜냐하면 아신들은 인간사에 관여하지 않는 신성한 존재라서 아신이 되는 순간 인적이 없는 산이나 섬으로 가서 은둔하며 세계적인 재앙이 닥쳤을 때나 나타나 사람들을 도왔기 때문이었다.

참 전설 같은 이야기다. 하지만 나는 힘을 받는 순간 한 왕국을 날려 버리는 바람에 그걸 지킬 겨를도 없었고 그 이후에도 계속 마키시온을 수호했으므로 다른 아신들의 심기를 몹시 불편하게 만들었던 것이다.

결국 내가 힘을 얻고 50년쯤 지났을 때 다른 아신들이 나를 찾아왔다.

"아신이 이 세상에 관여하기 시작하면 세상은 엉망이 됩니다. 당장 이 탐욕스러운 제국을 떠나세요."

정말 무슨 여신 같은 어조로 그렇게 경고한 사람은 바로 명주작, 가련한 외모의 맹인 아가씨였다. 저 여자 이후 수많은 명주작이 힘을 이었지만, 지금의 알테어만큼 멍한 여자는 없었다.

그 당시 나는 미쳐 있었다. 내가 결코 늙지도 죽지도 않는다는 사실이 날 그렇게 만든 것이었다. 아니, 지금도 미쳐 있는 것 같지만 그때는 과격하게 미쳐 있었다.

난 그녀를 조롱했다.

"세상은 예전부터 엉망진창이었던 것 같은데. 아신이라는 존재가 있다는 것만으로도 이미 돼먹지 못한 세상이야. 그렇게 세계를 구하고 싶다면 자살이라도 하지 그래."

"명주작한테 함부로 말하지 마! 건방진 놈아!"

"네가 견백호냐."

견백호는 솜털도 가시지 않은 소년이었다. 저런 조그만 어린애가 아신이 되질 않나, 나 같은 시체가 아신이 되질 않나 신이 무슨 의도가 있어서 이러고 있는 거라면 그 악취미에 기가 찰 노릇이었다.

나는 어린애답지 않게 근엄한 말만 골라서 하는 견백호에게 툭하고 대꾸했다.

"앞으로 누가 백호를 이어 가든 하나같이 짜증 나는 녀석이 될 것 같구나."

솔직히 이 말은 후회한다. 말이 씨가 된다고. 실제로 나는 백호의 힘을 이어받은 아신들과는 수백 년 동안 단 한 번도 사이가 좋지 못하다가 무라사에 와서는 그 절정을 이루었다.

"마지막 경고예요. 아신의 신분으로 계속 인간사에 관여하겠다면 우리의 힘으로 당신을 막을 수밖에 없습니다."

목소리로 봐서 젊은 여자라는 것을 알았지만, 검은 베일로 얼굴을 가린 탓에 생김새를 알 수 없었던 그녀는 바로 적현무였다. 대대로 적현무는 이름 그대로 고요한 노파 같았지만 키르케에 와서 이미지 개선에 성공했다. 솔직히 말해서 이때가 좋았다.

결국 아신들의 말은 내가 사람들을 떠나 자신들처럼 홀로 은둔하길 원하는 것이었다.

'그것 참 이기적이로군.'

당신들이야 그렇게 신성하게 살다가 후계자에게 힘을 물려주고 이 세상을 떠나면 끝나겠지만—그럼 죽지 못하는 나는 세상이 멸망하는 날까지 영원히 혼자 살라는 의미인가.

이 세상에서 가장 끔찍한 형벌이 존재한다면 바로 그것이리라.

나는 그들을 향해 조롱 섞인 웃음을 보였다.

"제발 부탁인데 날 죽일 수 있다면 죽여 줘."

결국 나는 세 명의 아신들과 싸웠다. 그 싸움은 한 달도 넘게 이어졌으며 도시 하나가 통째로 들어갈 정도로 거대한 분화구를 남기며 끝이 났다.

7.

"그래서 누가 이겼는데?"

키릭스는 호기심에 가득 찬 얼굴로 물었다. 나는 쓴웃음을 지으며 고개를 저었다.

"제가 졌다면 지금 여기 있지 않겠지요?"

"아, 그렇겠군."

"하지만 그때 저도 큰 부상을 입었습니다. 십여 년 동안 움직일 수 없었을 정도로."

나는 그때를 떠올렸다. 내게 패배한 아신들은 죽이지 않았다. 그들을 동정했기 때문이 아니라 그들마저 죽이면 정말로 세상에 혼자 남을 것 같았기 때문이었다.

그런데 우습게도 그 이후 점차 아신들이 인간사에 관여하기 시작하더니 지금은 아신들이 나라를 수호하는 게 당연하게 되어 버렸다. 그래서 명주작의 예언대로 세상이 엉망이 되었냐고 묻는다면, 그런 것 같기도 하고 아닌 것 같기도 하다.

"그런데 내 잘난 아버지는 어떤 사람이었어?"

"마라넬로 황제 폐하 말입니까."

당신과 닮았다, 라는 말은 꺼내지 못했다. 어쨌든 그는 확실히 그동안 내가 모셨던 황제들과는 다른 종류의 인간이었다.

8.

"아아. 네가 라이오라인가?"

건방진 자세로 황제의 옥좌에 걸터앉은 젊은 마라넬로는 나를 바라보며 히죽 웃었다. 그의 발밑에는 처참하게 살해된 황가의 시체들이 널려 있었다.

마라넬로는 황제가 되기 전에는 나를 본 적도 없었다. 황제의 수많은 서자 중에서도 특히 신분이 낮았던 그는 아버지인 황제의 부름을 받아 황실에 들어온 적이 없었기 때문이다.

태어나자마자 곧바로 추운 지방 도시로 보내진 마라넬로는 황가의 피가 섞였음에도 멸시를 당하는 비천한 신분이었지만 조각 같은 미남이었고 엄청난 야심을 지닌 천재였다. 그런 그에게 아버지가 감시하기 힘든 먼 땅에 있었던 것은 오히려 행운이었다.

마라넬로는 20세가 되기도 전에 외척들과 힘을 합쳐 쿠데타를 일으켜 아버지였던 선황을 살해했고 황제의 자리에 올랐다.

나는 황가 내에서 벌어지는 일들은 관여하지 못하기 때문에 막을 수가 없다. 마라넬로는 그 사실을 아주 잘 알고 있었다.

"이제부터는 내가 네 주인이다."

그는 놀라울 만큼 천박한 말투로 그렇게 말한 뒤 내게 다가왔다.

"성(姓)이 있나?"

"없습니다."

"하긴, 자식도 낳지 못하는 녀석이 성이 있어 뭘 하겠냐마는 그래도 제국의 수호신에게 성도 없다는 것은 좀 초라하지 않은가?"

"상관없습니다만."

마라넬로에 대한 첫인상은 '몹시 불쾌한 녀석'이었다. 마라넬로는 손가락으로 관자놀이를 누르며 뭔가 깊게 생각하더니만 뜬금없이 새로운 성을 '만들어' 냈다.

"란다마이저."

"네?"

"그냥 갑자기 떠올랐어. 그걸 하사하겠다. 앞으로 네 성은 그거야."

가슴 아플 정도로 무성의한 네이밍이었다. 나는 불편한 얼굴로 조용히 고개를 숙였다. 그는 갑자기 그런 내 어깨를 두 팔로 감았다. 그러고는 묘한 눈동자로 나를 올려다봤다.

"하나 물어볼게. 넌 영생이라지? 너와 몸을 섞으면 나도 그렇게 될 수 있을까?"

그럴 리가 없잖아! 난 처음으로 충성심을 시험받았다. 마라넬로는 예전부터 남자 여자 안 가리고 침실에 끌어들인다는 이유로 선황에게 '더러운 피'라는 멸시를 받았는데—더러운지 안 더러운지는 모르겠지만 미쳤다는 것은 확실해 보였다. 아니, 그러고 보면 역대 황제 중에 안 미친 사람이 있긴 했던가.

"농담이야. 그따위 저주는 거저 줘도 피할 거야. 황가의 조상들은 모조리 네 영생을 탐냈다지? 하지만 나는 달라. 죽지 못한다는 것은 엄청난 저주야. 너도 동의하지?"

"……."

"넌 참 불행하겠구나."

이 광기 어린 자에게 묘한 호기심이 생긴 것은 이때부터였다. 마라넬로는 단호한 어조로 내게 명령했다.

"나는 너를 행복하게 해 줄 수 없어. 하지만 네가 나를 행복하게 해 줄 수는 있지. 나는 너를 이용해서 마음껏 행복하게 살다 죽을 거다. 약 오르지?"

나는 그 어처구니없는 말에 전혀 화가 나지 않았다. 도리어 웃음이 나왔다. 하지만 그래서 과연 마라넬로가 행복했는지에 대해서는 할 말이 없다.

9.

그 이야기를 들은 키릭스는 기가 찬 표정으로 먼 산맥을 바라보며 중얼거렸다.

"……미친놈이었군."

이 말은 폐하에게 보고하지 말아야겠다. 키릭스는 텐트 안으로 다시 들어가며 말했다.

"생동감 넘치는 역사 강의 재미있었어. 이제 가 봐."

"그럼 평안하시길."

나는 문득 불길한 기분이 들었다. '제국 탄생 이래로 켜켜이 누적되어 온 광기가 이 소년에 이르러 폭발하여 결코 돌이킬 수 없는 파멸로 치닫지 않을까' 하는 생각이 든 것이다.

그럼 나는 그때 어떻게 해야 할까? 나는 황실로 발걸음을 옮겼다. 그리고 또 몇 년의 시간이 흘러갔다.

10.

석양이 지는 창가에 걸터앉아 있던 내게 집사가 빗자루를 들고 나타났다. 이미 스무 살을 넘은 그는 착실한 집사가 되어 있었고 그 착실함은 때로는 내게 스트레스였다.

"또 땅콩 까고 계십니까!"

"뭐가 어때서."

나는 손을 털며 대답했다. 그는 투덜거리며 바닥에 흩어진 껍질들을 닦아 냈다.

처음 이 녀석이 왔을 때는 나를 그렇게 겁낼 것 없다고 부탁했지만 지금은 조금은 겁내 달라고 부탁하고 싶다. 아신 앞에서도 바락바락 소리 지를 배짱이 있으면 장군이나 하지 왜 집사는 하고 난리란 말인가. 집사 가문의 이단아 같은 녀석이었다.

"좀 다른 취미도 갖지 그러세요. 가령 승마라든가 사냥 같은 것도 있잖아요. 적어도 멍하니 하늘 보며 땅콩 껍질 흩날리는 것보다는 재미있을 겁니다."

이 녀석이 지금 수백 년 동안 전쟁만 한 사람한테 승마와 사냥을 즐기라고 말한 건가. 그것은 마치 하루 종일 숫자만 보고 사는 수학자에게 '심심하면 방정식을 푸세요'라고 말하는 것과 다를 바가 없었다. 단언하건대, 그것보단 땅콩 까기가 더 재미있다.

나는 여자도 집사를 할 수 있도록 법을 개정해 달라고 폐하에게 건의할까, 하고 심각하게 궁리하며 들고 있던 땅콩을 창밖으로 던졌다. 눈을 반짝거리며 기다리던 새들이 그것을 멋지게 낚아챘다.

그런데 내 결벽증 집사는 이번에도 난리였다.

"먹는 거 창밖으로 던지지 좀 마세요!"

"적어도 새들은 맛있게 먹잖아."

"그 새들이 지붕에 갈긴 새똥을 치우는 사람이 바로 저라고
요!"

그러나 나는 들은 척도 안 하고 계속 창밖으로 땅콩을 날렸다.
최소한 땅콩을 맘대로 던질 수 있는 자유 정도는 있었으면 좋겠
다.

"아, 그리고 1층에 무라사 씨가 와서 기다리고 있어요."

"……."

이 이상의 스트레스는 없었다.

"피해는?"

"정원수 세 그루. 문짝 하나. 테이블 두 개. 도자기 한 개."

"약소하군."

"난동을 부릴 것 같아 밥을 먹였더니 얌전해졌습니다. 결투를
받아 줄 때까지 안 가겠다는데요? 라이오라 님을 이길 방법을
알아냈으니까 각오하래요."

"그 말만 들어도 사지가 떨려서 항복하겠다고 전해 줘라."

"……안 통할걸요."

"그럼 내 제복 가져와."

"아아! 또 도망치시게요! 저 혼자 무라사 씨를 어떻게 막습니
까!"

"배고프면 밥 주고 졸리면 재워."

"하아, 알겠습니다. 그럼 잘 도망치세요."

집사 녀석은 한숨을 내쉬며 내 제복을 가지러 나갔다.